Lawrence Block

Verluste

Roman

Deutsch von Katrin Mrugalla

FUNNY CRIMES
Herausgegeben von Richard Betzenbichler

SHAYOL

FUNNY CRIMES bei SHAYOL
»Verluste«

Die Originalausgabe erschien 1998 unter dem Titel »Everybody Dies«
bei William Morrow and Company, Inc.

Verantwortlich für das Programm der Reihe FUNNY CRIMES
ist Richard Betzenbichler: funny-crimes@web.de

Lawrence Block, *Verluste*
Erste Auflage: Februar 2008

Strophen des Gedichts von Omar Chayam
in der Übersetzung von Adolf Friedrich von Schack

Redaktion: Hannes Riffel und Richard Betzenbichler
Korrektur: Martin Schloßbauer
Titelgestaltung: Fotodesign Sigrun Lenk, Freising
Umschlaggestaltung und Satz: Ronald Hoppe
Herstellung: AAD TRESCOM GmbH, Berlin

SHAYOL Verlag
Bergmannstraße 25
10961 Berlin
E-Mail: verlag@shayol.net
Internet: www.shayol-verlag.de

ISBN 978-3-926126-75-7

Für KNOX BURGER und KITTY SPRAGUE
und zum Gedenken an ROSS THOMAS

Danksagung

Der Autor dankt der Ragdale Foundation in Lake Forest, Illinois, wo dieses Buch geschrieben wurde, für ihre großzügige Unterstützung. Sein Dank gilt außerdem den folgenden Örtlichkeiten, allesamt in Greenwich Village, in denen die Anfänge dieses Buchs entstanden: Writer's Room, Caffè Lucca, Caffè Vivaldi, Peacock Caffè, der Zweigstelle der New York Public Library am Jefferson Market und dem Coffee Shop im Barnes & Noble am Astor Place.

From too much love of living
From hope and fear set free
We thank with brief thanksgiving
Whatever gods may be
That no life lives forever,
That dead men rise up never;
That even the weariest river
Winds somewhere save to sea.

A. C. SWINBURNE, ›The Garden of Proserpine‹

Everybody dies.

JOHN GARFIELD in *Body and Soul*

Everybody dies.

RANDY NEWMAN, ›Old Man‹

At the door of life, by the gate of breath,
There are worse things waiting for men than death.

A. C. SWINBURNE, ›The Triumph of Time‹

KAPITEL 1

»Mein Gott«, sagte Andy Buckley und trat auf die Bremse. Der Cadillac kam abrupt zum Stehen. Ich schaute hoch und sah etwa zehn Meter vor uns mitten auf der Fahrbahn einen Hirsch stehen. Es heißt ja immer, Wild starre völlig verunsichert und fassungslos in die blendend hellen Scheinwerfer, aber auf dieses Exemplar traf das ganz und gar nicht zu. Der Hirsch hatte etwas Gebieterisches an sich, und die Straße gehörte ganz klar ihm.

»Na los, Mister Hirsch«, sagte Andy. »Beweg deinen Hintern.«

»Fahr einfach auf ihn zu«, schlug Mick vor. »Aber langsam.«

»Du bist wohl scharf auf eine Ladung Wildbret für deine Tiefkühltruhe?« Andy ging von der Bremse, und der Wagen rollte langsam vorwärts. Der Hirsch ließ uns erstaunlich nah herankommen, bevor er mit einem riesigen Satz von der Straße sprang und auf den Feldern am Straßenrand in der Dunkelheit verschwand.

Wir waren auf dem Palisades Parkway nach Norden gefahren, dann nordwestlich auf der R17, schließlich nordöstlich auf der 209. Als wir wegen des Hirsches anhalten mußten, befanden wir uns auf einer Straße, die zu klein war, um eine Nummer zu haben, und ein paar Meilen weiter bogen wir nach links auf den gewundenen Kiesweg ein, der zu Mick Ballous Farm führte. Wir waren kurz nach Mitternacht losgefahren, und bis wir die Farm erreichten, war es fast zwei Uhr. Auf den Straßen war nicht viel los gewesen, wir hätten also schneller fahren können, aber Andy blieb immer knapp unterhalb der vorgeschriebenen Höchstgeschwindigkeit, bremste, sobald eine Ampel auf Gelb umsprang, und überließ großzügig anderen die Vorfahrt. Mick und ich saßen hinten, und wir hatten die ganze Fahrt hindurch geschwiegen.

»Du warst schon mal hier«, stellte Mick fest, als das alte, zweistöckige Farmhaus vor uns auftauchte.

»Zweimal.«

»Einmal nach dieser Geschichte in Maspeth, daran erinnere ich mich noch. Damals bist auch du gefahren, Andy.«

»Stimmt, Mick.«

»Und Tom Heaney hatten wir damals auch dabei. Ich hatte Angst, wir würden Tom verlieren. Er war schwer verletzt, aber er hat kaum einen Ton von sich gegeben. Naja, er ist aus dem Norden. Ziemlich einsilbiges Volk.«

Er sprach von Nordirland.

»Aber daß du noch ein zweites Mal hier warst? Wann war denn das?«

»Vor ein paar Jahren. Wir hatten die ganze Nacht durchgemacht, und dann hast du mich hier rausgefahren, um mir die Tiere zu zeigen, und damit ich alles mal bei Tageslicht sehe. Und du hast mir ein Dutzend Eier mitgegeben.«

»Jetzt erinnere ich mich wieder. Und ich wette, das waren die besten Eier, die du je gegessen hast.«

»Die Eier waren klasse.«

»Große Eidotter, und eine Farbe wie spanische Orangen. Da kann man richtig Geld sparen, wenn man sich Hühner hält und seine eigenen Eier ißt. Die Eier haben mich schätzungsweise zwanzig Dollar gekostet.«

»Zwanzig Dollar für ein Dutzend Eier?«

»Eher zwanzig Dollar pro Ei. Trotzdem – wenn sie mir aus den Eiern ein Essen macht, ist das locker so viel wert, wenn nicht mehr.«

»Sie« war Mrs. O'Gara, und sie und ihr Mann waren offiziell die Besitzer der Farm. Ähnlich war es mit dem Cadillac. Im Fahrzeugbrief und auf den Zulassungspapieren stand der Name einer anderen Person, und das gleiche galt für die Lizenz für *Grogan's Open House*, die Kneipe, die Mick an der Ecke Fifth und Tenth besaß. Ihm gehörten einige Immobilien in der Stadt, er war Anteilseigner einer Reihe von Firmen, aber sein Name tauchte auf keinem offiziellen Dokument auf. Wie er zu sagen pflegte, besaß er nur, was er auf der Haut trug, und selbst da hätte er – hätte man ihn dazu aufgefordert – nicht beweisen können, daß die Sachen wirklich ihm gehörten. Was einem nicht gehört, war seine Devise, kann einem auch keiner wegnehmen.

Andy parkte neben dem Farmhaus. Er stieg aus dem Wagen, zündete sich eine Zigarette an und blieb ein bißchen zurück, um sie zu rauchen, während Mick und ich die paar Stufen zur rückwärtigen Veranda hinaufgingen. In der Küche brannte Licht, und Mr. O'Gara saß an dem runden Eichentisch und wartete auf uns. Mick hatte ihn angerufen, um ihn vorzuwarnen, daß wir unterwegs waren. »Sie hatten zwar gemeint, ich solle nicht aufbleiben«, sagte O'Gara, »aber ich wollte sichergehen, daß Sie alles haben, was Sie brauchen. Ich habe eine Kanne frischen Kaffee gemacht.«

»Guter Mann.«

»Ansonsten läuft hier alles bestens. Der Regen letzte Woche kam gerade recht. Die Apfelernte dürfte dieses Jahr gut ausfallen, und bei den Birnen sieht es sogar noch besser aus.«

»Die Sommerhitze hat also keine größeren Schäden angerichtet.«

»Zumindest keine bleibenden, Gott sei Dank. Meine Frau schläft schon, und ich gehe jetzt auch ins Bett, wenn's recht ist. Aber Sie brauchen nur zu rufen, wenn Sie irgendwas benötigen.«

»Wir kommen schon klar. Wir sind hinten im Garten, aber wir geben uns Mühe, daß wir Sie nicht stören.«

»Kein Problem, wir haben einen tiefen Schlaf. Eher wecken Sie die Toten auf als uns.«

O'Gara nahm seine Kaffeetasse mit nach oben. Mick füllte den restlichen Kaffee in eine Thermoskanne und verschloß sie. Dann holte er eine Flasche *Jameson* aus dem Küchenschrank und füllte den silbernen Flachmann auf, an dem er den ganzen Abend genippt hatte. Er schob ihn in seine Hüfttasche, nahm zwei Sechserpack *O'Keefes Old Stock Ale* aus dem Kühlschrank und reichte sie Andy, dann schnappte er sich die Thermoskanne und einen Kaffeebecher. Wir stiegen in den Cadillac und fuhren den Zufahrtsweg weiter, vorbei am eingezäunten Hühnerhof, am Schweinepferch und an den Scheunen und in den alten Obstgarten hinein. Andy stellte den Wagen ab, und Mick sagte, wir sollten warten, während er auf eine Hütte zuging, die von außen wie ein altmodisches Plumpsklo aussah, wie man es aus *Li'l Abner* kennt, offensichtlich aber ein Werkzeugschuppen war, denn er kam mit einer Schaufel zurück.

Er suchte eine geeignete Stelle aus und stieß die Schaufel in die Erde. Dabei mußte er sein ganzes Gewicht einsetzen, damit das Schaufelblatt bis zum Stiel im Boden versank. Der Regen der letzten Woche hatte nicht viel bewirkt. Mick hob eine Schaufel Erde aus und warf sie zur Seite.

Ich öffnete die Thermoskanne und schenkte mir etwas Kaffee ein. Andy zündete sich eine Zigarette an und öffnete eine Bierdose. Mick grub weiter. Dann wechselten wir uns ab, Mick, Andy und ich, und hoben nach und nach am Rand des Gartens mit den Apfel- und Birnbäumen ein tiefes, rechteckiges Loch aus. Mick sagte, es stünden auch ein paar Kirschbäume dazwischen, aber die Kirschen seien sauer, man könne sie nur für Kuchen nehmen, und es sei einfacher, sie den Vögeln zu überlassen, als sich die Mühe zu machen, sie zu ernten. Zumal die Vögel sowieso den Löwenanteil bekämen, egal, was man tat.

Ich trug eine leichte Windjacke und Andy eine Lederjacke, aber inzwischen hatten wir beide unsere Jacken ausgezogen. Mick hatte von Anfang an nichts über seinem Freizeithemd angehabt. Kälte schien ihm nicht sonderlich viel auszumachen. Hitze im übrigen auch nicht.

Als Andy zum zweiten Mal dran war, nahm Mick einen Schluck Whiskey, kippte einen großen Schluck Bier hinterher, seufzte tief auf und sagte: »Ich sollte öfter hier rausfahren. Nachts kann man die Schönheit dieses Ortes gar nicht wirklich ermessen, selbst wenn der Mond scheint, aber man kann spüren, wie friedlich es hier ist, nicht wahr?«

»Ja.«

Er sog die Luft ein. »Riechen kann man es auch. Schweine und Hühner. Ein widerlicher Gestank, wenn man nah dran ist, aber auf diese Entfernung gar nicht so schlimm, was?«

»Überhaupt nicht.«

»Mal eine Abwechslung zu Autoabgasen und Zigarettenrauch und all dem Mief in der Stadt. Aber vielleicht würde mir der Geruch auch mehr ausmachen, wenn ich immer hier wäre. Andererseits – wenn ich immer hier wäre, würde er mir vermutlich gar nicht mehr auffallen.«

»Angeblich ist das so. Sonst würden es die Leute wohl kaum in Städten mit Papierfabriken aushalten.«

»Oh Gott, Papierfabriken – das ist der übelste Gestank überhaupt.«

»Ziemlich übel, ja. Aber Gerbereien müssen noch schlimmer sein.«

»Das gilt wohl nur für den Herstellungsprozeß. Den Endprodukten merkst du nichts an. Leder riecht angenehm, und Papier riecht überhaupt nicht. Und es gibt wohl keinen schöneren Geruch als den nach Schinken, der gerade in der Pfanne brutzelt, und kommt der nicht genau aus dem Schweinepferch, der sogar auf diese Entfernung noch unseren Geruchssinn beleidigt? Da fällt mir übrigens was ein.«

»Was denn?«

»Das Geschenk, das du vorletztes Jahr von mir zu Weihnachten bekommen hast. Eine Haxe von meinen eigenen Schweinen.«

»Das war sehr großzügig.«

»Und genau das Richtige für eine jüdische Vegetarierin!« Beim Gedanken daran mußte er den Kopf schütteln. »Was für eine großartige Frau! Sie hat sich so herzlich bei mir bedankt, daß mir erst Stunden später aufgefallen ist, was für ein völlig unpassendes Geschenk ich ihr gemacht hatte. Hat sie sie dir trotzdem gebraten?«

Das hätte sie, wenn ich es gewollt hätte, aber warum hätte Elaine etwas kochen sollen, was sie hinterher nicht essen würde? Ich esse oft genug Fleisch, wenn ich unterwegs bin. Aber egal, ob zu Hause oder unterwegs, mit der Haxe hätte ich wohl auf jeden Fall so meine Probleme gehabt. Ich habe Mick bei der Suche nach einem verschwundenen Mädchen kennengelernt. Wie sich herausstellen sollte, hatte ihr Liebhaber sie umgebracht, ein junger Mann, der für Mick arbeitete. Die Leiche hatte er beseitigt, indem er sie an die Schweine verfütterte. Als Mick das herausfand, war er so außer sich, daß er – in ausgleichender Gerechtigkeit – den Schweinen ein weiteres Festmahl servierte. Die Haxe, die er uns gebracht hatte, stammte von einer anderen Generation von Schweinen, die zweifelsohne von Getreide und Abfällen fett geworden waren, aber ich hatte sie trotzdem mit Vergnügen an Jim Faber weitergegeben, dem der Genuß nicht von dem Wissen um diese Geschichte getrübt wurde.

»Ein Freund von mit hat sich an Weihnachten ein Festmahl daraus bereitet. Er meinte, es sei die beste Haxe gewesen, die er je gegessen hätte.«

»Saftig und zart.«

»Genau das hat er gesagt.«

Andy Buckley warf die Schaufel zur Seite, kletterte aus dem Loch und trank eine der Bierdosen fast auf einen Zug leer. »Mein Gott«, sagte er, »bei so einer Arbeit wird man richtig durstig!«

»Zwanzig-Dollar-Eier und Tausend-Dollar-Haxen«, sagte Mick. »Ein toller Beruf, diese Landwirtschaft. Da kann man einfach nicht falsch liegen.«

Ich schnappte mir die Schaufel und machte mich an die Arbeit.

Als ich nicht mehr konnte, übernahm Mick. Nach ein paar Minuten lehnte er sich auf die Schaufel und seufzte. »Das werde ich morgen spüren«, sagte er. »So ein Haufen Arbeit. Aber es wird sich auch gut anfühlen.«

»Ehrliche, körperliche Arbeit.«
»So was habe ich im Alltag selten. Wie sieht das bei dir aus?«
»Ich laufe ziemlich viel rum.«
»Angeblich ist das ja die beste körperliche Betätigung.«
»Das und sich vom Eßtisch wegstemmen.«
»Oh ja, das ist das schwierigste, und es wird mit zunehmendem Alter nicht leichter.«
»Elaine geht ins Fitneßstudio. Dreimal die Woche. Ich hab's auch versucht, aber das langweilt mich zu Tode.«
»Aber du gehst viel zu Fuß.«
»Genau.«
Er zog seinen Flachmann aus der Tasche, und das Mondlicht spiegelte sich in dem silbrigen Metall. Er nahm einen Schluck, steckte ihn wieder ein und griff erneut zur Schaufel. »Ich sollte öfter hier rauskommen. Weißt du, wenn ich hier bin, dann mache ich lange Spaziergänge. Und ich übernehme auch Arbeiten, wobei ich allerdings den Verdacht habe, daß O'Gara alles nochmal machen muß, sobald ich wieder weg bin. Für Farmarbeit hab ich kein Talent.«
»Aber du bist gern hier.«
»Ja, das bin ich, und trotzdem bin ich nie hier. Und wenn ich es so genieße, hier zu sein, wieso juckt es mich dann immer dermaßen, in die Stadt zurückzukommen?«
»In der Stadt ist mehr los«, sagte Andy.
»Ob es daran liegt? Als ich bei den Brüdern war, hat mir das nicht gefehlt.«
»Bei den Mönchen?« fragte ich.
Er nickte. »Die Thessalonischen Brüder. Auf Staten Island, gerade mal eine Überfahrt mit der Fähre von Manhattan entfernt, aber man hat das Gefühl, als lägen Welten dazwischen.«
»Wann warst du zuletzt dort? Das war doch dieses Frühjahr, oder?«
»Die letzten beiden Maiwochen. Juni, Juli, August, September. Vor vier Monaten also in etwa. Nächstes Mal mußt du unbedingt mitkommen.«
»Ja klar, ganz bestimmt.«
»Wieso denn nicht?«
»Mick, ich bin nicht mal katholisch.«
»Wer kann schon beurteilen, was du bist und was nicht? Du bist doch auch mit mir zur Messe gegangen.«

»Da geht's auch nur um zwanzig Minuten, nicht um zwei Wochen. Ich würde mich einfach fehl am Platz fühlen.«

»Würdest du nicht. Das ist einfach ein Ort, an dem man eine Auszeit nehmen kann. Hast du dir noch nie eine Auszeit gegönnt?«

Ich schüttelte den Kopf. »Ein Freund von mir macht das gelegentlich.«

»Bei den Thessaloniern?«

»Bei den Zen-Buddhisten. Die müssen irgendwo hier in der Gegend sein, fällt mir da gerade ein. Gibt es hier in der Nähe einen Ort namens Livingston Manor?«

»Doch, ja, den gibt es, und der ist auch gar nicht weit von hier.«

»Tja, das Kloster ist da ganz in der Nähe. Er war schon drei- oder viermal dort.«

»Dann ist er also Buddhist?«

»Eigentlich ist er Katholik, aber er hat schon seit ewigen Zeiten nichts mehr mit der Kirche zu schaffen.«

»Und so geht er also zu den Buddhisten, wenn er Ruhe braucht. Kenne ich ihn, diesen Freund?«

»Ich glaube nicht. Aber er und seine Frau sind die, die deine Haxe gegessen haben.«

»Und sie gelobt haben, wenn ich mich recht erinnere.«

»Die beste, die sie je gegessen haben.«

»Ein großes Lob von einem Zen-Buddhisten. Ach Gott, die Welt ist schon seltsam, nicht wahr?« Er kletterte aus dem Loch. »Mach noch ein bißchen weiter«, sagte er und reichte Andy die Schaufel. »Ich glaube, es ist schon ganz gut so, aber es schadet ja nichts, wenn du's noch ein bißchen gleichmäßiger machst.«

Andy schaufelte los. Mir wurde allmählich kalt, also hob ich meine Windjacke vom Boden auf und zog sie an. Der Wind blies eine Wolke vor den Mond, und es wurde ein wenig dunkler. Die Wolke zog vorüber, und der Mond strahlte wieder auf uns herab. Wir hatten zunehmenden Mond, und in ein paar Tagen würde Vollmond sein.

Dreiviertelmond – so nennt man den Mond, wenn mehr als die Hälfte sichtbar ist. Elaine nennt ihn jedenfalls so. Vermutlich stammt der Begriff aus dem *Webster*, aber ich habe ihn von ihr. Und sie war auch diejenige, die mir erzählt hatte, daß der Mond, wenn man in Iowa ein Faß mit Meerwasser füllt, Gezeiten darin auslöst. Und daß die chemische Zusammensetzung unseres Blutes ganz ähnlich ist wie Meerwasser und die Gezeiten auch in unseren Adern stattfinden.

Solche Sachen gingen mir durch den Kopf, dort unter dem Dreiviertelmond.

»Das reicht«, sagte Mick. Andy warf die Schaufel heraus, und Mick half ihm aus dem Loch. Andy holte eine Taschenlampe aus dem Handschuhfach und leuchtete in das Loch hinab, und wir sahen alle hinunter und erklärten es für ausreichend. Dann gingen wir zum Wagen, und mit einem tiefen Seufzer öffnete Mick den Kofferraum.

Einen Augenblick lang dachte ich, der Kofferraum müsse leer sein. Bis auf den Ersatzreifen natürlich, und Wagenheber und Radmutternschlüssel und vielleicht eine alte Decke und ein paar Lumpen. Aber abgesehen davon würde er leer sein.

Nur ein flüchtiger Gedanke, der mir durch den Kopf schoß, so wie die Wolke am Mond vorbeigesegelt war. Selbstverständlich erwartete ich nicht ernsthaft, daß der Kofferraum leer sein würde.

Und das war er natürlich auch nicht.

Kapitel 2

Eigentlich sollte gar nicht ich diese Geschichte erzählen.

Im Grunde genommen ist es viel mehr Micks Geschichte als meine. Er sollte sie erzählen. Aber das wird er nicht tun.

Es ist auch die Geschichte einer Menge anderer Leute. Jede Geschichte gehört jedem, der darin vorkommt, und in dieser kommen ganz schön viele Leute vor. Es ist vor allem Micks Geschichte, aber die anderen könnten sie auch erzählen, jeder einzeln oder im Chor, auf die eine oder andere Art.

Aber sie werden es nicht tun.

Und er, dessen Geschichte es mehr ist als die von irgend jemand anderem, wird es auch nicht tun. Ich kenne niemanden sonst, der so gut Geschichten erzählen kann, und diese hier gäbe wirklich viel her, aber da könnte man lange drauf warten. Er wird sie nie erzählen.

Und ich war schließlich auch dabei. Am Anfang teilweise, in der Mitte weitgehend, und vom Ende habe ich auch so einiges mitbekommen. Insofern ist es auch meine Geschichte. Natürlich ist sie das. Wie sollte sie das auch nicht sein?

Und ich bin hier und kann sie erzählen. Und in gewisser Weise ist es mir auch unmöglich, sie *nicht* zu erzählen.

Also bleibt mir wohl keine andere Wahl.

KAPITEL 3

Am frühen Abend jenes Tages – es war ein Mittwoch – war ich zu einem AA-Meeting gegangen. Hinterher hatte ich mit Jim Faber und ein paar anderen eine Tasse Kaffee getrunken, und als ich nach Hause kam, sagte mir Elaine, daß Mick angerufen habe. »Er wollte wissen, ob du vorbeikommen könntest. Er hat nicht direkt gesagt, daß es wichtig ist, aber ich hatte schon den Eindruck.«

Also holte ich meine Windjacke aus dem Schrank und zog sie an, und auf halbem Weg zum *Grogan's* zog ich den Reißverschluß hoch. Es war September, ein sehr wechselhafter September, mit Tagen wie im August und Nächten wie im Oktober. Tage, die einen an das erinnerten, was vorüber war, und Nächte, die einen spüren ließen, was bevorstand.

Etwa zwanzig Jahre lang hatte ich in einem Zimmer im Hotel Northwestern gelebt, nördlich der Fifty-seventh Street, ein paar Häuser südlich der Ninth Avenue. Als ich schließlich umzog, war es nur quer über die Straße, ins Parc Vendôme, ein riesiges Vorkriegsgebäude, in dem Elaine und ich im vierzehnten Stock eine geräumige Wohnung mit Blick nach Süden und Westen haben.

Richtung Süden und Westen ging ich auch an jenem Abend, Richtung Süden zur Fiftieth Street, Richtung Westen zur Tenth Avenue. Das *Grogan's* liegt an der südöstlichen Ecke, eine alte, irische Schankstube, wie man sie in Hell's Kitchen und überhaupt in New York immer seltener findet: ein mit kleinen schwarzen und weißen Fliesen ausgelegter Boden, eine Decke aus gestanztem Blech, ein langer Tresen aus Mahagoni und hinter dem Tresen ein dazu passendes verspiegeltes Flaschenregal. Hinten raus ein Raum, der als Büro diente, in dem Mick Waffen, Geld und Akten aufbewahrte, und in dem er gelegentlich auf einer langen grünen Ledercouch ein Nickerchen machte. Links vom Büro ein Vorraum, an dessen Stirnseite unter einem ausgestopften Fächerfisch eine Dartscheibe hing. Auf der rechten Seite des Vorraums die Türen zu den Toiletten.

Ich ging durch die Eingangstür und ließ die Szenerie auf mich wirken: die Gäste am Tresen, eine Mischung aus Faulpelzen, Strebern und Exknackis, die wenigen besetzten Tische. Hinterm Tresen Burke, der mich mit einem ausdruckslosen Nicken zur Kenntnis nahm, und Andy Buckley, der ganz allein in dem hinteren Vorraum stand und sich mit einem Dartpfeil in der Hand nach vorne beugte. Als ein Mann aus der Toilette trat, richtete Andy sich auf, entweder um mit ihm zu reden, oder um ihn nicht mit einem seiner Dartpfeile zu treffen. Irgendwie kam mir der Typ bekannt vor, und ich versuchte gerade, das Gesicht einzuordnen, als ich ein anderes Gesicht entdeckte, das mich den Mann völlig vergessen ließ.

Im *Grogan's* gibt es keine Bedienung – man muß sich die Getränke am Tresen holen –, aber es gibt Tische, und etwa die Hälfte von ihnen war besetzt, einer von drei Männern im Anzug, der Rest von Paaren. Mick Ballou ist ein unverbesserlicher Krimineller, und das *Grogan's* ist sein Hauptquartier und der Ort, wo die meisten der noch in der Gegend wohnenden schweren Jungs rumhängen. Aber durch die Sanierung von Hell's Kitchen, das inzwischen nur noch Clinton genannt wird, war es auch für die neueren Bewohner zu einer Kneipe mit viel Flair geworden, wo man sich nach der Arbeit bei einem Bier erholte oder wo man nach dem Kino auf einen letzten Drink einkehrte. Und das *Grogan's* taugte durchaus auch als Ort, an dem man mit seinem Ehepartner eine ernsthafte, durch ein paar Drinks etwas aufgelockerte Unterhaltung führen konnte. Oder, wie in ihrem Fall, mit dem Ehepartner von jemand anderem.

Sie war schlank und dunkel, und ihr kurzes Haar umrahmte ein Gesicht, das nicht im herkömmlichen Sinn hübsch, aber gelegentlich strahlend schön war. Ihr Name war Lisa Holtzmann. Als ich sie kennenlernte, war sie verheiratet, und ihr Mann war ein Typ, den ich nicht leiden konnte, ohne daß ich hätte sagen können, warum. Dann wurde er erschossen, während er telefonierte, und sie fand im Schrank eine Stahlkassette voll Geld und rief mich an. Ich sorgte dafür, daß sie das Geld behalten konnte, und ich klärte den Mord an ihrem Mann auf, und irgendwann in jener Zeit begann ich, mit ihr ins Bett zu gehen.

Als es anfing, wohnte ich noch im Northwestern. Dann sind Elaine und ich zusammen in die Wohnung im Parc Vendôme gezogen, und etwa ein Jahr später haben wir geheiratet. In dieser Zeit habe ich mich weiterhin mit Lisa getroffen. Immer war ich derjenige, der anrief und sie fragte, ob sie Lust hätte, mich zu sehen, und immer stimmte sie freudig zu. Manchmal habe ich sie wochenlang nicht besucht, und dann dachte ich immer, die Affäre hätte sich totgelaufen. Und doch kam jedesmal wieder der Tag, an dem ich mich nach der Zuflucht sehnte, die ihr Bett mir bot, und ich sie anrief, und sie mich einlud.

Soweit ich das beurteilen kann, hat diese Geschichte meine Beziehung zu Elaine nie beeinträchtigt. Ich weiß, das möchten alle immer gern glauben, aber in diesem Fall bin ich wirklich überzeugt, daß es stimmt. Unsere Affäre schien außerhalb von Zeit und Raum zu existieren. Sie war sexueller Art, natürlich, aber es ging nicht *um* Sex, genauso wenig wie es beim Trinken jemals darum geht, wie das Zeug schmeckt. Tatsächlich war es in gewisser Weise wie mit dem Trinken, oder besser gesagt spielte es für mich die gleiche Rolle wie das Trinken. Es war ein Ort, an den ich mich flüchten konnte, wenn ich nicht dort sein wollte, wo ich gerade war.

Kurz nach unserer Heirat – auf unserer Hochzeitsreise, um genau zu sein – gab Elaine mir zu verstehen, daß sie wußte, daß ich mich mit jemandem traf, und daß es ihr nichts ausmachte. Sie hat dafür nicht so viele Worte gebraucht wie ich jetzt. Sie sagte einfach nur, daß sich wegen unserer Heirat nichts ändern müsse, daß wir weiterhin die bleiben könnten, die wir seien. Aber es war eindeutig, was sie damit meinte. Vielleicht hatten all die Jahre, die sie als Callgirl gearbeitet hatte, ihr einen ganz besonderen Einblick vermittelt, wie Männer ticken, unabhängig davon, ob sie verheiratet sind oder nicht.

Nach unserer Heirat traf ich mich weiterhin mit Lisa, wenn auch seltener. Und dann war es einfach zu Ende, ohne Paukenschlag und ohne Tränen. Eines Nachmittags war ich bei ihr, oben in ihrem Adlerhorst irgendwo oberhalb des zwanzigsten Stocks eines neueren Gebäudes an der Ecke Fifty-seventh und Tenth, wir tranken Kaffee, und sie erzählte mir – etwas zögerlich –, daß sie sich seit kurzem mit jemandem traf, nichts Ernstes bis jetzt, aber vielleicht würde es das noch werden.

Und dann gingen wir ins Bett, und es war wie immer: im Grunde nichts Besonderes, aber es tat einfach gut. Trotzdem ertappte ich mich immer wieder dabei, daß ich mich fragte, was zum Teufel ich dort eigentlich tat. Ich empfand es nicht als Sünde, auch nicht als falsch, ich konnte mir auch nicht vorstellen, daß ich damit irgend jemanden verletzte, weder Elaine noch Lisa noch mich selbst. Und dennoch kam es mir irgendwie nicht richtig vor.

Ich sagte beiläufig, daß ich sie vermutlich eine Zeitlang nicht mehr anrufen würde, daß ich ihr ein bißchen Freiraum lassen wolle. Und sie antwortete genauso beiläufig, sie glaube, das sei für's erste eine gute Idee.

Danach hatte ich sie nie wieder angerufen.

Zweimal war ich ihr zufällig über den Weg gelaufen. Einmal auf der Straße, als sie mit einem Einkaufswagen voller Lebensmittel von D'Agostino's auf dem Weg nach Hause war. *Hallo, wie geht's dir? Nicht schlecht. Und dir? Ach, auch ganz gut. Ich bin ziemlich beschäftigt. Ich auch. Du siehst gut aus. Danke. Du auch. Tja. Tja, schön, daß ich dich getroffen habe. Finde ich auch. Paß auf dich auf. Du auch.* Und einmal, als ich mit Elaine im Armstrong's war und sie am anderen Ende des Raumes saß. *Ist das nicht Lisa Holtzmann? Ja, ich glaube schon. Sie ist mit einem Mann da. Hat sie eigentlich wieder geheiratet? Ich weiß es nicht. Sie hatte ganz schön viel Pech, nicht wahr? Erst die Fehlgeburt, und dann der Tod ihres Mannes. Sollen wir rübergehen und sie begrüßen? Ach, ich weiß nicht. Sie macht den Eindruck, als ob der Typ, mit dem sie da sitzt, sie völlig in Anspruch nimmt, und außerdem sind wir Bekannte aus der Zeit, als ihr Mann noch lebte. Ein andermal …«*

Aber es hatte kein anderes Mal gegeben. Und jetzt saß sie plötzlich im *Grogan's*.

Ich ging zum Tresen, und genau in dem Moment schaute sie hoch, und unsere Blicke trafen sich. Ihre Augen leuchteten auf. »Matt«, sagte sie und winkte mich zu sich herüber, »das ist Florian.«

Er sah viel zu gewöhnlich aus für solch einen Namen. Er war etwa vierzig Jahre alt, hatte hellbraunes Haar, das am Ansatz bereits ausdünnte, und trug eine Hornbrille, ein Jeanshemd und darüber eine blaue Sportjacke sowie eine gestreifte Krawatte. Mir fiel auf, daß er einen Ehering trug und sie nicht.

Er sagte *Hallo*, und ich sagte *Hallo*, und sie sagte, es wäre nett, mich zu treffen, und dann ging ich zum Tresen und ließ mir von Burke ein Glas Cola einschenken.

»Er müßte gleich wieder da sein«, sagte Burke. »Er hat schon gesagt, daß Sie kommen.«

»Da hatte er recht«, antwortete ich, oder irgend etwas in der Art, ohne wirklich mitzukriegen, was ich sagte. Ich nahm einen Schluck von meiner Cola und beobachtete über den Rand meines Glases hinweg den Tisch, an dem ich eben noch gestanden war. Keiner von beiden sah zu mir her. Sie hielten inzwischen Händchen, oder besser gesagt hielt er ihre Hand in seiner. Florian und Lisa, Lisa und Florian.

Jahrzehnte, seit ich mit ihr zusammen gewesen war. Jahre, um genauer zu sein.

»Andy ist hinten«, sagte Burke.

Ich nickte und wandte mich vom Tresen weg. Aus dem Augenwinkel sah ich eine Bewegung. Ich drehte mich um, und mein Blick kreuzte sich mit dem des Mannes, den ich aus der Toilette hatte kommen sehen. Er hatte ein breites, keilförmiges Gesicht, dichte Augenbrauen, eine hohe Stirn, eine lange, schmale Nase und volle Lippen. Ich kannte ihn, und gleichzeitig hatte ich nicht die geringste Ahnung, wer zum Teufel er war.

Er deutete ein Nicken an, aber ich hätte nicht sagen können, ob es bedeutete, daß er mich kannte, oder einfach nur eine Reaktion darauf war, daß sich unsere Blicke gekreuzt hatten. Dann drehte er sich wieder zum Tresen, und ich ging an ihm vorbei zu dem Vorraum, wo Andy Buckley – die Linie übertretend und sich weit nach vorn beugend – mit einem Pfeil auf die Scheibe zielte.

»Der Boss ist weggefahren«, sagte er. »Hättest du Lust auf eine Runde oder zwei, während du wartest?

»Eher nicht. Da kriege ich nur Minderwertigkeitskomplexe.«

»Wenn ich alles meiden würde, was mir Minderwertigkeitskomplexe macht, käme ich nie aus dem Bett.«

»Und wie steht's mit Darts? Und mit Auto fahren?«

»Jesus, das ist das Schlimmste. Da ist eine Stimme in meinem Kopf, die sagt: ›Schau dich doch an, du Niete. Achtunddreißig Jahre, und alles, was du kannst, ist Auto fahren und Darts spielen. Nennst du das etwa ein Leben, du Niete?‹«

Er warf einen Pfeil und traf mitten ins Schwarze. »Tja«, fügte er hinzu, »wenn Darts alles ist, was man kann, kann man es auch gleich richtig machen.«

Er ging und zog die Pfeile aus der Scheibe, und als er wieder zurückkam, sagte ich: »Da steht ein Typ am Tresen, oder zumindest stand er da gerade noch. Wo zum Teufel ist er jetzt hin?«

»Von wem redest du?«

Ich trat etwas zurück, bis ich die Gesichter im Spiegel hinter dem Tresen sehen konnte. Das, nach dem ich Ausschau hielt, konnte ich nicht entdecken. »Ein Typ ungefähr in deinem Alter. Vielleicht ein bißchen jünger. Hohe Stirn, und ein Gesicht, das nach unten spitz zuläuft.« Ich fuhr fort, das Gesicht zu beschreiben, und Andy runzelte die Stirn und schüttelte den Kopf.

»Keine Ahnung. Ist er noch da?«

»Ich sehe ihn nicht mehr.«

»Meinst du vielleicht Mr. Dougherty? Der sitzt gleich da drüben und ...«

»Ich kenne Mr. Dougherty, und er dürfte etwa – na, ich vermute, neunzig Jahre alt sein. Der, den ich meine, ist ...«

»So alt wie ich oder jünger, ich weiß, das hast du gesagt, und mir war es entfallen. Eins sage ich dir: Jedesmal, wenn ich mich umdrehe, sind da mehr, die jünger sind als ich.«

»Das kannst du laut sagen.«

»Wie auch immer. Ich sehe den Typen nirgendwo, und die Beschreibung sagt mir auch nichts. Was ist denn mit ihm?«

»Er muß wohl gegangen sein. Ich dachte, du hättest dich vielleicht mit ihm unterhalten.«

»Am Tresen? Ich war die letzte halbe Stunde hier hinten.«

»Er verließ gerade die Toilette, als ich zur Tür reinkam. Und irgendwie kam er mir bekannt vor, und ich dachte, er hätte was zu dir gesagt, oder vielleicht hast du auch nur gewartet, bis er aus dem Weg war, damit du ihm nicht einen Pfeil ins Ohr jagst.«

»Allmählich wünsche ich mir schon, genau das wäre passiert. Dann wüßten wir jetzt wenigstens, wer er ist. ›Klar weiß ich, wen du meinst: das Arschloch, das einen Dartpfeil als Ohrring trägt.‹«

»Und du kannst dich nicht erinnern, mit jemandem gesprochen zu haben?«

Er schüttelte den Kopf. »Ich will nicht behaupten, ich hätte mit niemandem gesprochen. Den ganzen Abend gehen Leute auf die Toilette, und ich stehe hier und spiele Darts, und ab und zu bleibt einer mal kurz bei mir stehen. Ich rede mit ihnen, ohne sie richtig wahrzunehmen, außer wenn ich das Gefühl habe, daß sie vielleicht Lust auf ein Spiel haben – mit ein oder zwei Dollar Einsatz. Und heute abend hätte ich mich darauf auch nicht eingelassen, weil ich weiß, daß wir losfahren, sobald er auftaucht, und was sagst du nun? Schon ist er da.«

Mick Ballou ist ein großer Mann, und er sieht aus, als hätte man ihn aus Granit gemeißelt, wie eine Steinzeit-Skulptur. Er hat erstaunlich leuchtend grüne Augen, die eine deutliche Warnung ausstrahlen, sich ja nicht mit ihm anzulegen. An diesem Abend trug er eine graue Hose und ein blaues Freizeithemd, aber er hätte genauso gut die Metzgerschürze seines verstorbenen Vaters tragen können, übersät mit alten und neuen Blutflecken.

»Bist du wahrhaftig gekommen«, begrüßte er mich. »Guter Mann. Andy holt den Wagen. Du hast doch nichts gegen einen kleinen Ausflug an einem schönen Septemberabend?«

Mick genehmigte sich noch schnell am Tresen einen Drink, dann verließen wir die Kneipe, die ein Journalist einmal »das Hauptquartier seines kriminellen Imperiums« genannt hatte, und stiegen in den dunkelblauen Cadillac. Diese Bezeichnung war, wie Elaine ganz richtig bemerkt hatte, etwas unglücklich gewählt, denn Micks Stil war insgesamt nicht mal ansatzweise imperial. Er war feudal. Mick war der König auf seiner Burg, und die bloße Kraft seiner körperlichen Präsenz war sein Zepter. Seine Getreuen wurden belohnt, Rivalen im Burggraben ertränkt.

Und er war, wie mir stets bewußt war, ein seltsamer Freund für einen ehemaligen Polizisten und jetzigen Privatdetektiv. Nach all den Jahren waren seine Hände genauso blutbefleckt wie seine Schürze. Aber offensichtlich kann ich das zur Kenntnis nehmen, ohne ihn zu verurteilen oder mich von ihm zu distanzieren. Ich bin mir nicht sicher, ob das von emotionaler Reife oder eher von gewollter Begriffsstutzigkeit zeugt. Ich bin mir auch nicht sicher, ob das überhaupt eine Rolle spielt.

Ich habe eine ganze Reihe Freunde, aber nur wenige, die mir nahe stehen. Die Bullen, mit denen ich damals zusammengearbeitet habe, sind inzwischen pensioniert, und ich habe sie schon lange aus den Augen verloren. Meine Kneipenfreundschaften sind den Bach runtergegangen, als ich aufgehört habe zu trinken und in Kneipen rumzuhängen, und meine AA-Freundschaften basieren – bei aller Tiefe und Festigkeit – auf dem gemeinsamen Willen, nüchtern zu bleiben. Wir unterstützen uns gegenseitig, wir vertrauen einander, wir wissen erstaunlich intime Dinge voneinander – aber wir stehen uns nicht unbedingt nahe.

Elaine ist meine engste Freundin und mit Abstand der wichtigste Mensch in meinem Leben. Daneben gibt es noch eine Handvoll Leute, mit denen mich etwas verbindet, mit jedem auf eine andere, immer aber tiefe Art und Weise. Jim Faber, mein AA-Sponsor. TJ, der in meinem ehemaligen Hotelzimmer wohnt und mein Assistent ist, wenn er nicht gerade in Elaines Laden aushilft. Ray Gruliow, der kompromißlose Rechtsanwalt. Joe Durkin, Detective in Midtown North und mein letzter richtiger Kontakt bei der Polizei. Chance Coulter, der früher Zuhälter war und jetzt mit afrikanischer Kunst handelt. Danny Boy Bell, der mit Informationen dealt.

Und Mick Ballou.

Diese Freundschaften folgen, soweit ich das beurteilen kann, keinem bestimmten Muster. Vermutlich würde keiner von ihnen viel von den anderen halten. Aber alle sind sie meine Freunde. Ich fälle kein Urteil über sie, und auch nicht über die Freundschaft, die uns verbindet. Das kann ich mir nicht leisten.

All das ging mir durch den Kopf, während Andy fuhr und Mick und ich Seite an Seite auf der riesigen Rückbank saßen. Wir sprachen ein bißchen über den neuen japanischen Werfer der Yankees, der nach einem vielversprechenden Start inzwischen eher enttäuschend spielte. Aber keiner von uns hatte sonderlich viel zu dem Thema beizusteuern, und so fuhren wir die meiste Zeit schweigend dahin.

Wir fuhren durch den Lincoln Tunnel nach New Jersey, dann auf der Route 3 Richtung Westen. Danach achtete ich nicht mehr darauf, welche Straßen wir nahmen. Wir durchquerten eine Art Vorort-Industriegebiet und kamen schließlich zu einem massiven, einstöckigen Betonklotz, der hinter vier Meter hohem Drahtzaun thronte, der oben mit Stacheldrahtrollen verstärkt war. RÄUME ZU VERMIETEN stand auf einem Schild. Ein zweites Schild erklärte das erste: E-Z LAGERHALLE/EXTRA RAUM – NIEDRIGE MIETE.

Andy fuhr langsam an dem Gebäude vorbei und bog bei der ersten Gelegenheit rechts ab. Dann umrundete er das Grundstück ein zweites Mal. »Alles ruhig und friedlich«, sagte er und hielt vor dem verschlossenen Tor. Mick stieg aus, öffnete das große Vorhängeschloß mit einem Schlüssel und schwang das Tor nach innen. Andy fuhr den Cadillac in den Hof, Mick sperrte hinter uns das Tor zu und stieg wieder ein.

»Sie machen um zehn Uhr dicht«, erklärte er. »Aber man bekommt einen Schlüssel. Man kann vierundzwanzig Stunden am Tag rein, wobei man von zehn Uhr abends bis sechs Uhr morgens völlig ungestört ist.«

»Das kann ganz praktisch sein.«

»Weshalb ich es auch ausgesucht habe.«

Wir fuhren um das Gebäude herum. Im Abstand von etwa viereinhalb Metern waren Rolltore zu sehen, die man hochschieben konnte. Sie waren alle geschlossen und mit einem Vorhängeschloß gesichert. Andy hielt vor einem dieser Tore und stellte den Motor ab. Wir stiegen aus, und Mick öffnete das Schloß mit einem weiteren Schlüssel, packte den Griff und schob das Tor nach oben.

Drinnen war es dunkel, aber ich wußte schon, was los war, bevor das Tor ganz oben war. Ich sog die Luft ein wie ein Hund, der den Kopf aus dem Wagenfenster streckt, und versuchte, die Gerüche zuzuordnen, die mir entgegenschlugen.

Da war der Geruch nach Tod, ganz eindeutig, nach leblosem Fleisch, das in einem warmen, nicht klimatisierten Raum vor sich hin fault. Dazu kam der Geruch von Blut, ein Geruch, der oft als kupfern beschrieben wird, der mich aber immer eher an den Geschmack von Eisen erinnert hat. Ein eiserner Geruch, wenn man so will. Dann war da der Brandgeruch von Kordit und noch ein weiterer Geruch nach irgend etwas Verbranntem. Vermutlich versengtes Haar. Und dann nahm ich noch – als unpassende Hintergrundmelodie zu all den sauren Geruchsnoten – das reiche, altvertraute Bouquet von Whiskey war. Es roch nach Bourbon, nach gutem noch dazu.

Dann ging das Licht an, eine einzelne Glühbirne oben an der Dekke, und ich sah, was meine Nase mir bereits angekündigt hatte. In der Mitte des Raums mit circa fünfeinhalb Meter Durchmesser und drei Meter Höhe lagen zwei Männer, beide mit Jeans und Turnschuhen bekleidet, einer in einem dunkelgrünen Arbeitshemd mit hochgerollten Ärmeln, der andere in einem marineblauen Polohemd.

Ich ging zu den beiden hinüber und sah sie mir an. Beide waren Ende zwanzig oder Anfang dreißig. Der mit dem Polohemd war mir bekannt, obwohl ich mich nicht an seinen Namen erinnern konnte, falls ich ihn überhaupt jemals gehört hatte. Ich hatte ihn im *Grogan's* gesehen. Er war vor noch gar nicht langer Zeit aus Belfast gekommen, und er hatte noch diesen Akzent, bei dem die Satzmelodie gegen Ende des Satzes leicht nach oben geht, fast wie bei einer Frage.

Der Schuß war durch die Hand hindurch gegangen und in den Rumpf eingedrungen, genau unter dem Brustbein. Ein weiterer und tödlicher Schuß hatte ihn direkt hinter dem linken Ohr getroffen. Der Schuß war aus nächster Nähe abgegeben worden, und das Mündungsfeuer hatte die Haare um die Eintrittswunde herum versengt. Es war also wirklich angesengtes Haar gewesen, das ich gerochen hatte.

Der andere Mann, der in dem dunkelgrünen Arbeitshemd, hatte aus einer Schußwunde am Hals massenweise Blut verloren. Er lag auf dem Rücken in einer Pfütze aus Blut. Auch ihm hatte man einen *coup de grâce* verpaßt, einen Schuß aus nächster Nähe mitten in die Stirn. Es war kaum nachzuvollziehen, wozu das gut gewesen sein sollte. Die Wunde am Hals hätte ausgereicht, um ihn zu töten, und wenn man sich ansah, wieviel Blut er verloren hatte, war er vermutlich bereits tot, bevor der zweite Schuß auf ihn abgefeuert wurde.

»Wer hat sie umgebracht?« fragte ich.

»Tja«, sagte Mick. »Du bist doch der Detektiv.«

Andy war draußen beim Wagen geblieben, um aufzupassen, daß uns niemand störte, und Mick hatte das Stahltor heruntergelassen, um uns gegen Blicke aus eventuell vorbeikommenden Autos abzuschirmen. »Ich wollte, daß du sie genau so siehst, wie ich sie gefunden habe«, sagte er. »Es hat mich nicht gerade begeistert, wegzugehen und sie einfach so liegen zu lassen, aber ich war mir unsicher, ob ich nicht irgendwelche Spuren unbrauchbar machen würde. Was verstehe ich schließlich schon von Spuren?«

»Du hast sie nicht bewegt?«

Er schüttelte den Kopf. »Ich mußte sie nicht anfassen, um zu wissen, daß ich nichts mehr für sie tun konnte. Ich habe genug Tote gesehen und weiß genau, wann einer nicht mehr lebt.«

»Sogar im Dunkeln.«

»Vor ein paar Stunden war der Geruch noch nicht so intensiv.«

»War das der Zeitpunkt, wo du sie gefunden hast?«

»Ich hab nicht auf die Uhr geschaut. Es war früher Abend, und es war noch hell. So etwa zwischen sieben und acht, würde ich schätzen.«

»Und du hast alles genau so vorgefunden, wie es jetzt ist? Du hast nichts hinzugefügt und nichts weggenommen?«

»Nein.«

»Das Tor war runtergelassen, als du kamst?«

»Runtergelassen und zugesperrt.«

»Der Pappkarton da drüben in der Ecke ...«

»Da sind nur ein paar Werkzeuge drin, die wir hier manchmal brauchen. Eine Brechstange, um Lattenkisten aufzustemmen, Hammer und Nägel. Außerdem ein Elektrobohrer, aber ich nehme an, den haben sie mitgenommen. Wie alles andere auch.«

»Und was war das?«

»Whiskey. Und zwar soviel, wie auf einen kleinen Lastwagen paßt.«

Ich kniete nieder, um den Mann, den ich kannte, genauer zu betrachten. Ich bewegte seinen Arm, bis die Wunde in seiner Hand eine Linie mit der Wunde in seinem Rumpf bildete. »Eine einzige Kugel«, sagte ich. »Zumindest sieht es so aus. Ich hab das schon öfter gesehen. Scheint so eine Art Reflex zu sein. Man hebt die Hand, um die Kugel abzuwehren.«

»Und, hast du schon mal erlebt, daß das funktioniert?«

»Nur bei Superman. Man hat ihn geschlagen, ist dir das aufgefallen? Ins Gesicht. Vermutlich mit der Pistole eins übergezogen.«

»Mein Gott. Er war doch nur ein Junge. Du bist ihm in der Kneipe sicher mal über den Weg gelaufen.«

»Ja, aber ich weiß nicht, wie er heißt.«

»Barry McCartney. Er hätte noch hinzugefügt, daß er nicht mit Paul verwandt ist. Daheim in Belfast wäre das überflüssig gewesen. Im County Antrim gibt's McCartneys wie Sand am Meer.«

Ich sah mir die Hände des anderen Toten an. Sie waren unverletzt. Entweder hatte er gar nicht erst versucht, die Kugel abzufangen, oder er hatte es versucht und daneben gegriffen.

Auch er sah aus, als hätte man ihn ins Gesicht und auf den Kopf geschlagen, aber ich konnte es nicht mit Sicherheit sagen. Die Kugel, die er in die Stirn bekommen hatte, hatte seine Gesichtszüge entstellt, und das allein reichte schon als Erklärung für die Verfärbungen aus.

Jedenfalls für mich, wenn auch vielleicht nicht für jemanden, der sich auskannte. Ich hatte eine ganze Menge Tatorte gesehen, aber ich war kein Gerichtsmediziner, kein forensischer Pathologe. Eigentlich hatte ich keine Ahnung, worauf ich achten mußte und was ich aus dem, was ich sah, schließen sollte. Ich hätte die ganze Nacht über den Leichen brüten können und hätte nicht einmal einen Bruchteil von dem erfaßt, was das Auge eines Experten auf den ersten Blick erkannt hätte.

»John Kenny«, sagte Mick, bevor ich fragen konnte. »Hast du den mal kennengelernt?«

»Ich glaube nicht.«

»Aus Strabane, County Tyrone. Er lebte in Woodside in einer Pension voller Jungs aus Nordirland. Seine Mutter ist vor einem Jahr gestorben. Das erspart mir, es ihr beibringen zu müssen.« Er räusperte sich. »Er flog nach Hause, beerdigte sie und kam wieder her. Und starb in einem Raum voller Whiskey.«

»Die beiden riechen aber nicht nach Whiskey.«

»Der Raum war voller Whiskey, der Bursche selbst nicht.«

»Aber es roch nach Whiskey, als ich reinkam, und ich rieche ihn immer noch, aber das kommt nicht von den beiden.«

»Ah«, sagte er, und ich sah auf die Stelle, auf die er mit dem Finger deutete. In der Nähe der Wand waren mehrere Quadratzentimeter des Betonbodens mit zerbrochenem Glas bedeckt. Etwa eineinhalb Meter oberhalb des Scherbenhaufens war die Wand voller Flecken, und von den Flecken war die Flüssigkeit bis zum Boden hinuntergelaufen.

Ich ging hinüber, um es mir genauer anzusehen. »Sie haben deinen Whiskey geklaut. Und sie haben eine Flasche zerbrochen.«

»Genau.«

»Aber sie ist ihnen nicht einfach aus der Hand gerutscht und beim Aufprall zerbrochen. Irgend jemand hat die Flasche mit Absicht an die Wand geworfen. Noch dazu eine volle Flasche.« Ich stocherte in den Scherben herum, bis ich die fand, auf der das Etikett klebte. »George Dickel. Hab ich mir doch gedacht, daß es nach Bourbon riecht.«

»Du hast immer noch das Näschen dafür.«

»McCartney und ... Kenny, nicht wahr?«

»John Kenny.«

»Ich nehme an, sie haben beide für dich gearbeitet.«

»Ja.«

»Und deswegen waren sie auch hier?«

»Ja. Letzte Nacht hatte ich sie gebeten, irgendwann im Laufe des Tages hier rauszufahren und ein halbes Dutzend Kisten zu holen, Scotch und Bourbon und noch irgendwas, an das ich mich nicht mehr erinnern kann. Ich hab's ihnen gesagt, und sie haben's sich aufgeschrieben. John hatte einen Kombi, einen großen, alten, völlig verrosteten Ford. In dem war genug Platz für ein paar Kisten Whiskey. Barry sollte ihm zur Hand gehen. Sie sollten tagsüber herfahren, damit sie den Schlüssel für das Vorhängeschloß am Eingang nicht brauchten. Für den Raum hier habe ich separate Schlüssel, und davon hatte ich ihnen einen gegeben.«

»Sie wußten, wie man herfindet?«

»Sie waren schon mal hier, als wir den Lastwagen mit dem Whiskey ausgeladen haben. Sie waren nicht dabei, als wir uns den Lastwagen geschnappt haben, aber sie haben beim Entladen geholfen. Und auch sonst waren sie ein- oder zweimal im Monat hier.«

»Sie sind also hergefahren, um Whiskey zu holen. Und wo sollten sie ihn hinbringen?«

»In die Kneipe. Als sie nicht auftauchten, habe ich rumtelefoniert und mich nach ihnen erkundigt. Keiner wußte, wo sie stecken, also habe ich mich ins Auto gesetzt und bin selbst hierher gefahren.«

»Hast du dir Sorgen um sie gemacht?«

»Ich hatte keinen Grund, mir Sorgen zu machen. Der Auftrag war nicht sonderlich eilig. Es hätte sein können, daß sie vorher noch was Wichtigeres erledigen wollten.«

»Aber du warst trotzdem irgendwie beunruhigt, nicht wahr?«

»Ja. Ich hatte so ein komisches Gefühl.«

»Verstehe.«

»Meine Mutter hat immer behauptet, ich hätte das zweite Gesicht. Ich weiß nicht, ob das stimmt, aber manchmal habe ich eben so ein Gefühl. Außerdem brauchten wir den Whiskey, und ich hatte nichts anderes zu tun, warum hätte ich also nicht rausfahren und nachschauen sollen?«

»Und dann hast du sie so gefunden?«

»Ja. Ich habe nichts hinzugefügt und nichts weggenommen.«

»Was ist mit dem Kombi passiert?«

»Keine Ahnung. Ich weiß nur, daß er weit und breit nicht zu sehen ist. Ich nehme an, derjenige, der sie umgebracht hat, ist damit weggefahren.«

»Aber hier war doch mehr Whiskey, als man in einen Kombi reinkriegen würde. Für ein halbes Dutzend Kisten hätte es gereicht, aber wenn man den ganzen Raum ausräumen wollte ...«

»Dafür bräuchte man einen Lieferwagen.«

»Oder zwei Kombis, und jeder fährt mehrmals. Aber sie hätten natürlich alles auf einmal mitnehmen wollen. Sie hätten nicht nochmal in einen Raum zurückkehren wollen, in dem ein paar Tote rumliegen. Sie hatten einen Lastwagen, und den hat der eine von den beiden gefahren, und der andere ist mit Kennys Kombi abgedüst.«

»Für den Wagen würdest du keinen Pfennig mehr kriegen. Nicht mal für einzelne Teile. Die Karre wurde nur noch vom Rost zusammengehalten.«

»Vielleicht brauchten sie die Ladefläche. Vielleicht hat nicht alles auf den Lastwagen oder Lieferwagen gepaßt, und sie mußten die restlichen Kisten im Kombi verstauen.«

»Und dann ist eine Flasche übrig geblieben, und die haben sie gegen die Wand gedonnert.«

»Schwer nachzuvollziehen, was das sollte. Es ist ja nicht so, daß die Flasche einfach runtergefallen wäre. Die hat jemand gegen die Wand geschleudert.«

»Vielleicht hat es ein Handgemenge gegeben ...«

»Aber danach sieht es überhaupt nicht aus. Die Mörder haben deinen Jungs aufgelauert, ihnen die Pistole über den Schädel gezogen und sie dann erschossen. Das scheint mir soweit sicher zu sein, und es ist nicht ganz einfach, in diesem Szenario eine zerbrochene Flasche unterzubringen.« Ich bückte mich und kam wieder hoch. »Die Flasche war offen. Hier ist der Flaschenhals. Der Verschluß ist weg, und das Siegel ist aufgebrochen.« Ich schloß die Augen und versuchte mir vorzustellen, wie es sich abgespielt hatte. »Kenny und McCartney sind hier drin. Sie haben die Kisten eingeladen und genehmigen sich, bevor sie losfahren, einen Drink. Dann kommen die Bösewichte mit der Knarre in der Hand rein. ›Immer mit der Ruhe. Nehmt erst mal einen Schluck', sagt Kenny, oder McCartney. Er hält ihnen die Flasche hin, der Schütze nimmt sie und pfeffert sie gegen die Wand.«

»Und warum?«

»Ich weiß es nicht. Außer du wärst von *Carry Nation* und der Bürgerinitiative gegen Kneipen überfallen worden.«

»Wo wir die ganze Zeit von Whiskey reden.« Er zog seinen Flachmann aus der Tasche und nahm einen Schluck. »Mann, die beiden hätten keine offene Flasche gefunden. Sämtliche Kisten waren versiegelt. Sie hätten eine Kiste aufbrechen müssen, wenn sie was hätten trinken wollen, und das hätten sie nicht gemacht.«

Ich wandte mich wieder den Leichen zu. Oben auf der Lache, die sich aus dem Blut aus John Kennys Hals gebildet hatte, schwamm ein kleiner Glassplitter. »Die Flasche wurde zerbrochen, als die

Männer schon tot waren. Sie haben sie umgebracht, dann haben sie eine der Kisten geöffnet und sich während des Aufladens ein paar Drinks genehmigt. Und dann die Flasche zerschmettert. Aber wieso?«

»Vielleicht hat ihnen der Whiskey nicht geschmeckt.«

»In manchen Gegenden ist es verboten, mit einer offenen Flasche mit Alkohol drin rumzufahren. Aber irgendwie kann ich mir nicht vorstellen, daß ihnen das Sorgen bereitet hätte. Das ist wie eine Geste, mit der man seine Verachtung zum Ausdruck bringt, nicht wahr? Indem man eine Flasche an die Wand wirft. Oder vielleicht ist es auch so was ähnliches, wie wenn man nach einem Trinkspruch das leere Glas in den Kamin wirft. Wieso auch immer, es war jedenfalls ganz schön blöd.«

»Warum das?«

»Weil Glas ein guter Träger für Fingerabdrücke ist, und die Chancen stehen ziemlich gut, daß sich auf einer dieser Scherben ein brauchbarer Abdruck befindet. Und Gott allein weiß, was ein Labortechniker sonst noch alles finden würde.« Ich drehte mich zu Mick um. »Du hast zwar aufgepaßt, daß du am Zustand des Tatorts nichts veränderst, aber das ist natürlich verlorene Liebesmüh, wenn ich der einzige bin, der ihn zu sehen kriegt. Ich habe weder die Ausbildung noch die Mittel, um hier irgendwas auszurichten. Aber ich nehme mal an, daß du das hier nicht der Polizei melden wirst.«

»Nein, das werde ich nicht.«

»Hätte mich auch gewundert. Und wie soll es jetzt weitergehen? Willst du die Leichen wegschaffen?«

»Nun ja. Ich kann sie ja schlecht hier liegen lassen, oder?«

KAPITEL 4

Wir legten beide Leichen gemeinsam in das Grab, das wir ausgehoben hatten. Bevor wir sie in den Kofferraum gepackt hatten, hatten wir jede einzeln in ein Leichentuch aus zwei schwarzen Plastiksäkken gewickelt, und wir nahmen die Säcke auch nicht ab, als wir sie zum Grab trugen.

»Eigentlich sollte jemand ein Gebet sprechen«, sagte Mick, der verlegen neben dem Grab stand. »Weiß einer von euch ein Gebet?«

Mir fiel nichts Passendes ein. Ich schwieg, und Andy schwieg ebenfalls. Mick sagte: »John Kenny und Barry McCartney. Ah, ihr wart gute Jungs. Möge Gott eurer Seele gnädig sein. Der Herr hat's gegeben, der Herr hat's genommen. Im Namen des Vaters, des Sohnes und des Heiligen Geistes, Amen.« Er machte das Zeichen des Kreuzes über dem Grab, dann ließ er die Hände sinken und schüttelte den Kopf. »Man sollte doch meinen, mir würde wenigstens ein verdammtes Gebet einfallen. Eigentlich hätten wir einen Priester mitbringen sollen, aber das ist noch das geringste Problem. Eigentlich hätten sie ein anständiges Begräbnis verdient. Jesus, eigentlich hätten sie noch dreißig Jahre länger leben sollen, und verdammt nochmal, egal, was sie hätten haben sollen – alles, was sie kriegen, ist ein Loch im Boden und drei Männer, die über das Ganze nur den Kopf schütteln können. Die armen Schweine. Begraben wir sie und bringen wir die Sache hinter uns.«

Das Loch wieder zuzuschaufeln ging sehr viel schneller, als es auszuheben. Trotzdem dauerte es seine Zeit. Wir hatten nur die eine Schaufel und wechselten uns ab, so wie vorher auch. Als wir fertig waren, war noch Erde übrig. Mick schaufelte sie in einen Schubkarren, den er aus dem Geräteschuppen geholt hatte, und lud sie fünfzig Meter entfernt tief drinnen im Obstgarten ab. Dann kam er zurück, brachte den Schubkarren zusammen mit der Schaufel in den Schuppen und kam wieder zu uns, um einen letzten Blick auf das Grab zu werfen.

»Man sieht schon aus tausend Meter Entfernung, was es ist, oder? Naja, außer O'Gara ist nie jemand hier draußen, und es ist nicht das erste, das er zu sehen kriegt. Ein guter Mann, dieser O'Gara. Er weiß, wann er besser nicht zu genau hinschaut.«

In der Küche des Farmhauses brannte noch das Licht. Ich spülte die Thermoskanne aus und stellte sie auf das Abtropfbrett, und Mick stellte die ungeöffneten Bierdosen zurück und füllte seinen Flachmann mit Jameson auf. Dann stiegen wir wieder in den Cadillac und fuhren nach Hause.

Es war noch dunkel, als wir losfuhren, und es herrschte noch weniger Verkehr als bei der Hinfahrt, und im Kofferraum waren auch keine Leichen mehr, die uns gezwungen hätten, die Geschwindigkeitsbeschränkungen einzuhalten. Trotzdem fuhr Andy nie mehr als fünf Meilen schneller als erlaubt. Nach ein paar Minuten schloß ich die Augen. Ich schlief nicht ein, ich ließ nur meine Gedanken schweifen. Als ich die Augen wieder öffnete, waren wir auf der

George Washington Bridge, und im Osten wurde der Himmel allmählich hell.

So hatte ich also mal wieder eine Nacht durchgemacht, die erste seit langer Zeit. Manchmal waren Mick und ich die ganze Nacht im *Grogan's* gesessen, wenn die Türen zugesperrt und die Lichter ausgeschaltet waren und nur noch eine abgedunkelte Glühbirne über unserem Tisch brannte, und hatten uns Geschichten erzählt oder miteinander geschwiegen, bis die Sonne aufging. Gelegentlich rundeten wir die Nacht mit der 8-Uhr-Messe in St. Bernard's ab, der Metzgermesse, wo Mick nur einer von einer ganzen Gruppe von Männern in blutverschmierten weißen Schürzen war.

Nachdem wir die Brücke hinter uns gelassen hatten und auf dem West Side Drive waren, sagte Mick: »Wir kommen gerade richtig, weißt du. Messe in St. Bernard's.«

»Daran habe ich auch gerade gedacht. Aber ich bin müde. Ich glaube, du mußt heute ohne mich gehen.«

»Ich bin auch müde, aber ich habe das Gefühl, daß ich das heute brauche. Sie hätten einen Priester verdient gehabt.«

»Kenny und McCartney.«

»Genau. Die Familie des einen lebt in Belfast. Ihnen muß man nur mitteilen, daß es Schwierigkeiten gab und daß er gestorben ist, der arme Kerl. Kennys Mutter ist tot, aber er hat noch eine Schwester, stimmt's, Andy?«

»Zwei. Eine ist verheiratet, die andere ist Nonne.«

»Verheiratet mit unserem Herrn«, sagte Mick. Es war mir nie ganz klar, wo bei ihm die Grenze zwischen Ehrfurcht und Ironie verlief, und ich bin mir auch nicht sicher, ob es ihm selbst klar war.

Andy ließ uns am *Grogan's* raus. Mick sagte ihm, er solle den Cadillac in die Garage stellen. »Ich nehme mir ein Taxi nach St. Bernard's. Oder vielleicht gehe ich auch zu Fuß. Ist ja noch genug Zeit.«

Burke hatte den Laden schon vor Stunden dichtgemacht. Mick öffnete die stählernen Ziehharmonikatore und schloß die Tür auf. Die Lichter waren aus, und die Stühle standen auf den Tischen, damit sie nicht im Weg waren, wenn der Boden gewischt wurde.

Wir gingen in den rückwärtigen Raum, den Mick als Büro nutzte. Er drehte an dem Knopf eines riesigen alten Mosler Safes und nahm einen Stapel Geldscheine heraus.

»Ich möchte dich anheuern«, sagte er.

»Du willst mich anheuern?«

»Als Detektiv. So macht man das doch, oder? Jemand heuert dich an, und du stellst dann Nachforschungen an.«

»So läuft das, ja.«

»Ich möchte wissen, wer das war.«

Darüber hatte ich mir auch schon Gedanken gemacht. »Vielleicht war der Überfall nicht geplant. Ein Nachbar, der einen der angrenzenden Räume gemietet hat, sieht zufällig die beiden Männer und den ganzen Alkohol. Wieviel, sagtest du, war es?«

»Fünfzig oder sechzig Kisten.«

»Tja, wieviel sind die wert? Zwölf Flaschen pro Kiste, und wieviel kostet eine Flasche? Sagen wir zehn Dollar? Kommt das hin?«

In seinen Augen zeigte sich eine Spur von Belustigung. »Die Preise sind gestiegen, seit du nicht mehr trinkst.«

»Wundert mich, daß sie nicht pleite gegangen sind.«

»Sie müssen ganz schön strampeln, seit sie dich als Kunden verloren haben, aber sie schaffen es. Geh mal von zweihundert Dollar pro Kiste aus.«

Ich rechnete. »Zehntausend Dollar. Lohnt sich schon, so was zu stehlen.«

»Stimmt. Sonst hätten wir das Zeug ja auch kaum gestohlen. Nur daß wir nicht das Bedürfnis hatten, jemanden umzubringen.«

»Wenn es nicht jemand war, der zufällig vorbeigekommen ist«, fuhr ich fort, »dann sind sie entweder McCartney und Kenny gefolgt, oder sie haben draußen gewartet, bis jemand kam und aufsperrte. Aber für wie wahrscheinlich hältst du das?«

Auf seinem Schreibtisch stand eine angebrochene Flasche Whiskey. Er zog den Verschluß ab und sah sich nach einem Glas um, dann nahm er kurzerhand einen Schluck aus der Flasche.

»Ich muß es einfach wissen«, sagte er.

»Und du willst, daß ich es für dich rausfinde.«

»Will ich, ja. Das fällt in deinen Arbeitsbereich, ich wäre für so was völlig unbrauchbar.«

»Also würde ich rausfinden, was dahintersteckt und wer dafür verantwortlich ist.«

»Genau.«

»Und dann würde ich diese Informationen an dich weitergeben.«

»Worauf willst du hinaus, Mann?«

»Tja, ich würde dann wohl ein Todesurteil überbringen, nicht wahr?«

»Ah.«

»Außer du hättest vor, damit zur Polizei zu gehen.«

»Nein. Nein, ich würde das nicht als etwas sehen, womit man zur Polizei geht.«

»Das dachte ich mir schon.«

Er legte die Hand auf die Flasche, ließ sie aber stehen. »Du hast doch gesehen, was sie mit den beiden Jungs gemacht haben. Sie haben sie nicht einfach nur erschossen, sondern vorher auch noch zusammengeschlagen. Ist doch nur gerecht, wenn sie dafür zahlen.«

»Gerecht? Bei Selbstjustiz fällt das Urteil meist ziemlich hart aus.«

»Ist Gerechtigkeit nicht immer hart?«

Ich war mir nicht sicher, ob ich dem zustimmen konnte. »Mein Problem ist nicht das, was du dann machst. Mein Problem ist, daß ich dann eine aktive Rolle dabei spiele.«

»Ah. Das kann ich verstehen.«

»Was du tust, ist deine Sache, und ich würde mich schwer tun, dir was anderes zu empfehlen. Du kannst nicht zu den Bullen gehen, und du wirst in deinem Alter auch kaum noch anfangen, die andere Wange hinzuhalten.«

»Das würde mir ziemlich gegen den Strich gehen.«

»Und manchmal kann man auch einfach nicht die andere Wange hinhalten oder sich raushalten und es den Bullen überlassen. In der Situation war ich auch schon.«

»Ich kann mich erinnern.«

»Ich weiß nicht, ob ich damals die richtige Entscheidung getroffen habe, aber immerhin konnte ich damit offensichtlich ganz gut leben. Wie soll ich dir also raten, nicht zur Waffe zu greifen, wenn ich an deiner Stelle vielleicht das gleiche täte? Trotzdem – es ist deine Sache, nicht meine, und ich mag nicht derjenige sein, der dir zeigt, auf wen du die Waffe richten sollst.«

Er ließ sich das durch den Kopf gehen und nickte. »Das leuchtet mir ein.«

»Die Freundschaft mit dir ist mir wichtig, und ich würde ihr zuliebe gegen so ziemlich alle meine Prinzipien verstoßen. Aber ich glaube, dies ist keine Situation, die das unbedingt erfordert.«

Wieder fuhr seine Hand zur Flasche, und diesmal nahm er einen Schluck. »Du hast doch gesagt, daß es vielleicht Männer waren, die das aus einem spontanen Entschluß heraus gemacht haben. Leute, die selbst einen Lagerraum gemietet und die Gelegenheit für einen schnellen Dollar gewittert haben.«

»Ist zumindest eine Möglichkeit.«

»Angenommen, du würdest nur diese Möglichkeit untersuchen«, sagte er langsam. »Angenommen, du tust, was du immer tust, stellst Fragen, machst Notizen und bringst genügend in Erfahrung, um diese Möglichkeit auszuschließen. Oder eben nicht auszuschließen.«

»Was soll das heißen?«

Er ging zur Wand, stützte sich mit einer Hand an ihr ab und starrte auf einen der handkolorierten Stahlstiche, die dort hingen. Er hat zwei Serien von Stahlstichen, drei Szenen aus dem County Mayo in Irland, wo seine Mutter geboren wurde, und drei weitere, die den Geburtsort seines Vaters in Südfrankreich zeigen. Ich weiß nicht, welches elterliche Zuhause er in diesem Moment betrachtete, und ich habe meine Zweifel, ob er es überhaupt wahrnahm.

Ohne sich umzudrehen sagte er: »Ich glaube, ich habe mir jemanden zum Feind gemacht.«

»Wie das?«

»Ich weiß es nicht. Und ich weiß nicht, wer er ist, und auch nicht, was er will.«

»Und du nimmst an, daß dieser Feind dafür verantwortlich ist?«

»Ja. Ich glaube, daß er den Jungs zu dem Lagerraum gefolgt ist oder daß er schon da war und sich auf die Lauer gelegt hat. Ich glaube, daß es ihm gar nicht so sehr um den Whiskey ging. Ich glaube, es ging mehr ums Blutvergießen als um Whiskey im Wert von zehntausend Dollar.«

»Dann hat es vermutlich schon andere Zwischenfälle gegeben?«

»Hat es. Außer ich bilde mir das nur ein. Nicht auszuschließen, daß ich mich in eine alte Jungfer verwandelt habe, die die Schränke durchsucht und unter dem Bett nachsieht. Vielleicht ist es wirklich nur das. Das, oder aber ich habe wirklich einen Feind. Und einen Verräter in den eigenen Reihen.«

Ich habe inzwischen eine Lizenz, ausgestellt vom Staat New York. Ich habe sie mir vor einiger Zeit besorgt, nachdem mir einer meiner Rechtsanwaltsklienten gesagt hatte – übrigens nicht zum erstenmal –, daß er mir mehr Aufträge geben könnte, wenn ich eine Lizenz hätte. Ich habe in letzter Zeit viel für Rechtsanwälte gearbeitet, und seit ich die Lizenz habe, ist es sogar noch mehr geworden.

Aber ich habe nicht immer eine Lizenz besessen, und ich habe auch nicht ausschließlich für Mitglieder der Anwaltschaft gearbeitet. Ich hatte auch schon mal einen Zuhälter als Klienten. Und einmal habe ich für einen Drogendealer gearbeitet.

Wenn ich für sie arbeiten konnte, warum dann nicht auch für Ballou? Wenn er mein Freund sein konnte, warum sollte er dann nicht auch mein Klient sein können?

»Du müßtest mir sagen, wie ich da raus finde«, sagte ich.

»Wo raus?«

»E-Z Storage.«

»Da sind wir doch gerade gewesen.«

»Nachdem wir durch den Tunnel waren, habe ich nicht mehr aufgepaßt. Ich brauche eine Wegbeschreibung. Und gib mir vorsichtshalber auch einen Schlüssel für das Vorhängeschloß.«

»Wann willst du hin? Andy kann dich fahren.«

»Ich fahre selbst. Sag mir einfach nur, wie ich hinkomme.«

Ich notierte mir die Wegbeschreibung. Stirnrunzelnd hielt er mir die Rolle Banknoten hin, und ich sagte ihm, er solle sein Geld wegstecken.

Er antwortete, dies sei etwas Geschäftliches, er sei ein Klient wie jeder andere, also würde er mich auch wie jeder andere bezahlen. Ich entgegnete, daß ich nur ein paar Fragen stellen würde, die vermutlich zu keinem Ergebnis führten. Wenn ich das erledigt hätte, wenn ich mit den Nachforschungen also soweit gekommen wäre, wie ich das für mich verantworten konnte, würde ich ihm mitteilen, was ich rausbekommen hatte und wieviel er mir schuldete.

»Geben dir deine Klienten nicht normalerweise einen Vorschuß? Natürlich tun sie das. Hier sind tausend Dollar. Jetzt nimm sie schon, Mann, um Himmels Willen! Die verpflichten dich zu nichts, was du nicht tun willst.«

Das wußte ich auch so. Wie hätte mich Geld mehr verpflichten sollen als Freundschaft? »Du brauchst mir keinen Vorschuß zu geben«, sagte ich. »So hoch wird die Rechnung vermutlich gar nicht werden.«

»Das ist doch so gut wie nichts. Soviel kriegt mein Rechtsanwalt schon, wenn er nur den Telefonhörer abnimmt. Wenn die Rechnung niedriger ausfällt, kannst du mir den Rest immer noch zurückgeben.«

Ich steckte das Geld in meine Brieftasche und fragte mich, warum ich das nicht gleich getan hatte. Vor vielen Jahren hatte ein alter Polizist namens Vince Mahaffey mir erklärt, was ich tun solle, wenn mir jemand Geld gibt: »Nimm es, steck es ein und sag Danke. Oder tipp an deine Mütze, falls du eine trägst.«

»Danke«, sagte ich.

»Ich bin derjenige, der sich bedanken sollte. Bist du sicher, daß du keinen Fahrer willst?«

»Ganz sicher.«

»Ich kann dir auch ein Auto überlassen, und du fährst selbst.«

»Ich komme schon irgendwie hin.«

»Nachdem ich jetzt dein Klient bin, lasse ich dich am besten in Ruhe, stimmt's? Sag einfach, wenn du irgendwas brauchst.«

»Mach ich.«

»Oder wenn du irgendwas rauskriegst. Oder wenn du zu dem Ergebnis kommst, daß es nichts rauszukriegen gibt.«

»Wie auch immer. Länger als ein oder zwei Tage dürfte es nicht dauern.«

»Egal wie lange. Ich bin froh, daß du das Geld genommen hast.«

»Tja, du hast schließlich energisch darauf bestanden.«

»Ach, wir sind schon ein paar alte Dummköpfe. Du hättest das Geld einfach widerspruchslos nehmen sollen. Und was mich angeht, ich hätte akzeptieren sollen, daß du es nicht wolltest. Aber wie hätte ich das tun können?« Er fing meinen Blick auf und sah mich lange an. »Angenommen, irgend so ein kleiner Pisser bringt mich um, bevor du den Auftrag erledigt hast. Wie würde ich mich dann fühlen? Wenn ich schon sterbe, will ich wenigstens keine Schulden bei dir haben.«

Kapitel 5

Ich stand kurz vor zwölf auf, und noch ehe es eins war, hatte ich mir bei Avis einen Wagen gemietet und war zu E-Z Storage rausgefahren. Ich verbrachte den ganzen Nachmittag dort. Ich sprach mit dem zuständigen Menschen, einem gewissen Leon Kramer, der erst sehr argwöhnisch war, sich aber schnell in eine Plaudertasche verwandelte.

Elaine hat in einem Lagerhaus ein paar Blocks westlich von unserer Wohnung einen Lagerraum gemietet, wo sie Kunstgegenstände und Antiquitäten einlagert, die in ihrem Laden keinen Platz mehr finden, aber das System bei E-Z in New Jersey war völlig anders und sehr viel nachlässiger. Wenn wir in unseren Raum wollen, müssen wir uns jedes Mal ein- und wieder austragen, aber E-Z, das zwar rund um die Uhr Zugang ermöglichte, nachts aber unbewacht war, konnte diese Sicherheitsstufe nicht bieten. Ein Schild über Kramers Schreibtisch wies in großer Schrift darauf hin, daß für jegliche gelagerte Ware keinerlei Haftung übernommen wurde, und in den ersten fünf Minuten unseres Gesprächs betonte er dies noch drei weitere Male.

Es gab also keine Aufzeichnungen darüber, wer wann gekommen oder gegangen war, und außer dem Vorhängeschloß, das der jeweilige Mieter anbrachte, gab es nichts, was andere aus seinem Lagerraum fernhalten konnte.

»Die Leute möchten gern zu jeder Tages- und Nachtzeit herkommen können«, sagte Kramer. »Der Schwager will ein paar Sachen unterstellen, also können sie ihm den Schlüssel geben, ohne sich Gedanken machen zu müssen, ob sie seinen Namen auf die Liste der Zugangsberechtigten haben setzen lassen. Sie wollen sich nicht jedes Mal eintragen und eine Sicherheitsmarke tragen müssen. Bei uns geht es mehr um Abstellfläche als um Sicherheit. Niemand, der bei uns einen Raum mietet, will dort die Kronjuwelen lagern. Alles, was wirklich wichtig oder wertvoll ist, wandert in ein Tresorfach in der Bank. Hier stellen die Leute das Service aus Mutters Eßzimmer unter und die Akten aus Daddys altem Büro, die noch rumstehen aus der Zeit, bevor man ihn ins Heim verfrachtet hat. Lauter Kram, wie man ihn auf dem Dachboden aufbewahren würde, nur daß man das Haus verkauft hat und in eine Wohnung mit Garten gezogen ist.«

»Oder Sachen, mit denen man nicht gern im Haus angetroffen werden möchte«, ergänzte ich.

»Davon weiß ich nichts, und davon will ich auch gar nichts wissen. Mich interessiert nur, ob der Scheck, den ich am Monatsanfang bekomme, gedeckt ist.«

»Mein Lagerraum ist meine Burg.«

Er nickte. »Mit einer Ausnahme: In einer Burg kann man wohnen, hier nicht. Ansonsten gibt's eine Menge Sachen, die man tun kann. Wir nennen es Lagerraum, aber es geht nicht nur ums Lagern. Sehen Sie das Schild da, ›Räume zu vermieten‹? Genau das bieten wir an, den Extraraum, den Ihr Haus oder Ihre Wohnung nicht hat. Ich habe Mieter, die haben hier ihr Boot untergestellt und Motor und Anhänger dazu, weil sie da, wo sie wohnen, keinen Platz dafür haben. Andere nutzen den Raum als Werkstatt. Sie bringen ihr Werkzeug her und machen Schreinerarbeiten oder schrauben an ihrem Auto rum oder was weiß ich. Das einzige, was man nicht machen kann, ist einziehen und hier wohnen, und diese Vorschrift habe nicht ich gemacht, sondern der Bezirk oder die Gemeinde, ist ja auch egal wer. Wohnen ist verboten. Nicht daß die Leute es nicht trotzdem versuchen würden.«

Ich hatte ihm meine Visitenkarte gezeigt und ihm erklärt, daß ich für einen seiner Mieter arbeitete, dem einige Sachen abhanden gekommen waren. Er wollte es nicht der Polizei melden, bevor er nicht die Möglichkeit ausgeschlossen hatte, daß seine Angestellten ihn bestahlen. Kramer meinte, vermutlich sei genau das das Problem. Irgend jemand, der bereits einen Schlüssel hatte, hatte sich zum stillen Teilhaber seines Chefs ernannt.

Als ich ihn verließ, hatte ich eine Liste aller Mieter auf der Seite des Gebäudes, wo John Kenny und Barry McCartney erschossen worden waren. Ich hatte mir einen Vorwand überlegt – ein anderer Mieter hatte vielleicht etwas gesehen oder gehört –, und Kramer hatte sich darauf eingelassen, entweder, um mich loszuwerden, oder weil wir zu diesem Zeitpunkt bereits alte Freunde waren. Ballous Lagerraum war, wie ich bemerkte, offiziell an jemanden namens J. D. Reilly vermietet, mit einer Adresse in Middle Village in Queens.

In einem Schnellimbiß auf der gegenüberliegenden Straßenseite aß ich ein Sandwich und eine Portion Pommes Frites, stellte ein paar Fragen, kehrte dann zu E-Z Storage zurück und öffnete mit Micks Schlüssel den Raum, um nochmals den Tatort zu inspizieren. Die Gerüche, die ich die Nacht zuvor wahrgenommen hatte, waren jetzt sehr viel schwächer.

Ich hatte einen Besen und eine Kehrichtschaufel mitgebracht, mit denen ich das zerbrochene Glas auffegte und in eine braune Papiertüte füllte. Es war ziemlich wahrscheinlich, daß sich auf einer der Glasscherben ein identifizierbarer Fingerabdruck befand, nur – was dann? Selbst wenn wirklich einer drauf war, selbst wenn ich ihn entdeckte – was sollte mir das nützen? Ein einziger Abdruck kann ausreichen, einen Verdächtigen zu überführen, aber er zaubert nun mal keinen Verdächtigen herbei. Dafür braucht man eine komplette Serie von Fingerabdrücken und Zugang zu den entsprechenden Datenbanken. Was ich hatte, war ermittlungstechnisch gesehen wertlos und würde erst eine Bedeutung bekommen, wenn ein Verdächtiger verhaftet und ein Verfahren gegen ihn eröffnet wurde.

Aber nicht einmal dafür taugte das Material. Den Tatort hatten wir so massiv verändert, daß man ihn nicht mal mehr als solchen erkennen würde, und die Morde hatten wir auch nicht gemeldet. Die Leichen waren weggeschafft und faulten in einem namenlosen Grab vor sich hin. Was ich in der Hand hielt, war lediglich der Beweis dafür, daß eine Flasche zerbrochen war. Ich kenne Leute, die würden das als Verbrechen bezeichnen, aber niemanden, der deswegen Fingerabdrücke überprüfen würde – nur um rauszufinden, wer sie zerbrochen hatte.

Ich stand am Eingang und lauschte auf den Verkehr, dann ließ ich das Stahltor heruntergleiten. Von draußen drang kein Lärm mehr herein, aber es war schwer zu sagen, ob das irgend etwas bewies; der Verkehr war sowieso nicht sehr laut gewesen. Was mich beschäftigte, war der Lärm, den die Schüsse verursacht haben mußten. Ich nahm an, daß die Mörder das Tor heruntergelassen hatten, bevor sie das Feuer eröffneten, aber dadurch wurde der Lagerraum nicht unbedingt schalldicht.

Es war natürlich nicht auszuschließen, daß sie Schalldämpfer benutzt hatten. In dem Fall war es eher unwahrscheinlich, daß hier jemand unverhofft leichte Beute gewittert und die Tat spontan begangen hatte. Natürlich ließ sich nicht ausschließen, daß ein paar einfallsreiche Soziopathen rumgelungert waren und die ganzen Whiskeykisten entdeckt hatten. Und es war auch gut möglich, daß sie Waffen dabei hatten – manche Leute verlassen das Haus grundsätzlich nicht ohne Waffe, und zwar mehr, als man gemeinhin annimmt.

Aber wer schleppt schon permanent einen Schalldämpfer mit sich herum? Ich kenne jedenfalls niemanden.

Ich schob das Tor hoch, trat nach draußen und sah mich um. Ein paar Meter weiter lud ein Mann Kartons hinten aus einem Plymouth Voyager und verstaute sie in seinem Lagerraum. Eine Frau in Khakishorts und einem grünen, rückenfreien Oberteil lehnte am Lieferwagen und sah ihm zu, wie er sich abschleppte. Das Autoradio lief, aber so leise, daß ich nur hörte, daß es Musik war, aber nicht hätte sagen können, was genau.

Außer meinem Ford war ihr Wagen der einzige auf dieser Seite des Gebäudes.

Ich kam zu dem Ergebnis, daß die Mörder vermutlich gar keine Schalldämpfer benötigt hatten. Wahrscheinlich war überhaupt niemand da gewesen, der die Schüsse hätte hören können. Und wie sehr würden ein paar laute Geräusche schon auffallen? Wenn das Stahltor geschlossen war, würde jeder in Hörweite vier oder fünf Schüsse für Hammerschläge halten und glauben, irgend jemand würde zum Beispiel eine Packkiste zunageln oder auseinandernehmen. Wir waren hier schließlich in einem Vorort, nicht in einer Sozialsiedlung in Red Hook. Man rechnete nicht mit Schüssen und man warf sich auch nicht jedes Mal zu Boden, wenn ein Lastwagen eine Fehlzündung hatte.

Blieb die Frage, wieso sie die beiden überhaupt erschossen hatten.

»Namen und Adressen«, sagte TJ und runzelte die Stirn. »Das wären dann also die Typen, die die Räume neben den Typen gemietet haben, die erschossen wurden.«

»Laut Firmenunterlagen.«

»Wenn einer übel genug drauf ist, um zwei Typen zu erschießen und eine Lastwagenladung Alk zu klauen, dann wird er doch wohl kaum seinen richtigen Namen angeben, wenn er einen Lagerraum mietet?«

»Vermutlich nicht. Obwohl schon seltsamere Dinge passiert sind. Vor ein paar Monaten hat jemand eine Bank ausgeraubt, und die Geldforderung an den Kassierer hat er auf einen seiner eigenen Einzahlungsbelege geschrieben.«

»Manche sind so dumm, daß es wehtut.«

»Sieht so aus. Aber wenn die Schützen einen falschen Namen angegeben haben, ist das auch schon ein Hinweis. Denn wenn einer der Namen auf unserer Liste falsch ist ...«

»Ja, hab's schon kapiert. Wir schauen also nach zwei Sachen: entweder nach jemandem, der ein Vorstrafenregister hat, oder nach jemandem, den es nicht gibt.«

»Keins von beiden muß unbedingt was beweisen, aber zumindest hätten wir dann schon mal einen Anhaltspunkt.«

Er nickte, setzte sich an den Computer, klapperte auf der Tastatur herum und bewegte die Maus. Ich hatte ihm den Computer zu Weihnachten geschenkt, und gleichzeitig hatte ich beide – Computer und

TJ – in meinem alten Zimmer im Northwestern untergebracht. Als Elaine und ich zusammengezogen waren, hatte ich das Zimmer im Hotel gegenüber behalten, als Büro und Unterschlupf, wo ich mich verkroch, wenn ich allein sein wollte, und wo ich dann am Fenster sitzen und stundenlang vor mich hinbrüten konnte.

Ich hatte TJ auf der Forty-second Street kennengelernt, lange bevor sie die Deuce verschönert hatten, und schon bald hatte er sich selbst zu meinem Assistenten ernannt. Wie sich herausstellte, kannte er sich nicht nur auf der Straße gut aus, sondern war auch außerordentlich einfallsreich. Als Elaine auf der Ninth Avenue ihren Laden eröffnete, hing er öfter bei ihr herum, fing dann an, sie gelegentlich zu vertreten, und zeigte dabei ein erstaunliches Verkaufstalent. Ich habe keine Ahnung, wo er gewohnt hat, bevor er mein ehemaliges Zimmer übernahm – alles an Adresse, was wir je von ihm hatten, war seine Piepsernummer –, aber ich nehme an, daß er immer einen Platz zum Schlafen gefunden hat. Auf der Straße lernt man eine Menge Überlebensstrategien. Zumindest sollte man das.

Inzwischen hatte er auch eine ganze Menge über Computer gelernt. Während ich die *Macworld* durchblätterte und versuchte, irgend etwas in einer Sprache zu finden, die ich verstand, hämmerte TJ auf die Tasten ein, runzelte die Stirn und pfiff und machte sich Notizen auf dem Blatt Papier, das ich ihm gegeben hatte. Innerhalb einer Stunde hatte er herausgefunden, daß alle Namen, die Leon Kramer mir genannt hatte, zu menschlichen Wesen gehörten, die noch am Leben waren, und für alle bis auf zwei konnte er mir auch Telefonnummern liefern.

»Das bedeutet jetzt nicht unbedingt, daß die alle astrein sind«, sagte er. »Kann sein, daß jemand einen Raum gemietet und eine echte Anschrift angegeben hat, nur daß es die Anschrift von jemand anderem ist.«

»Unwahrscheinlich.«

»Die ganze Sache ist unwahrscheinlich. Ich bin in meinem Lagerraum und kriege zufällig mit, daß du da ‘ne Menge Alk in *deinem* Raum hast, und schon stehe ich da mit der Knarre in der Hand und dem Lastwagen gleich um die Ecke?«

»Der erste Teil leuchtet schon ein. Du bist da und entdeckst den Whiskey. Aber wieso solltest du mich erschießen?«

»Weil du vielleicht keinen Bock hast, untätig daneben zu stehen, wenn ich deinen Alk auf meinen Lastwagen lade und damit abdüse.«

»Und wieso würdest du nicht warten?«

»Später wiederkommen, meinst du?«

»Wieso nicht? Ich habe einen Kombi, ich werde also nur ein paar Kisten mitnehmen. Der Rest ist immer noch da, wenn du mit einem Lastwagen wiederkommst und jemanden dabeihast, der dir beim Schleppen hilft. Du kannst es auch nachts machen, dann ist die Gefahr, daß es jemand mitkriegt, nicht so groß.«

»Wenn du weggehst und später wiederkommst, mußt du dir natürlich mit dem Schloß was einfallen lassen.«

»Na und? Das bohrst du auf, oder du nimmst eine Bügelsäge. Oder du sprühst es mit *Freon* ein und bearbeitest es mit dem Hammer. Was, glaubst du, ist schwieriger: ein Schloß aufkriegen oder zwei Männer aus dem Weg räumen?«

Er klopfte auf den Zettel. »Klingt, als würden wir hiermit nur unsere Zeit verschwenden.«

»Außer wenn irgend jemand auf dieser Liste was gehört oder gesehen hätte.«

»Ziemlich unwahrscheinlich.«

»Das meiste im Leben ist ziemlich unwahrscheinlich.«

Er warf einen Blick auf die Liste mit den Namen und Nummern und schüttelte den Kopf. »Sieht aus, als müßte ich ein paar Anrufe machen.«

»Die mache ich.«

»Nee, ich. Die meisten wohnen in Jersey. Wenn du anrufst, hast du die Gespräche auf der Telefonrechnung. Wenn ich anrufe, kosten sie nix.«

Vor ein paar Jahren hatte ich die Unterstützung zweier Computer-Hacker aus der Highschool gebraucht, und zum Dank hatten sie sich durch das labyrinthische Computersystem der Telefongesellschaft gewühlt und dafür gesorgt, daß alle meine Ferngespräche gebührenfrei blieben. Da ich nichts dagegen unternommen hatte, machte ich mich juristisch gesehen des Diebstahls schuldig, aber ich hatte deswegen nicht unbedingt schlaflose Nächte. Ich wußte nicht einmal mit Sicherheit, welche Telefongesellschaft ich da betrog, und ich hatte auch keine Ahnung, wie ich das Ganze hätte klären sollen.

Die kostenlosen Telefonate gehörten zu dem Hotelzimmer, also hatte TJ sie geerbt, als er eingezogen war. Er hatte eine zweite Leitung legen lassen, für das Modem, damit er gleichzeitig telefonieren und im Internet sein konnte.

Das ist die Zukunft, und ich nehme an, so funktioniert es auch. Aber ich bin altmodisch und finde es auf perverse Weise tröstlich, daß ich zu alt bin, um mich noch zu ändern. Alles, was ich kann, ist an Türen klopfen und eine Menge Fragen stellen.

»Du solltest mit deinem Brooks-Brothers-Akzent reden.«

»So, meinst du? Ich hatte ja eher gedacht, ich sollte klingen wie jemand, der klar seine Meinung vertritt.« Er verdrehte die Augen und sagte mit der Stimme eines *National Public Radio*-Ansagers: »Seien Sie versichert, Sir, daß in meiner Rede weder das Wort ›Asphalt‹ noch das Wort ›Afrika‹ vorkommen wird.«

»Ich liebe es, wenn du so redest. Das ist, als würde man einem Hund zusehen, wie er auf den Hinterbeinen geht.«

»Ist das ein Kompliment oder eine Beleidigung?«

»Sowohl als auch. Auf eins solltest du jedenfalls achten: Vergiß nicht, daß du mit Leuten aus Jersey redest. Wenn du zu deutlich sprichst, verstehen sie dich nicht.«

Elaine und ich gingen essen und anschließend ins Kino, und zu guter Letzt erzählte ich ihr, was los war. »Ich glaube nicht, daß TJ irgendwas in Erfahrung bringen wird«, sagte ich. »Es ist nicht sehr wahrscheinlich, daß irgend jemand von den anderen Mietern gestern während der Schießerei da draußen war. Und falls doch, würde es mich überraschen, wenn sie was mitbekommen hätten.«

»Was willst du jetzt tun?«

»Wahrscheinlich gebe ich ihm sein Geld zurück, oder zumindest so viel, wie er sich zurückgeben läßt. Das Geld ist das kleinere Problem. Ich glaube, er hat Angst.«

»Mick? Das kann ich mir nur schwer vorstellen, daß Mick vor irgendwas Angst hat.«

»Die meisten harten Jungs haben ziemlich oft Angst. Darum bemühen sie sich ja so sehr, hart zu sein. Auf jeden Fall habe ich das Gefühl, daß er beunruhigt ist, und dazu hat er ja auch allen Grund. Irgend jemand hat zwei seiner Männer völlig grundlos hingerichtet. Sie hätten niemanden erschießen müssen.«

»Dann war das also eine Botschaft?«

»Sieht so aus.«

»Aber offensichtlich keine sehr verständliche, wenn er nicht weiß, was es damit auf sich haben könnte. Wie geht es jetzt weiter?«

»Keine Ahnung. Er hat mir nicht viel erzählt, und ich habe nicht nachgebohrt. Vielleicht hat er sich mit jemandem angelegt. Vielleicht geht es erstmal eine Zeitlang rund, bevor die Sache sich klärt.«

»Gangster, die um ihr Territorium kämpfen? So was in der Art?«

»Irgend so etwas.«

»Dein Kampf ist das eigentlich nicht.«

»Nein.«

»Du wirst dich doch da nicht reinziehen lassen, oder?«

Ich schüttelte den Kopf. »Er ist mein Freund. Du redest ja gern von früheren Leben und dem Karma, das einen verbindet, und ich weiß nicht, wieviel davon ich glaube, aber ich will es auch nicht ausschließen. Mick und ich sind auf irgendeiner ganz tiefen Ebene miteinander verbunden, so viel steht mal fest.«

»Aber eure Leben sind unterschiedlich.«

»Völlig. Er ist ein Krimineller. Was ich sagen will, ist: Das ist sein täglich Brot. Ich bin wahrlich kein Kandidat für die Heiligsprechung, aber im Grunde stehen er und ich auf der jeweils anderen Seite des Gesetzes.« Ich dachte einen Moment lang über das nach, was ich da gesagt hatte. »Jedenfalls, wenn man das Gesetz als etwas betrachtet, bei dem es nur zwei Seiten gibt, und da bin ich mir nicht so sicher. Der Auftrag, den ich letzten Monat für Ray Gruliow erledigt habe, hatte den Zweck, einen Freispruch für seinen Klienten zu erwirken, und ich weiß genau, daß der Schweinehund in allen Anklagepunkten schuldig war. Also bestand meine Aufgabe in diesem Fall darin, eine gerechte Strafe zu verhindern. Und als ich noch Bulle war, habe ich mehr Meineide geschworen, als ich noch aufzählen könnte. Die Männer, gegen die ich ausgesagt habe, hatten das, was man ihnen vorwarf, auch getan, oder sie hatten irgendwas anderes getan, das wir ihnen nicht nachweisen konnten. Ich habe nie einem Unschuldigen was angehängt, oder zumindest keinem, der nicht auf jeden Fall ins Gefängnis gehörte, aber auf welcher Seite des Gesetzes bin ich gestanden, als ich log, um sie dahinzubringen?«

»Tiefschürfende Gedanken.«

»Ja, und ich bin der *Old Philosopher*. Nein, ich werde mich nicht in Micks Probleme einmischen. Da muß er allein durch. Und das wird er vermutlich auch schaffen, egal, was das Problem auch ist.«

»Das hoffe ich. Auf jeden Fall bin ich froh, daß du nichts weiter damit zu tun hast.«

Das war am Donnerstag gewesen. Als wir nach Hause kamen, hatte TJ auf Band gesprochen, aber es war spät, und so rief ich ihn erst am nächsten Morgen zurück. Er erzählte mir, daß er alle auf der Liste erreicht hatte, sogar die beiden, deren Telefonnummern er zunächst nicht hatte ausfindig machen können.

»Mit 'nem Computer hat man den längsten Arm der Welt«, sagte er. »Wenn du gern *Plastic Man* spielen möchtest, kannst du die Hand ausstrecken und jemanden berühren oder ihm auch gleich in die Taschen greifen. Aber was bringt das, wenn die Taschen leer sind?«

Und tatsächlich konnte er mir nur berichten, daß es nichts Berichtenswertes gab. Nur eine der Personen auf unserer Liste war an dem betreffenden Tag überhaupt bei E-Z Storage gewesen, und sie hatte nichts gesehen oder gehört, das ihr erinnerungswürdig erschienen wäre, geschweige denn verdächtig. Falls da ein Lastwagen gewesen war und Männer, die ihn beluden, dann war es ihr nicht aufgefallen. Und Schüsse oder sonst irgendwelche lauten Geräusche hatte sie auch nicht gehört.

Ich rief im *Grogan's* an und bat, Mick auszurichten, er solle sich bei mir melden. Ich versuchte es unter den anderen Nummern, die er mir gegeben hatte, aber nirgendwo nahm jemand ab. Er hat, verteilt über die Stadt, ein paar Wohnungen, wo er sich aufhält, wenn er schlafen oder sich in Ruhe betrinken will. Einmal hatte er mich in eine dieser Wohnungen mitgenommen, ein anonymes Ein-Zimmer-Appartment in einem Nachkriegsgebäude oben in Inwood. Darin befanden sich nur die allernötigsten Möbel, im Schrank war Wäsche zum Wechseln, dann standen da noch ein kleiner Fernseher mit einer Zimmerantenne und auf einem Küchenregal ein paar Flaschen Jameson. Außerdem stand ziemlich sicher ein anderer Name im Mietvertrag.

Ich bin mir nicht sicher, warum ich mir überhaupt die Mühe machte, ihm hinterherzutelefonieren, und ich war auch nicht unbedingt beunruhigt, daß ich ihn nirgendwo erreichen konnte. Ich hatte sowieso nur zu berichten, daß es nichts zu berichten gab. Und das war nun wirklich nicht dringend. Es würde nicht davonlaufen.

Als ich damals mit dem Trinken aufhörte und anfing, zu AA-Meetings zu gehen, habe ich von vielen Leuten viele unterschiedliche Ratschläge gehört, wie man am besten trocken bleibt. Irgendwann habe ich begriffen, daß es einfach keine allgemeingültigen Regeln gibt – übrigens ähnlich wie im richtigen Leben – und daß man selbst entscheiden muß, wie weit man diesen Ratschlägen folgt.

Am Anfang hielt ich mich von Kneipen fern, aber als Mick und ich uns anfreundeten, verbrachte ich immer mal wieder eine lange Nacht mit ihm im *Grogan's*, trank Cola und Kaffee und sah ihm dabei zu, wie er sich den zwölf Jahre alten Irischen hinter die Binde kippte. So etwas wird im allgemeinen nicht empfohlen – ich selbst würde es jedenfalls niemandem empfehlen –, aber bis jetzt ist es mir nicht bedrohlich vorgekommen und auch nicht unpassend.

In manchen Punkten habe ich mich an die üblichen Weisheiten gehalten, in anderen nicht. Ich habe den von den AA empfohlenen zwölf Schritten durchaus eine gewisse Aufmerksamkeit geschenkt, aber ich könnte nicht behaupten, daß ich sie in den letzten Jahren bewußt gelebt hätte, und im Beten und Meditieren war ich auch nie sonderlich gut.

Zwei Sachen gibt es allerdings, von denen bin ich nie abgewichen. Ich nehme mir jeden Tag vor, die nächsten vierundzwanzig Stunden nicht zu trinken. Und nach all den Jahren gehe ich immer noch zu Meetings.

Ich gehe nicht mehr so oft wie am Anfang. Am Anfang habe ich quasi in Meetings gelebt, und es gab Zeiten, wo ich mich fragte, ob ich dieses Privileg nicht mißbrauchen würde, ob ich mit meiner dauernden Anwesenheit nicht den Platz beanspruchte, den vielleicht jemand anders brauchte. Ich fragte Jim Faber – das war noch bevor ich ihn bat, mein Sponsor zu werden –, und er meinte, ich solle mir deswegen keine Gedanken machen.

Inzwischen vergeht nur selten mal eine Woche, in der ich nicht zu mindestens einem Meeting gehe, und in der Regel sind es eher zwei oder drei. Das, das ich am regelmäßigsten besuche – ich bin eigentlich immer dort, außer wenn wir mal am Wochenende wegfahren –, ist das Zwölf-Schritte-Meeting Freitag abends in meiner Stammgruppe. Wir treffen uns in St. Paul the Apostle, drei Blocks von meiner Wohnung entfernt an der Ninth und der Sixtieth. Damals, als ich noch trank, habe ich in dieser Kirche immer Kerzen angezündet und eine Art spirituelles Schweigegeld in den Opferstock gesteckt. Jetzt sitze ich im Kellerraum auf einem Klappstuhl, trinke Kommunionskaffee aus Styroporkelchen und werfe einen Dollar in den Sammelkorb.

Anfangs konnte ich die Sachen, die ich bei den Meetings zu hören bekam, kaum glauben. Die Geschichten selbst waren schon außergewöhnlich genug, aber mehr noch beeindruckte mich die Bereitwilligkeit, mit der die Leute Tag für Tag in einem Raum voll Fremder ihre intimsten Geheimnisse preisgaben. Und am meisten überraschte mich, daß ich mich ein paar Monate später genauso freimütig äußerte. Inzwischen ist mir diese erstaunliche Offenheit eine Selbstverständlichkeit geworden, aber wenn ich zwischendrin mal darüber nachdenke, bin ich immer noch beeindruckt, und ich höre die Geschichten auch immer noch gern.

Nach dem Treffen ging ich mit Jim Faber auf einen Kaffee ins *Flame*. Er ist die ganzen Jahre über mein Sponsor gewesen, und wir treffen uns immer noch jeden Sonntag abend zum Essen. Gelegentlich muß einer von uns beiden absagen, aber in der Regel halten wir den Termin ein und treffen uns in einem der Chinarestaurants in der Gegend und reden die ganze Zeit, von der scharfsauren Suppe bis zum Glückskeks. Inzwischen haben wir gelernt, über seine Probleme genauso zu reden wie über meine – seine Ehe hatte ihre Höhen und Tiefen, und seine Druckerei wäre vor ein paar Jahren beinahe pleite gegangen. Und wenn uns mal die eigenen Probleme ausgehen, gibt es immer noch genügend globale Probleme, über die wir uns unterhalten können.

Wir tranken unseren Kaffee und zahlten getrennt. »Auf geht's«, sagte er. »Ich komme noch bis zu deiner Wohnung mit.«

»Ich gehe nicht nach Hause, nur in die Richtung. Ich muß noch wohin, wo du vermutlich lieber nicht mitgehen würdest.«

»Dann ist es vermutlich eine Kneipe.«

»*Grogan's*. Ich habe einen Tag lang für Ballou gearbeitet, und jetzt muß ich vorbeigehen und ihm erzählen, was ich herausgefunden habe.«

»War es das, wovon du vorhin gesprochen hast?«

Während des Treffens hatte ich meine Schwierigkeiten erwähnt, manchmal an der richtigen Stelle Grenzen zu setzen. Damit hatte ich die aktuelle Situation gemeint, aber ich hatte es vermieden, irgend etwas Genaueres zu sagen.

»Es ist schwierig, das Richtige zu tun, wenn man nicht weiß, was das Richtige ist.«

»Das ist der große Vorteil, den die religiösen Fanatiker haben. Die wissen das immer.«

»Da haben sie mir einiges voraus.«

»Mir auch. Und die Kluft wird immer größer. Jedes Jahr entdecke ich ein paar neue Dinge, bei denen ich mir nicht sicher bin. Ich bin zu dem Ergebnis gekommen, daß eine breitgefächerte Unsicherheit das Kennzeichen wahrer Reife ist.«

»Dann werde ich wohl allmählich erwachsen. Wird ja auch Zeit. Sehen wir uns Sonntag abend?«

Er bejahte. An der Ecke Fifty-seventh gaben wir uns die Hand und verabschiedeten uns, und dann ging er nach rechts, und ich überquerte die Straße. Automatisch wandte ich mich zum Eingang des Parc Vendôme, dann fiel mir auf, was ich tat, und beinahe wäre ich dann trotzdem hineingegangen. Ich war müde und konnte Ballou auch anrufen und ihm das, was ich ihm zu sagen hatte, am Telefon erzählen.

Aber dann blieb ich doch bei meinem ursprünglichen Plan und ging um das Gebäude herum und auf der Ninth Avenue Richtung Innenstadt. Ich schlenderte drei Blocks weit, vorbei an Elaines Laden, überquerte die Ninth, als die Ampel grün wurde, und legte auf der Westseite einen weiteren Block zurück. In dem Moment, als ich an der Fifty-third Street vom Randstein auf die Straße trat, tauchte direkt vor mir wie aus dem Nichts ein stämmiger Mann mit schwarzen Haaren auf, die quer über seiner Kopfhaut klebten, und drückte mir eine Waffe ins Gesicht.

Meine erste Reaktion war Ärger. Wo war er so plötzlich hergekommen, und wie hatte ich es geschafft, ihn überhaupt nicht zu bemerken? Die Kriminalitätsrate ist heutzutage ziemlich niedrig, und man fühlt sich sehr viel sicherer auf der Straße, aber aufpassen sollte man immer noch. Ich hatte mein ganzes Leben lang aufgepaßt. Was war auf einmal bloß mit mir los?

»Scudder«, sagte er.

Als ich ihn meinen Namen aussprechen hörte, fühlte ich mich gleich besser. Immerhin war ich kein zufällig ausgewählter Naivling, der trottelig genug war, um in die Rolle des auf der Straße ausgeraubten Opfers zu stolpern. Das war schon mal beruhigend, aber es trug durchaus nicht dazu bei, meine kurzfristigen Aussichten zu verbessern.

»Hier lang«, sagte er und gab mit der Waffe die Richtung vor. Wir bogen in eine dunkle Seitenstraße. Er blieb direkt vor mir und drückte mir weiterhin die Waffe ins Gesicht, während ein zweiter

Mann, der die ganze Zeit hinter mir gewesen sein mußte, auch jetzt hinter meinem Rücken blieb. Ich hatte noch keinen Blick auf ihn werfen können, aber ich konnte seine Gegenwart fühlen und seinen Bier-und-Tabak-Atem riechen.

»Du solltest aufhören, deine Nase in Lagerschuppen in Jersey zu stecken«, sagte der mit der Waffe.

»In Ordnung.«

»Was?«

»Ich sagte: in Ordnung. Ihr wollt, daß ich aufhöre, und ich selbst will auch aufhören. Kein Problem.«

»Versuchst du gerade, besonders schlau zu sein?«

»Ich versuche, am Leben zu bleiben und uns allen eine Menge Kopfweh zu ersparen. Vor allem mir. Ich habe einen Auftrag angenommen, der zu nichts führt, und ich war gerade unterwegs, um dem Mann zu sagen, daß er sich einen anderen Dummen suchen soll. Ich bin kein Kind mehr, sondern ein verheirateter Mann, und auf Ärger hab ich keinen Bock.«

Seine Nasenlöcher weiteten sich, und seine Augenbrauen glitten ein Stück nach oben. »Man hat mir gesagt, du wärst ein zäher Bursche.«

»Das ist Jahre her. Warte mal ab, wie zäh du noch sein wirst, wenn du erstmal so alt bist wie ich.«

»Und du bist bereit, die ganze Sache zu vergessen? Jersey, die Kisten mit dem Fusel, die beiden irischen Jungs?«

»Was für irische Jungs?«

Er starrte mich an.

»Siehst du?« sagte ich. »Schon vergessen.«

Er sah mich lange an, und in seinem Gesicht zeichnete sich so etwas wie Enttäuschung ab. »Tja«, sagte er, »sieht aus, als wärst du leichter zu knacken als gedacht, aber ich kann dir das jetzt trotzdem nicht ersparen.« Ich konnte mir schon vorstellen, was das bedeutete, und als der Mann hinter mir meine Oberarme packte und festhielt, wußte ich, daß ich recht behalten würde. Der Mann vor mir steckte seine Waffe unter den Gürtel und ballte die rechte Hand zur Faust.

»Muß das wirklich sein?« fragte ich.

»Nenn es einfach ein schlagendes Argument.«

Sein Schlag traf mich auf Höhe der Gürtellinie, und er legte eine Menge Kraft hinein. Mir blieb noch Zeit, meine Bauchmuskeln anzuspannen, und das half ein wenig, aber er wußte, wie man richtig aus der Schulter heraus zuschlägt.

»Tut mir leid«, sagte er. »Ein paar noch, okay?«

Zum Teufel damit. Ich wollte nicht noch ein paar mehr. Ich machte mich innerlich bereit, indem ich mir meine Bewegung zunächst vorstellte, bevor ich sie ausführte, und als er seine Faust zurückzog, hob ich einen Fuß leicht an und bohrte ihn dann mit voller Kraft in den Rist des Dreckskerls, der meine Arme festhielt. Ich fühlte Knochen brechen. Er schrie auf und ließ mich los, und ich machte einen Schritt nach vorn und traf den anderen Dreckskerl mit einer schnellen Rechten an der Wange.

Ich nehme an, daß er nicht gern boxte, wenn sein Gegner zurückschlagen konnte. Er machte einen Schritt nach hinten und zerrte an der Waffe, die sich unter seinem Gürtel verkeilt hatte, und ich ging auf ihn los, täuschte eine Rechte an, legte dann meine ganze Kraft in einen linken Haken und zielte auf seine rechte Seite direkt unterhalb des Brustkorbs. Ich traf, worauf ich gezielt hatte, und es geschah, was geschehen sollte. Ich habe Boxer nach einem einzigen Schlag in die Leber zu Boden gehen und nicht mehr aufstehen sehen. Ich kann nicht so hart zuschlagen wie ein Boxer, aber dafür trug ich auch keine Handschuhe, die den Schlag hätten abschwächen können. Er fiel um, als hätte man ihn auf Höhe der Knie gefällt, rollte auf dem Boden hin und her, preßte seine Hände gegen die Taille und stöhnte.

Die Waffe flog auf den Bürgersteig. Ich schnappte sie mir, kam wieder hoch und drehte mich gerade noch rechtzeitig um, als der zweite Mann, der, dem ich auf den Fuß getreten war, sich auf mich stürzen wollte. Als er die Waffe sah, hielt er mitten in der Bewegung inne.

»Verzieh dich«, sagte ich. »Los, hau ab. Auf der Stelle.«

Sein Gesicht war im Dunkeln, und ich konnte nicht erkennen, was in ihm vorging. Er sah mich an und versuchte, seine Chancen abzuschätzen, und ich preßte den Finger fester auf den Abzug. Vielleicht bemerkte er es, vielleicht war es das, was den Ausschlag gab. Er zog sich langsam tiefer in die Dunkelheit zurück, dann flitzte er um die Ecke und außer Sichtweite. Dabei humpelte er ein wenig und schonte den Fuß, den ich verletzt hatte, aber er bewegte sich trotzdem schnell. Mir fiel auf, daß er Turnschuhe trug, während ich ganz normale Lederschuhe anhatte. Wenn es umgekehrt gewesen wäre, hätte ich ihn vielleicht nicht dazu bringen können, mich loszulassen.

Der andere Mann, der mit dem angeklebten Haar, lag immer noch am Boden und stöhnte. Ich richtete die Waffe auf ihn. Während sie auf mich gerichtet gewesen war, hatte sie viel größer gewirkt, als sie sich jetzt in meiner Hand anfühlte. Ich schob sie mir in den Hosenbund und stöhnte auf, als ich damit die Stelle streifte, an der mich sein Eröffnungsschlag getroffen hatte. Die Gegend um meine Taille war bereits jetzt total empfindlich, und am Morgen würde der Schmerz noch zehnmal schlimmer sein.

Er hätte mich nicht schlagen müssen, dieses Schwein.

Meine Wut flackerte erneut auf, und ich starrte auf ihn hinunter und sah, wie er zurückstarrte. Ich holte mit dem Fuß aus, um ihm gegen den Kopf zu treten – um der Drecksau den verdammten Schädel einzutreten.

Aber ich beherrschte mich. Ich trat ihn nicht. Mein Fehler.

KAPITEL 6

»Als ich ihm erklärt habe, ich würde die Sache nicht weiterverfolgen, war das die reine Wahrheit«, sagte ich. »Das hätte ich natürlich in jedem Fall gesagt, weil ich noch nie einen Sinn darin gesehen habe, jemandem mit einer Waffe zu widersprechen, aber diesmal wollte ich mich nicht einfach nur Lieb Kind machen. Ich hatte längst beschlossen, daß ich an dem Fall nicht weiterarbeiten wollte, und als sie mich in die Zange genommen haben, war ich gerade auf dem Weg hierher, um dir genau das mitzuteilen.«

Als ich die Kneipe betrat, hatte er gerade Burke hinter dem Tresen abgelöst, aber er muß mir wohl irgend etwas angesehen haben, denn er kam hinter dem Tresen hervor, bevor ich auch nur ein Wort sagen konnte, und führte mich in sein Büro. Er deutete auf das grüne Ledersofa, aber ich blieb stehen und er auch. Ich redete, und er hörte zu.

»Ich war bereits zu dem Schluß gekommen, daß ich nur meine Zeit und dein Geld verschwende. Ich konnte nicht mit Sicherheit ausschließen, daß derjenige, der deine Leute umgebracht und deinen Whiskey geklaut hat, rein zufällig vor Ort war und aus einer momentanen Eingebung heraus gehandelt hat. Aber ich hatte auch nicht das Geringste entdeckt, was für diese These gesprochen hätte. Und es wäre mir unangenehm gewesen, die Sache von der entgegengesetzten Annahme aus zu untersuchen. Dafür hätte ich in deinen Geschäften herumschnüffeln müssen, und das wollte ich nicht.«

»Du hast es genau so gemacht, wie du vorher gesagt hast.«

»Vermutlich schon, auch wenn ich nur herausgefunden habe, daß es nichts rauszufinden gibt. Dann tauchen diese beiden Clowns mit ihrer Knarre auf und bestätigen mir prompt das, was ich bereits für die wahrscheinlichste Erklärung gehalten hatte. Wenn sie in das verwickelt sind, was auf der anderen Seite des Flusses passiert ist, kann man das Ganze nicht mehr als Zufall oder Pech abschreiben. Du hast dir irgend jemanden zum Feind gemacht, und deshalb mußten Kenny und McCartney sterben.«

»Ich glaube, das habe ich schon die ganze Zeit gewußt. Aber ich wollte mir gern sicher sein.«

»Tja, in dem Moment, wo die beiden aufgetaucht sind und versucht haben, mich einzuschüchtern, war die Sache klar. Für mich waren die Nachforschungen sowieso beendet. Das habe ich ihnen auch gesagt, und das Verrückte ist – ich glaube, sie haben mir das sogar abgenommen.«

»Und trotzdem hat das Schwein dir eine reingehauen.«

»Er hat sich zwar dafür entschuldigt, aber das hat ihn nicht davon abgehalten zuzuschlagen. Also hat es sich auch nicht gerade wie eine Entschuldigung angefühlt.«

»Und du hast den Schlag eingesteckt.«

»Ich hatte keine andere Wahl. Aber mehr als einen wollte ich auf keinen Fall einstecken.«

»Und dann hast du ihnen gezeigt, wozu du fähig bist. Mein Gott, wäre ich gern dabei gewesen und hätte das gesehen!«

»Besser noch, du wärst dabei gewesen und hättest mir geholfen. Ich bin zu alt für so einen Scheiß.«

»Wie geht es deinem Magen?«

»Es geht. Wenn er mehrmals zugeschlagen hätte, wäre es schlimmer. Weißt du, ich hab verdammt Glück gehabt. Wenn ich seinen Fuß nicht an der richtigen Stelle erwischt hätte, hätte er mich nicht losgelassen. Dann hätte ich sie nur wütend gemacht, und was hätten sie dann wohl mit mir angestellt?« Ich zuckte mit den Achseln. »Alles in allem war es vermutlich ein Fehler, mich zu wehren.

Himmel nochmal, der Typ hatte 'ne Knarre! Und ich wußte, das sind Mörder, oder zumindest arbeiten sie für Mörder. Verdammt, ich hab doch gesehen, was mit Kenny und McCartney passiert ist.«

»Du hast mir geholfen, sie zu begraben.«

»Wenn ich es also schaffe, daß diese Typen sauer auf mich werden, kriege ich nur noch mehr Prügel, oder vielleicht ziehen sie mir dann eins mit der Waffe über. Vielleicht lassen sie sich sogar dazu hinreißen, mich zu erschießen. Aber ich hatte einfach nicht die Zeit, genauer drüber nachzudenken. Ich habe einfach nur reagiert. Und wie gesagt: Ich hatte Glück.«

»Ich hätte viel darum gegeben, das zu sehen.«

»Das hätte sich nicht gelohnt. Es war so schnell vorbei – dir davon zu erzählen hat viel länger gedauert. Aber der Adrenalinstoß war gewaltig, das muß ich zugeben. Und als ich da so stand und zusah, wie der eine mit seinem schmerzenden Fuß davonhumpelte, so schnell er konnte, und der andere sich am Boden wälzte und sich die Leber hielt, da habe ich mich glatt wie Supermans großer Bruder gefühlt.«

»Dazu hattest du ja auch alles Recht.«

»Und ich habe mir gedacht: Zum Teufel mit euch Arschlöchern, ich hatte den Fall schon zu den Akten gelegt, aber jetzt habt ihr's geschafft, ich mache weiter.« Ich holte tief Luft. »Aber sobald der Adrenalinstoß vorbei war, wurde mir klar, daß das so nicht stimmt. Das, was passiert ist, ändert nichts an meinem ursprünglichen Entschluß.«

»Nein.«

»Nachdem ich einen halben Block gegangen war, mußte ich mich an einem Laternenpfahl festhalten und kotzen. Ich habe nicht mehr auf die Straße gekotzt, seit ich mit dem Trinken aufgehört habe, und das ist jetzt schon ein paar Jahre her.«

»Und von den Bauchschmerzen mal abgesehen – wie geht es dir jetzt?«

»Ganz gut.«

»Ich würde ja sagen, du könntest einen Drink vertragen, aber du willst wahrscheinlich keinen, oder?«

»Heute abend nicht.«

»Gibt's denn bei euch überhaupt keine Ausnahmen? Wer würde dir denn an einem Tag wie diesem das Recht auf einen Drink absprechen wollen?«

»Es ist völlig egal, was jemand anders darüber denken würde. Nur ich kann mir die Erlaubnis geben zu trinken.«

»Und das wirst du nicht tun.«

»Stell dir mal vor, ich würde beschließen, nach einem Hieb in den Magen hätte ich Anspruch auf einen Drink. Was, glaubst du, würde passieren?«

Er grinste. »Du hättest in Kürze Dauerschmerzen im Bauch.«

»Genau, ich würde dafür sorgen, daß ich möglichst oft verprügelt würde. Mick, ein Drink würde mir nicht die Bohne helfen. Er würde mir nur schaden.«

»Ja, ich weiß.«

»Und außerdem ist mir auch gar nicht nach Trinken. Alles, was ich will, ist, dir ein paar von deinen Scheinen zurückgeben, nach Hause gehen und mir ein heißes Bad einlassen.«

»Das mit dem heißen Bad ist eine gute Idee. Wärme dämpft die Schmerzen, dann tut es morgen früh nicht ganz so schlimm weh. Aber von dem Geld nehme ich nichts zurück.«

»Ich habe mir einen Wagen gemietet und einen Nachmittag lang gearbeitet, und TJ hat ein paar Stunden per Telefon und Computer recherchiert. Das dürfte in etwa die Hälfte der Summe ausmachen, die du mir gegeben hast.«

»Du bist verprügelt worden und hättest dir beinahe eine Kugel eingefangen. Jetzt behalt doch um Himmels willen das verdammte Geld, Mann!«

»Ich hätte ihm ja widersprechen können«, sagte ich zu Elaine, »aber ich fand, für einen Abend hatte ich genug gekämpft. Also habe ich das Geld behalten und mir ein Taxi nach Hause gegönnt. Hat sich zwar blöd angefühlt, an einem derart schönen Abend eine so kurze Strecke zu fahren, aber ich hatte einfach keine Lust mehr, noch einen einzigen Schritt zu gehen.«

»Und du wolltest denen nicht noch mal über den Weg laufen.«

»Daran habe ich überhaupt nicht gedacht. Aber vielleicht hatte ich es irgendwie im Hinterkopf. Nicht direkt die Vorstellung, daß ich noch mal auf die beiden treffe, aber so ein Gefühl, daß es auf einmal auf der Straße nicht mehr sicher ist.«

Ich hatte eigentlich nicht vorgehabt, ihr davon zu erzählen, zumindest nicht gleich. Aber kaum war ich zur Tür reingekommen, sah sie mir schon an, daß irgend etwas nicht stimmte.

»Dann arbeitest du also nicht länger für Mick«, sagte sie jetzt.

»Ich war sowieso fertig. Im Film sind Drohungen immer die beste Methode, einen Detektiv dazu zu bringen, daß er seine Ermittlungen fortsetzt. Im richtigen Leben läuft das anders. Dieses Mal jedenfalls. Mick hat sich zwar geweigert, das Geld zurückzunehmen, aber er hat auch nicht versucht, mich zum Weitermachen zu überreden. Ihm war klar, daß das, was ich mir vorgenommen hatte, erledigt war.«

»Aber wissen die das auch, mein Schatz?«

»Die beiden Schlägertypen? Zumindest habe ich es ihnen gesagt, und ich hatte den Eindruck, sie haben mir geglaubt. Mich zu verprügeln war Teil ihres Auftrags, also hat der Typ es eben gemacht, aber das muß nicht heißen, daß er mir nicht geglaubt hat.«

»Und nun?«

»Denkst du, er hat seine Meinung geändert?«

»So wie er das sieht, hättest du den Auftrag dann beendet, wenn er es geschafft hätte, dich einzuschüchtern.«

»Was ja zum Teil auch stimmt. Obwohl er, wenn man es genauer formulieren wollte, mich nur in einer Entscheidung bestätigt hat, die ich längst getroffen hatte.«

»Aber dann hast du dich gewehrt und den Kampf auch noch gewonnen.«

»Das war mehr ein Glückstreffer.«

»Wie auch immer, jedenfalls blieb dem einen nur noch abzuhauen, und der andere krümmte sich in Höllenqualen am Boden. Was ist daran so lustig?«

»›Krümmte sich in Höllenqualen‹.«

»Wenn sich einer herumwälzt und versucht, seine Leber wieder zusammenzusetzen? Für mich klingt das schon nach Höllenqualen.«

»Vermutlich.«

»Aber worauf ich hinauswill: Du hast dich nicht verhalten wie jemand, der eingeschüchtert ist. Obwohl du vermutlich Angst hattest.«

»Nicht, während es passierte. In so einem Moment hast du für Angst einfach keine freien Kapazitäten. Hinterher, als ich die Fifty-third Street runterging, habe ich geschwitzt wie der Typ in *Broadcast News*.«

»Der Typ in? Ach so, Albert Brooks. Das war ein witziger Film.«

»Und dann mußte ich wahrhaftig stehen bleiben und mich übergeben. Natürlich in den Rinnstein, ich bin ja schließlich ein Gentleman. Also könnte man durchaus sagen, daß ich Angst hatte, nachdem es vorbei war und es nichts mehr gab, vor dem ich mich hätte fürchten müssen. Aber in den entscheidenden Sekunden war ich die personifizierte Kaltschnäuzigkeit.«

»Mein Held! Nur, Schatz, hinterher haben sie dich nicht gesehen, oder? Das Zittern und das Schwitzen haben sie nicht mitgekriegt. Die haben nur Mister Kaltschnäuzig gesehen.«

»Du machst dir Sorgen, sie könnten mir nochmal auflauern.«

»Tja, du nicht?«

»Ausschließen kann ich das natürlich nicht. Aber warum sollten sie? Sie werden ja selbst feststellen, daß ich nicht mehr in Jersey auftauche oder im *Grogan's* rumhänge. Heute abend war ich zwar dort, aber bis die ganze Sache vorbei ist, lasse ich mich da erstmal nicht mehr blicken.«

»Und du glaubst nicht, daß sie dir die Schlappe heimzahlen wollen?«

»Auch da kann ich nur sagen: Möglich ist es. Das sind zwar professionelle Schläger, aber auch denen kann ihr Ego mal dazwischenkommen. Die nächsten Wochen werde ich die Augen offenhalten und dunkle Seitenstraßen meiden.«

»Das kann nie schaden.«

»Und weißt du, was ich – glaube ich – auch tun werde? Ich werde die Waffe einstecken.«

»Die da?«

Ich nahm die Waffe vom Couchtisch, auf den ich sie gelegt hatte, und wog sie in der Hand . Es war ein Revolver, ein .38er Smith, mit Hohlspitzgeschossen in fünf der sechs Kammern.

»So einen habe ich mal praktisch dauernd mit mir rumgeschleppt. Damals, als ich noch bei der Polizei war. Die Dinger wiegen immer mehr, als man denkt, sogar so ein Kurzläufiger wie dieser hier. Der Lauf ist nur zweieinhalb Zentimeter lang. Die Waffe, die ich damals meistens trug, hatte einen Fünf-Zentimeter-Lauf.«

»Wenn du zu mir in die Wohnung kamst, hast du immer als erstes die Waffe abgelegt und weggeräumt.«

»Meiner Erinnerung nach habe ich als erstes immer dich geküßt.«

»Na gut, dann eben als zweites. Jedenfalls hast du da immer ein Ritual draus gemacht.«

»Wirklich?«

»Oh ja. Vielleicht wolltest du mir vorführen, wie sicher du dich bei mir gefühlt hast.«

»Vielleicht.«

Als wir uns kennenlernten, war ich Bulle und verheiratet, und sie war ein süßes, junges, unschuldiges Callgirl. Das ist ewig her. Ein anderes Leben, zwei andere Leben.

»Vor ein paar Jahren«, sagte ich, »wurde ihnen klar, daß die bösen Buben den Bullen waffenmäßig haushoch überlegen waren. Also haben sie die ganzen Revolver eingezogen und Neuner ausgegeben. Neun-Millimeter-Automatikwaffen. Das Magazin hat mehr Kugeln, und die Kugeln haben auch eine ganz andere Durchschlagskraft. Aber ich glaube, der hier reicht mir.«

»Ich hoffe, du wirst überhaupt keine Waffe brauchen, aber ich stimme dir zu, daß es keine schlechte Idee ist, eine dabeizuhaben. Ist es eigentlich legal?«

»Ich habe einen Waffenschein. Die Waffe hier ist nicht registriert, oder falls doch, dann jedenfalls nicht auf meinen Namen. Insofern ist es zwar schon illegal, wenn ich sie trage, aber darüber werde ich mir nicht den Kopf zerbrechen.«

»Dann werde ich das auch nicht tun.«

»Falls ich sie brauchen werde, ist die Tatsache, daß sie nicht registriert ist, das geringste Problem. Und falls irgend etwas passiert, was ich der Polizei nicht melden will, ist die fehlende Registrierung sogar von Vorteil.«

»Du meinst, falls du jemanden erschießt und dich dann verdrückst.«

»So was in der Art.« Ich legte die Waffe auf den Tisch und gähnte. »Am liebsten würde ich jetzt auf der Stelle ins Bett gehen. Aber vorher werde ich noch ein heißes Bad nehmen. Morgen früh werde ich froh sein, daß ich mir die Zeit dafür genommen habe.«

Ich schlief zwar in der Badewanne nicht ein, aber ich war nah dran. Ich blieb liegen, bis das Wasser kalt wurde. Dann trocknete ich mich ab und machte mich auf den Weg ins Schlafzimmer. Das Licht war heruntergedreht, und es erklang sanfte Musik, eine CD von John Pizzarelli, die wir beide gern hörten. Sie stand neben dem Bett, trug nur Parfüm und ein Lächeln auf den Lippen, und dann kam sie zu mir und band das Handtuch los, das ich mir um die Hüften geschlungen hatte.

»Irgend etwas hast du vor«, sagte ich.

»Da sieht man, was passiert, wenn ein Mädchen einen Detektiv heiratet. Ihm entgeht auch gar nichts. Warum legst du dich nicht ins Bett, schön in die Mitte und auf den Rücken, und schließt die Augen?«

»Ich werde auf der Stelle einschlafen.«

»Das werden wir ja sehen.«

Hinterher sagte sie: »Vielleicht ist es einfach ein Ausdruck von Lebenswillen. Oder vielleicht hat mich auch nur die Vorstellung aufgegeilt, wie du diese beiden Schlägertypen aufgemischt hast. Auf jeden Fall war es schön, nicht wahr? Und es hat deinem wunden Magen nicht wehgetan und auch keiner anderen Stelle, weil du nicht einen Muskel bewegen mußtest. Na gut, einen vielleicht schon. Und ich hab dich so unendlich lieb, du alter Bär. Es macht mich wahnsinnig, wenn ich mir vorstelle, daß irgend jemand dir weh tun will, und dann will ich diese Leute unbedingt aufspüren und umbringen. Aber ich bin nun mal ein Mädchen, also sieht meine traditionelle Rolle nur vor, daß ich Hilfe und Beistand leiste. Vor allem Beistand. Und du, du armer Bär, willst eigentlich nur noch schlafen, und dieses verrückte Weibsbild läßt dich nicht in Ruhe. Du hattest deinen Beistand – findet du das nicht auch ein entzückendes Wort? – und jetzt döst du allmählich weg. Oh, schlaf gut, mein Liebster. Träum süß. Ich liebe dich.«

Als ich wach wurde, konnte ich mich noch erinnern, daß ich ungewöhnlich heftig geträumt hatte, nicht aber an Einzelheiten. Ich duschte, rasierte mich und ging in die Küche. Elaine hatte eine Notiz hinterlassen, daß sie zu einem Yogakurs gegangen und der Kaffee bereits fertig sei. Ich schenkte mir eine Tasse ein und trank ihn am Wohnzimmerfenster.

Mein Magen schmerzte – wie zu erwarten – von dem Schlag, den ich hatte einstecken müssen, und – wie ebenfalls zu erwarten – hatte ich auch einen Bluterguß. Am nächsten Tag würde es aller Wahrscheinlichkeit nach noch schlimmer sein, und dann würde es allmählich besser werden.

Meine Hände waren beide etwas steif und schmerzten ebenfalls, eine Folge der Rechten, die an seinem Kopf abgeprallt war, und der Linken, die ihr Ziel getroffen hatte. Auch an anderen Stellen taten mir Muskeln weh, in Armen und Schultern, an der einen Wade und weiter oben im Rücken. Ich hatte verschiedene Muskeln auf eine Art bewegt, wie sie sonst kaum bewegt wurden, und dafür zahlte ich jetzt den Preis. Wie es immer einen Preis gibt, den man zahlen muß. Ich schluckte ein paar Aspirin und wählte eine Nummer, die ich nicht erst nachschauen mußte. »Beinahe hätte ich dich schon letzte Nacht angerufen«, sagte ich zu Jim Faber, sobald ich ihm erzählt hatte, was ihm entgangen war, nachdem wir uns voneinander verabschiedet hatten.

»Das hättest du ruhig tun können.«

»Dran gedacht habe ich schon. Aber es war bereits ziemlich spät. Wenn Elaine nicht dagewesen wäre, hätte ich nicht gezögert. In dem Moment hätte ich nicht allein sein wollen, aber sie war zu Hause, und so war es in Ordnung.«

»Und du hast keinen Alkohol im Haus.«

»Nein, und ich hatte auch nicht das Bedürfnis, was zu trinken.«

»Trotzdem, direkt nach einer Schlägerei in eine Kneipe zu gehen ...«

»An der Tür habe ich kurz überlegt, dann aber beschlossen, daß es mir gut genug ging. Ich mußte mit Mick etwas besprechen, und danach habe ich mich dann schleunigst abgesetzt und bin nach Hause gegangen.«

»Und wie fühlst du dich jetzt?«

»Alt.«

»Echt? Ich hätte erwartet, daß du dich wie ein junger Löwe fühlst. Wie alt waren die Typen, die du aufgemischt hast?«

»Direkt aufgemischt habe ich die nicht. Ich habe etwas gemacht, womit sie nicht gerechnet hatten, und dann hatte ich einfach Glück. Wie alt die waren? Keine Ahnung. So um die fünfunddreißig vielleicht.«

»Kinder.«

»Nicht ganz.«

»Trotzdem, das muß sich doch gut anfühlen, Matt. Zwei junge Typen, und du machst sie fertig? Selbst wenn da ein bißchen Glück mit im Spiel war ...«

»Mehr als ein bißchen.«

»... geht das immer noch als Sieg in die Annalen ein.«

Wir redeten noch eine Weile, und er kam schließlich auf unsere sonntägliche Essensverabredung zu sprechen und schlug vor, wir sollten uns in dem vegetarischen Chinarestaurant gegenüber vom

Coliseum treffen. »Da haben wir schon seit Monaten nicht mehr gegessen«, sagte er, »und mir steht der Sinn nach dem großartigen falschen Aal, den es bei ihnen gibt.«

»Der Laden ist dicht.«

»Ist das dein Ernst? Seit wann denn?«

»Keine Ahnung. Das Schild im Fenster habe ich erst Anfang letzter Woche entdeckt. ›Restaurant zu. Geh woanders. Danke.‹ Nicht ganz die Ausdrucksweise, die man in ›Englisch als Fremdsprache‹ lernt, aber die Botschaft war eindeutig.«

»Elaine muß verzweifelt sein.«

»›Am Boden zerstört‹ trifft es besser. Wir haben in Chinatown ein vegetarisches Restaurant entdeckt, da gibt's inzwischen mehrere, aber das an der Fifty-eighth war ihr Lieblingslokal, und außerdem war es gleich um die Ecke. Es hinterläßt eine ziemlich große Lücke in ihrem Leben.«

»Und eine kleine in meinem. Wo sonst kriegt man schon Aal aus Sojabohnen? Echter Aal interessiert mich nicht, nur falscher.«

»Sollen wir das Lokal in Chinatown ausprobieren?«

»Tja, ich würde zwar gern noch mal Aal essen, bevor ich sterbe, aber das ist mir dann doch ein bißchen zu viel Aufwand.«

»Ich bin mir auch nicht sicher, ob sie Aal auf der Speisekarte haben. Das Lokal an der Fifty-eighth war das einzige, wo ich das je gesehen habe.«

»Mit anderen Worten: Unter Umständen machen wir den ganzen weiten Weg in die Stadt, und alles, was ich kriege, ist Abalone aus Gluten?«

»Das Risiko müßtest du eingehen.«

»Oder Lammkeule aus Kleister. Abgesehen von dem Aal stehe ich sowieso mehr auf richtiges Essen, also laß uns Chinatown streichen. Es gibt hier in der Gegend weiß Gott genug chinesische Restaurants.«

»Such eins aus.«

»Hmmm. Wo waren wir denn jetzt schon länger nicht mehr? Wie wäre es mit dem kleinen Lokal an der Ecke Eighth und Fifty-Third? Weißt du, welches ich meine? An der nordöstlichen Ecke, nur daß es nicht direkt an der Ecke ist, sondern ein oder zwei Häuser die Straße rauf.«

»Ich weiß, welches du meinst. Der irgendwas *Panda*. Beinahe hätte ich ›*der goldene*‹ gesagt, aber das stimmt nicht.«

»Im allgemeinen sind Pandas schwarzweiß.«

»Danke. Auf jeden Fall hast du recht, da waren wir schon seit Ewigkeiten nicht mehr. Und ich hab es als ziemlich gut in Erinnerung.

»Sie sind eigentlich alle ganz gut. Halb sieben?«

»Paßt bestens.«

»Und kann ich mich darauf verlassen, daß du bis dahin in keine Schlägereien gerätst? Und in keiner Kneipe landest?«

»Abgemacht.«

Am Centre Market Place, einen Block von der alten Polizeidirektion an der Centre Street entfernt, ist ein Waffengeschäft. Den Laden gibt es schon seit Ewigkeiten, und sie haben ein großes Sortiment an Waffen, außerdem alles, was es an Polizeiausrüstung und Polizeilehrbüchern gibt. Ich ging hin, um mir ein Schulterholster zu kaufen, und dann fiel mir noch ein, daß ich ein paar Schachteln Munition mitnehmen könnte, die gleichen Hohlspitz-Patronen wie die fünf in der Smith. Ein Holster kann jeder kaufen, aber um die Munition kaufen zu können, mußte ich meinen Waffenschein vorlegen. Ich hatte ihn dabei, zeigte ihn dem Verkäufer und unterschrieb den Kassenbeleg. Kevlarwesten hatten sie auch, aber ich besaß schon eine. Genauer gesagt trug ich sie, ich hatte sie angezogen, bevor ich aus dem Haus gegangen war.

Es war ganz schön warm für eine kugelsichere Weste, und die Luftfeuchtigkeit lag ein paar Prozentpunkte über einem angenehmen Wert. An einem solchen Tag hätte ich eigentlich nichts überziehen müssen, trotzdem trug ich meine marineblaue Sportjacke, damit man die kleine Smith, die ich mir in den Gürtel gesteckt hatte, nicht sehen konnte. Außerdem würde ich sie brauchen, um das Schulterholster zu verdecken.

Sie packten mir die Munition und das Holster in eine Papiertüte, die ich in der Hand trug, während ich nach einem Lokal Ausschau hielt, in dem ich zu Mittag essen konnte. Ich verschmähte eine ganze Reihe von asiatischen Restaurants und gelangte schließlich zur Mulberry Street, zu jenem zwei Block langen Abschnitt, der von Little Italy noch übrig ist. Ich setzte mich im *Luna* hinten in den Garten und bestellte Linguini mit roter Muschelsoße. Während das Essen zubereitet wurde, schloß ich mich auf der Herrentoilette ein, schälte mich aus meiner Jacke, legte das Holster an, befestigte die Riemen, zog die Waffe aus dem Hosenbund und steckte sie in das Holster. Ich betrachtete mich im Spiegel und hatte den Eindruck, daß man die Ausbuchtung quer durchs ganze Lokal sehen würde. Immerhin war es so angenehmer, als mit der Waffe im Hosenbund rumzulaufen, zumal wenn einem die mittlere Körperpartie derart schmerzte.

Auf dem Weg zurück zu meinem Tisch hatte ich das Gefühl, daß jeder im Restaurant – wenn nicht sogar die gesamte Nachbarschaft – wußte, daß ich eine Waffe trug.

Ich aß meine Linguini und ging nach Hause.

Als TJ anrief, sah ich mir gerade an, wie Notre Dame Miami aufmischte. Meine Sportjacke hatte ich über die Rückenlehne eines Stuhls gehängt, und so saß ich hemdsärmelig da, das Holster an seinem Platz und die Waffe im Holster. Ich zog die Jacke an und ging über die Straße ins *Morning Star*.

Normalerweise suchten wir uns einen Platz an einem der Tische am Fenster, und als ich kam, saß TJ schon dort und schlürfte Orangensaft durch einen Strohhalm. Ich bat ihn, mit mir an einen der Tische in der Nähe der Küche umzuziehen, wo wir weit entfernt von den Fenstern waren und ich den Eingang im Auge behalten konnte.

TJ nahm das alles ohne Kommentar zur Kenntnis. Nachdem ich mir einen Kaffee bestellt hatte, sagte er: »Ich hab schon alles über dich gehört. Daß du der härteste Macker im ganzen Viertel bist und überall Arschtritte verteilst.«

»Wenn ich in meinem Alter noch Arschtritte verteile, humple ich hinterher drei Wochen lang. Was hast du gehört und wo?«

»Was ich gehört hab, hab ich schon gesagt, und was glaubst du wohl, wo ich es her hab? Ich war bei Elaine im Laden. Ach so, du willst wissen, ob man auf der Straße darüber redet? Nein, aber wenn du Wert auf einen entsprechenden Ruf legst, erzähl ich's gern rum.«

»Laß das bloß bleiben.«

»Du hast dich ja richtig schick gemacht. Wo gehen wir hin?«

»Nirgends.«

»Elaine hat gesagt, du machst mit den Ermittlungen in Jersey nicht weiter, aber ich hab mich gefragt, ob du ihr das nur erzählt hast, damit sie sich keine Sorgen macht.«

»Das würde ich nie tun. Die Ermittlungen waren sowieso beendet, auch schon vor dem, was letzte Nacht passiert ist, und außerdem hat sich dadurch nur bestätigt, was wir bereits für die wahrscheinlichste Lösung gehalten hatten.«

»Wenn wir nirgendwo hinfahren, hast du dich also nur schick gemacht, um eine Tasse Kaffee trinken zu gehen.« Er legte den Kopf auf die Seite und betrachtete die Ausbuchtung links von meiner Brust. »Ist das, was ich glaube, daß es ist?«

»Wie soll ich das wissen?«

»Weil du nicht wissen kannst, was ich glaube? Außer, daß du's genau weißt, und ich weiß es auch, weil Elaine mir schon von deinen Sicherheitsvorkehrungen erzählt hat. Ist das die Knarre, die du dem Typen abgenommen hast?«

»Genau. Man sieht sie auf den ersten Blick, nicht wahr?«

»Nur, wenn man genau hinsieht. Es ist nicht so, als würdest du ein Schild hochhalten. Wenn du immer so rumlaufen wolltest, müßtest du dir 'ne Jacke schneidern lassen, die sich nicht so ausbeult.«

»Früher habe ich Tag und Nacht eine Waffe getragen, im Dienst und außer Dienst. Es gab eine offizielle Vorschrift, daß man das mußte. Ich frage mich, ob die immer noch in Kraft ist. Bei all den Bullen, die sich über die Jahre außer Dienst besoffen und erschossen haben, selbst oder gegenseitig, haben die hohen Tiere diese spezielle Vorschrift vielleicht doch nochmal überdacht.«

»Aber Bullen würden auf jeden Fall ihre Waffe tragen, stimmt's? Egal, ob's Vorschrift ist oder nicht.«

»Vermutlich. Ich habe jahrelang auf Long Island gewohnt, und die Vorschrift galt nur für die fünf Stadtbezirke, aber ich habe sie trotzdem die ganze Zeit getragen. Natürlich gab es da auch noch eine andere Vorschrift, nach der ein New Yorker Bulle innerhalb der fünf Stadtbezirke zu wohnen hatte, aber das ließ sich immer leicht umgehen.«

Er sog den letzten Rest Orangensaft auf, bis es im Strohhalm nur noch gurgelte. »Ich weiß ja nicht, wer Orangensaft erfunden hat«, sagte er, »aber der Typ war ein Genie. Das Zeug schmeckt so super, da kann man kaum glauben, daß es auch noch gesund ist. Ist es aber. Oder meinst du, die belügen einen?«

»Soweit ich weiß, stimmt das.«

»Das gibt mir meinen Glauben zurück. Weißt du noch, als ich damals die Knarre für dich organisiert hab? Die hab ich dir in einer

Gürteltasche gebracht, so wie sie mir der Verkäufer ausgehändigt hatte.«

»Ja, weiß ich noch. Die Gürteltasche war blau.«

»Blau, genau. Ziemlich langweilige Farbe, wenn ich mich recht erinnere.«

»Wenn du meinst.«

»Hast du sie noch?«

Ich hatte die Waffe für eine Freundin besorgt, die unheilbar an Bauchspeicheldrüsenkrebs erkrankt war. Sie wollte die Möglichkeit haben, ihr Leben schnell beenden zu können, falls die Schmerzen unerträglich würden. Sie wurden dann auch tatsächlich schlimm, aber irgendwie hatte sie es geschafft, mit dem Krebs zu leben, bis sie daran starb, und die Waffe hatte sie nicht gebraucht.

Ich wußte nicht, was aus der Waffe geworden war. Vermutlich hatte sie in einem Fach ihres Schranks gelegen, eingewickelt in die blaue Gürteltasche, in der ich sie ihr gebracht hatte. Irgend jemand, der sich um ihre Habe gekümmert hatte, hatte sie vermutlich gefunden, und ich hatte nicht die geringste Ahnung, was danach mit ihr passiert war.

»Sie sind nicht schwer aufzutreiben«, fuhr er fort. »Die ganzen koreanischen Typen mit den kleinen Läden, die draußen Tische mit Sonnenbrillen und Baseballkappen haben, die haben alle auch Gürteltaschen. Kostet dich zehn oder fünfzehn Dollar. Ein paar Dollar mehr, wenn du eine aus Leder haben willst. Wieviel hast du für das Schulterholster bezahlt?«

»Mehr als zehn oder fünfzehn Dollar.«

»Eine Gürteltasche würde deine Jacke nicht ausbeulen. Genauer gesagt bräuchtest du nicht mal eine Jacke.«

»Voraussichtlich werde ich die Waffe gar nicht benutzen. Aber falls doch, will ich mich nicht erst mit einem Reißverschluß rumschlagen müssen.«

»Du willst damit sagen, daß es für einen Revolverheld einfach nicht stilecht ist.«

»Genau.«

»Viele von den Typen lassen den Reißverschluß einfach offen. Das sieht außerdem noch ziemlich cool aus.«

»Wie bei Turnschuhen, wenn man die Schnürsenkel nicht zubindet.«

»So ähnlich. Nur daß du über deine Gürteltasche vermutlich nicht stolperst. Wenn's ernst wird, greifst du einfach rein und schon hast du die Knarre in der Hand.« Er verdrehte die Augen. »Aber vermutlich verschwende ich nur meine Zeit, du kaufst dir sowieso keine Gürteltasche, stimmt's?«

»Eher nicht. Ich glaube, ich bin einfach nicht der Typ für eine Gürteltasche.«

Ich ging wieder nach Hause und sah mir noch ein paar Footballspiele an. Immer wenn eine Werbepause kam, zappte ich weiter, und so bekam ich keins der Spiele richtig mit. Kurz vor sechs machte ich den Fernseher aus und ging die Straße hinunter zu Elaines Laden. ELAINE MARDELL stand auf dem Schild über dem Fenster, und der Laden selbst ist ein treffliches Spiegelbild seiner Besitzerin – Naive Kunst und Antiquitäten, Gemälde, die sie aus Second-Hand-Läden und Ramschverkäufen gerettet hat, und Ölbilder und Zeichnungen einiger zeitgenössischer Künstler, die sie entdeckt hat. Sie hat das Auge einer Künstlerin, und so bemerkte sie die Waffe auf den ersten Blick.

»Oho«, sagte sie. »Ist das,was ich glaube, daß es ist? Oder freust du dich nur, mich zu sehen?«

»Beides.«

Sie knöpfte mir die Jacke auf. »So ist es nicht so auffällig«, sagte sie.

»Bis sie sich ganz öffnet und es deutlich auffälliger wird.«

»Oh, das stimmt. Daran hatte ich nicht gedacht.«

»TJ wollte mich zu einer Gürteltasche überreden.«

»Genau dein Stil.«

»Das habe ich ihm auch gesagt.«

»Nette Überraschung. Ich wollte gerade zumachen.«

»Und ich habe gehofft, daß ich dich zum Abendessen ausführen darf.«

»Hmmm. Ich würde nur gern noch zu Hause vorbeigehen und mich frisch machen.«

»Das hatte ich mir schon gedacht.«

»Und mir was anderes anziehen.«

»Auch das.«

Während wir die Ninth hinaufgingen, sagte sie: »Wo wir jetzt schon nach Hause gehen – soll ich uns nicht lieber was kochen?«

»Bei der Hitze?«

»So heiß ist es nun auch wieder nicht, und heute abend soll es abkühlen. Vielleicht regnet es sogar.«

»Es sieht nicht nach Regen aus.«

»Im Radio haben sie es aber gesagt. Wie auch immer, in unserer Wohnung ist es nicht heiß. Ich habe Lust auf Nudeln und einen Salat.«

»Du würdest dich wundern, in wievielen Restaurants du das bekommen würdest.«

»Aber nicht so gut, wie wenn ich es selbst koche.«

»Tja, wenn du drauf bestehst. Aber ich wollte eigentlich ins *Armstrong's* oder ins *Paris Green*, und hinterher könnten wir runter ins Village fahren und ein bißchen Musik hören.«

»Oh.«

»Na, das klingt ja enthusiastisch.«

»Tja, was *ich* mir vorgestellt habe, ist Nudeln und Salat daheim, dann ein Doppelprogramm vom Videorecorder.« Sie klopfte auf ihre Handtasche. »*Michael Collins* und *Der englische Patient*. Romantik und Gewalt, egal in welcher Reihenfolge.«

»Ein ruhiger Abend daheim.«

»Sagte er, kaum fähig, seine Begeisterung im Zaum zu halten. Was spricht denn gegen einen ruhigen Abend daheim?«

»Nichts.«

»Und wir haben beide Filme verpaßt, und wir hatten uns doch vorgenommen, sie anzuschauen.«

»Das stimmt.«

Dabei beließen wir es, bis wir in der Eingangshalle unseres Hauses standen. Dann sagte ich: »Wir überreagieren beide, nicht wahr? Du willst, daß ich zu Hause bleibe.«

»Und du willst den Schweinen beweisen, daß sie dich nicht davon abhalten werden zu tun, wozu du gerade Lust hast.«

»Ganz egal, ob ich gerade Lust dazu habe oder nicht. Du hast noch vergessen zu erwähnen, daß es Samstag abend ist, und egal wo wir hingehen – vermutlich ist es überall überfüllt und laut. Wenn ich nicht so ein sturer Idiot wäre, würde ich einen Abend zu Hause vermutlich für eine großartige Idee halten.«

»Du klingst gar nicht so richtig wie ein sturer Idiot.«

»Vor ein paar Minuten klang ich schon noch so.«

»Aber allmählich wirst du vernünftig. Vielleicht könnte das das Zünglein an der Waage sein: Ich habe gestern Scotch Bonnet Peppers besorgt. Die Nudelsoße wird dir die Kopfhaut vom Schädel reißen, das verspreche ich dir.«

»Also zuerst Abendessen. Anschließend *Michael Collins*. Dann verpasse ich, falls ich vor der Kiste einschlafe, nur den *Englischen Patienten*.«

»Du feilscht ja wie auf dem Basar.«

»Schließlich habe ich eine Jüdin geheiratet. Und sie war eine gute Lehrmeisterin.«

KAPITEL 7

Als ich mir Sonntag morgen meinen Bauch ansah, lachte mir die Hälfte der Farben des Regenbogens entgegen. Die Schmerzen waren etwas abgeklungen – obwohl es jetzt schlimmer aussah –, und auch meine anderen Gebrechen schienen etwas leichter zu sein.

Ich zog mich an und ging in die Küche, um Kaffee zu trinken und einen Bagel zu essen. Elaine fragte mich, wie es mir ging, und ich erzählte es ihr. »Vor ein paar Jahren«, sagte ich, »hätte ich mich von so einem Schlag viel schneller erholt. Da hätte ich nicht erst jeden Morgen nachprüfen müssen, wie ich mich fühle.«

»Und man muß mehr Zeit und Aufwand investieren, um fit zu bleiben. Wer hatte es früher schon nötig, seine Zeit mit Training zu verschwenden? Da wir gerade davon reden: Ich gehe für eine Stunde rüber ins Fitneß-Studio.«

»Ich bin ja fast schon so verzweifelt, daß ich mitgehen würde.«

»Dann tu's doch. Die haben jede Maschine, die dein Herz begehrt, und jede Menge Gewichte, falls du lieber den Technikfeind spielen willst. Und Unmengen Frauen in Spandex, die du anschauen kannst, außerdem einen Whirlpool, um hinterher deine schmerzenden Muskeln zu entspannen. Und ich sehe dir an, daß du nicht mitkommen wirst.«

»Heute nicht. Meine ganze Energie ist schon aufgebraucht, wenn ich von den Maschinen nur höre. Weißt du, wozu ich wirklich Lust habe? Nichts so kräftezehrendes wie Gerätetraining, lieber einen netten, langen Spaziergang. Runter ins Village und wieder zurück, oder vielleicht die Ninety-sixth rauf und runter.«

»Tja, das könntest du machen. Wenn du das willst.«

»Aber du meinst, ich sollte lieber nicht?«

»Zieh dich jedenfalls warm an, okay? Trag deine Weste und dein Schulterholster.«

»Vielleicht bleibe ich auch einfach nur zu Hause.«

»Wieso auch nicht, mein Schatz? Du kannst ja vorsichtig ein paar Sit-ups machen, wenn du schneller wieder fit werden möchtest. Man sollte diesen Schwachköpfen ruhig noch einen Tag gönnen, um das Interesse an dir zu verlieren.«

»Klingt vernünftig.«

»Außerdem kannst du die Sonntagsausgabe der *Times* lesen, und die in die Hand zu nehmen ist schon mehr Fitneßtraining, als die meisten Leute im Rest des Landes in einem Monat machen. Außerdem müßte im Fernsehen jede Menge Sport kommen.«

»Ich glaube, ich genehmige mir noch einen Bagel. Bei soviel Programm kann ich die Energie brauchen.«

Ich las die Zeitung und sah mir das Spiel der Giants an. Als es zu Ende war, schaltete ich zwischen dem Spiel der Jets gegen die Bills auf NBC und einem Senioren-Golfturnier hin und her. Es war mir ziemlich egal, wer das Football-Spiel gewann – den Spielern übrigens auch, so wie sie spielten –, und das Golfturnier war nicht mal ansatzweise interessant, aber es hatte etwas seltsam Hypnotisierendes.

Auf Elaine hatte es, als sie mir eine Tasse Kaffee brachte, die gleiche Wirkung. Sie starrte wie gebannt auf den Fernseher, bis der Bann durch eine Werbung für Midas Auspufftöpfe gebrochen wurde. »Warum habe ich mir das jetzt angeschaut?« fragte sie. »Was interessiert mich Golf?«

»Ja, ich weiß.«

»Und was interessieren mich Midas Auspufftöpfe? Wenn ich mal einen Auspufftopf brauchen sollte, kaufe ich die Marke, für die George Foreman Reklame macht.«

»Meineke.«

»Wie auch immer.«

»Und nachdem wir kein Auto haben ...«

»Genau. Wenn ich mir einen Topf kaufe, dann für die Küche.«

Sie ging aus dem Zimmer, und ich wandte mich wieder dem Golfturnier zu, wo gerade ein Typ in viel zu grellen Klamotten sein Birdie Putt vorbereitete. Ich ertappte mich dabei, daß ich an Lisa Holtzmann dachte. Es war genau die Art langweiliger Nachmittag, wie ich ihn gern in ihrer Wohnung verbracht hatte.

Nur ein Gedanke, der kam und ging, genau wie ich manchmal noch an einen Drink dachte, ohne wirklich das Bedürfnis danach zu haben. Ich hatte an dem Abend neulich den ganzen Bourbon gerochen, und der Geruch hatte sofort alte Erinnerungen geweckt, aber ich hatte deswegen keine Sehnsucht nach einem Drink verspürt. Am nächsten Tag hatte ich den Geruch wieder in der Nase gehabt, zusammen mit dem Geruch nach Blut, Tod und Mündungsfeuer, schwächer zwar als am Tag zuvor, aber noch deutlich wahrnehmbar. Und auch da hatte ich keine Lust auf einen Drink gehabt.

Auch auf Lisa hatte ich jetzt eigentlich keine Lust. Ich wollte einfach raus, weniger aus dem physischen Raum unserer Wohnung als aus dem Raum meiner Gedankenwelt, ein paar Stunden lang nicht der Mensch sein müssen, der ich war. Genau das war Lisa immer gewesen: mehr als eine Quelle des Vergnügens, mehr als eine Eroberung, mehr als nette Gesellschaft. Sie war eine Möglichkeit, vor mir selbst davonzulaufen, und ich gehöre zu jenen Menschen, die immer mal wieder vor sich davonlaufen wollen. Egal, wie angenehm mein Leben war, egal, wie gut ich mich darin eingerichtet hatte und wie gut es zu mir war, ich würde immer das Bedürfnis haben, mich eine Weile daraus zu verdrücken.

So bin ich nun mal.

Allein die Tatsache, daß ich sie dort gesehen hatte, daß sie mich angelächelt hatte, daß ich gesehen hatte, wie sie mit Florian Händchen hielt – das hatte ausgereicht, mich wieder an sie denken zu lassen. Ich hatte nicht vor, mich mit ihr zu treffen. Ich hatte noch nicht einmal vor, sie anzurufen. Aber es war etwas, worüber ich später mit Jim reden könnte, etwas, womit ich mich jetzt nicht weiter beschäftigen wollte.

In der Zwischenzeit würde ich den Herren beim Golfspielen zusehen.

»Schick siehst du aus«, sagte Elaine. Sie faßte an die Windjacke und tastete nach der Waffe. »Sehr schön. Die Jacke ist so weit geschnitten, daß man überhaupt nicht merkt, daß du ein Holster trägst. Und wenn du den Reißverschluß halb offen läßt, kommst du auch ganz schnell dran, stimmt's?«

Ich führte es ihr vor, zog die Waffe, steckte sie zurück.

»Und dein rotes Polohemd.« Sie knöpfte mir den obersten Knopf auf. »Oh, verstehe, den hattest du zugemacht, damit man die Kevlarweste nicht sieht. Aber offen sieht es besser aus, und was macht es schon, wenn die Weste rausschaut? Weiß doch keiner, was es ist. Es könnte auch ein Unterhemd sein.«

»Unter einem Polohemd?«

»Oder eine Tätowierung. Du siehst gut aus. Der Kontrast zwischen Windjacke und Khakihose ist gerade groß genug, daß du nicht wie ein Automechaniker aussiehst.«

»Dann bin ich ja beruhigt. Darüber hatte ich mir nämlich wirklich Sorgen gemacht.«

»Tja, das solltest du auch. Stell dir vor, eine Dame hält ihren Wagen neben dir an und bittet dich, ihr den Ölstand nachzuschauen. Wie würdest du dir da vorkommen?«

»Ich glaube, diese Frage werde ich nicht beantworten.«

»Sehr weise. Gib mir einen Kuß. Mmmm. Viel Spaß. Paß auf dich auf. Und grüß Jim von mir.«

Ich ging nach draußen. Es sah aus, als würde es bald regnen, und das brauchten wir auch dringend. Die Luft war heiß und stickig, und es hätte schon eines ordentlichen Regenschauers bedurft, um sie zu reinigen. Aber ich nahm an, daß der Regen noch eine Zeitlang auf sich warten lassen würde, so wie er bereits mehrere Tage auf sich warten ließ.

Ich ging den langen Block hinunter, der quer durch die Stadt zur Eighth Avenue führt, und dann ein paar Blöcke Richtung Innenstadt, bis ich zu dem Restaurant kam. Wie sich herausstellte, hieß es *The Lucky Panda.* Auf dem Schild war ein Panda abgebildet, schwarz und weiß, wie es sich gehörte, und mit einem Lächeln, als hätte er soeben im Lotto gewonnen.

Jim Faber war bereits dort, und er war in dem fast leeren Lokal leicht zu entdecken. Den Tisch, den er sich ausgesucht hatte, im hinteren Teil an einer der Seitenwände, hätte ich auch gewählt. Er las das Magazin der Times, legte es aber zur Seite, als ich an den Tisch kam, und erhob sich.

»Ike und Mike«, sagte er.

Wir gaben uns die Hand, und ich fragte: »Was hast du da gerade gesagt?

Er deutete erst auf mich, dann auf sich. »›Ike und Mike sehen sich gleich.‹ Hast du den Spruch noch nie gehört?«

»Nicht, daß ich wüßte.«

»Ich hatte Cousins, etwa drei Jahre älter als ich, die waren Zwillingsbrüder. Habe ich dir je von denen erzählt?«

»Ich glaube nicht. Und die hießen Ike und Mike?«

»Nein, natürlich nicht. Sie hießen Paul und Philip, aber Philip wurde immer Buzzy genannt. Keine Ahnung, warum. Aber ich hatte einen Onkel, nicht den Vater der Zwillinge, einen anderen Onkel, und der sagte immer dasselbe, wenn er die beiden sah.«

»›Hallo Jungs.‹«

»›Ike und Mike sehen sich gleich.‹ Verdammt, sie müssen schier die Wände hochgegangen sein, aber sie haben sich nie beschwert. In meiner Familie hat man sich nicht beschwert. Das wurde einem früh eingetrichtert.«

»Hör auf zu jammern, oder ich sorge dafür, daß du einen Grund zum Jammern kriegst.«

»Mein Gott, ja. Hat dein Vater das etwa immer gesagt?«

»Nein, nie. Aber einer von meinen Onkeln hat das immer zu seinen Kindern gesagt. Und ich vermute, das war kein leeres Versprechen.«

»Ich habe das in meiner Kindheit oft gehört, und bei uns war das auch kein leeres Versprechen. Wie auch immer, das ist jedenfalls die traurige Geschichte von Ike und Mike.«

Wir trugen beide braune Windjacken, rote Polohemden und Khakihosen. »So ganz stimmt das nicht mit den Zwillingen«, sagte ich. »Ich trage eine kugelsichere Weste.«

»Gut, daß du mir das sagst. Wenn es Blei regnet, werde ich mich hinter dich ducken.«

»Tu das. Und ich werde die Schweinebande abknallen.«

»Oha. Hast du eine Bleispritze dabei?«

»Hier. Im Schulterholster.« Ich zog den Reißverschluß so weit runter, daß er es sehen konnte, dann zog ich ihn wieder hoch.

»Ich werde sehr viel besser schlafen, jetzt, wo ich weiß, daß der Mann, mit dem ich zu Abend esse, bewaffnet und gefährlich ist. Komm, laß uns die Plätze tauschen.«

»Was?«

»Na los. Wenn wir die Plätze tauschen, kannst du den Eingang besser im Auge behalten.«

»Falls irgend jemand irgend etwas versuchen sollte, dann nicht hier, sondern draußen auf der Straße. Das einzige, worüber ich mir hier drinnen Sorgen machen muß, ist das Schweinefleisch Mu Shu.«

Das brachte ihn zum Lachen, aber trotzdem kam er um den Tisch herum, und ich zuckte mit den Schultern und setzte mich auf den Platz, auf dem eben noch er gesessen war. »Na also«, sagte er. »Jetzt habe ich meinen Beitrag geleistet. Ich nehme an, du mußt die Jacke anlassen, damit nicht jeder sieht, daß du ein Eisen mit dir rumschleppst. Was ist los?«

»Bleispritze? Eisen?«

»Tja, ich kenne mich eben aus mit dem Jargon. Vom Fernsehen.« Er grinste. »Ich lasse meine Jacke auch an, aber nicht aus Solidarität. Als ich das letzte Mal hier war, hatten wir gerade eine Hitzewelle, und ich schwör's dir, hier drin war es heißer als draußen. Heute haben wir einen schönen Herbsttag, und die Klimaanlage läuft volle Pulle. Hattet ihr daheim eine Klimaanlage, als du klein warst?«

»Soll das ein Witz sein? Wir konnten schon froh sein, wenn wir überhaupt ein Klima hatten.«

»Das war bei uns genauso. Wir hatten einen Ventilator, und alle haben versucht, möglichst nah davor zu sitzen, und dann hat uns das Ding heiße Luft ins Gesicht geblasen.«

»Aber ihr habt euch nicht beklagt.«

»Doch, Hitze war was anderes. Über Hitze durfte man sich beklagen. Da kommt ja unser Kellner. Willst du schon bestellen?«

»Ich habe noch nicht mal einen Blick auf die Speisekarte geworfen. Und ich will mir noch die Hände waschen. Wenn du magst, bestell doch einfach für mich mit.«

Er schüttelte den Kopf. »Das eilt nicht«, sagte er und bat den Kellner, uns noch ein paar Minuten Zeit zu lassen. Ich ging auf die Herrentoilette und benutzte sie. Über dem Waschbecken hing das übliche Schild, daß Angestellte verpflichtet seien, sich die Hände zu waschen, und ich wusch sie mir, obwohl ich zur Zeit nirgendwo angestellt war. Statt Papiertüchern hatten sie einen dieser Heißlufttrockner, und wenn mir das vorher aufgefallen wäre, hätte ich mir vielleicht nicht die Hände gewaschen. Ich hasse diese verdammten Dinger, es dauert ewig, und hinterher fühlen sich die Hände immer noch feucht an. Aber jetzt hatte ich sie schon gewaschen, und so stand ich da und ließ sie trocknen, und währenddessen stellte ich mir vor, wie ich das alles gleich Jim erzählen würde.

Ich betrachtete mich im Spiegel und fummelte an meinem Hemdkragen herum, um eine Möglichkeit zu finden, wie ich den Knopf offenlassen konnte, ohne daß man die Weste sah. Nicht, daß irgend jemand wirklich etwas hätte sehen können. oder gewußt hätte, was er da sah. Nicht, daß es irgendeine Rolle gespielt hätte. Und trotzdem zog ich sie vorn ein Stück nach unten ...

In dem Moment hörte ich die Schüsse.

Ich hätte sie auch überhören können. Sonderlich laut waren sie nicht. Oder ich hätte sie für etwas anderes halten können. Ein Lastwagen, der eine Fehlzündung hatte, ein Kellner, der ein Tablett fallen ließ. Irgend etwas.

Aber aus irgendeinem Grund wußte ich auf der Stelle, was es war, und auch, was es bedeutete. Ich stürzte aus der Toilette und raste den Gang hinunter in den Gastraum. Mit einem Blick nahm ich die Szene in mich auf – Jim, ein Kellner, der mit offenem Mund dastand, ein Paar, das versuchte, so gut wie möglich mit der Holzvertäfelung zu verschmelzen, eine dünne blonde Frau am Rand des Nervenzusammenbruchs, eine andere Frau, die sie zu beruhigen versuchte. Ich rannte an ihnen vorbei und zur Tür hinaus, aber der Schütze war nirgendwo zu sehen. Er war um die Ecke verschwunden oder in einen wartenden Wagen gesprungen. Oder hatte sich in Luft aufgelöst, jedenfalls war er weg.

Ich ging wieder hinein. Drinnen hatte sich nichts verändert. Niemand hatte sich von der Stelle gerührt. Jim saß an unserem Tisch, mit dem Rücken zum Eingang. Er hatte sich wieder seine Zeitung gegriffen, während ich auf der Toilette war, und das Magazin lag offen auf dem Tisch. Auf der Seite, die er aufgeschlagen hatte, stand ein Artikel über Eltern, die ihre Kinder nicht in die Schule schicken, sondern zu Hause unterrichten. Im Laufe der Jahre hatte ich ein paar Leute kennengelernt, die das auch gern gemacht hätten, aber niemanden, der es tatsächlich getan hatte.

Er mußte in das Magazin vertieft gewesen sein, als sich der Mörder näherte, und vermutlich hatte er es bis zum letzten Moment gar nicht mitbekommen. Man hatte ihn zweimal von der Seite in den Kopf geschossen, mit einer kleinkalibrigen Pistole, einer .22er, wie sich später herausstellen sollte. Es gab mal Zeiten, da machte man sich über solche Waffen lustig und nannte sie Spielzeug oder Damenpistole, aber neuerdings waren sie die Lieblingsartillerie der Auftragsmörder. Ich bin mir nicht ganz sicher, warum das so ist. Ich habe mir sagen lassen, daß eine kleinere Kugel gern im Schädel herumrast und damit die Wahrscheinlichkeit erhöht, daß ein Kopfschuß auch wirklich tödlich ist. Vielleicht ist das der Grund, vielleicht hat es aber auch was mit Ego zu tun. Wenn du dein Handwerk wirklich gut beherrschst, brauchst du keine Kanone. Da reicht auch ein Skalpell.

Man hatte zweimal auf ihn geschossen, wie ich bereits sagte, eine Kugel war in die Schläfe eingedrungen, die andere ins Ohr. Der Abstand zwischen den beiden Löchern betrug kaum mehr als zwei Zentimeter. Der Mörder mußte aus nächster Nähe geschossen haben – ich konnte die Verbrennungen vom Pulver erkennen und versengtes Haar und Fleisch riechen –, und sobald er die Schüsse abgefeuert hatte, hatte er die Waffe auf den Boden geworfen und sie mitsamt den ausgeworfenen Hülsen zurückgelassen.

Ich faßte die Waffe nicht an und versuchte auch nicht, so nah ranzugehen, daß ich sie genauer hätte betrachten können. Zu dem Zeitpunkt wußte ich noch nicht, daß es eine .22er war, ich konnte weder Modell noch Hersteller erkennen, aber sie sah aus wie eine .22er, und auch die Wunden deuteten daraufhin.

Er war nach vorn gesackt, die unversehrte Gesichtshälfte lag auf dem Magazin, das offen vor ihm auf dem Tisch lag. Blut war an seinem Kinn entlanggelaufen und hatte eine kleine Lache auf dem Magazin gebildet. Viel Blut war es allerdings nicht. Sobald man tot ist, hört man fast sofort auf zu bluten, und er muß tot gewesen sein, bevor der Mörder aus dem Restaurant raus war, vielleicht sogar schon, bevor die Waffe auf dem Boden aufprallte.

Wie alt war er? Einundsechzig, zweiundsechzig? Irgendwas um den Dreh. Ein Mann in mittleren Jahren, der ein rotes Polohemd, Khakihose und eine braune Windjacke mit offenem Reißverschluß trug. Er hatte noch ziemlich volles Haar, auch wenn es am Ansatz ein wenig zurückgewichen und oben am Kopf etwas dünner geworden war. Am Morgen hatte er sich rasiert und sich dabei am Kinn einen kleinen Schnitt zugefügt. Den Schnitt konnte ich jetzt nicht mehr sehen, aber er war mir aufgefallen, bevor ich auf die Toilette gegangen war. Er schnitt sich oft beim Rasieren. Hatte sich oft geschnitten.

Ike, von Ike und Mike.

Ich stand einfach nur da. Die Leute redeten, und vielleicht haben einige von ihnen auch zu mir etwas gesagt, aber nichts davon kam bei mir an. Ich starrte auf einen der Sätze in dem Artikel über ›Unterricht zu Hause‹, aber auch der kam nicht in meinem Gehirn an.

Ich stand einfach nur da, und irgendwann hörte ich das Heulen einer Sirene, und irgendwann waren dann auch die Bullen da.

KAPITEL 8

Hätte ich doch bloß.

Hätte ich doch bloß das Essen abgesagt. Wir hatten uns in den letzten Wochen ziemlich häufig getroffen. Laß uns mal eine Woche aussetzen, hätte ich vorschlagen können. Er hätte nichts dagegen gehabt. Insgeheim wäre er vermutlich sogar erleichtert gewesen.

Wären wir doch bloß runter nach Chinatown gegangen. Das vegetarische Restaurant dort ist in der Pell Street, und man muß eine lange Treppe in einem engen Treppenhaus hinaufgehen, um in den Gastraum zu gelangen. An solch einem Ort würde ein Profikiller niemals zuschlagen, dafür war der Fluchtweg zu kompliziert.

Hätte ich doch bloß andere Sachen angezogen. Ich habe nie sonderlich darauf geachtet, was ich trug, ich schnappte mir immer das Hemd, das zuoberst lag. Diesmal war es zufälligerweise ein rotes, und seins war ebenfalls rot gewesen.

Derjenige, der mir vom Parc Vendôme zum *Lucky Panda* gefolgt war, folgte einem Mann in rotem Polohemd, Khakihose und brauner Windjacke. Und als er – oder derjenige, den er angerufen hatte – das Restaurant betrat, sah er einen Mann, der genau diese Sachen trug, allein an einem Tisch sitzen, die einzige Person weit und breit, die weitgehend der Beschreibung entsprach. Er brauchte sich nicht erst einen Ausweis zeigen zu lassen. Er erledigte den Auftrag, wegen dem er gekommen war, ließ die Waffe auf den Boden fallen und haute ab.

Hätte er sich Jim doch erstmal genauer angesehen.

Hätte ich doch bloß meine Sportjacke angezogen. Was hätte es denn schon gemacht, wenn sie sich über dem Schulterholster ein wenig gebauscht hätte? Ich wollte schließlich nicht für den GQ posieren.

Hätte ich mir doch bloß zu Hause eine Minute Zeit genommen, um auf die Toilette zu gehen. Dann wäre ich nicht vom Tisch aufgestanden, sondern Jim gegenübergesessen, als der Schütze das Restaurant betrat. Der Dreckskerl hätte gedacht, er würde doppelt sehen. Vielleicht hätte er beschlossen, uns beide zu erschießen und

Gott die Entscheidung zu überlassen, wer von uns wer war, und vielleicht wäre es ihm auch gelungen, aber er wäre einen Moment lang irritiert gewesen, hätte ein paar Sekunden gebraucht, um sich über sein Vorgehen klar zu werden, und vielleicht hätte das gereicht, daß ich ihn entdeckt hätte und meine eigene Waffe hätte ziehen können.

Hätte ich mich doch bloß geweigert, als Jim die Plätze tauschen wollte. Er hätte den Mann vielleicht reinkommen sehen, hätte vielleicht reagieren können. Und vielleicht hätte der Schütze kapiert, daß das nicht der richtige Mann war, wenn er Jims Gesicht und nicht seinen Hinterkopf gesehen hätte.

Hätte ich mir doch bloß nicht die Hände gewaschen. Oder hätte ich sie mir wenigstens nur an der Hose abgewischt, anstatt meine Zeit mit dem Trockner zu verplempern. Dann wäre ich ungefähr in dem Moment aus der Toilette gekommen, als der Schütze auf Jims Tisch zuging. Ich hätte Jim eine Warnung zurufen können, hätte meine Waffe ziehen können, hätte das Schwein umlegen können, bevor es meinen Freund erschoß.

Hätte ich doch bloß ...

Hätte ich doch bloß vorletzte Nacht meine Abreibung kassiert wie ein Mann. Es hätte mich nicht umgebracht, und damit wäre die Sache erledigt gewesen. Ich hätte meine Lektion gelernt gehabt, oder zumindest hätte es so ausgesehen, und sie hätten sich nicht weiter um mich gekümmert. Aber nein, ich mußte ja den Helden und Angeber spielen und mich prügeln.

Hätte ich in der Nacht doch bloß Turnschuhe angehabt. Heute hatte ich sie angezogen. Warum nicht auch in jener Nacht? Hätte ich dem Typ hinter mir damit auf den Fuß getreten, hätte er einmal gegrunzt und mich weiter festgehalten, und ich hätte ein paar Extraschläge kassiert.

Wäre ich doch wenigstens konsequent gewesen. Wenn ich mir schon einbildete, daß ich mir die Prügel nicht bieten lassen wollte, und auch noch das Glück hatte, als Sieger aus dem Kampf hervorzugehen, warum hatte ich die Sache dann nicht zu Ende gebracht? Hätte ich doch bloß dem Impuls nachgegeben, den Schläger an den Kopf zu treten. Und dann noch mal, solange, bis ich ihm den Schädel eingetreten hätte. Und dem anderen hätte ich, wo ich schon dabei war, eine Kugel in die Brust jagen sollen, und dann seinem Freund die Waffe in die Hand drücken. Und es den Bullen überlassen herauszufinden, was sich da wohl abgespielt hatte. Vermutlich hätten sie nicht allzuviel Mühe darauf verschwendet, bei zwei dahergelaufenen Straßengangstern wie den beiden.

Oh verdammt. Hätte ich doch vor allem diesen Fall nicht übernommen. Hätte ich Mick doch gesagt, daß ich damit nichts zu tun haben wollte. Einen Tag später hatte ich ihm genau das sowieso gesagt.

Die Geschichte meines Lebens – immer einen Tag zu spät und einen Dollar zu wenig.

Hätte ich ihn doch bloß aus seiner Rolle als Sponsor entlassen. Ich war seit Jahren trocken, und ich beherrschte offensichtlich schon lange die raffinierte Kunst, die nächsten vierundzwanzig Stunden keinen Alkohol zu trinken, wozu brauchte ich also noch einen Sponsor? Warum die Beziehung weiterschleppen, wozu diese blöde Tradition der Sonntagabende beim Chinesen pflegen?

Elaine hätte mir klarmachen können, daß ich ein verheirateter Mann war und sonntagabends mit meiner Ehefrau essen sollte. Sie würde so etwas nie tun, das sähe ihr überhaupt nicht ähnlich, aber – hätte sie es doch trotzdem getan.

Hätte ich ihn mir doch gar nicht erst als Sponsor ausgesucht. Es war logisch, daß ich mich für ihn entschieden hatte, denn er war der einzige, der mir wirklich aufmerksam zuhörte, als ich anfing, zu den Meetings in St. Paul's zu gehen. Am Anfang trank ich immer noch in unregelmäßigen Abständen, und ich war mir auch ganz und gar nicht sicher, ob ich denn wirklich Lust auf diese Meetings hatte. Außerdem war ich offensichtlich nicht in der Lage, mich öffentlich als Alkoholiker zu bezeichnen oder auch nur ein Wort mehr zu sagen, als unbedingt sein mußte. Wenn die Runde gemacht wurde und es an mir war, etwas zu sagen, sagte ich immer nur: *Mein Name ist Matt, und ich glaube, ich möchte heute abend nur zuhören.* Ich dachte, niemand würde Notiz von mir nehmen, und erst Monate später erfuhr ich, daß ich eine Zeitlang bei den AA den Spitznamen »Matt, der Zuhörer« hatte.

Aber Jim zeigte immer Interesse für mich, begrüßte mich jedes Mal, wechselte immer ein paar Worte mit mir. Lud mich ein, mit einigen von ihnen nach dem Meeting noch Kaffee zu trinken. Hörte mir voller Respekt zu, wenn ich Unsinn salbaderte, wie ihn Leute, die gerade mit Trinken aufgehört haben, gern von sich geben. Ab und zu machte er mir den einen oder anderen Vorschlag, so unaufdringlich, daß ich meistens das Gefühl hatte, daß mir das selbst auch schon eingefallen war.

»Ich höre immer wieder, daß ich mir einen Sponsor suchen sollte«, sagte ich eines Abends ganz nebenbei zu ihm. Nachdem ich es mir zwei Tage lang immer wieder vorgesagt hatte. »Was hältst du davon?« schob ich nach.

»Vermutlich keine schlechte Idee.«

»Nein, ich meine, daß du mein Sponsor wirst. Was du davon hältst.«

»Vermutlich bin ich das ja schon. Aber wenn du es gern offiziell machen möchtest, würde ich sagen, von mir aus gern.«

Lange Zeit war er für mich einfach nur ein Mann, der immer eine alte Armeejacke trug. Ich wußte nicht, womit er seinen Lebensunterhalt bestritt oder was für ein Leben er außerhalb der Räume der AA führte. Dann leitete er eines Tages ein Meeting, und ich erfuhr seine Geschichte. Und dann lernten wir uns wirklich kennen, tranken literweise Kaffee bei Meetings und nach Meetings und saßen uns an Hunderten von Sonntagabenden an einem Tisch gegenüber.

Hätte ich doch bloß jemand anderen zu meinem Sponsor erkoren oder besser noch überhaupt niemanden. Hätte ich mich doch bloß in dem Kellerraum umgeschaut und nein danke gesagt und wäre in die nächste Kneipe gegangen.

So einen Mist hätte er mir niemals durchgehen lassen. »Du mußt ein Superriesenego haben«, hatte er mehr als einmal zu mir gesagt, »um so hart gegen dich selbst zu sein. Wie kommst du dazu, solche unmöglich hohen Ansprüche an dich zu stellen? Was glaubst du eigentlich, wer du bist? Das Stück Scheiße, um das die Welt kreist?«

»Glaubst du etwa nicht, daß ich das bin?«

»Du bist nur ein Mensch. Du bist nur ein Alkoholiker unter vielen.«

»Und das ist alles?«

»Das reicht.«

Könnte man die Vergangenheit doch bloß ändern. Wenn TJ am Computer was Neues einfällt, dann drückt er ein paar Tasten und macht die vorherigen Befehle rückgängig. Aber, wie ein Flippersüchtiger es mir gegenüber vor Jahren mal formuliert hat: Der Mist ist, daß es im Leben keine Reset-Taste gibt.

Was geschehen ist, kann nie mehr ungeschehen gemacht werden. Es ist wie in Beton gegossen, wie in Stein gemeißelt.

Omar Chayam hat das vor Jahrhunderten beschrieben, und zwar so gut, daß ich mich immer noch an die Zeilen erinnere:

Des Ew'gen Finger schreibt der Menschen Schicksalsbuch;
Fruchtlos, Ihr Frommen, ist, ihr Weisen, eu'r Versuch,
Daß ihr nur einen Spruch, auch nur ein Wort von denen,
Die er geschrieben hat, auslöscht mit euren Tränen.

Wenn das doch bloß nicht so wäre.

Wenn ...

KAPITEL 9

Ich wurde ausgiebig befragt, erst von den uniformierten Polizisten, die als erste am Tatort auftauchten, dann von einem Kriminalbeamten in Zivil. An die Fragen und an meine Antworten kann ich mich nur noch bruchstückhaft erinnern, denn ich nahm kaum wahr, was um mich herum geschah. Ein Teil meines Bewußtseins kämpfte darum, aufmerksam zu sein und mitzubekommen, was in Hörweite von mir gesagt wurde, versuchte den Fragen zu folgen, die mir gestellt wurden, und den Antworten, die ich gab. Der Rest von mir war irgendwo anders, wanderte ziellos durch die Flure der Vergangenheit, machte Abstecher in eine abgewandelte Zukunft, in der, weil ich eine meine Handlungen verändert hatte, Jim noch lebte.

Als ich elf oder zwölf Jahre alt war, wurde ich von einem Baseball am Kopf getroffen und lief den ganzen Tag mit einer Gehirnerschütterung herum. Das hier fühlte sich genauso an. Als wäre ich in Watte eingepackt und um mich herum nur Nebel. Nichts drang wirklich zu mir durch, und was mir in Erinnerung bleiben würde, war wie in einem Traum, gedämpft, verschwommen und weit weg, und dazwischen fehlten Stücke.

Es war viertel vor zehn, als der Nebel aufriß oder sich lichtete, oder was immer er auch tat. Ich sah plötzlich, wie spät es auf der Wanduhr im Mannschaftsraum im Obergeschoß von Midtown North war, wohin man mich – wie ich mich vage erinnern konnte – auf dem Rücksitz eines Streifenwagens gebracht hatte. Wir hätten auch zu Fuß gehen können; das Polizeirevier lag an der Fifty-fourth, westlich der Eighth, buchstäblich nur einen Steinwurf vom *Lucky Panda* entfernt.

Ich vermute, das gesamte Revier kannte das Restaurant. Bullen haben einen schon legendären Appetit auf Donuts, aber sie verdrükken auch jede Menge chinesisches Essen, und einige der Bullen von Midtown North waren mit ziemlicher Wahrscheinlichkeit zumindest gelegentlich Gäste im *Lucky Panda*. Damit konnte ich meiner Wäre-doch-nur-Lotterie einen weiteren Posten hinzufügen: Warum hatten an einem der vorderen Tische nicht ein paar uniformierte Bullen sitzen können? Der Schütze hätte nur einmal kurz geschaut und auf der Stelle kehrtgemacht.

Viertel vor zehn. Bis jetzt hatte ich nicht einmal mitbekommen, wie spät es war. Mit Jim hatte ich mich so gegen halb sieben getroffen. Wir hatten eine oder zwei Minuten geredet. Dann war ich zur Toilette gegangen, hatte die Toilette benutzt, war aus der Toilette hinausgestürzt ...

Drei Stunden waren seitdem vergangen, und zwar im Handumdrehen. Ich mußte ziemlich lange einfach nur rumgestanden oder rumgesessen sein und darauf gewartet haben, daß irgend etwas passierte, daß mir irgend jemand sagte, was ich tun solle. Ich muß wohl sehr gefügig gewesen sein. Da mir nicht bewußt war, wieviel Zeit vergangen war, war ich weder gelangweilt noch ungeduldig.

»Matt? Kommen Sie, setzen Sie sich. Wir gehen das Ganze noch einmal durch, und dann können Sie nach Hause und sich ausruhen.«

»Klar doch.«

Der Name des Detective war Georg Wister. Er war dünn und kantig, hatte eine ausgeprägte Nase und ein ebenso ausgeprägtes Kinn und trug einen sorgfältig gestutzten schwarzen Schnurrbart. Vermutlich hatte er sich am Morgen nach dem Aufstehen rasiert, aber er hätte sich schon wieder rasieren müssen, und das wußte er auch. Er hatte die Angewohnheit, sich über die Wange oder über das Kinn zu streichen, indem er die Kuppe eines Fingers über seine Bartstoppeln gleiten ließ, als wolle er prüfen, wie dringend er die Rasur brauchte.

Er war etwa fünfzig Jahre alt, einsfünfundsiebzig groß, hatte dunkelbraunes Haar und tiefliegende dunkelbraune Augen. Ich registrierte das alles und fragte mich, wozu eigentlich. Niemand würde mich bitten, ihm den ermittelnden Beamten zu beschreiben. Was sie gern von mir gehabt hätten, war eine Beschreibung des Täters, und damit konnte ich ihnen nicht dienen.

»Tut mir leid, daß ich Sie so lange aufgehalten habe«, sagte Wister. »Aber Sie wissen ja, wie das läuft. Sie waren schließlich auch mal bei der Polizei.«

»Ist Jahre her.«

»Und ich habe den Eindruck, daß ich Sie schon mal hier im Haus gesehen habe. Sie sind mit Joe Durkin befreundet, nicht wahr?«

»Wir kennen uns schon eine Zeitlang.«

»Und jetzt arbeiten Sie als Privatdetektiv.« Ich zog meine Brieftasche heraus, um ihm meine Lizenz zu zeigen. »Nein, lassen Sie stecken«, sagte er. »Die haben Sie mir schon gezeigt.«

»Allmählich verliere ich den Überblick. Wem ich was wann gezeigt habe.«

»Ja, und jeder will noch mal das gleiche wissen, und dabei sind Sie bereits völlig erledigt von dem, was passiert ist. Vermutlich sind Sie zum Umfallen müde.«

War ich das? Ich hatte keine Ahnung.

»Und vermutlich wollen Sie nur noch nach Hause.« Er strich sich über das Kinn, dann über die Wange. »Der Name des Verstorbenen ist James Martin Faber«, las er von einem Klemmbrett ab, und dann folgten Jims Adresse und Name und Anschrift seiner Firma, wobei Wister mich jedes Mal Bestätigung heischend ansah.

Ich sagte: »Seine Frau ist ...«

»Mrs. Beverly Faber, dieselbe Adresse. Wir haben sie bereits verständigt. Vermutlich ist inzwischen schon jemand hingefahren und hat sie abgeholt, damit sie den Toten offiziell identifiziert.«

»Ich muß mit ihr reden.«

»Matt, Sie sollten sich erstmal ausruhen. Sie stehen doch selbst noch unter Schock.«

Ich hätte ihm sagen können, daß der Schock allmählich nachließ. Ich war wieder ich selbst, was immer das auch heißen mochte. Aber ich nickte nur.

»Faber war ein Freund von Ihnen.«

»Mein Sponsor.« Das Wort verwirrte ihn, und ich bereute, daß ich es benutzt hatte, denn nun mußte ich es erklären. Nicht, daß es irgendeinen Grund gegeben hätte, es ihm nicht zu erklären. Bei den AA gibt es zwar die ungeschriebene Regel, die Anonymität der anderen Mitglieder zu wahren, aber diese Rücksichtnahme wurde nur den Lebenden gegenüber erwartet. »Mein AA-Sponsor«, fügte ich hinzu.

»Sie sprechen von den Anonymen Alkoholikern?«

»Genau.«

»Ich dachte immer, da könnte jeder mitmachen. Ich wußte gar nicht, daß man erst einen Sponsor braucht.«

»Braucht man auch nicht. Einen Sponsor bekommt man erst, wenn man schon dabei ist, und Sie können ihn sich als eine Mischung aus Freund und Berater vorstellen. So ähnlich wie ein Rabbi.«

»Also jemand, der mehr Erfahrung hat? Der seine Beziehungen spielen läßt und Ihnen hilft, abstinent zu bleiben?«

»Es ist ein klein wenig anders. Bei den AA gibt es keine Karriereleiter. Und in Schwierigkeiten kommt man nur, wenn man trinkt. Ein Sponsor ist einfach jemand, mit dem man reden kann, der einem hilft, die Finger vom Alkohol zu lassen.«

»Das Problem habe ich glücklicherweise nicht. Aber es gibt eine Menge Bullen, die trinken, und das wundert mich auch nicht. Jeden Tag dieser Streß.«

Jeder Job war stressig, wenn man einen Grund zum Trinken brauchte.

»Sie beide verabreden sich also zum Essen. Hatte das irgendeinen besonderen Grund, gab es etwas, worüber Sie sich unterhalten wollten?«

»Nein.«

»Sie sind verheiratet, er ist verheiratet, aber beide lassen Sie Ihre Ehefrauen an einem Sonntagabend allein und treffen sich beim Chinesen.«

»Wie immer Sonntagabends.«

»Tatsächlich?«

»Mit ganz seltenen Ausnahmen, ja.«

»Sie trafen sich also regelmäßig. Ist das so üblich bei den Anonymen Alkoholikern?«

»Bei den AA ist gar nichts üblich. Außer, daß man nicht trinkt, und selbst das ist nicht so üblich, wie man annehmen sollte. Am Anfang, als wir uns Sonntagabends zum Essen getroffen haben, war das einfach ein Aspekt seiner Aufgabe als Sponsor, eine Möglichkeit, um uns besser kennenzulernen. Im Laufe der Jahre wurde es ein fester Bestandteil unserer Freundschaft.«

»›Im Laufe der Jahre.‹ Wie lange war er Ihr Sponsor?«

»Sechzehn Jahre.«

»Ist das Ihr Ernst? Sechzehn Jahre? Und in der ganzen Zeit haben Sie keinen Tropfen Alkohol angerührt?«

»Bis jetzt nicht.«

»Und Sie gehen immer noch zu den Treffen?«

»Ja.«

»Und er?«

»Bis vor kurzem.«

»Er kommt also nicht mehr?«

Ich fragte mich gerade, was ich da jetzt wohl drauf antworten sollte, als ihm klar wurde, was er gesagt hatte. »Tut mir leid«, sagte er und wurde rot. »War ein langer Tag.« Er senkte den Blick wieder auf sein Klemmbrett. »Jeden Sonntagabend. Immer im selben Restaurant?«

»Immer beim Chinesen. Aber immer bei einem anderen.«

»Und wieso beim Chinesen? Gab es da einen besonderen Grund?«

»Das hat sich mit der Zeit einfach so ergeben.«

»Tja, Sie hätten wahrscheinlich jede Woche ein neues Chinarestaurant aussuchen können, und sie wären Ihnen trotzdem nicht so schnell ausgegangen. Worauf ich hinaus will: Wer wußte, daß Sie an diesem Abend ausgerechnet dort sein würden?«

»Niemand.«

»Ich nehme an, Sie hatten keinen Tisch vorbestellt?«

»Im *Lucky Panda*?«

»Tja. Ich frage mich, ob da wohl schon jemals jemand einen Tisch vorbestellt hat. Vielleicht mittags, da ist es unter der Woche ziemlich voll, aber abends oder am Wochenende könnte man da drin glatt eine Hirschjagd veranstalten.«

»Oder eine Menschenjagd.«

Er sah mich an. Offensichtlich wußte er nicht, was er darauf sagen sollte. Dann atmete er tief ein und fragte mich, wer von uns beiden das Restaurant ausgesucht hatte.

»Ich bin mir nicht ganz sicher. Lassen Sie mich überlegen. Er hat ein Restaurant an der Fifty-eighth vorgeschlagen, aber das existiert nicht mehr. Dann habe ich vorgeschlagen, daß wir uns in Chinatown treffen, aber das war ihm zu umständlich. Ich glaube, ihm ist dann das *Lucky Panda* eingefallen.«

»Und wann war das?«

»Das muß gestern gewesen sein. Wir haben telefoniert.«

»Und bei der Gelegenheit haben Sie Ort und Uhrzeit vereinbart.« Er schrieb etwas auf sein Klemmbrett. »Und das letzte Mal gesehen haben Sie ihn am?«

»Freitagabend beim Meeting.«

»Damit meinen Sie jetzt das AA-Meeting, ist das richtig? Und gestern haben Sie dann telefoniert und sich heute abend wie verabredet zum Essen getroffen.«

»Genau.«

»Haben Sie irgend jemandem erzählt, wo Sie sich treffen würden?«

»Vielleicht meiner Frau. Ich bin mir nicht sicher.«

»Aber sonst niemandem.«

»Nein.«

»Und er hat es vermutlich seiner Frau gesagt?«

»Kann sein. Vermutlich hat er ihr gesagt, daß er sich mit mir zum Essen trifft, aber ich habe keine Ahnung, ob er sich die Mühe gemacht hat, ihr zu sagen, wo wir uns treffen.«

»Kennen Sie seine Frau?«

»Flüchtig. In den sechzehn Jahren habe ich sie höchstens zwanzigmal gesehen.«

»Sind Sie nicht gut mit ihr ausgekommen?«

»Die Freundschaft bestand einfach zwischen ihm und mir, das ist alles. Elaine und ich haben uns gelegentlich mit Jim und Beverly zum Essen getroffen, aber das war's auch schon. Insgesamt vielleicht zwei- oder dreimal.«

»Und Elaine ist Ihre Frau.«

»Genau.«

»Und wie kamen die beiden miteinander klar?«

»Jim und seine Frau?«

»Ja. Hat er da jemals drüber geredet?«

»In letzter Zeit nicht, nein.«

»So weit Sie also wissen ...«

»So weit ich weiß, kamen die beiden gut miteinander aus.«

»Hätte er es Ihnen erzählt, wenn dem nicht so gewesen wäre?«

»Ich denke schon.«

»Gibt es jemanden, mit dem er nicht gut auskam?«

»Jim kam mit jedem gut aus. Er war ein unkomplizierter Mensch.«

»Der in der ganzen Welt nicht einen Feind hatte.« Er klang skeptisch, wie Bullen das nun mal so sind.

»Falls er einen hatte, wußte ich jedenfalls nichts davon.«

»Und seine Firma?«

»Seine Firma?«

»Genau. Er war doch Drucker, oder? Hatte hier in der Gegend eine Druckerei?«

Ich zog eine meiner Visitenkarten aus der Tasche. »Die hier hat er für mich gedruckt.«

Er ließ den Daumen über das Relief der Schrift gleiten. Vielleicht wollte er prüfen, ob sie eine Rasur brauchte. »Gute Arbeit«, sagte er. »Kann ich die behalten?«

»Klar.«

»Wissen Sie irgend etwas über seine Firma?«

»Er hat nicht oft darüber gesprochen. Vor ein paar Jahren hat er mal davon geredet, den Laden dichtmachen zu wollen.«

»Wollte er was anderes anfangen?«

»Er hatte die Nase voll, und ich nehme an, er hatte so wenig Aufträge, daß er nicht so recht wußte, wozu er noch weitermachen sollte. Eine Zeitlang hat er mit dem Gedanken gespielt, sich eine Konzession für ein Café zu besorgen. Das war zu der Zeit, als quasi jeden Tag ein neues aufmachte.«

»Mein Schwager hat eins gekauft. Es läuft ganz gut, aber er und meine Schwester müssen rund um die Uhr arbeiten.«

»Wie auch immer, damals hat er sich jedenfalls dagegen entschieden und seine Druckerei behalten. Manchmal hat er davon gesprochen, in Rente gehen zu wollen, aber mir kam es immer so vor, als wäre er eigentlich noch nicht so weit.«

»Hier steht, er war dreiundsechzig.«

»Das dürfte hinkommen.«

»Hätte er es sich leisten können, in Rente zu gehen?«

»Keine Ahnung.«

»Hat er nie über Investitionen oder Schulden oder irgend so etwas geredet?«

»Nein.«

Er fuhr über die Stoppeln an seinem Kinn. »Hat er mal irgendwelche kriminellen Machenschaften erwähnt?«

»Kriminelle Machenschaften?«

»Zum Beispiel jemand, der ihn rücksichtslos aus dem Geschäft drängen wollte.«

»Falls das jemand versucht hätte, hätte er ihm die Schlüssel überreicht und ihm alles Gute gewünscht. Er konnte von dem Laden gerade mal so leben, aber reich werden kann man mit so was nicht, für irgendwelche Gangster wäre das völlig uninteressant.«

»Hat er für solche Leute gearbeitet?«

»Für Gangster?«

»Für das organisierte Verbrechen.«

»Mein Gott.«

»So weit hergeholt, wie es im ersten Moment klingt, ist das gar nicht, Matt. Verbrecher brauchen die gleichen Waren und Dienstleistungen wie jeder andere auch. Sie brauchen Briefköpfe und Rechnungsformulare und Bestellscheine und auch Visitenkarten, und wer weiß, was sonst noch alles. Gangsterorganisationen gehört so manches Restaurant, also müssen sie eine Menge Speisekarten drukken lassen. Es kann durchaus sein, daß Ihr Freund Druckaufträge von ihnen bekommen hat. Er muß ja nicht unbedingt gewußt haben, für wen er da arbeitet.«

»Das kann natürlich möglich sein, aber ...«

»Und ebenso kann es möglich sein, daß sie ihn etwas haben drukken lassen, was nicht koscher war. Amtliche Formulare oder Bestellscheine von anderen Firmen, irgend etwas Dubioses. Vielleicht hat er's gemacht, vielleicht hat er sich auch geweigert, vielleicht hat er beim Drucken irgendwas mitgekriegt, was er besser nicht mitgekriegt hätte.«

»Worauf wollen Sie hinaus?«

»Worauf ich hinaus will? Darauf, daß Ihr Freund Faber Opfer eines Verbrechens wurde, das alle Anzeichen eines professionellen Auftragsmords trägt. Solche Leute erschießen niemanden, nur um in Übung zu bleiben. Wenn er irgendwie mit der Mafia zu tun hatte, wissentlich oder unwissentlich, dann tun Sie ihm keinen Gefallen, wenn Sie das verschweigen.«

»Glauben Sie mir, ich verschweige nichts.«

»Fällt Ihnen irgend jemand ein, der sich seinen Tod gewünscht haben könnte?«

»Nein.«

»Irgend jemand in seiner Umgebung, der bereit gewesen wäre, einen Mord in Auftrag zu geben? Oder irgend jemand aus der Verbrecherszene, der irgendeinen Groll gegen ihn gehegt hat?«

»Die Antwort bleibt die gleiche.«

»Sie gingen in das Restaurant, Sie setzten sich zu ihm an den Tisch. In was für einer Stimmung war er?«

»Er war so wie immer. Ruhig, gelassen.«

»Soweit Sie das beurteilen können, schien ihn nichts zu bedrükken?«

»Anzumerken war ihm nichts.«

»Worüber haben Sie geredet?«

»Über alles und jedes. Ach so, Sie meinen, heute abend?«

»Sie sind doch ein oder zwei Minuten zusammengesessen, bevor Sie zum Klo gegangen sind. Worüber haben Sie da geredet?«

Ich dachte nach. Ike und Mike, und danach?

»Klimaanlagen«, sagte ich.

»Klimaanlagen?«

»Klimaanlagen. Die in dem Restaurant war so hochgedreht, daß man sich wie in einer Kühlbox vorkam, und darüber haben wir ein paar Bemerkungen fallen lassen.«

»Mit anderen Worten: oberflächliches Geplauder.«

»Zu oberflächlich, um sich noch daran zu erinnern.«

Er schlug eine andere Richtung ein und fragte mich, ob ich nicht wenigstens, vielleicht auch nur von weitem, einen Blick auf den Schützen hatte werfen können. Ich wiederholte, was ich bereits die ganze Zeit gesagt hatte, daß er über alle Berge war, bevor ich aus der Toilette zurückkam.

»Unser Gedächtnis funktioniert manchmal etwas seltsam«, sagte er. »Es wird von einer ganzen Reihe von Faktoren beeinflußt. Wenn Ihr Unterbewußtsein eine bestimmte Information nicht zulassen will, zieht es um bestimmte Bereiche des Erinnerungsvermögens einfach eine Wand, so daß man keinen Zugang mehr zu ihnen hat.«

»Dafür kenne ich durchaus Beispiele. Aber so war es hier nicht. Als ich die Schüsse hörte, war ich auf dem Klo. Ich bin losgerannt, habe gesehen, was passiert war, und dann bin ich sofort auf die Straße gestürzt in der Hoffnung, den Täter noch zu sehen.«

»Aber Sie haben niemanden gesehen.«

»Nein, niemanden.«

»Sie wissen also nicht, ob er groß oder klein war, dick oder dünn, schwarz oder weiß ...«

»Wie ich gehört habe, haben die Zeugen ausgesagt, daß es ein Schwarzer war.«

»Aber selbst haben Sie ihn nicht gesehen.«

»Nein.«

»Auch keinen Schwarzen im Restaurant.«

»Ich habe auf die anderen Gäste nicht sonderlich geachtet, weder vor noch nach der Schießerei. Aber der Laden war so gut wie leer, und ich bin mir ziemlich sicher, daß niemand da drin schwarz war.«

»Haben Sie einen Wagen gesehen, der losfuhr, den Sie in dem Moment nur nicht registriert haben?«

»Den hätte ich auf jeden Fall registriert, denn genau danach habe ich ja Ausschau gehalten, entweder nach einem Mann, der sich zu Fuß entfernt, oder nach einem Wagen, der gerade losfährt.«

»Aber gesehen haben Sie weder Mann noch Wagen.«

»Genau.«

»Vielleicht ein Taxi oder ...«

»Nein.«

»Und Sie haben keine Ahnung, wer ein Motiv gehabt haben könnte, James Faber umzubringen.«

Ich schüttelte den Kopf. »Ich will nicht behaupten, daß es so jemanden nicht gibt. Aber ich kann es mir einfach nicht vorstellen, und mir fällt absolut kein Grund ein, warum jemand das getan haben sollte.«

»Außer, daß es heute abend nun mal passiert ist.«

»Ja.«

»Und was ist mit Ihnen, Matt?«

Ich starrte ihn böse an. »Mir scheint, ich habe da irgendwas verpaßt«, sagte ich kühl. »Wollen Sie wirklich behaupten, daß ich ihn in die Falle gelockt und mich dann auf der Toilette verkrochen habe, damit ein von mir gedungener Auftragsmörder reinkommen und das Feuer eröffnen konnte?«

»Regen Sie sich doch nicht auf ...«

»Das entbehrt nämlich so völlig jeder Grundlage, daß ich nicht mal wüßte, wie ich darauf reagieren sollte.«

»Ruhig, Matt, setzen Sie sich wieder hin. Darauf wollte ich doch gar nicht hinaus.«

»Nicht?«

»Ganz und gar nicht.«

»Es klang aber so.«

»Tja, dann ist das wohl mein Fehler, denn das war nicht meine Absicht. Als ich fragte, was mit Ihnen ist, habe ich gemeint, ob irgend jemand einen Grund haben könnte, *Sie* umzubringen.«

»Oh.«

»Aber Sie haben gedacht ...«

»Ich weiß, was ich gedacht habe. Tut mir leid, daß ich so hochgegangen bin.«

»Tja, Sie haben zwar nicht getobt und geschrieen, aber Sie hatten plötzlich eine dermaßen dunkle Gesichtsfarbe, daß ich schon Angst hatte, der Schlag würde Sie treffen.«

»Wahrscheinlich bin ich erschöpfter als ich dachte. Sie wollen also sagen, der Schütze könnte den falschen Mann erwischt haben.«

»Wenn der Schütze das Opfer nicht persönlich kennt, kann man die Möglichkeit nie ganz ausschließen. Faber war doch höchstens ein paar Jahre älter als Sie?«

»Ich bin ein paar Zentimeter größer als er, und er hat mehr gewogen als ich und hatte einen gedrungeneren Körperbau. Ich glaube nicht, daß wir uns sonderlich ähnlich sahen. Es hat auch nie jemand aus Versehen Jim zu mir gesagt, das kann ich Ihnen ebenfalls gleich sagen.«

»Haben Sie aus früheren Zeiten irgendwelche Feinde? Zum Beispiel aus der Zeit, als Sie noch bei der Polizei waren?«

»George, das ist zwanzig Jahre her. Ich bin schon länger außer Dienst, als ich im Dienst war.«

»Tja, womit könnten Sie sich denn in letzter Zeit Feinde gemacht haben? Sie sind Privatdetektiv. Haben Sie an irgendwas gearbeitet, was mit der Mafia zu tun hat?«

»Nein.«

»Irgend etwas, wo Sie irgend jemandem auf die Zehen getreten sein könnten?«

»Nichts. Heutzutage arbeite ich fast nur noch für Rechtsanwälte, das heißt, ich stelle bei Personenschäden und Haftpflichtansprüchen Nachforschungen über Zeugen an. Die meiste Schwerstarbeit erledigt ein junger Mitarbeiter für mich am PC.«

»Dann fällt Ihnen also niemand ein.«

»Nein.«

»Tja, dann gehen Sie doch jetzt erstmal nach Hause. Schlafen Sie drüber, vielleicht fällt Ihnen dann morgen noch was ein. Sie wissen ja, wie es vermutlich ausgehen wird, oder?«

»Wie denn?«

»Vermutlich hat man ihn verwechselt. Ich hab so ein Gefühl, daß es genau das war, und es wäre weiß Gott auch nicht das erste Mal. Irgend jemand hat Ihren Freund gesehen und geglaubt, er sei die Pfeife, die ihn bei einem Drogengeschäft über den Tisch gezogen oder seine Frau gevögelt hat, irgend so etwas Bescheuertes. Oder, solche Fälle habe ich auch schon erlebt, ein Mann soll ermordet werden, irgendein armes Schwein, das nicht die geringste Ähnlichkeit mit Ihrem Freund hat, und irgend jemand entdeckt ihn und verpfeift ihn, und der Typ, der ihn umbringen soll, marschiert glatt in das falsche Chinarestaurant. Statt ins *Golden Rabbit* auf der Seventh oder das *Hoo Flung Poo* auf der Ninth taucht er im *Lucky Panda* auf.«

»Vielleicht.«

»Wir haben Vollmond, wissen Sie.«

»Ist mir gar nicht aufgefallen.«

»Tja, es ist ja auch ziemlich bedeckt. Man kann ihn nicht sehen, aber laut Kalender ist es wieder so weit. Eigentlich erst morgen nacht, aber auch kurz davor passieren oft so verrückte Sachen.«

Mir fiel wieder ein, daß ich Mittwoch abend den Dreiviertelmond gesehen hatte. Und jetzt hatten wir Vollmond.

»Also gehen Sie nach Hause. Wir werden jetzt Zeugen befragen, Leute, die auf der Straße waren, als das Ganze passierte, oder vielleicht im Fenster hingen und sich gefragt haben, ob es wohl jemals noch regnen wird. Sie wissen ja, wie das läuft. Wir überprüfen alles, und außerdem werden wir mal hören, was uns unsere Spitzel zu erzählen haben. Mit ein bißchen Glück werden wir schon rauskriegen, welche Drecksau da den Finger am Abzug hatte.« Er zauste sein Kinn. »Natürlich bringt das Ihren Freund nicht zurück, aber so läuft das nun mal. Das ist alles, was wir tun können.«

Ich ging die Ninth Avenue hinunter nach Hause. Unterwegs kam ich an ein paar Kneipen vorbei, und jedesmal, wenn mein Blick auf eine von ihnen fiel, fing mein Herz leicht zu rasen an. Es war eine völlig normale Reaktion. Ich konnte den Film nicht ertragen, der in meinem Kopf ablief, und Alkohol hätte den Soundtrack ersäuft, und die Bilder wären zu einem schwarzen Nichts verblaßt.

Auf dein Wohl, Jim. Runter damit. Kippen wir uns ordentlich einen hinter die Binde. Prost!

Danke, daß du mir sechzehn Jahre lang geholfen hast, nüchtern zu bleiben. Wer würde behaupten wollen, daß ich das ohne dich geschafft hätte? Und jetzt werde ich dir ein ehrendes Andenken bewahren, indem ich alles vergesse, was du mir je beigebracht hast.

Nein, ich glaube, das werde ich nicht tun.

Jim hörte auf, *NYPD Blue* zu schauen, als Sipowicz nach dem Tod seines Sohns anfing zu trinken. Was für ein Blödmann, sagte er. Was für ein blödes Arschloch.

Er kann doch nichts dafür, erwiderte ich. Er ist doch nur der Darsteller, er macht doch nur, was im Drehbuch steht.

Ich rede ja auch über den Drehbuchautor, war seine Antwort.

Also würde ich mich nicht besaufen. Ich kann allerdings nicht behaupten, daß ich mich nicht danach gesehnt hätte. Ich registrierte jede einzelne Kneipe, jede einladende Neon-Bierreklame. Vielleicht ist mir sogar ein bißchen das Wasser im Mund zusammengelaufen. Aber meine Füße gingen weiter und weiter. Ich suchte den Himmel nach dem Mond ab, dem Vollmond, konnte ihn aber nicht entdekken.

Als ich in die Eingangshalle unseres Hauses trat, packte mich auf einmal die Angst. Im Aufzug hatte ich plötzlich eine Vision, was mich im vierzehnten Stock erwarten würde. Die Tür eingetreten, die Möbel umgeworfen, Bilder zerschlitzt. Und Schlimmeres ...

Die Tür war geschlossen und abgesperrt. Ich klingelte, bevor ich meinen Schlüssel ins Schlüsselloch steckte, und als ich sie öffnete, stand Elaine im Flur. Sie wollte etwas sagen, stutzte, als sie meinen Gesichtsausdruck sah, und schwieg.

»Jim ist tot«, sagte ich. »Und ich bin schuld.«

KAPITEL 10

»Ich nehme an, ich stand unter Schock«, sagte ich. »Und vermutlich tu' ich das bis zu einem gewissen Grad immer noch. Aber egal, wie weggetreten ich war, meinen Vorsatz, die Justiz zu behindern, habe ich keinen Moment lang aus den Augen verloren.«

»Weil du ihnen nicht alles gesagt hast?«

»Weil ich sie vorsätzlich auf eine falsche Fährte gelockt und sachdienliche Informationen zurückgehalten habe. Ich bin dagesessen und habe mich mit Fragen nach Jims Druckerei rumgeschlagen, obwohl mir sonnenklar war, warum man ihn umgebracht hat. Der Schütze hat sich geirrt, das stimmt, aber mit irgendwelchen Vollmondphasen hatte das nichts zu tun. Er hatte den Auftrag, einen Mann in mittleren Jahren zu erschießen, der Khakihose, Windjacke und ein rotes Polohemd trug, und genau das hat er getan.«

»Warum konntest du ihnen das nicht sagen?«

»Weil mich das mit Mick Ballou in Verbindung gebracht und uns beide in eine Morduntersuchung verwickelt hätte. Natürlich hätten sie wissen wollen, was für Leichen wir im Keller haben, und das meine ich jetzt nicht im übertragenen Sinn. Sie hätten mich schnell am Wickel, weil ich die Morde an Kenny und McCartney nicht gemeldet habe, und natürlich wegen Beihilfe zur Verschleierung eines Verbrechens. In der Nacht, als wir Micks Garten aufgebuddelt haben, haben wir gegen eine ganze Reihe Gesetze verstoßen.«

»Du würdest deine Lizenz verlieren.«

»Das ist meine geringste Sorge. Ich müßte mit einer Anklage rechnen.«

»Daran hatte ich gar nicht gedacht.«

»Wenn ich das richtig sehe, habe ich gleich mehrere Verbrechen verübt. Außerdem haben wir mit einem Kofferraum voller Leichen eine Staatsgrenze überquert, da könnten also auch die Bundesbehörden eingeschaltet werden. Wenn ich mir hätte vorstellen können, daß es irgendwas bringen würde, Wister gegenüber ehrlich zu sein, hätte ich es trotzdem auf einen Versuch ankommen lassen.«

»Dadurch würde Jim auch nicht wieder lebendig.«

»Nein, aber es gibt sowieso nichts, was Jim wieder lebendig macht. Und seinen Mörder hätten sie auch nicht gefunden. Jim war einfach zur falschen Zeit am falschen Ort und ist mitten in einen Bandenkrieg geraten.«

»Ist es das? Ein Bandenkrieg?«

»Es sieht jedenfalls danach aus. Und es sah auch schon in dem Lagerraum in Jersey danach aus. Wenn ich auch nur das geringste bißchen Verstand hätte, hätte ich die Finger gleich dort von der ganzen Sache gelassen.«

»Ich wünschte, du würdest dir nicht immer für alles die Schuld geben.«

Ich schwieg. Sie hatte das schon mehr als einmal zu mir gesagt, aber ich hatte immer noch keine Antwort darauf. »Bei den meisten Verbrechen sind die Bullen ziemlich erfolgreich«, sagte ich. »Aber Auftragsmorde in einem Bandenkrieg gehören nicht unbedingt dazu. Selbst wenn sie es schaffen herauszufinden, wer den Abzug gedrückt hat, reicht in der Regel das Beweismaterial nicht aus, daß die Anklage vor Gericht standhält.«

»Dem organisierten Verbrechen stehen sie vermutlich ziemlich hilflos gegenüber.«

»Hilflos ist übertrieben. Seit die RICO-Gesetze erlassen wurden, haben sie deutlich mehr Möglichkeiten, und in den letzten Jahren haben sie eine Reihe von Kapitalverbrechen aufklären und eine Menge Mafiamitglieder hinter Schloß und Riegel bringen können. Sie überreden jemanden, sich verwanzen zu lassen, einen anderen bringen sie dazu, seinen Boss zu verpfeifen, und schon sitzt der nächste Typ im Staatsgefängnis in Marion und motzt rum, daß dort niemand eine vernünftige Marinarasauce kochen kann. Das klappt ganz gut, genauso wie manche der Undercovereinsätze, die sie in den entsprechenden Gegenden durchführen. Sie mieten zum Beispiel einen Laden und kaufen den Leuten gestohlene Ware ab. Anschließend verhaften sie dann alle, die mit Pelzen und Fernsehgeräten bei ihnen reinmarschiert sind.«

»Da wird dann immer groß in den Zeitungen drüber berichtet.«

»Ja, und ich glaube, das gefällt ihnen mit am besten. Aber es ist trotzdem gute Arbeit. Einige der Kollegen aus meiner Zeit bei der Polizei würden mir vielleicht widersprechen, aber ich glaube, das NYPD ist heute besser als damals. Sie leisten wirklich ausgezeichnete Arbeit. Aber das muß trotzdem nicht heißen, daß sie Jims Mörder finden werden.«

»Trotzdem läßt es dir keine Ruhe, daß du ihnen nicht alles gesagt hast.«

»Ich glaube, wenn ich ihnen alles gesagt hätte, ließe mir das noch viel weniger Ruhe. Da hätte ich gut zu tun gehabt, wenn ich ihnen das alles hätte erklären wollen! Und dann hatte ich auch noch die Waffe dabei.«

»Darüber habe ich mir auch schon Gedanken gemacht. Ist die niemandem aufgefallen?«

»Ich hab nicht zu den Verdächtigen gezählt, also gab es auch keinen Grund, mich zu durchsuchen. Den Reißverschluß der Windjacke habe ich die ganze Zeit nicht aufgemacht. Im Restaurant war es kalt, und draußen auf der Straße auch, aber auf dem Polizeirevier in Midtown North war es warm und stickig. Ich habe die ganze Zeit darauf gewartet, daß Wister mich auffordert, die Jacke auszuziehen, aber das hat er nicht.«

»Aber wenn du ihnen gesagt hättest, daß der Anschlag eigentlich dir gegolten hat ...«

»Dann hätten sie mir Löcher in den Bauch gefragt, und es wäre alles ans Licht gekommen, auch die Waffe. ›Das hier? Nun ja, die Waffe, mit der der Mord begangen wurde, haben Sie ja schon, außerdem ist das hier eine .38er, keine .22er, und wie Sie sehen, ist damit in letzter Zeit auch nicht geschossen worden. Ich habe sie noch nicht registrieren lassen, weil ich sie erst gestern einem Mann abgenommen habe, der mich in den Magen geboxt hat.‹«

»Wie geht es übrigens deinem Magen?«

»Gut soweit.«

»Aber er muß doch total leer sein. Du hast kein Abendessen bekommen, und du hast seit heute Mittag nichts mehr gegessen.«

»Ich mag auch nichts.«

»Wenn du meinst.«

»Warum siehst du mich so an?«

»Ich habe mich nur gerade gefragt, was Jim zu dem Thema sagen würde. Mit hungrigem Magen rumzulaufen.«

»Er würde sagen, daß man das nicht machen sollte. Aber ich bin nicht hungrig. Ich brauche nur an Essen zu denken, dann dreht sich mir schon der Magen um.«

»Falls du es dir noch anders überlegst ...«

»Sage ich Bescheid. Sag mal, ist noch Kaffee da? Mir wäre jetzt nach einer Tasse Kaffee.«

»Was mich beschäftigt«, sagte ich, »ist, daß ich gelogen habe, ohne groß drüber nachzudenken. Als wäre das völlig normal.«

Wir saßen am Küchentisch. Ich hatte einen Kaffee vor mir stehen, Elaine einen Kräutertee. Die Windjacke hatte ich ausgezogen, Waffe und Holster ebenfalls. Ich hatte mir das Polohemd über den Kopf gezogen, mich aus der Kevlarweste geschält und dann das Hemd wieder angezogen. Die Weste hing jetzt über der Rückenlehne eines der Stühle, Waffe und Holster lagen auf der Arbeitsplatte.

»Ich war viele Jahre lang Bulle«, fuhr ich fort, »und dann habe ich lange Jahre als Privatdetektiv gearbeitet, ohne eine Lizenz zu haben. Schließlich habe ich mir dann eine besorgt, weil es einfach lästig war, keine zu haben, und weil ich wegen der fehlenden Lizenz manche Aufträge nicht kriegen konnte. Aber ich habe es auch noch aus einem anderen Grund gemacht. Irgendwie hatte ich im Hinterkopf, daß ich dadurch ein ehrbarer Bürger werden würde.«

»Das hast du mir noch nie erzählt.«

»Nein.«

»Als wir geheiratet haben, habe ich dir etwas gesagt. Weißt du noch, was das war?«

»Gerade gestern habe ich noch daran gedacht. Du hast gesagt, daß sich deswegen zwischen uns nichts ändern müßte.«

»Weil wir uns sowieso längst füreinander entschieden hatten. Wie hätte ein Stück Papier daran etwas ändern sollen? Und du warst bereits ein ehrbarer Bürger.«

»Vielleicht ist ehrbar nicht das richtige Wort. Vielleicht habe ich die Lizenz beantragt, um eine legale Grundlage für meine Ermittlungen zu schaffen, um einen Beruf auszuüben, der gesellschaftlich anerkannt ist.«

»Und, hat es geklappt?«

»Nein. Das ist es ja gerade. Weißt du, während meiner Zeit als Bulle habe ich so ziemlich alle Illusionen verloren, die ich mir mal über unser Rechtssystem gemacht hatte. Wie es so schön heißt, wenn man in einer Fleischfabrik arbeitet, mag man irgendwann keine Wurst mehr essen, und bei meiner Arbeit ist mir da was ganz ähnliches passiert. Ich habe von der Pike auf gelernt, wie man Gesetze unterwandert. Wie man eine Ermittlung manipuliert, wie man vor Gericht unter Eid lügt. Ich habe auch Bestechungsgelder angenommen und Tote beraubt, aber das war wieder was anderes, das hatte mehr mit dem Verfall meiner eigenen Sitten zu tun. Es hatte zwar auch mit dem Job zu tun, aber es ließ sich nicht zwingend aus dem ableiten, was ich inzwischen von unserem Rechtssystem hielt. Dann habe ich gekündigt. Das hast du ja damals miterlebt. Es kam sehr plötzlich: Den einen Tag war ich noch Bulle, am nächsten Tag nicht mehr, aber eigentlich war das ein viel langsamerer Prozeß. Tief im Inneren war ich immer noch Bulle. Nur, daß ich keine Polizeimarke mehr hatte und kein Gehalt mehr bekam. Aber die Welt betrachtete ich immer noch mit den Augen eines Bullen. Überall in den fünf Bezirken hatte ich in den Revieren Bekannte, also ließ ich, als ich dann meine eigenen Fälle bearbeitete, alte Beziehungen spielen und holte mir Informationen von Leuten, die mir noch einen Gefallen schuldeten. Oder ich kaufte mir ihre Unterstützung, zahlte ihnen Geld für Informationen, als wären sie meine Spitzel.«

»Daran kann ich mich noch gut erinnern.«

»Nach und nach sind dann alle, die ich kannte, entweder in Rente gegangen oder gestorben. Der einzige Freund, den ich bei den Bullen noch habe, ist Joe Durkin, und den habe ich damals noch nicht einmal gekannt. Als ich ihn kennenlernte, war ich schon jahrelang als Privatermittler tätig. Und jetzt redet er auch schon dauernd davon, daß er sich pensionieren lassen will, und irgendwann in nicht allzu ferner Zukunft wird er das auch tun.«

»Angenommen, er hätte dich heute abend vernommen und nicht Wister.«

»Du meinst, ob ich ihn genauso belogen hätte? Vermutlich. Ich wüßte nicht, was ich sonst hätte tun sollen. Vielleicht wäre es mir nicht ganz so leicht gefallen, Joe anzulügen, und vielleicht hätte er auch gerochen, daß ich mit etwas hinterm Berg halte. Aber das hat vielleicht auch Wister gespürt.«

»Ganz schön kompliziert, nicht wahr?«

»Sehr. Und schwer zu sagen, wer ich eigentlich bin. ›Mein Name ist Matt, und ich bin Alkoholiker.‹ Das habe ich so oft gesagt, daß ich es allmählich selbst glaube, aber dahinter liegt einiges im Nebel. Jahrelang habe ich es mir immer leicht gemacht und einfach meine eigenen Regeln aufgestellt. Wie man das macht, hatte ich bei der Polizei gelernt, aber nicht, wie man das nicht macht. Ich habe das Gesetz vorsätzlich unterlaufen, und manchmal habe ich es sogar selbst in die Hand genommen. Ich war Richter und Geschworene in einer Person. In gewisser Weise habe ich Gott gespielt.«

»Du hattest immer einen Grund, warum du das getan hast.«

»Einen Grund kann man immer finden. Tatsache ist, ich habe gegen Gesetze verstoßen, ich habe für und mit Verbrechern gearbeitet, aber mich selbst habe ich nie als Verbrecher betrachtet.«

»Natürlich nicht. Du bist auch keiner.«

»Ich bin mir nicht so sicher, was ich bin. Ich versuche mir immer einzureden, daß das, was ich tue, richtig ist, aber im Grunde weiß ich gar nicht, wie ich zu dieser Entscheidung komme. Der Begriff, der mir dazu einfällt, ist ›moralischer Kompaß‹, aber ich bezweifle, daß ich genau sagen könnte, was das ist oder ob ich wirklich einen habe.«

»Natürlich hast du das, mein Schatz. Aber die Nadel schlägt ganz schön weit aus, nicht wahr?«

»Die einzige Regel, an die ich mich halten muß, lautet: ›Laß die Finger vom Alkohol und geh zu den Meetings.‹ Jim hat immer gesagt, wenn man danach handelt, ergibt sich alles andere von selbst.«

»Das ist doch genau, was du tust – und genauso läuft es dann ja auch.«

»Ja, irgendwie ergibt sich immer was. Das ist auch so etwas, was er immer gesagt hat, die Dinge finden sich. Und Gottes Wille wird immer geschehen. Auf die Art kann man herausfinden, was Gottes Wille ist: Man wartet einfach ab, was passiert.«

»Ich kann mich erinnern, daß du das schon mal zitiert hast.«

»Der Spruch hat mir auch immer gefallen. Vermutlich war es Gottes Wille, daß Jim heute abend gestorben ist und ich nach wie vor unter den Lebenden weile. Sonst wäre das doch nicht passiert, oder?«

»Genau.«

»Manchmal kann man allerdings nur schwer nachvollziehen, was Gott mit so was bezwecken will. Manchmal muß man sich doch fragen, ob Er überhaupt mitkriegt, was Er da tut.«

Wir redeten noch lange weiter. Vor vielen Jahre, in einem anderen Leben, als sie noch als Prostituierte arbeitete und ich noch Bulle war, zog es mich auch deshalb so sehr zu ihr hin, weil ich so gut mit ihr reden konnte. In gewisser Weise gehört das bei einem Job wie ihrem natürlich zur Arbeitsplatzbeschreibung. Ein Callgirl sollte sich darauf verstehen, daß Männer sich bei ihr wohlfühlen. Aber bei uns beiden schien es mehr als das zu sein. Ich hatte das Gefühl, daß ich bei ihr ganz ich selbst sein konnte, daß sie wirklich mich mochte, nicht den Mann, der zu sein ich vorgab, nicht den Mann, den ich meinte spielen zu müssen.

Aber vielleicht gehörte auch das nur zu ihrer Arbeitsplatzbeschreibung. Ich trank meinen Kaffee, sie nippte an ihrem Kräutertee, und ich erzählte ihr von Jim. Geschichten aus den ersten Tagen ohne Alkohol, aus jener Zeit, bevor sie und ich uns nach ein paar Jahren, in denen wir keinen Kontakt hatten, wiedergetroffen hatten. »Am Anfang fand ich ihn zwar ziemlich nett, aber ich wünschte mir auch inständig, er würde mich in Ruhe lassen. Ich wußte, ich würde es nicht schaffen, nüchtern zu bleiben, und dann wäre er ein weiterer Mensch gewesen, den ich enttäuscht hatte. Mit der Zeit fing ich dann an, mich auf die Treffen mit ihm zu freuen. In meinen Augen war er Mister AA persönlich, die Stimme der Abstinenz. Tatsächlich war er erst zwei Jahre vor mir dazugestoßen. Es war während meiner ersten neunzig Tage, daß ich ihn aus Anlaß seines zweiten Jahrestags von sich erzählen hörte. Wenn ich heute so zurückschaue – was sind schon zwei Jahre? Bei jemandem, der zwei Jahre dabei ist, lösen sich gerade mal die ersten Spinnweben im Kopf. Mit anderen Worten: Er war selbst noch ein ziemlicher Frischling, aber aus meiner Perspektive war er so trocken, daß er schon ein Brandrisiko darstellte.«

»Was glaubst du, würde er dir jetzt sagen?«

»Was er mir jetzt sagen würde? Er wird mir nie wieder was sagen.«

»Aber wenn er könnte.«

Ich seufzte. »›Bleib nüchtern. Und geh zu den Meetings.‹«

»Würdest du jetzt gern zu einem Meeting gehen?«

»Für das Mitternachtstreffen in der Houston Street bin ich schon zu spät dran. Um zwei Uhr ist noch mal eins, aber das ist mir zu spät. Mit anderen Worten: Ich will nicht gehen, aber ich will auch nichts trinken, also dürfte sich das wohl ausgleichen.«

»Was würde er dir noch sagen?«

»›Leb dein Leben weiter‹«, sagte ich widerwillig.

»Und?«

»Was und?«

»Wirst du das?«

»Mein Leben weiterleben? Ich hab ja wohl kaum eine Wahl, oder? Aber einfach ist das nicht.«

»Wieso?«

»Vorgestern nacht habe ich den beiden Gorillas erzählt, daß ich nicht mehr für Ballou arbeite, und Mick habe ich dasselbe gesagt. Und das war's dann auch.«

»Aber?«

»Aber ich muß geahnt haben, daß es so einfach nicht ist. Sonst wäre ich doch nicht gleich am nächsten Tag zu Jovines gegangen und hätte mir ein Schulterholster gekauft. Ich hab mir eingeredet, wenn ich mich brav von Mick fernhalte und schön in der Nähe meiner Wohnung bleibe, dann werden sie mich auch schnell vergessen. Aber ganz offensichtlich hatten sie längst beschlossen, mich umzubringen, und heute abend hatten sie die erste Gelegenheit dazu, und die haben sie auch prompt genutzt.« Ich runzelte die Stirn. »Eigentlich dürfte sich deswegen nichts an meinem Entschluß ändern. Natürlich tobe ich innerlich, weil Jim tot ist. Aber vor allem bin ich wütend auf mich selbst, weil ich zugelassen habe, daß sie ihn umbringen, aber ...«

»Das war doch nicht deine Schuld.«

»Ich habe ihn der Gefahr ausgesetzt. Schuld oder nicht Schuld, das bleibt jedenfalls Tatsache. Er wurde ermordet, weil irgend jemand gedacht hat, er sei ich, und das konnte nur deshalb passieren, weil ich mich mit ihm zum Essen verabredet hatte. Und weil ich jemandem einen Grund geliefert hatte, mich töten zu wollen.«

»Darüber könnte ich jetzt mit dir streiten, aber das werde ich nicht tun.«

»Das ist auch besser so. Wie ich schon sagte, vor allem bin ich auf mich selbst wütend. Aber ich spüre auch noch genügend Wut auf den Schützen und auf denjenigen, der ihn auf mich angesetzt hat.«

»Zwei verschiedene Männer?«

»Mindestens zwei. Einer, der die Entscheidung traf, entweder der Schläger mit dem angeklatschten Haar oder der Typ, von dem er den Auftrag hatte. Ein weiterer, der unser Haus beobachtet hat und mir zum Chinarestaurant gefolgt ist. Könnte natürlich der Schläger oder sein Busenfreund gewesen sein – die hätten mich beide sofort wiedererkannt –, oder es war eine dritte Person, jemand, der sich keine Sorgen machen mußte, daß ich ihn wiedererkennen würde.«

»Falls es so war, hat derjenige vielleicht auch geschossen.«

»Vielleicht, aber ich würde eher dagegen wetten. Ich glaube, er ist mir bis zum Restaurant gefolgt, dann hat er sich drüben auf die andere Straßenseite gestellt und schnell von seinem Handy aus jemanden angerufen.«

»Inzwischen hat wohl jeder ein Handy.«

»Jeder außer dir und mir, wie es scheint. Sogar Mick hat jetzt eins, kannst du dir das vorstellen? Neulich nachts hat er vom Handy aus auf der Farm angerufen und Bescheid gesagt, daß wir unterwegs waren.«

»Lassen Sie das Licht an und eine Schaufel auf der Hintertreppe.«

»Der, der mir nachspioniert hat, ruft den Schützen an, und der steigt ins Auto und düst los. Sie treffen sich auf der Straße und mein Verfolger deutet auf das *Lucky Panda* und sagt: ›Rotes Hemd, braune Jacke, Khakihose, Turnschuhe. Kannst ihn nicht verfehlen.‹ Dann schwingt er sich hinters Lenkrad, außer der Schütze wäre schon gleich mit einem Fahrer gekommen. Jedenfalls stellt der, der den Wagen fährt, ihn so ab, daß sie schnell verduften können, läßt den Motor laufen, und der Schütze geht mit der Waffe rein, kommt ohne raus, springt ins Auto, und schon sind sie über alle Berge.«

»Und ein Mann ist tot.«

»Und ein Mann ist tot.«

»Und das hättest du gewesen sein können.«

»Das hätte ich sein sollen.«

»Aber – Gott wollte es anders.«

So konnte man das natürlich auch sehen. »Zwei Männer auf der Ninth Avenue, vor zwei Nächten. Ein dritter, der den Mord angeordnet hat. Ein vierter, der mir zum *Lucky Panda* gefolgt ist. Und ein fünfter, der reingegangen ist und geschossen hat. Und vielleicht noch ein sechster, der den Wagen gefahren hat.« Ich sah sie an. »Eine ganze Menge Leute, wenn man's ihnen heimzahlen will.«

»Willst du das denn?«

»Wie sollte ich das nicht wollen? Rachegelüste sind was sehr grundsätzliches, vermutlich sogar was instinktives oder sogar etwas, was in unserer Zellstruktur verankert ist. ›Auge um Auge, Zahn um Zahn.‹ Du brauchst ja nur einen Blick auf die Geschichte der Menschheit zu werfen.«

»Man braucht sich nur anzusehen, was gerade in Bosnien passiert.«

»Fünf oder sechs Leute, und ich weiß nicht mal, wer sie sind. Und ich kann mir auch nicht vormachen, daß Jims Geist nach Rache schreit. Falls irgend etwas von einem nach dem Tod weiterexistieren sollte, dann wohl kaum der Teil, der die Dinge persönlich nimmt. Hast du mich nicht vorhin gefragt, was Jim jetzt zu mir sagen würde? Tja, er würde mit Sicherheit nicht sagen: Zieh los und räche mich.«

»Nein, das klingt wirklich nicht nach Jim.«

»Ich hasse die Vorstellung, mich einfach nur zurückzulehnen und zuzulassen, dass sie ungestraft davonkommen, aber andererseits bin ich mir auch nicht sicher, ob überhaupt jemals ein Mensch mit irgendwas davonkommt. Und ich glaube, aus der Überzeugung, daß die Welt sich ohne mein Eingreifen nicht weiterdreht, bin ich inzwischen auch rausgewachsen.«

»Das ist eine weitverbreitete Selbsttäuschung. Und je religiöser jemand ist, desto mehr glaubt er an so etwas. Das haben die Fundamentalisten dieser Welt alle gemeinsam, die feste Überzeugung, daß Gottes Werke nicht gelingen, wenn sie sich nicht ins Zeug legen und sie ausführen. Ihr Gott ist zwar allmächtig, aber Er ist aufgeschmissen, wenn sie nicht für Ihn einspringen.«

Ich nahm einen Schluck von meinem Kaffee. »Es ist nicht meine Aufgabe, Jim zu rächen. Ich will nicht Richter und Geschworene spielen, und ich melde mich auch nicht freiwillig fürs Exekutionskommando. Ich habe ihnen gesagt, daß ich mit der Sache nichts mehr zu tun habe, und Mick habe ich das gleiche gesagt. Jims Tod ändert daran gar nichts. Ich will immer noch die Finger davon lassen.«

»Gott sei Dank, daß du das so siehst.«

»Aber es gibt da ein Problem. Ich fürchte, es ist mir nicht möglich, die Finger davon zu lassen.«

»Warum?«

»Vor zwei Nächten habe ich die Sache abgehakt, aber genützt hat mir das gar nichts. Im Gegenzug haben sie mir einen Mörder auf den Hals geschickt. So wie sie das interpretiert haben, war ich immer noch an der Sache dran. Oder vielleicht war es ihnen auch einfach egal. Ob ich die Geschichte weiterverfolge oder nicht, für sie war ich das Arschloch, das ihnen den Hintern versohlt hatte, und vielleicht reicht so was jetzt schon aus, daß Madame Defarge einen Schal mit meinem Namen drauf strickt. Denn egal wie, mein Name ist jedenfalls auf die Todesliste geraten, und nur weil Jim tot ist, werden sie ihn auch nicht von der Liste streichen.«

»Das heißt, selbst wenn du gar nichts weiter unternimmst ...«

»... bin ich immer noch ein Todeskandidat. Inzwischen wissen sie vermutlich, daß sie den Falschen erwischt haben, oder, falls nicht, erfahren sie es spätestens morgen früh. Ich könnte mir ja vielleicht noch einreden, daß Jim für meine Sünden gestorben ist, aber deswegen werden die ihn noch lange nicht als Ersatzmann akzeptieren.«

»Dein Name steht immer noch auf dem Schal.«

»Ich fürchte, ja.«

Sie sah mich an. »Okay, was sollen wir also machen?«

Was wir schließlich machten: Wir unternahmen einen Versuch, miteinander zu schlafen, aber irgendwie klappte es nicht, und so hielten wir uns einfach nur im Arm. Ich erzählte von Jim, zum Teil Geschichten, die sie schon kannte, zum Teil solche, dir ihr neu waren. Ein paar davon waren lustig, und wir mußten lachen.

»Vermutlich dürfte ich das gar nicht aussprechen«, sagte sie, »aber es rast mir dauernd im Kopf rum und macht mich noch wahnsinnig. Es tut mir schrecklich leid, was mit Jim passiert ist. Es tut mir leid für ihn, und es tut mir leid für Beverly, und für dich natürlich auch. Aber daneben gibt es noch ein anderes Gefühl. Ich bin froh, daß es ihn erwischt hat und nicht dich.«

Ich schwieg.

»So was denke ich oft«, fuhr sie fort. »Jedesmal, wenn ich die Todesanzeigen lese, ist da eine Stimme in meinem Kopf, die genau das sagt. Manchmal glaube ich fast, daß ich nur deswegen die Todesanzeigen lese. Damit ich sagen kann: ›Besser sie als ich‹, wann immer eine Frau in meinem Alter an Brustkrebs stirbt. ›Besser er als Matt‹, wenn irgendein armes Schwein auf dem Golfplatz tot zusammenbricht. ›Besser sie als wir‹, sobald irgendwo ein Erdbeben oder eine Flutkatastrophe gemeldet wird, eine Seuche ausbricht oder ein Flugzeug abstürzt. Egal, wer die Leute sind, egal, was ihnen zustößt, besser sie als wir.«

»Das ist eine ganz natürliche Reaktion .«

»Aber diesmal hat das Ganze einen sehr realen Hintergrund, nicht wahr? Denn diesmal hieß es: er oder du. Wäre Jim zur Toilette gegangen und wärst du am Tisch sitzen geblieben ...«

»Dann wäre die Sache vielleicht ganz anders gelaufen. Ich wäre mit dem Gesicht zur Tür gesessen, als der Mann reinkam. Und ich hätte die Waffe gehabt.«

»Und hättest du sie schnell genug ziehen können?«

Wenn ich hochgesehen hätte, als sich die Tür öffnete, hätte ich einen Fremden gesehen, einen Schwarzen, der nicht die geringste Ähnlichkeit mit den beiden hatte, die mich überfallen hatten. Falls ich hochgesehen hätte. Ich hätte genausogut in die Speisekarte vertieft gewesen sein können oder in Jims Magazin geblättert haben.

»Vielleicht«, sagte ich. »Wahrscheinlich nicht.«

»Und deshalb sage ich dir, besser er als du. Mir bricht das Herz, wenn ich an Beverly denke, und es macht mich richtiggehend krank, wenn ich mir vorstelle, was sie gerade durchmacht, aber besser sie als ich. Keine sonderlich edlen Gefühle, nicht wahr?«

»Das kann man wohl eher nicht sagen.«

»Aber sie kommen weiß Gott aus allertiefstem Herzen. Und du mußt das doch ähnlich empfinden, Schatz. Weil du weißt, daß eigentlich du das hättest sein sollen, der da in seinem eigenen Blut lag, aber du warst es nicht, und tief in dir drin bist du froh darüber. Ich hab doch recht, oder?«

Ich überlegte einen Moment lang. »Ja«, sagte ich schließlich, »vermutlich hast du recht. Fast würde ich mir zwar wünschen, daß es nicht so wäre, aber es ist nun mal so.«

»Und das bedeutet, du bist glücklich, daß du lebst, mein Liebster.«

»Vermutlich.«

»Und das ist nicht unbedingt das Schlechteste.«

»Vermutlich nicht.«

»Weißt du, wahrscheinlich täte es dir ganz gut, wenn du weinen könntest.«

Vielleicht hatte sie auch damit recht, aber das konnten wir nicht herausfinden. Das letzte Mal, daß ich geweint hatte, war bei einem Meeting in meiner Anfangszeit bei den AA, als ich mich das erste Mal dazu durchringen konnte, mich als Alkoholiker zu bezeichnen. Die Tränen, die mir aus den Augen schossen, nachdem ich das gesagt hatte, trafen mich völlig unvorbereitet. Seit damals habe ich nie wieder geweint, außer gelegentlich bei einem Film, und ich glaube nicht, daß das zählt. Das sind schließlich keine richtigen Tränen, genauso wie die Angst, die ein Horrorfilm in einem auslösen kann, keine wirkliche Angst ist.

Ich konnte also weder weinen noch vögeln, und schlafen konnte ich, wie sich herausstellte, auch nicht. Ich war kurz davor einzudösen, aber dann gelang es mir doch nicht, und irgendwann gab ich schließlich auf, stand auf und zog mich an. Ich schlüpfte in die Kevlarweste, dann in mein Hemd, und als letztes legte ich das Holster an. Den Reißverschluß der Windjacke zog ich nur so weit hoch, daß man die Waffe nicht sehen konnte.

Dann ging ich ins andere Zimmer und telefonierte.

Kapitel 11

»Ein Schwarzer«, sagte Mick, der mir am Tisch gegenübersaß.

»Behaupten jedenfalls die Zeugen.«

»Aber du hast ihn nicht selbst gesehen.«

»Nein, und die Zeugen habe ich auch nicht selbst befragt, aber nach allem, was ich gehört habe, waren sie sich einig, daß der Schütze ein Schwarzer war. Mittelgroß, weder dick noch dünn, zwanzig oder dreißig Jahre alt, vielleicht auch vierzig ...«

»Das grenzt es ja prima ein.«
»Und er hatte einen Bart oder einen Schnurrbart.«
»Bart oder Schnurrbart?«
»Oder beides. Oder vielleicht auch keins von beiden. Der ist schneller in den Laden rein und wieder raus, als ich gebraucht habe, um dir davon zu erzählen. Bevor die Schießerei losging, hat niemand auf ihn geachtet, und dann hat jeder nur versucht, nicht selbst in die Schußlinie zu geraten.«
»Aber in einem Punkt sind sich alle einig: Er war schwarz.«
»Ja.«
»Heißt das jetzt, daß ich irgendwelchen Niggern auf den Schlips getreten bin? Was könnten die denn von mir wollen – oder ich von ihnen?« Er griff nach seinem Glas, betrachtete den Whiskey, stellte das Glas wieder ab. »Die beiden Männer, die dich verprügelt haben. Oder besser gesagt, die es versucht haben. Waren das Schwarze?«
»Sie waren beide weiß. Der mit der Knarre klang wie ein gebürtiger New Yorker. Den anderen habe ich nicht so genau gesehen und auch nicht reden gehört, aber es war auf jeden Fall ein Weißer.«
»Und der Mann, der deinen Freund erschossen hat ...«
»War ein Schwarzer.«
»Ein Weißer könnte natürlich einen Schwarzen als Mörder anheuern«, sagte er nachdenklich. »Aber würde dieser Mann wirklich einen Außenstehenden nehmen? Würde der nicht jemanden von seinen eigenen Leuten losschicken?«
»Wer ist dieser Mann überhaupt?«
»Ich habe keine Ahnung.«
»Aber irgend jemand versucht ...«
»... mir alles kaputtzumachen. Und ich habe keine Ahnung, wer es ist oder warum er hinter mir her ist.«

Nicht, daß ich wirklich geglaubt hätte, jemand läge vorm Parc Vendôme auf der Lauer, aber nachdem man mir gerade ein Pferd gestohlen hatte, war ich nicht in der Stimmung, die Stalltür offenstehen zu lassen. Ich fuhr ins Erdgeschoß hinunter und schlich mich hinten aus dem Lieferanteneingang. Während ich zum *Grogan's* ging, sah ich mich ziemlich oft um. Niemand folgte mir und niemand tauchte plötzlich vor mir aus dem Dunkeln auf.

Mick hatte gesagt, er würde eine Kanne Kaffee für mich kochen, und als ich reinkam, saß er an einem der Tische, vor sich eine

Flasche und ein Glas. Ihm gegenüber auf der Tischplatte stand ein Kaffeebecher aus Steingut. Ich hatte schon von der Tür aus alle Anwesenden ausgiebig gemustert. Es war nicht mehr lang hin bis zur Sperrstunde, aber immer noch waren ziemlich viele Leute da, die einfach nicht wollten, daß das Wochenende schon zu Ende ging, Kleine Gruppen oder einzelne Leute am Tresen, einige Paare an den Tischen. Andy Buckley und Tom Heaney hinten beim Dartboard, Burke hinter dem Tresen, der alte Eamonn Dougherty ihm gegenüber. Mick hatte mir mal erzählt, daß er einer der legendären IRA-Kämpfer war. Der hat schon Leute umgebracht, da warst du noch gar nicht auf der Welt, hatte er gesagt.

Ich entdeckte noch ein paar andere vertraute Gesichter. Schließlich ging ich zu dem Tisch, an dem Mick saß, nahm meinen Kaffeebecher und trug ihn zu einem der Tische an der Wand. Er riß erstaunt die Augen auf, aber als ich ihm winkte, mir zu folgen, nahm er Flasche und Glas und setzte sich zu mir.

»War dir der Tisch da drüben nicht recht?«

»Zu nah bei den anderen. Ich will nicht hören müssen, worüber sie reden, und ich will nicht, daß sie mitkriegen, worüber wir beide reden.«

»Von deren Unterhaltung habe ich schon mehr als genug mitgekriegt«, sagte er grinsend. »Sie führen gerade eine ernste Diskussion über ihre Beziehung.«

»So was hatte ich mir schon gedacht.« Und dann erzählte ich ihm vom *Lucky Panda*, und sein Grinsen erlosch.

»Es war falsch, daß ich dich da reingezogen habe«, sagte er gerade.

»Ich hätte mich ja nicht reinziehen lassen müssen.«

»Wenn du gewußt hättest, auf was du dich da einläßt, hättest du das auch nicht. Aber ich hab doch keinen Moment lang gedacht, daß ich dich in Gefahr bringen könnte. Tatsache ist jedenfalls: Du bist in Gefahr.«

»Ich weiß.«

»Sie haben geglaubt, du hättest ihre Warnung nicht ernstgenommen. Oder es wäre dir egal gewesen. Du hast sie beschämt, hast sie ganz schön alt aussehen lassen. Himmel, das ist mehr, als meine beiden geschafft haben.«

»Kenny und McCartney.«

»Die armen Kerle, einfach so abgeknallt.«

Der Mann, der zwei Tische weiter saß, stand auf und ging zum Tresen, um Nachschub zu holen. Die Frau sah mich kurz an und lächelte. Dann senkte sie den Blick.

»Und Peter Rooney«, sagte Mick.

»Der Name kommt mir bekannt vor. Kenne ich den Mann?«

»Vielleicht ist er dir hier mal über den Weg gelaufen. Mal überlegen, wie beschreibe ich ihn dir am besten? Also, auf dem Rücken der linken Hand hatte er eine Tätowierung, einen Schiffsanker, direkt unterhalb des Handgelenks.«

Ich nickte. »Längliches, schmales Gesicht, beginnende Stirnglatze.«

»Genau der.«

»Sah aus wie ein Seemann.«

»Wieso, wie sieht ein Seemann denn aus? Naja, vergiß es. Jedenfalls war die Fähre nach Staten Island das einzige Schiff, auf dem er je gefahren ist. Oder jemals fahren wird.«

»Wieso das?«

Er betrachtete sein Glas. »Du weißt ja, ich hab immer ein bißchen Geld auf der Straße. Das habe ich von den Juden gelernt. Es ist so wie das Brot, das man aufs Wasser wirft: Man wirft das Geld auf die Straße, wo es sich vermehrt, bevor es zu einem zurückkommt. Peter hat für mich gearbeitet, ist da hingegangen, wo die Leute arbeiten und wo die Gewerkschaften ihre Versammlungen abhalten. Hat Darlehen vergeben, verstehst du, und die Raten einkassiert. Er hat den Leuten nie groß Druck gemacht, mußt du wissen, dafür war er einfach nicht der Typ. Mehr, als die Leute verwarnen, war nicht drin. Wenn das nicht gefruchtet hat, mußte ich jemand anderen losschicken. Oder mich gleich selbst drum kümmern.«

»Was ist mit ihm?«

»Man hat ihn kopfüber in eine Mülltonne gestopft, in einer der Seitenstraßen, die von der Eleventh Avenue abgehen. Er hatte solche Prügel bezogen, daß ihn nicht mal seine eigene Mutter wiedererkannt hätte, wenn sie noch unter den Lebenden weilen würde, was sie Gott sei Dank nicht tut. Erst haben sie ihn halb zu Tode geprügelt und dann obendrein noch erstochen.«

»Wann ist das passiert?«

»Kann ich nicht genau sagen. Irgendwann im Lauf des Vormittags hat man ihn entdeckt, und ich habe es dann heute am frühen Abend erfahren.« Er nahm sein Glas und kippte den Whiskey hinunter, als wäre er Wasser. »Kannte ich deinen Freund?« fragte er.

»Ich glaube nicht.«

»Du warst nie mit ihm hier?«

»Er ging schon ziemlich lange nicht mehr in Kneipen.«

»Ah, einer von denen. Aber doch nicht etwa derjenige, über den wir neulich abends gesprochen haben? Der sich eine Auszeit bei den Buddhisten genommen hat?«

»Doch, genau der.«

»Oh mein Gott. Es ist wirklich seltsam. Weißt du, unser Gespräch ist mir noch ein paarmal durch den Kopf gegangen, und ich habe mir gedacht, den Mann würde ich gern mal kennenlernen. Und jetzt wird das nie mehr möglich sein. Wie hieß er doch noch mal?«

»Jim Faber.«

»Jim Faber. Ich würde ja auf ihn trinken, aber vielleicht würde ihm das nicht gefallen.«

»Ich denke, es würde ihm nichts ausmachen.«

Er schenkte sich einen kleinen Schluck Whiskey ein. »Jim Faber«, sagte er und trank.

Ich nippte an meinem Kaffee und fragte mich, ob die beiden wohl etwas miteinander hätten anfangen können. Ich konnte es mir nicht so recht vorstellen, aber wer konnte das schon wissen? Vielleicht hätten sie ja die eine oder andere Gemeinsamkeit entdeckt. Vielleicht hatte Jim im Zendo das gleiche gesucht wie Mick in der Metzgermesse. Tja, das würden wir nun nie mehr erfahren.

»Du weißt, daß sie dir wieder auflauern werden?«

»Klar.«

»Spätestens morgen früh wissen sie, daß sie den Falschen erwischt haben, wenn sie es nicht schon wissen. Was willst du tun?«

»Ich weiß es nicht. Bis jetzt habe ich nur eins getan: die Bullen belogen.«

»Erinnerst du dich noch dran, daß ich eine Zeitlang in Irland war? Damals habe ich mich abgesetzt, um einer Vorladung zu entgehen, aber einer Kugel könnte man dort genausogut aus dem Weg gehen. Du könntest morgen fliegen und zurückkommen, wenn die Luft wieder rein ist.«

»Das könnte ich.«

»Du und deine Liebste. Ich weiß, daß du noch nie dort gewesen bist, aber war sie schon mal dort?«

»Nein.«

»Ach, es würde euch gefallen.«

»Du könntest doch mitkommen. Spielst den Fremdenführer und zeigst und erklärst uns alles.«

»Einfach gehen und ihnen das Feld überlassen.« Er schwieg einen Moment lang in Gedanken versunken. »Weißt du, ich hab's mir echt schon überlegt. Ist zwar nicht meine Art, aber ist es denn meine Art, gegen etwas zu kämpfen, von dem ich nicht mal weiß, was es ist? Sollen sie den Laden doch übernehmen, mit allem, was dazugehört.«

»Wieso auch nicht?«

Er schwieg und ließ sich das durch den Kopf gehen. Hinter seinen breiten Schultern sah ich Andy Buckley, der sich gerade nach vorn beugte, um einen Dartpfeil zu werfen. Er verlor das Gleichgewicht, und Tom Heaney packte ihn und richtete ihn wieder auf. Tom, der ebenfalls aus Belfast stammte, war der Tagschicht-Barkeeper und ein äußerst schweigsamer Mensch. Er war dabei, als Mick und ich damals diese Sache in Maspeth regeln mußten. Tom wurde an dem Abend angeschossen, und wir fuhren zu viert direkt zu Micks Farm, mit Andy am Steuer. Mick organisierte einen Arzt, der Tom wieder zusammenflickte, und während dieser ganzen Tortur sagte Tom so gut wie nichts, und hinterher war er auch nicht gesprächiger.

Irgend jemand am Tresen lachte – mit Sicherheit nicht der stets schweigsame Mr. Dougherty –, und an dem Tisch in unserer Nähe sagte der Mann gerade zu der Frau, daß es für ihn auch nicht leichter sei als für sie.

»Vielleicht ist das auch nicht der Sinn der Sache, daß es leicht ist«, antwortete sie.

Ich warf Mick einen Blick zu und fragte mich, ob er wohl mitbekommen hatte, was die Frau gesagt hatte. Er wollte gerade auf meine unausgesprochene Frage antworten, aber dann änderte sich schlagartig sein Gesichtsausdruck, als er irgend etwas hinter mir entdeckte. Bevor ich mich umdrehen und herausfinden konnte, wen oder was er da anstarrte, war er schon aufgesprungen, hatte dem kleinen Tisch einen Stoß versetzt, daß er mitsamt Tasse, Untertasse, Flasche und allem anderen durch die Luft segelte, und sich in meine Richtung gewuchtet.

Dann hörte ich die Schüsse. Mick warf sich auf mich, und ich flog mitsamt Stuhl nach hinten auf den Boden, wobei der Stuhl unter mir zu Kleinholz zerbarst. Ich kam auf den Überresten zu liegen, und Mick auf mir. Er hielt eine Pistole in der Hand und feuerte, einzelne gezielte Schüsse, als Antwort auf das Trommeln der automatischen Waffe, das vom Eingang kam.

Irgend etwas flog über mich hinweg. Dann hörte ich einen Knall, spürte die Schockwellen, die wie eine Meeresbrandung heranrollten. Und dann spürte ich gar nichts mehr.

KAPITEL 12

Vermutlich war ich nicht sehr lange bewußtlos. Ich habe keine klare Erinnerung an den Moment, als ich wieder zu mir kam, nur daran, daß ich plötzlich auf den Beinen war und Mick mich vorwärts schob. Einen seiner starken Arme hatte er mir um die Hüfte gelegt, mit der Hand umklammerte er eine Ledertasche. Er hatte sie aus seinem Büro geholt, also mußte ich zumindest so lange bewußtlos gewesen sein, wie er dafür gebraucht hatte. Aber nicht viel länger.

In der anderen Hand hielt er eine Kaliber .45-Armee-Pistole mit abgefeiltem Visier. Ich blickte mich im Raum um, ohne zu begreifen, was ich sah. Stühle und Tische lagen quer durcheinander, einige von ihnen waren nur noch Kleinholz. Barhocker lagen wie Leichen auf dem Fliesenboden. Der Spiegel hinter der Bar war verschwunden, und nur am Rahmen hielten sich noch ein paar vereinzelte Scherben. Es roch wie nach einer Schlacht, und Rauch, Schießpulver und die Ausdünstungen ausgelaufenen Whiskeys ließen meine Augen brennen.

Überall waren Leichen. Sie sahen aus wie Puppen, die ein Kind gedankenlos hingeworfen hatte. Den Mann und die Frau, die sich über ihre Beziehung unterhalten hatten, hatte der Tod vereint. Sie lagen neben dem Tisch, der umgefallen war, er flach auf dem Rükken, das Gesicht fast vollständig fortgerissen, sie auf der Seite, zusammengekrümmt wie ein Angelhaken. Der obere Teil ihres Kopfes war offen wie eine Wunde, und aus dem zerborstenen Schädel rann Gehirnflüssigkeit.

»Los Mann, komm.«

Vermutlich schrie er, aber für mich klang seine Stimme nicht sonderlich laut. Ich nehme an, daß ich von der Explosion der Bombe halb taub war. Alles klang gedämpft, so wie am Flughafen, wenn man gerade aus dem Flugzeug gestiegen ist und die Ohren noch zu sind.

Ich konnte Micks Worte hören, und ich verstand sie auch, aber ich blieb trotzdem wie angewurzelt stehen, unfähig, die Augen von den beiden abzuwenden. Für mich ist es auch nicht leichter als für dich, hatte er zu ihr gesagt.

Berühmte letzte Worte ...

»Verdammt, die sind tot«, sagte Mick, und es klang gleichzeitig brutal und sanft.

»Ich hab die Frau gekannt«, entgegnete ich.

»Ach so. Tja, es gibt nichts, was du noch für sie tun könntest, also sollten wir auch keine Zeit darauf verschwenden.«

Ich schluckte, um meine Ohren wieder freizubekommen. Als würde man mitten in einem Kriegsgebiet aus dem Flugzeug steigen, dachte ich. Der Geruch nach Kordit und Tod, und überall Leichen, über die man steigen muß, um zum Gepäckband zu kommen.

Eine dieser Leichen lag im Eingang, ein kleiner Mann mit zarten, asiatischen Gesichtszügen. Er war mit einer schwarzen Hose und einem lindgrünen Hemd bekleidet, und im ersten Moment dachte ich, es sei eins dieser Hawaiihemden mit tropischen Blumenmustern. Aber es war ein einfarbiges Hemd, die Blumen waren drei Einschußlöcher, und sein Blut formte die Blätter. Im Arm hielt er noch das Automatikgewehr, mit dem er den Raum bestrichen hatte.

Mick schnappte sich das Gewehr und trat dem Toten kräftig gegen den Schädel. »Ab mit dir in die Hölle, du Arsch!« rief er.

Am Straßenrand stand ein Wagen, ein großer alter rostzerfressener Chevy Caprice. Andy Buckley saß am Steuer, und Tom Heaney stand mit der Waffe in der Hand neben der offenen Tür und gab uns Deckung. Wir spurteten über den Bürgersteig. Mick schubste mich auf die Rückbank und drängte sich hinterher. Tom stieg vorn auf der Beifahrerseite ein. Die Türen waren noch nicht zu, da setzte sich der Wagen schon in Bewegung.

In der Ferne hörte ich Sirenen. Gedämpft, wie ich alles hörte, aber unverkennbar Sirenen, die näher kamen.

»Alles in Ordnung, Andy?«

»Mir geht's gut, Mick.«

»Tom?«

»Nichts passiert, Sir.«

»Ein Glück, daß ihr beide im rückwärtigen Teil wart. Verdammt, was haben die bloß mit dem *Grogan's* veranstaltet? Diese Schweine!«

Wir waren den West Side Drive Richtung Norden gefahren und schließlich auf den Deegan abgebogen. Andy hatte Mick und mir mehrfach angeboten, uns hinzufahren, wo immer wir hinwollten, aber das war nicht, was Mick vorschwebte. Er sagte, er wisse noch nicht, wo er bleiben würde, und er brauche ein Auto.

»Tja, verglichen mit deinem Caddy ist die Karre hier natürlich ein Abstieg«, sagte Andy. »Aber sie stand nur einen Block weiter, das ging schneller, als wenn ich erst deinen Wagen aus der Garage geholt hätte.«

»Der hier reicht mir völlig«, gab Mick zurück. »Ich werde ihn auch gut behandeln.«

»Dieses Stück Scheiße? Wenn du das gut behandelst, kriegt es 'nen Schock und stirbt.« Er ließ die Hand aufs Lenkrad krachen. »Aber eigentlich läuft die Karre ganz gut. Und daß sie so fertig aussieht, hat auch seine Vorteile, finde ich. Man kann sie überall auf der Straße parken und sicher sein, daß sie noch da ist, wenn man zurückkommt.«

Wir fuhren durch die Bronx, einen Stadtteil, den ich kaum kenne. Als Kind habe ich dort kurze Zeit gelebt, über dem kleinen Schuhladen, den mein Vater eröffnet hatte – und dann wieder aufgab, woraufhin wir nach Brooklyn zogen. Das Haus, in dem wir gewohnt haben, steht nicht mehr, der gesamte Block wurde abgerissen, um Platz zu schaffen für die Autobahn, die die Bronx durchquert, und damit sind auch meine Erinnerungen an das Viertel planiert worden.

Ich wußte also nicht so recht, wo wir waren, aber vielleicht hätte ich es auch nicht mitbekommen, wenn wir uns durch bekanntere Gegenden bewegt hätten. Ich konnte immer noch nicht richtig hören, alles in mir fühlte sich taub an, und alles um mich herum nahm ich wie durch einen Nebel wahr. Es wurde nur wenig gesprochen, aber selbst von dem wenigen bekam ich nicht alles mit.

Tom sagte, er würde von Andy aus zu Fuß nach Hause gehen, man müsse ihn nicht bis vor die Haustür bringen, und Andy widersprach, es sei doch kein Aufwand, ihn zu fahren, es sei schließlich nicht weit. Mick entschied, daß wir Tom auf jeden Fall nach Hause fahren würden, egal wie weit es war, verdammt nochmal.

»Wohnst du immer noch in der Perry Avenue, Tom?« fragte Andy. Tom nickte. Wir fuhren durch mir unbekannte Straßen und ließen Tom dann vor einem kleinen Haus aussteigen, das wie eine mit

Teerpappe verkleidete Schachtel aussah. Mick sagte, er würde sich melden, und Tom nickte. Während Andy den Wagen wendete, trottete Tom zur Tür und steckte den Schlüssel ins Schloß.

Als wir vor einer roten Ampel warten mußten, sagte Andy: »Mick, willst du wirklich nicht, daß ich dich in die Stadt zurückfahre? Du kannst den Wagen behalten, und ich fahre mit der U-Bahn nach Hause.«

»Mach dich doch nicht lächerlich.«

»Oder ich fahre dich zum Caddy. Wenn's dir lieber ist, kann ich ihn auch holen.«

»Jetzt fahr schon zu dir, Andy.«

Andy wohnte in der Bainbridge Avenue, auf der gegenüberliegenden Seite des Mosholu Parkway. Er hielt vor seinem Haus, stieg aus dem Wagen, und als Mick den Kopf aus dem Fenster streckte und ihn zu sich herüberwinkte, ging Andy um das Auto herum und stützte sich mit einer Hand auf das Dach. »Richte deiner Mutter einen Gruß von mir aus«, sagte Mick.

»Sie schläft sicher schon, Mick.«

»Das will ich doch hoffen.«

»Aber ich richte es ihr aus, sobald sie aufsteht. Sie fragt jedesmal nach dir.«

»Ja, sie ist eine brave Frau. Kommst du klar? Kannst du dir ohne großen Aufwand einen anderen Wagen besorgen?«

»Ich kann mir den von meinem Cousin Denny ausleihen. Oder jemand anders gibt mir seinen. Oder ich klaue einen.«

»Paß auf dich auf, Andy.«

»Klar doch, Mick.«

»Die jagen uns wie Ratten in einem Abwasserkanal, diese Schweine. Und wer sind die eigentlich? Nigger und Chinesen!«

»Für mich sah der eher wie ein Vietnamese aus. Oder wie ein Thai.«

»Das ist für mich alles ein- und dasselbe. Und was bin ich für die? Was haben die gegen mich? Oder gegen den armen Burke, oder gegen einen von den Jungs?«

»Die wollten einfach alle umbringen.«

»Alle. Sogar die Gäste. Alte Männer, die friedlich ihr Bier trinken. Anständige Leute aus dem Viertel, die sich vorm Zubettgehen noch ein letztes Glas gönnen. Tja, für einige war es wahrhaftig das letzte Glas.«

Andy trat einen Schritt zurück, und Mick stieg aus, sah sich um, schüttelte sich wie ein Hund, der aus dem Wasser kommt, ging ums Auto herum und setzte sich ans Steuer. Ich stieg ebenfalls aus und setzte mich auf den Beifahrersitz. Andy blieb auf dem Bürgersteig stehen und sah uns nach.

Auf dem Rückweg sprach keiner von uns ein Wort, und ich vermute, daß ich zwischendrin eingeschlafen bin. Als ich wieder mitbekam, wo wir waren, hatten wir bereits Manhattan erreicht und befanden uns in der Gegend von Chelsea. Ich sah ein kubanisch-chinesisches Restaurant, in dem ich schon mal gegessen hatte, und urplötzlich überfiel mich die Erinnerung an den Kaffee, den ich dort getrunken hatte und der dickflüssig, stark und dunkel gewesen war, und an den Kellner, der ihn mir gebracht hatte, ein alter Mann mit langsamen Bewegungen, der ging, als würden ihn seine Füße schon seit Jahren schmerzen.

Schon seltsam, an was man sich erinnert und an was nicht.

In der Twenty-fourth Street auf Höhe der Sixth Avenue, am Rande des Flower District, hielt Mick vor einem schmalen, achtstöckigen Backsteingebäude. Mein Blick fiel auf ein hochschiebbares Metalltor, ähnlich wie die Tore bei E-Z Storage, nur schmaler, gerade so breit, daß ein Auto durchfahren konnte. Rechts und links davon waren Türen. Die rechte Tür hatte an der Seite eine Klingelleiste, die vermuten ließ, daß hier der Eingang zu den Büros oder Wohnungen in den oberen Stockwerken war. Die linke Tür war rot gestrichen, und auf einem silberfarbenem Schild waren in schwarzer Schrift zwei Zeilen eingestanzt: MCGINLEY & CALDECOTT – HISTORISCHE BAUMATERIALIEN.

Mick schloß das Metalltor auf und ließ es nach oben gleiten. Dahinter befand sich ebenerdig eine kleine Garage. Nachdem er ein paar Kartons aus dem Weg geräumt hatte, war gerade genug Platz, um ein großes Auto oder einen kleinen Lieferwagen abzustellen. Er gab mir ein Zeichen, und ich setzte mich hinter das Steuer und manövrierte den Chevy in die Garage. Dann stieg ich aus und ging zurück zu Mick, der auf dem Bürgersteig wartete. Er ließ das Tor herab und sperrte es zu, dann schloß er die rote Tür mit dem Schild auf. Wir traten ein, und er zog die Tür hinter uns zu. Im ersten Moment standen wir völlig im Dunkeln, dann fand Mick den Lichtschalter, und ich sah eine Treppe, die in den Keller führte. Wir gingen hinunter und kamen in einen großen Raum, dessen schmale Gänge durch Reihen von eng zusammengestellten Kommoden, Tischen, Schränkchen und schulterhoch gestapelten Kisten führten. Es war, wie das Schild angekündigt hatte, eine Firma für historische Baumaterialien, und das gesamte Kellergeschoß diente sowohl als Lager- als auch als Ausstellungsraum.

Seit die Holländer die Gegend gekauft hatten, war Manhattan immer eine Stadt gewesen, wo Gebäude nur deswegen errichtet wurden, damit man sie wieder abreißen konnte. Der Abriß von Gebäuden war ein eigener Industriezweig, der Zwillingsbruder der Bauwirtschaft, und wenn sein Ziel ein leeres Grundstück war, dann stand ich hier vor den Abfallprodukten. Schubladen und Kästen quollen über von allen möglichen Metallwaren, die man aus einem Haus ausbauen konnte, bevor die Abrißbirne in Aktion trat. Es gab Kartons, in denen lagen nur Türgriffe, aus Messing, aus Glas oder vernickelt. Dann gab es Kisten mit Schalterabdeckungen, mit Scharnieren und Schlössern oder mit Dingen, die ich zwar kannte, deren Namen ich aber nicht wußte, und außerdem lag noch einiges herum, von dem ich nicht einmal ahnte, wozu es gebraucht wurde.

An einigen Stellen standen geschnitzte Holzsäulen und warteten auf eine Decke, die sie abstützen konnten. Ein Bereich des Kellers war vollgestopft mit Ziersteinen und Betonfiguren, die man von den Fassaden der Gebäude abgenommen hatte – Wasserspeier mit herausgestreckten Zungen, real existierende und Phantasiegeschöpfe. Manche waren ganz deutlich herausgemeißelt, andere fast so unkenntlich wie die Inschriften auf alten Grabsteinen, angenagt vom Zahn der Zeit und vom sauren Regen.

Vor ein oder zwei Jahren haben Elaine und ich mal ein Wochenende in Washington verbracht, und bei der Gelegenheit haben wir uns auch durch das Holocaust Museum geschleppt. Natürlich war es beklemmend – das ist ja auch der Sinn der Sache –, aber was uns am meisten zu schaffen gemacht hat, war ein Raum voller Schuhe. Nichts als Schuhe, ein endloser Haufen Schuhe. Wir konnten uns beide nicht so recht erklären, warum gerade dieser Raum einen derart gespenstischen Eindruck bei uns hinterließ, aber ich nehme an, daß unsere Reaktion nicht unbedingt untypisch war.

Ich will nicht behaupten, daß die Plastikkisten voller Türgriffe bei mir ein ähnliches Gefühl auslösten. Bei dem Gedanken daran, was mit all den Türen geschehen war, an denen diese Türgriffe einst befestigt waren, oder mit den dahinter verborgenen Zimmern, drehte sich mir durchaus nicht der Magen um. Aber irgendwie erinnerte mich die schier endlose und mit teutonischer Gründlichkeit sortierte Phalanx von Metallwaren an jenen Raum voller Schuhe.

»Wo Gebäude sterben«, sagte Mick.

»Das habe ich auch gerade gedacht.«

»Es ist ein gutes, traditionsreiches Geschäft. Wer ahnt schon, was man alles aus einem Gebäude herausholen kann, bevor man es abreißt? Natürlich baut man als erstes die sanitären Einrichtungen und die Heißwasserboiler aus und verkauft sie als Schrott. Aber es gibt auch immer Leute, die eine Verwendung für alte Metallwaren und Ornamente haben. Angenommen, du restaurierst ein altes Sandsteinhaus und möchtest, daß alle Details so authentisch wie möglich sind. Dann findest du hier Ersatzgläser für deinen Kronleuchter, oder vielleicht auch gleich einen anderen, der in besserem Zustand ist. Und Scharniere für die Türen, und eine Marmoreinfassung für den Kamin. Hier findest du alles, was du suchst, und vieles, von dessen Existenz du nicht mal was geahnt hast.«

»Das glaube ich gern.«

»Und wußtest du, daß es Leute gibt, die Ornamente sammeln? Caldecott hat einen Kunden, der sammelt Wasserspeier. Einmal hat er einen gekauft, der war zu schwer, als daß er ihn hätte mitnehmen können, und als Caldecott das Teil geliefert hat, hat er seine Sammlung gesehen. Der Kunde hatte nur zwei kleine Zimmer in der Christopher Street, und überall waren Regale, auf denen Dutzende von diesen blöden Wasserspeiern standen, in allen Größen, alle mit schrecklichen Fratzen und einer häßlicher als der andere. Der Beschreibung nach zu urteilen, war die Wohnung ähnlich vollgestopft wie der Keller hier, aber so ist das nun mal, wenn man Sammler ist. Egal, worauf du stehst, du brauchst immer noch mehr davon.«

»Gehört dir der Laden, Mick?«

»Ich bin Anteilseigner. So was wie ein stiller Teilhaber.« Er hob eines der angelaufenen Messingscharniere hoch, drehte es in der Hand und legte es wieder zurück. »Ist ein gutes Geschäft. Man verkauft nur gegen Barzahlung, und es gibt kein Wareneingangsverzeichnis, weil man nichts einkauft, sondern die Sachen nur ausbaut. Alles läuft über Bargeld, und das ist heutzutage eine sehr nützliche Geschichte.«

»Kann ich mir vorstellen.«

»Und für die Jungs bin ich ein nützlicher Partner. Ich habe Verbindungen zu Bau- und Abrißfirmen, sowohl zu Arbeitern als auch zu Managern, und dadurch komme ich leicht an Genehmigungen, Gebäude ausschlachten zu dürfen. Es läuft für alle Beteiligten ganz prima.«

»Und ich nehme an, dein Name taucht nirgendwo auf.«

»Du weißt ja, wie ich darüber denke. Was man nicht besitzt, kann einem auch niemand wegnehmen. Ich habe einen Schlüssel und kann das Büro nutzen, wann immer ich will, und eine Garage, in der ich den Wagen parken kann, so daß ihn niemand sieht. Normalerweise steht da der Lieferwagen und wird be- und entladen. Aber abends fährt Brian McGinley damit immer nach Hause. Da fällt mir ein ...«

Er zog das Handy aus der Tasche, überlegte es sich dann jedoch anders und steckte es wieder ein. Wir gingen durch einen der Gänge und kamen an dessen Ende in ein Büro. Mick setzte sich an einen grauen Metallschreibtisch, schlug eine Nummer nach und wählte. Das Telefon hatte noch eine Wählscheibe, vielleicht gehörte es ebenfalls zu den historischen Materialien.

»Ich hätte gern Mr. McGinley gesprochen«, sagte er. »Ja, ich weiß, und wenn es nicht dringend wäre, würde ich auch nicht um diese Uhrzeit anrufen. Ich fürchte, Sie müssen ihn wecken. Sagen Sie ihm, der Große ist am Apparat.«

Er deckte die Muschel ab und verdrehte die Augen. »Ah, Brian«, sagte er dann. »Guter Mann. Weißt du was, ich glaube, du und Caldecott, ihr macht den Laden ein paar Tage dicht. Ihr macht erst wieder auf, wenn ihr von mir hört. ... Genau, das ist der Sinn der Sache. Und sag deiner Frau bitte, daß es mir leid tut, daß ich sie so spät noch gestört habe. Vielleicht könntest du als Wiedergutmachung ein paar Tage mit ihr nach Puerto Rico fahren? ... Na gut, dann eben Cancún, wenn ihr das lieber ist ... Und du sagst Caldecott Bescheid? Und allen anderen auch? Guter Mann.«

Er legte auf. »Der Große«, sagte er. »Ist ja eigentlich ganz schön anmaßend, daß ich mich ausgerechnet mit dem Namen schmücke. Collins, den hat man so genannt.«

»Und De Valera gefiel das überhaupt nicht.«

»Das war eine scheinheilige Drecksau, was? Aber sag mir mal was anderes. Wo zum Teufel liegt Cancún?«

»Auf der Halbinsel Yucatán.«

»Also in Mexiko? Mrs. McGinley möchte gern dorthin. Gefällt ihr besser als Anrufe mitten in der Nacht. ›Ich kann ihn nicht aufwekken, er schläft.‹ Tja, wenn er nicht geschlafen hätte, hättest du ihn ja wohl kaum aufwecken müssen, du blöde Kuh.« Er seufzte und lehnte sich in dem Bürostuhl aus Eichenholz zurück. »Woher weißt du eigentlich, daß Dev der Name nicht gefiel? Du hast den Film doch nie gesehen?«

»Elaine hat das Video ausgeliehen. Mein Gott.«

»Was ist?«

»Wir haben den Film erst gestern abend angeschaut. Kaum zu glauben. Es kommt mir eher so vor, als wäre das schon eine Woche her.«

»In den letzten vierundzwanzig Stunden war ganz schön was los, nicht wahr?«

»So viele Tote.«

»Die beiden, die wir auf der Farm beerdigt haben – wann war das? Vor vier Tagen? Dann Peter Rooney, aber von dem weißt du nur, weil ich es dir erzählt habe. Und dann dein Freund, der Buddhist. Ich habe gerade zum Gedenken an ihn das Glas gehoben, und im nächsten Moment nieten die um uns herum reihenweise Leute um und machen aus dem *Grogan's* ein Leichenschauhaus. Burke hat es auch erwischt, wußtest du das schon?«

»Nein.«

»Ich hab nach ihm gesucht, und da lag er, auf den Dielenbrettern hinter dem Tresen, übersät mit Spiegelscherben. In der Brust hatte er ein riesiges Loch. Gestorben auf seinem Posten, wie ein Kapitän, der mit seinem Schiff untergeht. Das ist dann wohl das Aus für die Kneipe. Wenn du das nächste Mal dran vorbeikommst, wird dort schon irgendein Koreaner rund um die Uhr Obst und Gemüse verkaufen.«

Er schwieg. Ich wartete eine Weile, dann sagte ich: »Ich hab sie gekannt, Mick.«

»Das hatte ich mir schon gedacht.«

»Du weißt, von wem ich rede?«

»Natürlich. Die Frau, die am Nebentisch saß und deren Gespräch du nicht mithören wolltest. Ich hab's da schon gespürt.«

»Echt?«

»Ja. Weißt du, daß wir uns weggesetzt haben, hat uns vermutlich das Leben gerettet. Dadurch saßen wir mehr seitlich und hatten den

Bruchteil einer Sekunde länger Zeit, bevor die Kugeln bei uns ankamen. Hat gerade gereicht, daß wir uns zu Boden werfen konnten.« Er legte den Kopf auf die Seite und betrachtete eine Stelle an der Wand. »Außer, es steht sowieso alles vorher fest, und du stirbst, wenn deine Zeit gekommen ist und keine Minute früher.«

»Wer weiß.«

»Ja, das ist der Menschheit Los. Nicht zu wissen.« Er öffnete eine Schublade nach der anderen, bis er zu der kam, in der die Flasche Jameson lag. Er erbrach das Siegel und trank direkt aus der Flasche. »Dann war sie also diejenige?« fragte er.

»Was meinst du mit: diejenige?«

»Deine heimliche Geliebte.«

»Wenn du es so nennen willst. Wir hatten uns schon längere Zeit nicht mehr getroffen.«

»Hast du sie geliebt?«

»Nein.«

»Na dann.«

»Aber sie hat mir was bedeutet.«

»Das gibt's auch nicht so oft.« Er setzte die Flasche an und trank. »Ich habe noch nie jemanden geliebt. Außer meiner Mutter und meinen Brüdern, aber das ist was anderes, nicht wahr?«

»Ja.«

»Was Frauen angeht – geliebt habe ich noch nie eine, und die wenigsten haben mir was bedeutet.«

»Ich liebe Elaine. Aber ich glaube, außer ihr habe ich noch nie jemanden geliebt.«

»Du warst doch schon mal verheiratet.«

»Das ist lange her.«

»Und – hast du deine Frau geliebt?«

»Zumindest habe ich das mal geglaubt.«

»Ach so. Und wie hat die hier geheißen?«

»Lisa.«

»Eine gutaussehende Frau.«

Vor meinen Augen tauchte ihr Bild auf, so, wie ich sie zuletzt gesehen hatte, mit zerschmettertem Schädel. Ich blinzelte, damit es verschwand, und stellte sie mir dann vor, wie sie, bekleidet mit Jeans und Sweatshirt, in ihrer Wohnung am Fenster stand und dem Sonnenuntergang zusah. Das war besser zu ertragen.

»Ja«, sagte ich, »das war sie.«

»Weißt du, das ging alles total schnell. Ich glaube, sie hat gar nicht mitgekriegt, was passiert ist.«

»Tot ist sie trotzdem.«

»Wohl wahr.«

Er hatte die alte Ledertasche auf den Schreibtisch gelegt und suchte darin herum. »Bargeld aus dem Safe«, sagte er. »Einige Papiere. So viele Waffen, wie ich tragen konnte. Die Polizei kann sich einen Gerichtsbeschluß besorgen und den Safe aufschweißen, oder vielleicht machen sie das auch gleich ohne Gerichtsbeschluß. Was sie nicht als Beweismaterial gegen mich verwenden können, werden sie selbst einstecken. Also wollte ich ihnen möglichst wenig dalassen.«

»Verstehe.«

»Und das, was sie nicht mitnehmen, nützt mir auch nichts mehr, weil ich es ja doch nicht holen kann. Sobald sie mit Fotografieren und Abmessen und dem ganzen technischen Kram fertig sind, werden sie alles absperren und versiegeln. Aber damit kennst du dich besser aus als ich.«

»Tatortuntersuchungen laufen heute anders ab als zu meiner Zeit. Ich habe den Eindruck, daß sie inzwischen ziemlich viel mit Videoaufnahmen arbeiten. Und sie arbeiten sehr viel wissenschaftlicher.«

»Obwohl, wozu braucht man in diesem Fall schon wissenschaftliche Methoden? Ein Mann bestreicht den Raum mit Gewehrfeuer, ein anderer wirft eine Bombe. Ich frage mich, ob sie überhaupt schon alle Leichen geborgen haben. Und ich frage mich, wieviele Tote es gegeben hat und wieviele wohl im Sterben liegen.«

»Das werden wir aus den Nachrichten erfahren.«

»Egal, wie hoch die Zahl ist, sie ist auf jeden Fall zu hoch. Die ganze Reihe Leute, die am Tresen ihr Bier trank und von den Kugeln von den Stühlen gerissen wurde. Außer Eamonn Dougherty natürlich. Der hat nicht mal einen Kratzer abbekommen. Habe ich nicht mal gesagt, daß der uns noch alle überleben wird?«

»Ich glaube schon.«

»Dieser blutrünstige alte Gauner! Ich frage mich gerade, wie alt der eigentlich ist. Mein Gott, der war damals in Tom Barrys Fluggeschwader. Der muß mindestens neunzig sein, vielleicht auch fünfundneunzig. Ein ganz schön langes Leben, wenn einem dermaßen viel Blut an den Händen klebt. Oder denkst du, daß sich nach so vielen Jahren das Blut allmählich abwäscht?«

»Keine Ahnung.«

»Ich weiß nicht so recht.« Er sah auf seine Hände hinunter. »Du hast den Schützen doch auch gesehen. Ein Vietnamese, meint Andy. Oder ein Thai oder weiß der Himmel was sonst. Hast du mitgekriegt, wer die Bombe geworfen hat?«

»Nein.«

»Er konnte fliehen. Ich hab ihn nur ganz flüchtig gesehen. Ein großes Gesicht, das plötzlich über der Schulter des anderen auftauchte, und schon flog die Bombe in den Raum. Danach habe ich ihn nicht mehr gesehen. Ich habe ihn als ziemlich blassen, fertig aussehenden Weißen in Erinnerung.«

»Der mit einem Asiaten zusammenarbeitete.«

»Sieht aus, als hätte mir die ganze verdammte UN den Krieg erklärt. Reines Glück, daß sie nicht vorhatten, mich umzubringen.«

»Willst du behaupten, die haben das alles nur veranstaltet, um deine Aufmerksamkeit zu erregen?«

»Natürlich waren die drauf aus, Leute zu töten, und das haben sie ja auch gemacht. Aber ich denke, der, der sie losgeschickt hat, ist nicht davon ausgegangen, daß ich gerade in der Kneipe sitze, und von dir hat er das erst recht nicht erwartet. Die beiden hatten den Auftrag, den Laden zu verwüsten und so viele Menschen wie möglich zu töten.« Er hob die Waffe hoch, die er dem Asiaten abgenommen hatte. »Wenn ich den Dreckskerl nicht erschossen hätte, hätte er weitergemacht, bis alle tot gewesen wären.«

Und wenn Mick mich nicht behende wie eine Katze zu Boden geworfen hätte, während er gleichzeitig die Waffe zog ...

»Ein großes Mondgesicht, bleich wie der Tod. Klingt das nach irgend jemandem, den du kennst?«

»Einer der Bullen meinte, wir hätten heute Vollmond.«

»Dann war der es vielleicht. Der Mann im Mond, der auf die Erde herabsteigt, um uns seine Aufwartung zu machen. Und was ist mit den beiden, die dir vorletzte Nacht aufgelauert haben?«

Ich beschrieb sie, so gut ich konnte, aber er schüttelte nur den Kopf. Das könnte irgendwer sein, meinte er, einfach irgendwer.

»Und ein Schwarzer hat die Schüsse beim Chinesen abgegeben«, fügte er hinzu. »Allmählich fange ich an, mich nach den alten Zeiten zu sehnen. Als die Itaker die einzigen waren, wegen denen ich mir Sorgen machen mußte. Das waren zwar ziemliche Arschlöcher, aber man konnte wenigstens mit ihnen reden. Aber jetzt hat sich eine Regenbogenkoalition aus allen Rassen gegen mich verschworen. Was, glaubst du, kommt als nächstes? Katzen und Hunde?«

»Bist du hier sicher, Mick?«

»Solange ich hier bleibe schon. Ich wollte nicht zu einer meiner Wohnungen fahren. Es gibt Leute, die sie kennen, zwar nur wenige, und das sind alles Leute, denen ich vertraue, aber wie soll ich noch wissen, wem ich vertrauen kann? Andy Buckley ist fast wie ein Sohn für mich, aber wer kann schon sagen, was er tun würde, wenn ihm jemand eine Knarre an die Schläfe drückt?«

»Deshalb wolltest du nicht, daß er uns hier absetzt.«

»In erster Linie wollte ich einen Wagen zur Verfügung haben, und zwar einen weniger auffälligen als den Caddy. Aber er muß nicht unbedingt wissen, wo ich stecke. Was er nicht weiß, kann er auch nicht ausplaudern.«

»Könntest du nicht zur Farm rausfahren?«

Er schüttelte den Kopf. »Von der Farm wissen zu viele Leute. Und sie ist zu weit weg von allem.« Er trank. »Wenn ich mich verkrümeln wollte, würde ich zu den Brüdern gehen.«

Ich wußte nicht sofort, wovon er sprach. »Ach so«, sagte ich schließlich. »Das Kloster.«

»Na klar, die Thessalonier. Was hattest du gedacht?«

»Du hast gesagt ›die Brüder‹, und vorher hatten wir über die Regenbogenkoalition gesprochen, und ...«

»Das ist ja witzig. Nein, ich meine die Brüder auf Staten Island, nicht die von der Lennox Avenue.« Er betrachtete abermals seine Hände. »Ich bin ein grauenhafter Katholik. Seit Jahren habe ich nicht mehr gebeichtet, und meine Seele ist pechschwarz vor lauter Sünden. Aber ich könnte trotzdem zu den Brüdern gehen, sie würden mich jederzeit aufnehmen, ohne Fragen zu stellen. Wer immer da hinter mir her ist, dort würde er auf keinen Fall Jagd auf mich machen. Dahin würde er keine braunen oder schwarzen Schützen schicken, und auch nicht seinen blassen, weißen Bombenwerfer.«

»Dann ist das vielleicht gar keine schlechte Idee, Mick.«

»Es ist überhaupt keine Idee. Weil ich das nicht machen kann.«

»Und warum nicht? Laß doch einfach alles stehen und liegen.«

Er schüttelte den Kopf. »Wie soll ich denn alles stehen und liegen lassen? Ich weiß weder, wer er ist, noch was er will, dieser Mann, der das Ganze in Gang gesetzt hat, aber es kann sich nicht um irgend etwas handeln, was ich besitze. Ich bin doch kein Gangsterboß mit einem riesigen Imperium. Nicht mal ansatzweise bin ich das. Mir gehört das eine oder andere, in ein paar Geschäften habe ich die Finger mit drin, aber das ist nicht das, was ihn interessiert. Kapierst du das nicht? Das ist ein persönlicher Rachefeldzug. Er will mich erledigen.« Er schraubte den Verschluß von der Flasche und trank. »Und mir bleibt nur eins: Ich muß ihn zuerst erledigen.«

»Bevor er dich erledigt.«

»Oder wüßtest du eine Alternative? Du bist doch der Polizist.«

»Schon lange nicht mehr.«

»Aber du kannst immer noch denken wie einer. Also gib mir deinen Rat als Polizist. Soll ich Strafanzeige erstatten? Gegen einen oder mehrere unbekannte Täter?«

»Nein.«

»Oder um Polizeischutz bitten? Sie könnten mich nicht mal schützen, wenn sie das wollten, und warum sollten sie es überhaupt wollen? Ich hab doch mein ganzes Leben lang immer gegen das Gesetz verstoßen. Und jetzt heißt es: töten oder getötet werden. Wie soll ich da die weiße Fahne hissen und sie bitten, die Spielregeln für mich zu ändern?«

In der hinteren Ecke des Kellers führte eine Tür zu einer Treppe, über die man zum Lüftungsschacht gelangen konnte. Mick entriegelte die Tür und fragte mich nochmals, ob ich nicht erst ein paar Stunden schlafen wolle, bevor ich nach Hause ging. Ich könnte es mir auf der Couch bequem machen, meinte er. Er würde im Sessel sitzenbleiben und weitertrinken, bis er eindöste.

Ich antwortete, daß ich zu Hause sein wollte, bevor Elaine wach wurde. Sie würde sonst die Nachrichten anstellen und erfahren, was im *Grogan's* passiert war.

»Das wird heute überall der Aufmacher sein«, sagte Mick. »Ich könnte das Radio anmachen und die Zahl der Todesopfer erfahren, aber das kriege ich schon noch früh genug mit.« Er packte mich an der Schulter. »Geh nach Hause. Und halt die Augen offen. Versprichst du mir das?«

»Klar doch.«

»Und pack deine Koffer und fahr mit ihr nach Irland oder Italien oder wo immer sie hin will. Hauptsache, weit weg von hier. Machst du das?«

»Ich werde es dich wissen lassen.«

»Was ich von dir hören will, ist, daß du am Flughafen stehst und gleich in den Flieger steigen wirst.«

»Wie kann ich dich erreichen? Was für eine Nummer hat das Telefon hier?«

»Moment.« Er kritzelte etwas auf ein Stück Papier, richtete sich auf und reichte es mir. »Das ist meine Handynummer. Ich habe sie noch nie jemandem gegeben, weil ich nicht will, daß plötzlich so ein blödes Telefon in meiner Hosentasche klingelt. Ich hab das Ding nur gekauft, weil man einfach kein funktionierendes öffentliches Telefon mehr findet, oder falls es doch mal funktioniert, hat man gerade kein Kleingeld. Ich weiß nicht, wie lange ich hierbleibe, und an das Geschäftstelefon will ich schon gar nicht gehen, da rufen lauter Leute an, die auf der Suche nach Türgriffen und Bügelscharnieren sind. Ruf mich an, wenn du am Flughafen bist, okay? Machst du das?«

Er wartete meine Antwort gar nicht erst ab, klopfte mir auf den Rücken und schob mich aus der Tür. Ich ging die dunklen Stufen hinauf und hörte, wie er hinter mir die Tür schloß und verriegelte.

KAPITEL 13

»Er hat mir das Leben gerettet«, sagte ich, »gar keine Frage. Der eine Typ hat mit einem Automatikgewehr um sich geschossen und versucht, alle auf einen Schlag umzubringen. Zwei Tische weiter saß ein Paar, das gerade leise über seine Beziehungskrise geredet hat. Beide wurden getötet. Wäre ich auf meinem Stuhl hockengeblieben, wäre es mir genauso ergangen.«

»Aber nicht, wenn du im Bett geblieben wärst.«

»Dann wäre alles bestens gewesen. Bis ich das nächste Mal zur Haustür rausgegangen wäre.«

Als ich zu Hause ankam, hatte sie noch geschlafen, allerdings nicht tief. Sie wachte auf, als sie hörte, wie ich den Schlüssel ins Schloß steckte. Sie stand auf, rieb sich den Schlaf aus den Augen, zog einen Bademantel an und setzte sich zu mir in die Küche. Diesmal kochte ich den Kaffee, und während er durchlief, erzählte ich ihr alles, was passiert war.

»Bomben und Kugeln«, sagte sie. »Klingt wie *Der Pate Teil 4*. Aber irgendwie auch wieder nicht. Eigentlich klingt es wie Krieg.«

»So fühlt es sich auch an.«

»Willkommen in Sarajevo. Und gibt's da nicht im East Village eine Bar, die *Beirut City* heißt?«

»Auf der Second Avenue, falls es sie noch gibt.«

»Zwei Leute gehen auf ein Bier in die Kneipe, um über ihre Beziehung zu reden, und im nächsten Moment haben sie schon Namensschilder am Zeh hängen. Umgekommen im Kreuzfeuer. Gab es überhaupt Kreuzfeuer?«

»Von mir nicht. Mick hat auf den Schützen geschossen. Er war derjenige, der ihn erledigt hat. Meine Waffe kam gar nicht erst zum Einsatz, und Tom und Andy waren zu weit hinten, also glaube ich nicht, daß von unserer Seite sonst noch jemand geschossen hat.«

»Von unserer Seite.« Sie nahm einen Schluck Kaffee und verzog das Gesicht. Wenn ich Kaffee koche, gerät er mir immer zu stark.

»Er hat in erster Linie sich selbst das Leben gerettet, das ist dir doch klar?«

»Er hat mir mit seinem Körper Deckung gegeben. Hat sich auf mich geworfen und mich ganz bewußt geschützt.«

»Aber das war doch eine reine Reflexhandlung, meinst du nicht auch? Etwas passierte, und er hat einfach reagiert.«

»Ja und?«

»Also hat er sich nicht bewußt überlegt, *Matt ist in Gefahr, ich muß ihn zu Boden werfen und ihn vor den Kugeln schützen.* Er hat es einfach getan.«

»Hätte das, was er getan hat, mehr Punkte auf der Hitliste der edlen Gesinnungen bekommen, wenn er erst darüber nachgedacht hätte? Wenn er das gemacht hätte, wären wir jetzt beide tot.«

»Da hast du natürlich recht. Aber du verstehst, worauf ich hinauswill, oder? Ich versuche, das, was er getan hat, runterzuspielen, damit du dich ihm nicht verpflichtet fühlst. Du wärst in einer Nacht zweimal beinahe getötet worden. Ich möchte, daß du die Finger von der Sache läßt, bevor dich das Glück verläßt«

»Ich fürchte, das kann ich nicht.«

»Warum nicht? Das, was passiert ist, ändert doch nichts, oder? Wenn Mick dir das Leben gerettet hat, dann doch nicht, damit du Schulter an Schulter mit ihm auf dem Schlachtfeld kämpfst, sondern damit du lebst. Hat er nicht gesagt, du sollst mit mir nach Irland fliegen?«

»Das waren seine Worte.«

»Ich bin noch nie dort gewesen. Und allmählich habe ich den Eindruck, daß ich auch nicht hinkommen werde.«

»Jedenfalls nicht so bald.«

»Würdest du mir bitte erklären, warum nicht?«

»Weil das hier wirklich ein Krieg ist. Und niemand wird zulassen, daß ich in diesem Krieg die Schweiz spiele. Wie hatten wir doch so schön gesagt? Mein Name steht auf dem Schal. Neutral könnte ich mich nur verhalten, wenn ich meine Sachen packe und das Land verlasse.«

»Ja und? Dein Reisepaß liegt bereit.«

Ich schüttelte den Kopf. »Ich kann nicht auf einer Steinmauer in County Kerry hocken und hoffen, daß meine Probleme sich von selbst lösen.«

»Mit anderen Worten: Du willst dich einmischen.«

»Das ist immer noch besser, als hier rumzuhocken und Däumchen zu drehen.«

»Außerdem hat dir der Mann das Leben gerettet.«

»Das auch.«

»Und ein Mann muß tun, was er nun mal tun muß. Spielt das auch eine Rolle?«

»Damit hat es vermutlich auch was zu tun«, gab ich zu. »Auch wenn ich glaube, daß das meiste von diesem Machokram Blödsinn ist, bin ich doch nicht gänzlich immun dagegen. Außerdem ist es auch nicht völliger Mist. Wenn ich in dieser Stadt leben will, kann ich nicht zulassen, daß mich irgend jemand einschüchtert, bis ich gehe.«

»Wieso? Wir könnten doch überall leben.«

»Könnten wir, tun wir aber nicht. Wir leben hier.«

»Ich weiß. Hier sind wir zu Hause.« Sie probierte nochmal einen Schluck Kaffee, schüttelte sich und trug die Tasse zum Spülbecken. »Es ist doch wirklich eine Schande. Ich weiß zwar nicht, wie es sich anfühlt, auf Steinmauern zu sitzen, aber es wäre schon nett gewesen, mit dir nach Irland zu fliegen.«

»Du kannst immer noch allein fliegen.«

»Wann? Jetzt? Nein danke.«

»Oder nach Paris, oder wo immer du hin möchtest.«

»Wo ich aus der Schußlinie bin.«

»Genau.«

»Damit du dir keine Sorgen um mich zu machen brauchst.«

»Ja und?«

»Ja und? Vergiß es! Wenn ich schon rumsitzen und warten muß, daß das Telefon klingelt, dann bleibe ich lieber hier, wo es ein Ortsgespräch ist. Und versuch nicht, mir das auszureden, okay? Weil das keinen Zweck hat. Vom Sternzeichen her bin ich zwar kein Stier, aber so ein Sturschädel wie du bin ich schon lange. Wenn du nicht gehst, gehe ich auch nicht.«

»Das ist deine Entscheidung. Wirst du den Laden dichtmachen?«

»Das auf alle Fälle. Ich werde sogar ein Schild ins Fenster hängen, daß ich bis zum 1. Oktober auf Einkaufsreise bin. Wird das Ganze bis zum Ende des Monats vorbei sein?«

»So oder so.«

»Ich wünschte, du hättest das anders formuliert.«

»Das Paar, von dem ich erzählt habe. Im *Grogan's.*«

»Das Liebespaar, das sich leise gestritten hat? Was ist damit?«

»Die Frau war eine Bekannte von uns.«

»Oh?«

»Lisa Holtzmann.«

Die beiden Frauen hatten sich am Hunter in einem Kurs über Kunstgeschichte kennengelernt. Dann hatte Elaine mich mit Lisa und ihrem Mann bekanntgemacht, und deshalb war ich derjenige, den sie anrief, als er ermordet wurde.

»Mein Gott«, sagte Elaine. »Ist sie tot?«

»So wie es aussah, war sie auf der Stelle tot.«

»Die arme Frau. Was für ein Leben und was für ein Tod. Wo haben wir sie doch zuletzt gesehen?«

»Im *Armstrong's*, und es ist schon einige Zeit her.«

»Und wir haben sie nicht mal begrüßt. Aber wer konnte schon ahnen, daß wir sie nie mehr wiedersehen würden?« Sie runzelte die Stirn. »Was hat sie ausgerechnet im *Grogan's* gemacht? Ich meine, ich weiß natürlich, was sie gemacht hat, aber man sollte doch annehmen, daß so eine Kneipe nicht unbedingt ihre Kragenweite ist, meinst du nicht auch?«

»Soweit ich weiß, war sie das erstemal da. Nein, das stimmt nicht, an dem anderen Abend war sie auch schon dort.«

»Vorgestern abend?«

»Nein, an dem Abend, als die ganze Geschichte losging. Mittwoch muß das gewesen sein. Bevor wir zu dem Lagerhaus in Jersey gefahren sind. Sie war mit demselben Typen da, vielleicht sogar am selben Tisch. Und zu ihm hat die Kneipe auch nicht gepaßt.«

»Wer war der Typ?«

»Ich weiß nur, daß er Florian hieß.«

»Florian? Mit Vor- oder Nachnamen?«

»Ich nehme an, das war sein Vorname. ›Matt, das ist Florian. Florian, das ist Matt.‹«

»Schmissiger Dialog. Florian. Hatte er lange Haare und spielte auf der Geige Zigeunermusik?«

»Er hatte einen Ehering.«

»Er trug einen Ring und sie nicht.«

»Genau.«

»Also war er verheiratet und sie nicht, und vielleicht waren sie deshalb in einer einfachen Spelunke statt in einem etwas besseren Restaurant.« Sie legte ihre Hand auf meine. »Erst Jim und dann Lisa. Da hast du echt was mitgemacht heute nacht, nicht wahr?«

»Es sind auch noch eine ganze Menge andere Leute umgekommen im *Grogan's*.«

»Den Barkeeper hast du schon erwähnt – Burke.«

»Und Leute, die ich vom Sehen kannte, und andere, die ich überhaupt nicht kannte. So viele Tote.«

»Mir ist schon schwindlig, obwohl ich nicht mal dabei war. Und du warst beide Male mittendrin.«

»Ich kann noch gar nicht glauben, daß das wirklich passiert ist.«

»Das ist doch völlig normal. Soviel kann man ja gar nicht auf einmal begreifen. Außerdem mußt du total erschöpft sein. Hast du überhaupt geschlafen, bevor du losgezogen bist, um auf dich schießen zu lassen?«

»Das war doch nicht der Grund, weshalb ich rausgegangen bin. Und nein, ich habe kein Auge zugemacht.«

»Aber jetzt könntest du das sicher.«

»Wahrscheinlich hast du recht.« Ich stand auf. »Weißt du, wenn ich früher mal eine Nacht nicht geschlafen habe, konnte ich am nächsten Morgen problemlos weitermachen. Natürlich lief mein Motor damals auch noch mit Alkohol.«

»Und damals hatte dein Motor auch noch nicht so viele Meilen drauf.«

»Du willst doch nicht etwa behaupten, das hätte damit was zu tun?«

»Natürlich nicht. Du bist fit wie eh und je. Jetzt leg dich hin und schlaf, altes Haus. Und zwar auf der Stelle.«

Kapitel 14

Innerhalb von Sekunden war ich eingeschlafen, und ich glaube, ich habe mich, bis ich kurz nach Mittag auf einmal die Augen aufriß, nicht ein einziges Mal umgedreht. So plötzlich war ich seit Jahren nicht mehr wach geworden. Es war fast so, als würde ich aus einer Ohnmacht aufschrecken.

Nachdem ich mich geduscht und rasiert hatte, setzte sich Elaine auf eine Tasse Kaffee zu mir und erzählte mir, daß das Telefon den ganzen Morgen über geklingelt hatte. »Ich hab den Anrufbeantworter drangehen lassen«, sagte sie. »Eine Menge Leute wollten entweder was über Jim wissen oder dir was über ihn erzählen. Außerdem haben Leute angerufen, deren Namen mir nichts gesagt haben, und ein paar, die ich kannte. Joe Durkin zum Beispiel und dann der andere Bulle, der von letzter Nacht.«

»George Wister?«

»Genau. Er hat sogar zweimal angerufen. Beim zweitenmal hatte ich fast den Eindruck, er könne mich sehen. ›Wenn Sie mich hören, heben Sie bitte ab.‹ Mit richtig strenger Stimme, wie ein autoritärer Vater. Ein Tonfall, der mir einfach nur ein ›Leck mich doch am Arsch‹ entlocken konnte. Ich muß wohl nicht betonen, daß ich nicht abgehoben habe.«

»Das überrascht mich nicht.«

»Ich habe nicht mal abgehoben, als jemand mich sprechen wollte. Es war Monica, und ich war einfach nicht in der Stimmung, mir Geschichten über ihren neuesten verheirateten Freund anzuhören. Einmal bin ich allerdings doch dran gegangen, nämlich als TJ angerufen hat. Er hatte die Nachrichten gesehen und wollte wissen, ob mit dir alles in Ordnung ist. Ich habe ihm gesagt, dir ginge es soweit ganz gut. Außerdem habe ich ihm gesagt, daß er den Laden heute zulassen und ein Schild ins Fenster hängen soll.«

»Diesen Monat geschlossen, wir sind auf der Suche nach neuem Plunder.«

»Außerdem habe ich Beverly Faber angerufen. Du kannst dir ja vorstellen, wie gern ich das gemacht habe, aber ich hatte einfach das Gefühl, ich müßte. Sie klang, als hätte sie ein Beruhigungsmittel genommen, oder vielleicht war sie auch nur völlig fertig von Schock und Schlafmangel. Die Bullen haben sie ewig lange ausgequetscht. Und dabei haben sie bei ihr den Eindruck hinterlassen – oder vielleicht wollte sie das auch so verstehen –, daß Jims Ermordung auf einer Verwechslung beruht.«

»Tja, das stimmt ja auch.«

»Im Moment sieht sie das Ganze als ein Werk des Zufalls. Erinnerst du dich noch, als diese Schauspielerin damals was aus dem Fenster geworfen hat? Ich glaube, es war ein Blumentopf.«

»Mein Gott, das ist ewig her. Damals war ich noch bei der Polizei. Ich war sogar noch in Brooklyn, hatte mich noch nicht zum Sixth versetzen lassen. So lange ist das schon her.«

»Der Blumentopf fiel ungefähr sechzehn Stockwerke tief und erschlug einen Mann, der gerade vom Essen nach Hause ging. War es nicht so?«

»So oder so ähnlich. Ich weiß noch, daß es damals darum ging, wie der Blumentopf aus dem Fenster hatte fallen können. Nicht, daß sie auf den armen Kerl gezielt hätte, aber war er wirklich nur runtergefallen oder hatte sie ihn nach jemandem geworfen?«

»Der sich gebückt hat, so daß der Topf aus dem Fenster flog.«

»Vielleicht. Aber egal, wie es sich abgespielt hat, es ist jedenfalls schon ewig her.«

»Tja, Beverley erinnert sich dran, als wäre es gestern gewesen. Ihrem Jim ist es ergangen wie dem Mann, der von dem Blumentopf getroffen wurde. Er hatte mit der ganzen Sache nichts zu tun, und dann senkte sich Gottes Daumen herab und zerquetschte ihn wie einen Käfer.« Sie zog eine Grimasse. »Weißt du, ich hab Beverly nie gemocht. Aber ich habe wirklich mit ihr gefühlt, und ich wollte sie mögen, zumindest für die Dauer des Telefonats.«

»Ich weiß, was du meinst.«

»Sie macht es einem nicht leicht, sie zu mögen. Ich glaube, es liegt an ihrer Stimme, sie klingt immer so weinerlich, selbst wenn sie gar nicht weinerlich drauf ist. Sag mal, hast du eigentlich Hunger?«

»Ich bin halbtot vor Hunger.«

»Na Gott sei Dank, ich hatte schon befürchtet, ich müßte dich festbinden und dir das Essen mit Gewalt verabreichen. Hör doch erstmal den Anrufbeantworter ab, währenddessen richte ich dir was her.«

Ich ließ den Anrufbeantworter die Nachrichten abspulen und notierte mir Namen und Telefonnummern, obwohl ich wenig Lust hatte, irgend jemanden zurückzurufen, schon gar nicht die beiden

Bullen. Wisters zweite Nachricht war so, wie Elaine sie beschrieben hatte, und löste bei mir ein ziemlich ähnliches Gefühl wie bei ihr aus. Joe Durkin, der eine halbe Stunde, bevor ich aufgewacht war, angerufen hatte, klang gleichzeitig drängend und gereizt, so daß ich auch hier wenig Lust verspürte, mich zu melden.

Ich löschte die Nachrichten, dann ging ich in die Küche und aß alles auf, was Elaine mir vorsetzte, und als das Telefon klingelte, überließ ich den Anrufer dem Anrufbeantworter. Es wurde keine Nachricht hinterlassen.

»Das hatten wir heute ziemlich oft«, sagte Elaine, »daß jemand einfach auflegt.«

»Das ist doch immer so. Meistens sind das Telefonverkäufer.«

»Ach Gott, erinnerst du dich noch an meine kurze Karriere als Telefonverkäuferin? Ich war ja so eine Niete!«

»Du warst keine Telefonverkäuferin.«

»Aber natürlich.«

»Das war Telefonsex.«

»Na und, das ist doch dasselbe. Es geht doch immer nur drum, den Leuten am Telefon das Geld aus der Tasche zu ziehen. Ach Gott, war das lustig, nicht wahr?«

»Damals hast du das überhaupt nicht lustig gefunden.«

»Ich hatte gedacht, so etwas müßte mir liegen, aber wie sich herausstellte, war das Gegenteil der Fall. Ungefähr zu der Zeit habe ich Lisa kennengelernt.«

»Stimmt.«

»Bevor du und ich zusammengezogen sind und bevor ich den Laden eröffnet habe. Ich hatte aufgehört, als Callgirl zu arbeiten, aber ich hatte keine Vorstellung, was ich mit dem Rest meines Lebens anfangen sollte.«

»Daran kann ich mich noch gut erinnern.«

»Matt?«

»Ja?«

»Ach nichts.«

Ich wusch meinen Teller im Spülbecken und stellte ihn zum Trocknen ins Ablaufbrett. »Du wirst vermutlich TJ anrufen wollen«, sagte sie.

»Das eilt nicht.«

»Willst du die Nachrichten sehen? New York One hat jede Menge Bilder vom Tatort.«

»Die werden sie später auch noch haben.«

Nachdenklich schwieg sie eine Zeitlang. Schließlich sagte sie: »Du und Lisa, ihr seid euch nahegestanden, nicht wahr?«

»Was meinst du mit ›nahegestanden‹?«

»Sei so lieb und tu mir einen Gefallen, okay? Sag mir, daß ich den Mund halten und mich um meinen eigenen Kram kümmern soll.«

»Das werde ich dir nicht sagen.«

»Es wäre mir aber sehr recht.«

»Jetzt frag schon, was du fragen willst.«

»War sie diejenige, mit der du geschlafen hast? Gott, ich kann kaum glauben, daß ich das jetzt wirklich gesagt habe.«

»Die Antwort ist ja.«

»Ich weiß, daß die Antwort ja ist. Es ist schon seit einiger Zeit vorbei, stimmt's?«

»Schon seit ziemlich langer Zeit. Als wir beide sie im *Armstrong's* sitzen sahen, hatte ich mich schon eine ganze Weile nicht mehr mit ihr getroffen.«

»Das habe ich mir schon gedacht. Ich wußte, daß du dich mit jemandem triffst. Das war es, was ich gemeint habe, als ich damals sagte ...«

»Ich weiß.«

»... daß sich durch unsere Heirat nichts ändern muß. Und es war mir Ernst damit. Hast du geglaubt, ich wäre so edel? Das war ich nämlich nicht.«

»Ich habe mir gedacht, daß du es so meinst, wie du es sagst.«

»Und genauso war es, und ich war nicht eine Sekunde lang edel. Ich war einfach nur realistisch. Männer und Frauen sind nun mal unterschiedlich, und eins der Dinge, worin sie sich unterscheiden, ist eben Sex. Meinetwegen können sie mich deswegen aus der Frauenbewegung ausschließen, das ist mir egal. Es ist einfach so. Und wer wüßte das besser als ich?«

»Stimmt.«

»Männer vögeln nun mal rum, und ich habe ein paar Jahre lang ganz gut davon gelebt, eine von denen zu sein, mit denen sie rumvögeln. Die meisten von ihnen waren verheiratet, und das Ganze hatte mit ihrer Ehe überhaupt nichts zu tun. Es gab eine Menge Gründe, warum sie rumgevögelt haben, aber letztlich bin ich immer wieder zu dem Ergebnis gekommen: Männer sind einfach so.« Sie nahm meine Hand und drehte meinen Ehering hin und her. »Vielleicht ist es rein biologisch«, fuhr sie fort. »Bei anderen Tieren ist es genauso, und sag jetzt nicht, die sind alle neurotisch und machen das nur, weil sie unter Gruppenzwang stehen. Warum sollte ich also erwarten, daß du anders bist, beziehungsweise warum sollte ich das überhaupt *wollen*? Wirklich beunruhigen würde es mich nur, wenn du jemanden finden würdest, der dir mehr bedeutet als ich, aber ich hatte nicht den Eindruck, daß das passieren würde.«

»Das wird es auch nie.«

»Zu dem Ergebnis bin ich auch gekommen, ich weiß schließlich, was wir aneinander haben. Warst du in sie verliebt?«

»Nein.«

»Euer Verhältnis hat unsere Beziehung nie bedroht, stimmt's?«

»Nicht eine Sekunde lang.«

»Jetzt sieh dir mich an! Mir stehen die Tränen in den Augen! Ist das zu glauben?«

»Ich glaube es jedenfalls.«

»Die Ehefrau heult, weil die Geliebte tot ist. Eigentlich müßten das doch jetzt Freudentränen sein, oder nicht?«

»Aber nicht bei dir.«

»Und ›Geliebte‹ ist auch nicht die richtige Bezeichnung für sie. Da hättest du ihr schon die Miete für ihre Wohnung zahlen und sie immer zwischen fünf und sieben besuchen müssen. Regeln die Franzosen das nicht so?«

»Da fragst du den Verkehrten.«

»*Cinq à sept*, so nennen sie das. Und wie sollen wir sie nennen? Wie wär's mit ›Freundin ehrenhalber‹?«

»Klingt nicht schlecht.«

»Ich bin einfach so schrecklich traurig. Ja, nimm mich in die Arme. So ist es besser. Weißt du, wie ich mich fühle, mein Schatz? Als ob wir ein Familienmitglied verloren hätten. Ist das nicht lächerlich? Ist das nicht völlig gaga?«

Ray Gruliow war einer der ersten, die ich zurückrief. »Ich brauche deine professionelle Hilfe«, sagte er. »Und zur Abwechslung habe ich mal einen Klienten mit Kohle, das heißt, du kannst den vollen Stundensatz berechnen.«

»Er wird vermutlich nicht zwei Wochen warten können?«

»In dieser Angelegenheit würde ich nicht mal zwei Tage warten wollen. Jetzt sag bloß nicht, daß du ausgebucht bist.«

»Das habe ich gerade einem anderen Vertreter deiner Zunft weisgemacht. Zu dir werde ich etwas offener sein.«

»In Anbetracht unserer innigen persönlichen und geschäftlichen Beziehung?«

»Das dürfte es ziemlich genau treffen. Ich muß mich um persönliche Aufträge kümmern, Ray, und für Aufträge von außen habe ich im Moment einfach keine Kapazitäten frei.«

»Persönliche Aufträge.«

»Genau.«

»Manch einer würde das ein Oxymoron nennen, meinst du nicht auch? Wie können es Aufträge sein, wenn es was Persönliches ist?«

»Tja, wie wohl?«

»Moment mal. Steht das irgendwie im Zusammenhang mit etwas, das letzte Nacht bei euch im Viertel passiert ist?«

»Was meinst du damit?«

»Hast du die Überschrift in der *Post* gesehen? ›Blutbad auf der Tenth Avenue.‹ Für solche originellen Schlagzeilen sind sie ja weithin berühmt.«

»Ich habe heute noch keine Zeitung in die Finger gekriegt.«

»Hast du mal den Fernseher angemacht?«

»Nein.«

»Dann hast du also keine Ahnung, wovon ich rede?«

»Das habe ich nicht gesagt.«

»Verstehe. Interessant.«

Ich schwieg einen Moment lang, dann sagte ich: »Ich glaube, ich könnte eine Rechtsberatung brauchen.«

»Tja, junger Mann, dann ist heute Ihr Glückstag. Zufällig bin ich Rechtsanwalt.«

»Ich war letzte Nacht dort.«

»Reden wir von der Tenth Avenue?«

»Ja.«

»Und du warst dort, als die Exkremente den Siedepunkt überschritten?«

»Ja.«

»Herr im Himmel. Kennst du die Zahl der Opfer? Laut der letzten Meldung, die ich gehört habe, waren es zwölf Tote und sieben Verwundete, und mindestens einer der Verwundeten war kurz davor, den Löffel abzugeben. Eine der Morgensendungen hatte Fotos vom Inneren der Kneipe, und da sah es aus wie in Rotterdam, nachdem die deutsche Luftwaffe der Stadt einen Besuch abgestattet hatte.«

»Als ich es zuletzt gesehen habe, sah es auch nicht besser aus.«

»Aber dir geht es gut?«

»Alles bestens.«

»Und du konntest dich verdrücken, bevor die Bullen kamen?«

»Ja. Am frühen Abend hatte ich mich mit einem Freund in einem chinesischen Restaurant getroffen.«

»Und in Peking wollen alle immer nur zu *McDonald*, wie ich gehört habe. Das muß man sich mal vorstellen.«

»Wahrscheinlich war es nicht in den Nachrichten.«

»Was war wahrscheinlich nicht in den ... Handelt es sich dabei etwa um ein Restaurant in eben dem Viertel, von dem wir vorher gesprochen haben?«

»Mehr oder weniger. Eighth Avenue.«

»Das kam wohl in den Nachrichten, wahrscheinlich *weil* es im selben Viertel passiert ist. Einsamer Schütze erschießt grundlos einsamen Gast. Er hatte im Viertel einen Copyshop, wenn ich mich recht entsinne.«

»Nun ja, eine Druckerei.«

»Da war ich doch schon ziemlich nah dran. Und?«

»Du hast ihn mal kennengelernt.«

»Ich ihn?«

»Vor sechs Monaten warst du dabei, als er in St. Luke's seine Lebensgeschichte erzählt hat. Er hatte siebzehn Jahre geschafft. Jim F.«

»Dein Sponsor.«

»Genau.«

»Der Mann, mit dem du jeden Sonntag zum Essen gehst. Sie haben gesagt, er wäre allein da gewesen, aber vermutlich war das falsch.«

»Er war allein, als es passiert ist. Ich war gerade dabei, mir die Hände zu waschen. Ray, die beiden Schießereien hängen zusammen, und ich bin das Verbindungsglied. Gestern abend habe ich die Bullen hinhalten können, und aus dem *Grogan's* bin ich so schnell wie möglich abgehauen, noch bevor sie kamen. Seitdem hinterlassen sie mir Nachrichten auf dem Anrufbeantworter, und ich habe keine Lust, mit ihnen zu reden.«

»Dann laß es einfach. Du bist nicht verpflichtet, mit ihnen zu reden.«

»Ich habe eine Lizenz als Privatermittler.«

»Auch wieder wahr. Dann bist du in gewisser Weise natürlich schon verpflichtet. Andererseits, wenn du für einen Anwalt arbeitest, hast du bis zu einem bestimmten Punkt ein Zeugnisverweigerungsrecht.«

»Willst du mich einstellen?«

»Nein, diesmal bin ich lieber dein Rechtsanwalt. Wird dein Freund immer noch so kompetent von dem ideenreichen Mark Rosenstein vertreten?«

»Ich glaube schon.«

»Sag ihm, er soll Mark anrufen und ihm sagen, daß er dich beauftragt, verschiedene Dinge im Zusammenhang mit einem schwebenden Verfahren zu untersuchen. Kannst du dir das merken?«

»Ich schreibe es gerade auf. Das Problem ist nur, der gute Mann könnte schwer zu erreichen sein.«

»Dann rufe ich Mark an. Besondere Formalitäten gibt es da sowieso nicht. Inzwischen wirfst du mal einen Blick in die Zeitungen und schaltest die Fernsehnachrichten ein.«

»Muß ich wohl.«

»New York One hat im Rahmen einer Reportage über das, was von seinem Geschäftssitz noch übrig ist, ein Porträt von ihm gebracht. Klang, als wäre er ein Mafiaboß aus einem Buch von Damon Runyon. Blutrünstig, aber irgendwie auch sehr einnehmend.«

»Das ist nicht unbedingt verkehrt.«

»Dieses großartige Schelmenstück mit der Bowling-Kugel. Ist das wirklich wahr?«

»Ich war nicht dabei. Und von ihm kriegst du zu dem Thema keine klaren Aussagen.«

»Wenn es nicht wahr ist, ist es jedenfalls gut erfunden. Vergiß nicht: kein Wort zu den Bullen. Und ruf mich an, wenn du mich brauchst.«

Ich rief TJ an, und er kaufte die Zeitungen und kam damit zu uns herüber. Wir saßen vor dem Fernseher, und während ich mich durch die Boulevardblätter arbeitete, zappte er durch die Kanäle. Bei beiden Zeitungen war der Überfall der Aufmacher – die *News* hatte ihm einfach die Schlagzeile HELL'S KITCHEN verpaßt –, aber das Ganze war zu spät passiert, um im Innenteil noch groß Platz zu bekommen, und in den Frühausgaben stand sogar überhaupt nichts.

Am nächsten Morgen würden die Kolumnisten und die für die Hintergrundberichte zuständigen Redakteure die Seiten füllen, aber vorläufig brachten sie nur die reinen Fakten. Die Zahl der Toten variierte leicht, die *Post* zählte ein Opfer mehr als die *News*; Namen wurden keine genannt, da noch nicht alle Angehörigen hatten benachrichtigt werden können.

Die Fernsehjournalisten hatten auch nicht viel mehr Fakten, abgesehen von etwas aktuelleren Angaben zu den Opfern. Allerdings hatten sie von einigen Toten schon Namen und Fotos. Ein paar der Gesichter kamen mir bekannt vor, aber davon abgesehen war niemand dabei, den ich kannte. Offensichtlich hatten sie Lisa und ihren Freund noch nicht identifizieren können, oder sie hatten die Familienangehörigen noch nicht erreicht.

Die Innenaufnahmen vom *Grogan's* waren so, wie Ray sie beschrieben hatte und wie mir der Ort von dem Moment, als Mick mich hinauszerrte, in Erinnerung geblieben war. Von außen sah die Kneipe aus wie zu erwarten, die Fenster mit Sperrholz zugenagelt, der Bürgersteig davor noch übersät mit Trümmern und zerbrochenem Glas, und ein Reporter nach dem anderen, der vor der »herrlichen alten Kneipe« seine Show abzog.

Die Fernsehsender konzentrierten sich vor allem auf Hintergrundberichte und Zusatzinformationen, Gespräche mit Überlebenden und Anwohnern und Porträts von Michael »dem Metzger« Ballou, dem legendären inoffiziellen Besitzer des *Grogan's* und würdigen Erben einer langen Reihe von wilden Wirten in Hell's Kitchen. Sie traten die alten Geschichten breit, von denen einige wahr und andere weniger wahr waren, und natürlich ließen sie auch die mit der Bowlingkugel nicht aus.

»Stimmt das?« wollte TJ wissen.

Alle Versionen der Geschichte stimmten in einem Punkt überein: Mick Ballou hatte eine ernsthafte Meinungsverschiedenheit mit einem anderen Original aus der Nachbarschaft namens Paddy Farrelly gehabt, der eines Tages verschwand und nie wieder gesehen ward. Am Tag nach Farrellys Verschwinden hatte Mick angeblich eine Runde durch die Kneipen des Viertels gedreht – einschließlich des *Grogan's,* das ihm damals noch nicht gehörte – und dabei eine Tasche mit sich herumgeschleppt, wie sie normalerweise Bowlingspieler benutzen, um ihre Kugel zu transportieren.

Was er dann in den diversen Kneipen gemacht hatte – abgesehen natürlich davon, daß er sich jedesmal ein Glas Whiskey genehmigte –, hing davon ab, welche Version der Geschichte man gerade zu hören bekam. Die eine besagte, daß er die Tasche einfach nur auffällig auf den Tresen gestellt, nach dem abwesenden Farrelly gefragt und dann auf sein Wohlergehen getrunken hätte, »wo immer der gute Mann jetzt sein mag«.

Laut einer anderen Überlieferung öffnete er die Tasche und ließ alle, die das wollten, einen Blick hineinwerfen. Und dann gibt es noch die Extremversion, daß er von Tür zu Tür, von Kneipe zu Kneipe ging und jedesmal Paddy Farrellys abgetrennten Kopf an den Haaren herauszog und in die Runde zeigte. »Sieht er nicht großartig aus?« soll er gesagt haben. »Hat der schon jemals so gut ausgesehen?« Und dann hat er angeblich alle aufgefordert, dem guten alten Paddy einen Drink zu spendieren.

»Ich weiß nicht, was damals passiert ist«, antwortete ich. »Ich war drüben in Brooklyn, trug noch Uniform und hatte weder von Paddy Farrelly noch von Mick jemals was gehört. Wenn du mich fragst – ich glaube schon, daß er seine Runden gedreht hat und daß er eine Bowlingtasche dabei hatte, aber ich kann mir nicht vorstellen, daß er sie aufgemacht hat. Natürlich kann es sein, daß er so zügellos und so betrunken war, daß er es doch getan hat, aber ich kann's mir eigentlich nicht vorstellen.«

»Und falls doch? Worauf ich hinauswill: Was, glaubst du, war in der Tasche?«

»Kann schon sein, daß er den Kopf da drin hatte. Ich habe nicht den geringsten Zweifel, daß er Farrelly umgebracht hat. Nach allem, was ich gehört habe, haben die beiden sich wirklich gehaßt, und falls er die Gelegenheit dazu hatte, hat er ihn vermutlich mit einem Hackebeil umgebracht und dabei die Schürze seines Vaters getragen. Kann gut sein, daß er die Leiche zerstückelt hat, um sie leichter entsorgen zu können, und dann hätte er natürlich auch den Kopf abgetrennt, also ist es gut möglich, daß der Kopf in der Bowlingtasche war.«

»Die Leiche wurde vermutlich nie gefunden?«

»Nein.«

»Und der Kopf dann wohl auch nicht.«

»Der Kopf auch nicht.«

Er ließ sich das durch den Kopf gehen. »Hast du schon jemals gebowlt?«

»Gebowlt? Schon seit ewigen Zeiten nicht mehr. Als ich damals in Syosset gewohnt habe, gab es im Suffolk County eine Bullenliga. Ich war ein paar Monate lang bei einem der Teams Mitglied.«

»Echt? Dann hast du doch sicher auch eins dieser Hemden, wo dein Name auf der Hemdtasche steht?«

»Nicht, daß ich wüßte.«

»›Nicht, daß du wüßtest.‹ Das heißt also Ja, und du willst es nur nicht zugeben.«

»Nein, das heißt: Ich weiß es nicht. Wir haben damals für das ganze Team Hemden bestellt, aber als ich mein goldenes Polizeiabzeichen erhielt und sich meine Arbeitszeiten änderten, konnte ich nicht mehr mitmachen.«

»Und danach hast du nie wieder gebowlt?«

»An einmal kann ich mich noch erinnern. Ich war schon aus dem Polizeidienst ausgeschieden und lebte im Hotel, und einem Freund von mir namens Skip Devoe fielen immer so verrückte Sachen ein.« Ich wandte mich zu Elaine. »Hast du Skip eigentlich mal kennengelernt?«

»Nein, aber du hast von ihm erzählt.«

»Er besaß eine Kneipe an der Ninth, und er war ein irrer Typ. Wenn er plötzlich eine seiner verrückten Ideen hatte, konnte es passieren, daß wir im nächsten Moment zu den Rennen in Belmont oder zu einem Open-Air-Jazzkonzert auf Randall's Island düsten. Westlich von der Eighth, zwei oder drei Häuser die Fifty-seventh hinauf, gab es eine Bowlingbahn, und als er sich eines Tages in den Kopf gesetzt hat, daß wir alle zum Bowlen gehen sollten, sind wir mit sechs Mann über den Laden hergefallen, alle sturzbesoffen.«

»Nur das eine Mal?«

»Nur das eine Mal. Aber wir haben noch wochenlang darüber geredet.«

»Was ist aus ihm geworden?«

»Skip? Der ist ein paar Jahre später gestorben. Akute Bauchspeicheldrüsenentzündung. Allerdings wurde auf dem Totenschein des Verblichenen nicht erwähnt, daß er an gebrochenem Herzen starb. Aber das wäre jetzt eine zu lange Geschichte, und außerdem kennt Elaine sie schon.«

»Und die Bowlingbahn gibt es vermutlich auch nicht mehr.«

»Schon lange nicht mehr, genauso wenig wie das Gebäude, in dem sie sich befand.«

»Ich hab auch mal gebowlt. Bin mir wie ein Idiot vorgekommen. Das sah so einfach aus, aber ich hab's nicht auf die Reihe gekriegt.«

»Mit der Zeit hat man den Bogen raus.«

»Das kann ich mir schon vorstellen. Aber wenn du's mal kannst, ist es doch immer und immer wieder dasselbe. Ich seh diese Typen manchmal im Fernsehen, und die sind wirklich gut, aber ich warte immer drauf, daß sie mal mitten im Spiel einschlafen. Wie sind wir jetzt eigentlich auf das Thema gekommen?«

»Du hast damit angefangen.«

»Die Tasche. Nachdem sie den Kopf also nie gefunden haben, frage ich mich, ob sie wenigstens die Tasche gefunden haben. Nicht, daß das irgendeine Rolle spielt. Was ich sagen will: Schöner Freund, den du da hast.«

»Du bist ihm ja schon mal begegnet.«

»Ja.«

»Er ist, wie er ist. Er kann sehr charmant sein, aber er ist ein Verbrecher durch und durch, und an seinen Händen klebt eine Menge Blut.«

»Ich hab ihn immer nur dann getroffen, wenn ich mit dir zusammen in der Kneipe war, die jetzt nur noch Kleinholz ist.«

»*Grogan's*.«

»Schwarze waren da nicht gerade viele.«

»Nein.«

»Keine schwarzen Angestellten, keine schwarzen Gäste.«

»Nein.«

»Der Typ war höflich mir gegenüber und alles, aber da drin war mir die ganze Zeit verdammt bewußt, welche Hautfarbe ich habe.«

»Das kann ich mir gut vorstellen. Mick ist ein irischer Junge aus einem Problemviertel, und Leute wie er haben im Bürgerkrieg bei den Krawallen gegen die Einführung der Wehrpflicht Schwarze an Laternenpfählen aufgehängt. Nicht sehr wahrscheinlich, daß er am Martin-Luther-King-Gedenktag die Fenster schmückt.«

»Vermutlich benutzt er ziemlich oft das N-Wort.«

»Tut er.«

»Nigger, Nigger, Nigger.«

»Klingt ganz schön bescheuert, wenn du's so oft sagst.«

»Das ist mit fast jedem Wort so. Du sagst, er ist, wie er ist. Das ist doch bei uns allen so.«

»Aber vielleicht hast du keine Lust, für ihn zu arbeiten.«

»Auf jeden Fall nicht in seiner Kneipe. Allerdings sieht sie sowieso nicht so aus, als wäre da bald wieder was los. Aber das hast du auch nicht gemeint.«

»Nein.«

»Wir haben vor ein paar Tagen bereits für ihn gearbeitet, stimmt's? Ist er seitdem noch rassistischer drauf?«

»Vermutlich nicht.«

»Warum sollte ich also plötzlich nicht mehr für den Mann arbeiten wollen?«

»Weil es gefährlich und illegal ist«, sagte Elaine. »Du könntest ganz schön Ärger mit der Polizei bekommen, du könntest sogar umgebracht werden.«

Er grinste. »Tja, das klingt doch echt cool. Aber ich spüre, daß da noch ein Haken bei der Sache ist.«

»Du findest das wohl lustig, wie?«

»Du etwa nicht? Warum kannst du dir dann nur mühsam das Lachen verkneifen?« Dann sagte er zu mir: »Und was genau werden wir nun tun? Uns ein paar Gewehre schnappen und zum OK Corral reiten?«

Ich schüttelte den Kopf. »Ich glaube, dafür sind wir beide nicht geeignet. Vermutlich kommt so was auch irgendwann, aber das sollen dann andere machen. Im Moment weiß sowieso niemand, wo unser OK Corral ist oder wer dort auf der Lauer liegt.«

»Wenn ich mich richtig erinnere, waren das die Clantons.«

»Nur diesmal haben die Clantons weder Namen noch Gesichter. Was ansteht, ist also Detektivarbeit.«

»Und wir sind Detektive.« Er kratzte sich am Kopf. »Mit E-Z Storage sind wir nicht sonderlich weit gekommen. Tatsache ist, wir haben alles rausgefunden, was rauszufinden war, und die Sache dann abgehakt.«

»Viel mehr haben wir jetzt auch nicht, aber immerhin ein bißchen.«

»Der Typ, der deinen Freund erschossen hat.«

»Das ist das eine. Im Moment wissen wir von ihm vor allem, daß er schwarz ist.«

»Das grenzt es ein.«

»Das tut es wahrhaftig, wir wissen nämlich auch noch, daß er ein Profikiller ist. Und er hat die Sache vermasselt und die falsche Person erschossen.«

»Das könnte sich rumsprechen.«
»Vielleicht. Punkt zwei, der Schütze im *Grogan's*.«
»Ein Asiat.«
»Südostasiat, so wie es aussah.«
»Stimmt, du hast ihn ja gesehen. Ich dachte gerade, die haben den doch im Fernsehen gar nicht gezeigt, aber du hast ihn ja aus nächster Nähe gesehen.«
»Aus größerer Nähe, als mir lieb war. Sie haben weder seinen Namen noch sonst irgendwas über ihn bekanntgegeben, aber das heißt nicht, daß sie seine Identität nicht kennen.«
»Seinen Namen rauskriegen und rausfinden, mit wem er rumgehangen ist.«
»So stelle ich mir das vor. Unser dritter Ansatzpunkt sind die beiden Männer, die mich ein paar Blocks von hier überfallen haben.«
»Und dir eine reingehauen haben, bis du beschlossen hast, ihnen eine reinzuhauen.«
»Den einen habe ich so deutlich gesehen, daß ich ihn jederzeit wiedererkennen würde.«
»Glaubst du, er lebt in New York?«
»Müßte er eigentlich. Wieso?«
»Weil wir ihn dann ganz einfach finden können. Wir fahren rum, schauen uns die Leute an und fischen aus acht Millionen Gesichtern seins raus.«
»Tja, das ist eine Möglichkeit.«
»Aber du weißt noch eine andere.«
»Ja. Die Sache ist nur, viel besser als deine ist sie auch nicht.«
»Tja, wir sind ja flexibel. Erst versuchen wir's mit deiner Methode, und wenn nichts dabei rauskommt, gehen wir zu meiner über.«

KAPITEL 15

»George Wister ist kein übler Kerl«, sagte Joe Durkin. »Ein guter Bulle und ein angenehmer Mensch. Er weiß nicht, was er von dir halten soll. Weißt du was? Ich bin mir auch nicht sicher, ob ich noch weiß, was ich von dir halten soll.«
»Was willst du damit sagen?«
»Du hast dich gestern abend mit deinem Freund zum Essen ge-

troffen. Du bist aufs Klo gegangen, und er wurde erschossen. Und du konntest dir absolut nicht vorstellen, warum jemand den guten alten Jim hätte umbringen wollen.«

»Das kann ich auch immer noch nicht.«

»So'n Quatsch. Ist das dieselbe Jacke, die du gestern abend anhattest?«

»Wieso?«

»Die gleiche, wie sie auch dein Freund trug. Verarsch mich nicht, okay? Du solltest eigentlich das Opfer sein. Du sitzt nur deshalb jetzt hier, weil du im richtigen Moment zum Pinkeln gegangen bist.«

Wir hatten uns in einem griechischen Café an der Eighth getroffen, nur einen Block vom *Lucky Panda* entfernt. Ein anderer Treffpunkt wäre mir deutlich lieber gewesen, aber ich hatte schon seinen ersten Vorschlag abgelehnt, den Mannschaftsraum in Midtown North, und meine Vorstellung von einem Treffen außerhalb des Viertels, irgendwo in Chelsea oder im Village, hatte ihm ganz und gar nicht behagt.

Als ich ankam, saß er bereits in einer der hinteren Nischen, trank Kaffee und aß ein Stück Kirschkäsekuchen. Er meinte, der Kuchen sei gut und ich solle mir auch einen bestellen, aber ich sagte dem Kellner, ich wolle nur eine Tasse Kaffee. Joe sagte, es sei gut, daß wir im Viertel geblieben wären, es würde nämlich bald regnen. Ich antwortete, daß sie schon seit Tagen Regen ankündigten und es trotzdem nie regnete. Daraufhin sagte er, daß die Vorhersage früher oder später schon zutreffen werde, und dann brachte der Kellner meinen Kaffee, und wir kamen zum eigentlichen Thema.

Jetzt sagte ich gerade: »Das mag wohl so sein. Ich war offensichtlich das eigentliche Ziel des Schützen.«

»Und um darauf zu kommen, hast du bis heute gebraucht?«

»Wister hat gestern abend schon mal so was angedeutet. Mehr so nebenbei, nachdem er ausgiebig die Möglichkeit breitgetreten hatte, daß Jim Greencards und Wertpapiere für die Mafia gedruckt hat. Entsprechend ernst habe ich das dann genommen.«

»Und wann hast du es dir anders überlegt?«

»Als ich mich mit Mick Ballou unterhalten habe.«

»Deinem Freund.«

»Er ist einer von meinen Freunden, ja. Das weißt du.«

»Und du weißt, was ich davon halte. Eine Menge Bullen haben sich mit solchen Freunden ganz schön Ärger eingehandelt. Kumpel aus dem alten Viertel, die den einen Weg einschlugen, während man selbst den anderen ging.«

»Ich bin nicht mehr bei der Polizei.«

»Nein, das bist du nicht.«

»Außerdem haben Ballou und ich uns damals noch gar nicht gekannt. Ich habe meinen Abschied schon Jahre, bevor ich ihn kennengelernt habe, genommen.«

»Und ihr beide habt euch auf Anhieb verstanden, wie?«

»Seit wann muß ich mich vor dir für meine Freunde rechtfertigen? Du bist auch mein Freund, aber Ballou macht mir deswegen nie die Hölle heiß.«

»Tatsächlich? Dann ist er wohl nicht so engstirnig wie ich. Wo waren wir doch vorher gerade? Du sagtest, du hättest deine Meinung geändert, nachdem du mit deinem guten Freund, dem Mörder, geredet hast. Wann war das?«

»Nachdem ich von Wister weg bin. Ich bin auf dem Heimweg bei ihm vorbeigegangen.«

»Direkt auf deinem Heimweg liegt das aber nicht gerade. Du bist zur Ninth rübergegangen und dann statt nach rechts nach links abgebogen. Ich nehme mal nicht an, daß du da wegen einem Drink eingekehrt bist.«

»Ich hatte gerade einen Freund verloren und hatte das Bedürfnis, mit einem Freund zu reden. Und als ich dort war, hat er mir erzählt, daß er Probleme hat.«

»Ach so?«

»Ein Kumpel, der das eine oder andere für ihn erledigt hat, wurde in einem Müllcontainer auf der Eleventh Avenue gefunden.«

»Peter Rooney, und ›das eine oder andere‹ hatte mit Ballous Rolle als Kredithai zu tun. Was hat der arme Kerl verbrochen? Ein paar Dollar nicht abgeliefert, und daraufhin hat Ballou ihn in den Müllcontainer befördert?«

»Er hat keine Ahnung, wer Rooney umgebracht hat, aber ich nehme an, es hat noch weitere Vorfälle gegeben. Den Andeutungen nach zu urteilen, die er gemacht hat, versucht wohl jemand, ihn aus dem Geschäft zu drängen. Als ich ihm von den Schüssen auf Jim erzählt habe, hat er spontan gesagt, ich müßte das eigentlich Ziel gewesen sein, und zwar, weil ich mit ihm befreundet bin.«

»Das hat er also zu dir gesagt.«

»Ja.«

»Und er hat vermutlich nicht erwähnt, wer da gerade versucht, ihm die Daumenschrauben anzulegen?«

»Er sagte, er wüßte es nicht.«

»So als ob man von einem heimlichen Verehrer Rosen geschickt bekommt? Außer daß es statt Rosen Morddrohungen sind?«

»Vielleicht weiß er es ja auch und wollte es mir nur nicht sagen.«

»Ja, und vielleicht hat er es dir auch gesagt, und du bist derjenige, der nicht darüber reden will. Was ist danach passiert?«

»Was danach passiert ist?«

»Ja. Was hast du dann gemacht?«

»Ich bin nach Hause gegangen. Ich könnte nicht behaupten, daß ich das alles sonderlich ernst genommen hätte. Warum sollte mich eine Freundschaft zum Ziel eines professionellen Mordanschlags machen?« Ich zuckte mit den Schultern. »Ich konnte nicht schlafen. Ich bin noch lange auf gewesen, habe in der Küche gesessen, Kaffee getrunken und um meinen Freund getrauert.«

»Deinen Freund Jimmy.«

»Jim. Niemand hat ihn je Jimmy genannt.«

»Dann also dein Freund Jim. Im Gegensatz zu deinem Freund Mick.«

Ich hatte keine Lust, darauf einzugehen, und sagte: »Elaine hat mich gegen Mittag geweckt. Nachdem sie von dem Vorfall im *Grogan's* gehört hatte.«

»Dem Vorfall.«

»Der Bombe. Obwohl ich annehme, es war mehr als das. Es sind auch Schüsse gefallen, oder?«

»Sag du es mir.«

»Wieso ich?«

Er nahm seine leere Kaffeetasse und klopfte damit auf den Rand der Untertasse. »Nach allem, was ich gehört habe, warst du dort.«

»Ich habe dir doch gerade erzählt, daß ich dort war. Und dann bin ich nach Hause gegangen, und zwei Stunden später muß die Kacke dann wohl zu dampfen angefangen haben.«

»Zwei Stunden später.«

»Vielleicht auch drei.«

»Ich hab da was anderes gehört.«

»Hat jemand behauptet, ich wäre dort gewesen, als es passiert ist?«

»Genau, Matt.« Er sah mich prüfend an. »Genau das habe ich gehört.«

»Und wer behauptet das?«

»Die Aussage liegt vor. Möchtest du deine Geschichte nochmal überdenken?«

»Meine Geschichte? Es gibt keine Geschichte. Ich habe dir erzählt, was passiert ist.«

»Du warst also nicht mal in der Nähe, als dort die Hölle losbrach?«

»Nein.«

Er runzelte die Stirn. »Hat vermutlich mit den langen Jahren bei der Polizei zu tun. Wenn ein Bulle eins lernt, dann, wie man eine Lüge erzählt und keinen Millimeter davon abweicht. Das ist wie Fahrradfahren, oder? Man verlernt es nie.«

»Du glaubst also, ich lüge dich an?«

»Wie kommst du darauf?«

»Tja, ich glaube, du hast mich angelogen. ›Die Aussage liegt vor.‹ Niemand hat ausgesagt, daß ich im *Grogan's* war. Das war bloß ein Versuchsballon.«

Er spreizte die Hände. »Wir hatten die Beschreibung von zwei Männern, die den Tatort verlassen haben. Einer davon war Ballou, der andere hättest du gewesen sein können.«

»Wie lautete die Beschreibung? Männlicher Weißer mit zwei Armen und zwei Beinen?«

»Na gut, der Punkt geht an dich. Die Beschreibung hätte auf das halbe Revier zutreffen können. Wenn es auch noch ›Landplage‹ geheißen hätte, hätte ich keine Zweifel mehr gehabt. Das war vielleicht nur ein Versuchsballon, aber das muß nicht heißen, daß ich falsch liege. Verdammt, ich glaube immer noch, daß du dort warst.«

»Tja, dies ist ein freies Land. Du kannst glauben, was du magst.«

»Da bin ich ja froh, daß du mir das erlaubst. Wenn wir schon dabei sind – möchtest du mir nicht dein Wort geben, daß du während des Überfalls nicht dort warst?«

»Wozu? Du hast mir doch gerade verklickert, daß mein Wort nichts gilt.«

»Ein bißchen was gilt es vermutlich schon noch. Sonst würdest du dich jetzt nicht so zieren. Ich bin mir nicht sicher, was für ein Spiel du da gerade spielst – gefallen tut es mir jedenfalls nicht. Worauf soll das Ganze eigentlich hinauslaufen, hast du dir darüber schon mal Gedanken gemacht, verdammt nochmal?«

»Ich glaube, ich verstehe die Frage nicht.«

»Vielleicht versuchst du ja nur, dein Leben zu retten, und wenn das so wäre, könnte ich dir nicht mal einen Vorwurf machen. Aber jetzt zu einer Frage, die du geradeheraus beantworten kannst: Warst du heute Nachmittag dort?«

»Wo? Im *Grogan's*?«

»Ja. Bist du zufällig vorbeigegangen und hast einen Blick darauf geworfen?«

Ich schüttelte den Kopf. »Ich bin auf dem schnellsten Weg hierhergekommen. Nach allem, was sie im Fernsehen gebracht haben, gibt's da im Moment außer Sperrholz sowieso nichts zu sehen.«

»Wirklich eine Schande, daß du nicht gesehen hast, was ich heute morgen gleich zum Beginn meiner Schicht zu sehen bekommen habe. Die Leichen hatten sie da schon abtransportiert, aber es gab genügend Fotos.«

»Da bist du wirklich nicht zu beneiden.«

»Was das angeht, beneide ich wiederum nicht die armen Schweine, die als erste am Tatort waren. Was für ein verdammter Alptraum!« Er legte den Kopf auf die Seite. »Wenn du die Fotos gesehen hättest, wäre dir vielleicht jemand bekannt vorgekommen?«

»Was willst du damit sagen?«

»Sagt dir der Name Lisa Holtzmann was?«

»Natürlich«, sagte ich ohne zu zögern. »Ich hatte vor ein paar Jahren mal mit ihr zu tun. Sie war meine Klientin. Ihr Mann war erschossen worden, während er telefonierte.«

»Aus Versehen erschossen, wie sich herausstellte. Wie dein Freund gestern abend.«

»Was ist mit Lisa? Was sie gestern abend im *Grogan's*?«

»Wußtest du das nicht?«

»In den Nachrichten war von ihr nicht die Rede.«

»Sie war dort. Und wenn ich es mir richtig überlege, hättest du sie nach dem Foto vielleicht doch nicht erkannt. Was ich gesehen habe, taugte nicht für einen offenen Sarg.«

»Ich habe sie die letzten Jahre ab und an mal im Viertel gesehen. Allerdings nie im *Grogan's*, soweit ich mich erinnern kann.«

»Als du vorbeigegangen bist, war sie noch nicht da?«

»Könnte sein. Vielleicht. Aber wenn, dann habe ich sie nicht gesehen.«

»Falls sie schon dort war, wäre sie besser mit dir nach Hause gegangen. Du hättest sie nach Hause bringen können.«

»Worauf willst du hinaus?«

»Ich weiß es selbst nicht. Matt, wenn du Informationen zurückhältst, die zur Aufklärung des Falls beitragen könnten, dann tust du damit niemandem einen Gefallen. Ich hätte jetzt gern mal ein paar klare Antworten. Weißt du, wer deinen Freund Faber erschossen hat?«

»Nein. Man hat mir gesagt, es sei ein Schwarzer gewesen. Aber ich selbst habe ihn nicht gesehen.«

»Für mich klingt es, als wäre der Mann ein Profi. Hast du eine Ahnung, wer sein Auftraggeber ist?«

»Nein.«

»Oder was sich hinter dem Schlamassel im *Grogan's* verbirgt?«

»Nein, aber ich halte es für ziemlich wahrscheinlich, daß dieselbe Person dahintersteckt, die den Mord an Jim in Auftrag gegeben hat.«

»Und du weißt nicht, wer das sein könnte, und Ballou ebensowenig.«

»Außer er verschweigt mir irgendwas.«

»Was du aber nicht glaubst?«

»Ich wüßte nicht, warum er das tun sollte. Habe ich nicht in den Nachrichten gehört, daß der Schütze im *Grogan's* ein Asiat war?«

»Einer von den beiden zumindest. Von dem zweiten Mann wissen wir nicht das Geringste.«

»Ich wußte gar nicht, daß es auch noch einen zweiten Mann gab.«

»Der Bombenwerfer. Außer der eine hätte beides gemacht, geschossen und die Bombe geworfen, aber das ist doch ziemlich unwahrscheinlich. Die Zeugenaussagen legen nahe, daß da noch ein zweiter Mann war, aber es ist noch nicht ganz schlüssig.«

»Aber der Schütze war ein Asiat.«

»Vietnamese. Kam das nicht in den Nachrichten?«

»Falls doch, habe ich es nicht mitgekriegt. Ich habe nur gehört, daß es ein Asiat war.«

»Vielleicht haben sie die Information noch nicht rausgegeben. Frag mich nicht nach dem Namen, aber wir haben eine Akte über ihn, mit Fingerabdrücken und Fotos, Porträt und Profil. Die Akte haben wir schon seit ein paar Jahren.«

»Also ein alter Bekannter?«

»Er war ein schwieriger Jugendlicher. Erinnerst du dich noch an Born To Kill? Eine Schlitzaugengang aus Downtown, die vor ein paar Jahren eine Menge Schlagzeilen gemacht hat, weil sie mordlüsterner war als der Vietcong?«

»Waren das nicht die, die mal auf einer Hochzeitsfeier in Jersey wild um sich geschossen haben?«

»War es eine Hochzeit oder eine Beerdigung? Egal, jedenfalls haben die ganzen alten Mafiosi nur noch den Kopf geschüttelt und sich gefragt, was bloß aus dieser Welt geworden ist. BTK hat jedenfalls in Chinatown vor allem Schutztruppen am Laufen gehabt und den Tongs ganz schön viel Ärger gemacht, der übliche Erste-Generation-Scheiß eben. Daß du nichts mehr von denen hörst, liegt daran, daß die meisten tot oder im Knast sind. Oder beides, wie unser Freund von gestern abend. Er hat oben im Norden drei Jahre wegen Raub und Körperverletzung abgesessen, und gestern nacht hat man ihn dann tot am Tatort gefunden.«

Er lehnte sich zu mir herüber. »Irgend jemand hat ihm die Lichter ausgeblasen. Vielleicht warst du das, mit der Knarre, die du da in der Jacke hast.«

»Das ist eine .38er. War das das Kaliber der Kugel, die ihr aus der Leiche rausgeholt habt?«

»Diese nette Aufgabe haben wir dem Leichenbeschauer überlassen. Aber ins Jenseits wurde er mit drei Schüssen aus einer .45er befördert. Seit wann trägst du eine Waffe?«

»Seit ich heute morgen die Nachrichten gesehen habe. Ich habe auch einen Waffenschein, falls dich das beruhigt.«

»Da fällt mir ja ein Stein vom Herzen.«

»Wie hieß er?«

»Wer, das tote Schlitzauge? Die heißen doch alle gleich.«

»Wie praktisch. Du brauchst nur einmal zu rufen, und schon kommen sie alle angerannt.«

»Du weißt schon, was ich meine. Die haben alle solche Namen wie das, was du im Restaurant bestellen würdest, wenn du rauskriegen könntest, wie man es ausspricht. Der hier hatte einen Namen, der mit *NG* anfing, und selbst wenn ich ihn noch wüßte, könnte ich ihn nicht aussprechen.«

»Falls du mal keine Lust mehr hast, als Bulle zu arbeiten, könntest du ja zur UN gehen.«

»Oder ins Außenministerium und denen mal ein bißchen was zum Thema Diplomatie beibringen. Wieso interessierst du dich für den Namen von irgend so einem toten Schlitzauge?«

»Einfach so.«

»Einfach so klang das aber nicht. Womit hältst du hinterm Berg?«

»Mit gar nichts.«

»Und das soll ich dir jetzt glauben?«

»Glaub doch, was du willst.«

»Hör mal, du hast eine Lizenz vom Staat New York. Du kannst nicht einfach Beweismaterial zurückhalten.«

»Ich habe kein Beweismaterial, das ich zurückhalten könnte. Falls ich irgendeinen Verdacht oder irgendeine Theorie habe, dann ist das kein Beweismaterial, und ich bin nicht verpflichtet, darüber zu reden.«

»Wenn du letzte Nacht dort warst, dann ist das, was du gesehen hast, auch Beweismaterial.«

»Ich war im Bad, und was ich dort gesehen habe, war mein eigenes Gesicht im Spiegel, und ich habe Wister bereits gesagt ...«

»Ich rede vom *Grogan's*. Du Mistkerl, du *wußtest*, daß ich vom *Grogan's* rede.«

»Ich hab dir doch schon gesagt, daß ich gegangen bin, bevor es irgendwas zu sehen gab.«

»Du warst zu Hause und bist in deiner Küche gesessen.«

»Genau.«

»Und hast Kaffee getrunken. Machst du das immer, wenn du nicht schlafen kannst? Kaffee trinken?«

»Hätte ich mich doch bloß erst bei dir erkundigt, dann hättest du mir sagen können, daß ich besser warme Milch trinken sollte.«

»Du findest das vielleicht witzig. Aber warme Milch ist wirklich das beste, bevor du ins Bett gehst. Und noch besser ist es, wenn man sie mit einem Schuß Scotch versüßt. Aber den Scotch würdest du vermutlich weglassen, oder?«

»Anzunehmen.«

»Vielleicht aber auch nicht. Vielleicht genehmigst du dir ja gelegentlich einen. Hängst du deshalb so gern bei deinem Freund, dem Gangster, rum? Um dir ab und zu heimlich einen hinter die Binde zu kippen?«

»Bis jetzt nicht.«

»Tja, kann ja noch kommen. Was hat denn dein anderer Freund davon gehalten, daß du mit billigen Ganoven in Kneipen rumhängst? Ich wette, er fand das eine klasse Idee.«

»Was soll das Ganze eigentlich?«

»Was das soll? Ich glaube immer noch, daß du letzte Nacht dort warst.«

»Egal, was ich sage.«

»Egal, was du sagst. Du warst im *Grogan's*, als die Kacke am Dampfen war, und du mußt ganz schön was abgekriegt haben, sonst könntest du jetzt nicht soviel davon verzapfen. Weißt du, was er am liebsten täte? George Wister? Er würde am liebsten einen Gerichtsbeschluß erwirken und dich verhaften.«

»Wenn er will, kann er das gern tun.«

»Wie nett, daß du so großzügig bist.«

»Nur daß er nichts erfahren wird, was er nicht schon weiß.«

»Matt, Matt, Matt. Und ich dachte, wir wären Freunde.«

»Das dachte ich auch.«

»Außer daß es immer heißt, Bullen können nur mit Bullen befreundet sein, und du bist schließlich kein Bulle mehr, nicht wahr?«

»Ich bin immer noch, was ich war, als wir uns kennengelernt haben.«

»Ich habe den Eindruck, du hast dich verändert. Aber vielleicht auch nicht.« Er lehnte sich zurück. »Bringen wir die Sache zu Ende. Ich weiß nicht, wie tief du in dieser Geschichte drinsteckst, aber der eigentliche Grund, warum ich hier bin, ist, dich zu warnen. Halt dich verdammt nochmal von Ballou fern.«

Ich schwieg.

»Ballou ist ein toter Mann, Matt. Gestern abend hätte es jemand beinahe geschafft, der Welt einen großen Gefallen zu tun. Er konnte der Kugel nochmal ausweichen, aber nächstes Mal klappt das vielleicht nicht mehr. Und du weißt, daß es ein nächstes Mal geben wird.«

»Außer wenn erstklassige Polizeiarbeit zu einer schnellen Verhaftung der Verantwortlichen führt.«

»Bei all der Unterstützung, die wir von der Öffentlichkeit bekommen, dürfte das wohl ein Klacks sein. Aber darum geht es nicht. Sondern darum, daß er auf alle Fälle untergeht. Er steht im Mittelpunkt einer großangelegten polizeilichen Untersuchung. Wenn ihn die nächste Bombe oder die nächste Kugel nicht erwischt, geht er eben in den Knast.«

»Noch ist er nicht drin.«

»Bisher hatte er ein vom Glück gesegnetes Leben. Aber auch ein vom Glück gesegnetes Leben währt nicht ewig.«

Ein vom Pech verfolgtes auch nicht. »Ein Freund braucht Hilfe, und ich soll ihn fallen lassen.«

»Wie eine heiße Kartoffel. Er sitzt tief in der Scheiße, und er hat jedes Gramm davon verdient. Und wenn du direkt daneben stehst, gehst du mit ihm unter. Himmel, Matt, bist du echt zu dämlich, um zu kapieren, daß ich dir einen Gefallen tun will? Für was rede ich mir hier eigentlich den Mund fusselig?«

KAPITEL 16

Als ich zu Hause ankam, benutzte ich – wie schon beim Gehen – den Lieferanteneingang. Auf dem Anrufbeantworter waren zwei neue Nachrichten. Die eine war von Ray Gruliow. Er hatte mit Mark Rosenstein gesprochen, und ich hatte jetzt offiziell den Auftrag, im Interesse von Rosensteins Mandanten, einem gewissen Michael Francis Ballou, Untersuchungen durchzuführen. Die andere war von Denis Hamill von den *Daily News*, der sich von mir etwas Zitierbares für seinen Artikel über den Tod einer großen Kneipe erhoffte. Ich rief ihn zurück und sagte ihm, das *Grogan's* sei nicht tot, es schlafe nur.

Nachdem ich Ray Galindez in der Arbeit nicht erreichen konnte, rief ich bei ihm zu Hause an. Seine Freu Bitsy nahm ab. Sie fragte mich, wie es Elaine ginge, und erzählte mir, was es bei ihren Kindern Neues gab. Dann sagte sie: »Ich nehme an, du willst den Chef sprechen«, und ich wartete, bis Ray ans Telefon kam.

»Ich brauche deine Hilfe«, sagte ich, »aber es muß unter uns bleiben.«

»Kein Problem. Mit wem soll ich arbeiten?«

»Mit mir. Ich habe gestern jemanden gesehen, von dem ich gern ein Bild hätte.«

»Dann ist es ja einfach. Mit dir kann man gut arbeiten. Es gibt Leute, die wollen es einem unbedingt recht machen. ›Ja, das ist gut, genauso sieht er aus‹ – dabei sieht er überhaupt nicht so aus, aber sie haben Angst, sie könnten meine Gefühle verletzen. Wann sollen wir's machen? Ich würde ja sagen, gleich heute, aber wir haben den Abend schon verplant, mit Bitsys Schwester und ihrem Trottel von Ehemann. Tu mir doch einen Gefallen – sag, es ist so wichtig, daß ich das Treffen absagen muß.«

»So wichtig ist es nicht.«

»Schade. Wie wär's dann mit morgen? Zur Zeit bin ich in Bushwick.«

»Ich weiß, da habe ich zuerst versucht, dich zu erreichen.«

»Ja, eigentlich müßte ich heute arbeiten, aber ich habe mir einen Tag freigenommen. Mein Ältester hatte heute ein Fußballspiel, und da wollte ich unbedingt dabeisein. Eins sage ich dir, wenn ich so sehe, wie er spielt, dann sollte er wohl besser Künstler werden wie sein alter Herr.«

»Da gibt es doch Schlimmeres.«

»Vermutlich. Soll ich morgen bei dir vorbeikommen? Um vier habe ich Feierabend, und das Revier ist direkt bei der U-Bahn. Bis fünf könnte ich es locker schaffen.«

»Vielleicht sollte ich besser zu dir kommen.«

»Echt? Das ist mir natürlich auch recht. Eine U-Bahn-Fahrt weniger. Willst du im Revier vorbeikommen? Ich habe massenhaft Zeit und kaum was zu tun.«

»Das wäre vielleicht ein bißchen zu öffentlich.«

»Stimmt, du wolltest ja, daß das unter uns bleibt. Dann ist das wohl nicht so eine tolle Idee. Bei euch in der Gegend war ja letzte Nacht schwer was los.«

»Ja, es war übel. Sag mal, wäre es sehr aufdringlich, wenn ich zu euch nach Hause käme? Wenn du um vier Uhr Schluß hast – wie wäre es dann um fünf? Wäre das okay?«

»Das wäre prima. Bitsy freut sich sicher, dich zu sehen. Bring doch Elaine mit. Ich habe ein paar neue Sachen gemacht, aber ich konnte noch nicht den Mut aufbringen, bei ihr vorbeizugehen und sie ihr zu zeigen. Kommt doch um fünf und bleibt dann gleich zum Essen.«

»Ich werde wohl allein kommen. Und ich fürchte, ich kann nicht zum Essen bleiben.«

Ich versuchte, TJ drüben im Hotel zu erreichen, und als er nicht abnahm, rief ich die Nummer seines Piepsers an. Der Fernseher lief, als er zurückrief, und ich drückte den Ton weg, während sich der Anrufbeantworter einschaltete und ihn bat, nach dem Signal eine Nachricht zu hinterlassen. »Ich weiß, daß du da bist«, sagte er. »Schließlich hast du mich gerade angepiepst, also ...«

»Also wer so schlußfolgern kann, muß wohl ein Detektiv sein. Wo bist du?«

»Du bist doch selbst Detektiv. Jetzt rate mal.«

Er mußte den Hörer in Richtung der Menge gehalten haben, denn die Hintergrundgeräusche wurden lauter.

»Flughafen O'Hare«, sagte ich.

»Restaurant *Morning Star*.«

»Da lag ich ja nur knapp daneben."

»Hat etwas länger gedauert, bis ich dich zurückrufen konnte, da war nämlich vor mir eine Frau am Telefon, die hat mich 'ne Zeitlang warten lassen. Sie hat eine Münze eingeworfen, die Nummer gewählt und dann ewig nichts gesagt. Ist nur mit dem Hörer am Ohr dagestanden. Beinahe wäre mir rausgerutscht, ist wohl niemand zu Hause, wenn bis jetzt keiner abgenommen hat – wie lange wollen Sie es denn noch klingeln lassen?«

»Sie hat ihre Nachrichten abgehört.«

»Ja, da bin ich dann auch drauf gekommen, aber es hat 'ne Weile gedauert. Was ich übrigens gemacht hab – ich dachte, ich hör was auf der Straße, aber da erzählen auch alle nur den gleichen Scheiß wie die in den Fernsehnachrichten. Warst du beim *Grogan's*?«

»Nein.«

»Tja, da würdest du auch nur deine Zeit verschwenden. Da gibt's nix zu sehen. Es ist genauso, wie sie's im Fernsehen gebracht haben, vernagelt mit Sperrholzplatten. Und die Türen sind mit gelbem Absperrband abgeriegelt und mit *Betreten verboten*-Schildern zugepflastert.«

»Was vermutlich auch ganz sinnvoll ist.«

»Mir soll's recht sein. Da gibt's nichts, was ich noch ein zweites Mal sehen müßte. Ich hab einfach ein paar Fragen gestellt. Ich hatte mir ein Button-down-Hemd angezogen und ein Klemmbrett mitgenommen, also dachten alle, ich hätte das Recht dazu.«

»Von jetzt ab solltest du dich vielleicht lieber an Fragen halten, die sich elektronisch beantworten lassen.«

»Du meinst Fragen an das Internet? Ein paar Dinge muß man trotzdem noch auf die altmodische Art machen. Wenn du eine Antwort von der Straße brauchst, mußt du die Frage auch auf der Straße stellen.«

»Und ich habe die eine oder andere Frage im Café gestellt. Der Schütze im *Grogan's* war Vietnamese und Mitglied von Born to Kill. Er ist im Knast gesessen wegen Raubüberfall und Körperverletzung, und sein Name fängt mit *NG* an.«

»Wenn das nicht die Abkürzung für ›nichts Gutes‹ ist, hieß er vermutlich Nguyen.«

»Könnte sein. Oder auch nicht. Ich weiß nicht, ob es sich dabei um seinen Vor- oder seinen Nachnamen handelt, und selbst bei dem *NG* bin ich nicht hundertprozentig sicher.«

»Ziemlich viel, was du nicht weißt.«

»Und es wird von Tag zu Tag mehr, will mir scheinen.«

»Was Vor- und Nachnamen angeht, ist das bei den Asiaten sowieso schwer auseinanderzuhalten. Bei denen kommt erst der Nachname. Bei Mao Zedong zum Beispiel ist Mao der Familienname. Aber wenn du mit dem Typen per Du wärest, was vermutlich nicht ganz einfach wäre, selbst wenn er noch leben würde, würdest du ihn trotzdem Mao nennen.«

»Faszinierend.«

»Aber vielleicht ist das bei den Vietnamesen auch anders. Und egal, ob Vor- oder Nachname, wir haben nur die zwei Anfangsbuchstaben.«

»Wenn du dich ein bißchen umhörst, findest du die restlichen vielleicht auch noch raus.«

»Vielleicht.«

»Und wenn man dann noch rausfinden könnte, wo er im Knast saß und wen er da alles kennengelernt hat ...«

»Das ist vom Schreibtisch aus gar nicht so einfach. Gefängnisse und Behörden und ähnliches haben Sicherungssysteme. Da kommt man nur schwer rein, und wenn man's schafft, hinterläßt man eine Spur, die sie zurückverfolgen können. Du sagst, der Typ war bei Born to Kill?«

»Das habe ich gehört.«

»Dann sollte ich mich wohl besser umziehen. Ein blaues Buttondown-Hemd ist da, wo ich hin will, nicht so angesagt.«

»Sei vorsichtig.«

»Muß ich wohl. Genau wie der Typ gesagt hat, stimmt's?«

»Welcher Typ?«

»Der, der im Wald gelebt und keine Steuern gezahlt hat. Das muß gewesen sein, bevor es Borreliose gab, als man sich so 'n Scheiß noch erlauben konnte. Du weißt schon, von wem ich rede. Der, der gesagt hat, man soll sich hüten vor Jobs, für die man sich aufbrezeln muß.«

»Thoreau.«

»Genau. Ich werde mich zwar abbrezeln, nicht aufbrezeln, aber letztlich läuft das auf das gleiche raus.«

»Hör mal, das ist da draußen nicht wie bei einem Videospiel. Da draußen fliegen richtige Kugeln.«

»Du meinst, die Spieler stehen nicht wieder auf, wenn man die nächste Münze einwirft?«

»Außerdem habe ich Elaine versprochen, daß ich nicht zulasse, daß man dich umbringt.«

»Echt? Das hast du ihr versprochen?«

»Was ist daran so lustig?«

»Tja weißt du – ich mußte ihr versprechen aufzupassen, daß dir nichts passiert. Wie sollen wir jetzt beide unser Wort halten?«

Wir aßen zu Hause. Elaine kochte ein Boeuf Stroganoff aus Zwiebeln und Tofu, was uns beiden ausgesprochen gut schmeckte, und dazu gab es einen großen grünen Salat. Nach dem Essen ging ich ins andere Zimmer und rief Beverly Faber an. Ich hatte es ein paar Stunden vorher schon mal versucht, aber dankbar aufgelegt, als das Besetztzeichen ertönte. Dieses Mal ging sie dran, und ich kämpfte mich durch das Gespräch. Bis ich wieder in die Küche kam, um Elaine zu erzählen, daß ich das Telefonat erledigt hatte, hatte ich bereits alles vergessen, was wir geredet hatten, sowohl was sie als auch was ich gesagt hatte. Irgend etwas von einer Beerdigung im Familienkreis und einem Gedenkgottesdienst ein paar Wochen später.

»Er hat jetzt seinen Frieden gefunden«, sagte Elaine.

»Den hatte er schon immer«, entgegnete ich. »Er war ein ausgesprochen friedlicher Mensch. Er war nicht immer glücklich – nur Idioten sind immer glücklich –, aber er konnte mit allem gut fertig werden. Du hattest recht. Die gute Beverly macht es einem nicht leicht, sie zu mögen.«

»Ich glaube, sie hat ihn wirklich geliebt.«

»Und er sie. Die beiden hatten es nicht immer leicht miteinander, aber sie haben es hingekriegt. Ich glaube, ich gehe jetzt zu einem Treffen.«

Ich zog eine Freizeitjacke an, die Elaine für mich ausgesucht hatte, eine aus Harris Tweed mit Aufnähern an den Ellbogen. Ich hatte sie schon vorher anprobiert, und sie verdeckte die Waffe besser als die andere Jacke.

»Die ist schwerer als deine Windjacke«, sagte Elaine und rieb am

Ärmel. »Aber man kann sie nicht zuziehen. Ist sie dir auch warm genug?«

»Die reicht völlig.«

»Nimm den Schirm mit. Es regnet zwar noch nicht, aber spätestens heute nacht geht es los.«

Ich öffnete den Mund, um zu widersprechen, dann schloß ich ihn wieder und schnappte mir den Schirm. »Kann sein, daß es spät wird.«

»Ich werde nicht aufbleiben, bis du kommst. Aber du kannst jederzeit anrufen. Ich warte, bis sich der Anrufbeantworter einschaltet, also bleib am Apparat, bis ich drangehe.«

»Mach ich.«

Sie drückte meinen Arm. »Und wag es ja nicht, dich umbringen zu lassen.«

In meiner Gruppe in St. Paul the Apostle findet an Werktagen jeden Abend ein Meeting statt. Die Gruppe, zu der man gehört, ist wie eine Familie, und ich sehnte mich nach ihr, aber ich fühlte mich noch nicht in der Lage, über gemeinsame Erinnerungen an Jim zu reden und Fragen nach dem genauen Ablauf des Mordes zu beantworten. In einer kleinen Stadt hätte ich jetzt ein Problem gehabt, aber hier in New York konnte ich aus Dutzenden von Meetings auswählen.

Ich stieg am Columbus Circle in die U-Bahn und fuhr bis zur Ninety-sixth Ecke Broadway. Das Meeting fand im Keller einer Kirche statt – wie so häufig –, und ich war ein paar Minuten zu früh dort und schenkte mir erstmal einen Kaffee ein. Ich kannte niemanden, und das war mir gerade recht. Ich wollte an einem Meeting teilnehmen, aber ich wollte mit niemandem reden müssen.

Um acht Uhr eröffnete der Sprecher das Meeting. Er bat jemanden, die Präambel vorzulesen, und stellte dann die Hauptrednerin vor, eine Frau, die wie eine junge Vorortmatrone mit zwei Kindern und einem Golden Retriever aussah. Sie erzählte eine grauenvolle Geschichte, die vor allem von Drogen, aber auch von jeder Menge Alkohol handelte, und davon, wie sie bei dem Versuch, in Harlem Heroin zu beschaffen, mehrfach mit dem Messer bedroht und vergewaltigt worden war und wie sie in finsteren Löchern in Alphabet City für ein paar Züge an der Crackpfeife Männern einen geblasen hatte. Seit zwei Jahren war sie trocken und hatte wieder ein Leben. Außerdem hatte sie HIV, und ihr T-Zellen-Status war nicht gerade berauschend, aber ansonsten hatte sie bis jetzt keine Symptome, dafür aber große Hoffnungen.

»Wie auch immer«, schloß sie, »auf jeden Fall bin ich noch am Leben.«

Während der Pause warf ich ein paar Dollar in den Korb und genehmigte mir einen weiteren Kaffee und einen altbackenen Weizenkeks. Dann folgten ein paar Ankündigungen – die jährliche Tanzveranstaltung in sechs Wochen, ein paar Lücken in der Liste der Redner, ein Mitglied, das im Krankenhaus lag und sich über Anrufe freuen würde. Schließlich ging das Treffen mit einer Runde weiter, bei der jeder dran kam.

Hätte ich das vorher gewußt, wäre ich wahrscheinlich woanders hingegangen. Je näher die Reihe an mich kam, desto mehr verspannte ich mich. Wahrscheinlich war mir klar, daß ich etwas sagen sollte, und gleichzeitig wußte ich, daß ich nichts sagen wollte.

»Mein Name ist Matt«, sagte ich, »und ich bin Alkoholiker. Danke für Ihren Bericht. Er war sehr bewegend. Ich glaube, ich werde heute abend nur zuhören.«

Matt, der Zuhörer.

Kapitel 17

»Matthew Scudder«, sagte Danny Boy. »Erst hieß es, du wärst tot. Dann hieß es, du wärst nicht tot. Vom logischen Standpunkt aus betrachtet mußte eine der beiden Nachrichten falsch sein.«

»Was wären wir bloß ohne Logik?«

Er lächelte und deutete auf den Stuhl, und ich zog ihn zurück und setzte mich.

Nach dem Meeting war ich auf der Amsterdam Richtung Innenstadt gegangen und hatte nachgesehen, ob er sich im *Mother Blue's* aufhielt. Da er dort nicht war, war ich bis zum *Poogan's Pub* an der westlichen Seventy-second weitergegangen. Er saß an dem Tisch, an dem er immer saß, in seiner Reichweite stand eine Flasche Wodka in einem Eisbehälter, und auf dem Stuhl vor ihm hockte eine nicht sehr überzeugende Transsexuelle. Sie fuchtelte beim Reden ziemlich viel mit den Händen herum, und was sie sagte, brachte Danny Boy zum Lachen.

Ich trank am Tresen ein Perrier und sah zu, wie sie redete und gestikulierte und wie Danny Boy zuhörte und lachte. Ich dachte, er hätte mich nicht bemerkt, aber dann sah er plötzlich zu mir herüber und blickte mich an. Kurz darauf stand die TS auf – so groß, wie sie war, hätte sie gut in ein Basketballteam gepaßt – und gab ihm die Hand. Ich hatte noch nie eine Frau mit derart großen Händen gesehen – noch dazu mit langen, hellblau lackierten Fingernägeln. Danny Boy nahm ihre riesige Hand in seine zierliche und berührte sie mit den Lippen. Sie jauchzte selig auf und stolzierte davon, und dann war ich an der Reihe.

Sieben Nächte pro Woche sitzt Danny Boy entweder in der einen oder in der anderen Kneipe, jeweils an dem Tisch, der immer für ihn reserviert ist, hört sich Musik an – live im *Mother Blue's* und aus der Konserve im *Poogan's* –, flirtet mit der Frau, die im jeweiligen Monat gerade in seiner Gunst steht, und handelt mit Informationen. Wenn die Kneipen schließen, wobei seine beiden bis zur Sperrstunde geöffnet sind, geht er gelegentlich in Uptown noch in einen Club, der länger aufhat.

Aber immer kommt er vor Sonnenaufgang nach Hause, und dort bleibt er, bis es wieder dunkel ist. Danny Boy Bell ist Afro-Amerikaner, und dieser etwas schwerfällige Ausdruck paßt bei ihm deutlich besser als ›schwarz‹, denn tatsächlich ist er weißer als weiß, ein Albino mit weißen Haaren und rosa Augen und blasser, fast schon durchsichtiger Haut. Sonnenlicht ist für ihn gefährlich, und jede andere starke Lichtquelle macht ihm zu schaffen. Seiner Meinung nach bräuchte die ganze Welt dringend einen Dimmer.

Ich setzte mich auf den Stuhl, auf dem die TS gesessen war, und Danny griff nach dem Glas mit dem eisgekühlten Wodka und sagte, er sei froh, daß ich noch unter den Lebenden weile.

»Ich auch«, antwortete ich. »Was genau hast du gehört?«

»Wie ich schon sagte. Erst hieß es, man hätte dich in einem Restaurant erschossen. Dann kam über den Buschtelegraph die Korrektur. Daß nicht du erschossen worden bist, sondern jemand anders.«

»Ein Freund von mir. Ich saß gerade nicht am Tisch, und der Schütze hat den Falschen erwischt.«

»Und hat es erst später erfahren. Nachdem es zunächst hieß, du seist tot, muß er wohl gemeldet haben, er hätte seinen Auftrag erfolgreich ausgeführt. Wer war dieser Freund von dir?«

»Niemand, von dem du schon mal was gehört haben könntest.«

»Ein braver Normalo?«

»Ein weiterer Perrier-Trinker.«

»Ach, daher kanntest du ihn? Wart ihr eng befreundet?«

»Sehr eng.«

»Tut mir leid, das zu hören. Andererseits, Matt, bin ich froh, daß du nicht auf meiner Liste stehst.«

»Auf welcher Liste?«

»Ist nur so ein Ausdruck.«

»Den kenne ich noch gar nicht. Was meinst du damit?«

Er zuckte mit den Schultern. »Das ist was, womit ich vor ein paar Jahren mal angefangen habe. Ich habe mich hingesetzt und eine Liste von allen Leuten erstellt, von denen ich wußte, daß sie tot waren.«

»Jesus.«

»Tja, vielleicht würde der auch auf die Liste gehören, oder vielleicht auch nicht, je nachdem, wen du fragst. Genau wie Elvis. Aber auf diese spezielle Liste kommen nur Leute, die ich persönlich gekannt habe.«

»Und deren Namen hast du dann aufgeschrieben.«

»Ich weiß, das klingt bescheuert. Vermutlich ist es das auch, aber sobald ich mal angefangen hatte, konnte ich einfach nicht mehr aufhören. Richtiggehend zwanghaft. Es war ein bißchen wie das Vietnam Memorial in Washington, abgesehen davon, daß die Jungs 'ne richtige Wand haben und nicht nur ein paar Seiten in einem Notizbuch. Außerdem sind sie alle auf die gleiche Art ums Leben gekommen.«

»Und die anderen waren alle Freunde von dir.«

»Nein. Manchmal konnte ich sie nicht mal ab, und mit anderen hatte ich mich lediglich gegrüßt. Aber das war wie ein Trip, Matthew. Ein Name führte zum nächsten, wie wenn in deinem Gehirn eine Reihe Dominosteine umkippt. Auf einmal fielen mir Leute ein, an die ich seit Jahren nicht mehr gedacht hatte. Nachbarn aus der Zeit, als ich noch ein Kind war. Mein Kinderarzt. Ein Kind von gegenüber, das an Leukämie starb, und ein Mädchen aus meiner Klasse, das im fünften Schuljahr vom Auto überfahren wurde. Weißt du, was mir dabei aufgegangen ist?«

»Was denn?«

»Die meisten Leute, die ich gekannt habe, sind tot. Vermutlich geht das jedem so, wenn er nur lange genug lebt. Ich hab mal gehört, daß George Burns etwas in der Art gesagt hat. ›Wenn du so alt bist wie ich, sind die meisten deiner Freunde tot.‹ Oder so ähnlich. Das Publikum hat gelacht, und ich habe nie kapiert, warum. Was ist daran so lustig? Findest du das lustig?«

»Vielleicht lag es an der Art, wie er es gesagt hat.«

»Vielleicht. Und jetzt ist er tot. George Burns. Aber ich habe ihn nie persönlich kennengelernt, also steht er auch nicht auf meiner Liste. Und du stehst auch nicht drauf, denn dein Herz schlägt noch, und ich bin froh, daß es so ist.«

»Ich auch. Aber es gibt da jemanden, der unbedingt will, daß ich auf deiner Liste lande.«

»Wer?«

»Wenn ich das wüßte.« Und dann erzählte ich ihm, was los war.

»Ich habe schon gehört, daß es letzte Nacht in Ballous Kneipe hoch hergegangen ist. Die Zeitungen sind voll davon. Muß ein regelrechtes Blutbad gewesen sein.«

»War es auch.«

»Glaube ich sofort. Ich wußte gar nicht, daß du auch dort warst.«

»Vor ein paar Stunden habe ich einem Bullen gegenüber noch das Gegenteil behauptet.«

»Tja, dann halte ich mich an diese Version. Und Ballou hat echt keine Ahnung, wer ihm da ans Leder will?«

»Nein.«

»Das muß derselbe sein, der auch den Mord an dir in Auftrag gegeben hat.«

»Das sehe ich auch so.«

»Egal, wer der Typ ist – als Arbeitgeber hält er jedenfalls 'ne Menge von Chancengleichheit. Die Killer, die er anheuert, haben jede nur denkbare Hautfarbe. Schwarz, weiß und gelb.«

»Mehrere Weiße, wenn du die mitzählst, die mich auf der Straße überfallen haben.«

»Und du hast keinen von ihnen erkannt?«

»Ich habe nur den einen wirklich deutlich zu Gesicht bekommen. Und den hatte ich vorher noch nie gesehen. Wenn ich das nächste Mal vorbeikomme, zeige ich dir sein Phantombild. Jetzt wüßte ich erstmal gern, was du so gehört hast.«

»Weniger als du, muß ich feststellen. Die große Nachricht war, du seist tot. Und dann kam die nicht so große Nachricht, daß die große Nachricht erstunken und erlogen sei.«

»Die Tatsache, daß ich noch am Leben war, hatte also weniger Neuigkeitswert?«

»Was erwartest du? Schau dir doch die *Times* an. Die drucken dauernd Gegendarstellungen, aber die stehen auch nie auf der ersten Seite.« Er runzelte die Stirn. »Das andere große Thema ist, daß irgend jemand Mick Ballou den Krieg erklärt hat, aber auch darüber weiß ich mehr aus dem Fernsehen als über die Gerüchteküche.«

»Irgend jemand muß doch irgend etwas wissen.«

»Auf jeden Fall. Die Frage ist nur, wo fängt man an, und da würde ich für den Schützen plädieren.«

»Es gab zwei Schützen.«

»Der schwarze, denn der gelbe redet nicht mehr, während der schwarze das Blaue vom Himmel runtergelogen hat, um der Palette noch eine Farbe hinzuzufügen. Übrigens, da wir gerade von Blau reden, wie haben dir Ramonas Fingernägel gefallen?«

»Danach wollte ich dich auch schon fragen. Lackiert sie die, oder ist das ihre natürliche Farbe?«

»Matthew, wenn du die Frage jetzt ihr gestellt hättest, hätte sie gedacht, du meinst das ernst. Sie glaubt wirklich, sie könnte alle täuschen. Sie kann sich überhaupt nicht vorstellen, daß man es ihr ansieht.«

»Daß man ihr was ansieht? Daß sie sich die Nägel anmalt?«

»Daß sie nicht mit einer Möse geboren wurde. Daß sie ihre Melonen-Titten nicht vom Chirurgen hat.«

»Wie groß ist sie, Danny? Einsneunzig?«

»Einsneunzig in Nylonstrümpfen. Riesige Hände und Füße, dazu ein gigantischer Adamsapfel, wobei sie den chirurgisch verkleinern lassen will, sobald sie das Geld zusammen hat. Und trotz allem ist sie fest überzeugt, die ganze Welt hielte sie für eine echte Frau. Und bevor du fragst, du alter Schnüffler: Die Antwort ist nein, ich habe nicht.« Er schenkte sich einen kleinen Schluck Wodka ein, hob das Glas hoch und betrachtete die Welt durch die Flüssigkeit hindurch. »Nicht, daß ich nicht schon dran gedacht hätte«, fügte er hinzu und kippte seinen Drink hinunter.

»Das kann ich mir gut vorstellen.«

»Sie ist wirklich nett. Sie bringt mich zum Lachen, was immer seltener jemand schafft. Und dann die Größe, verstehst du? Das allein macht mich schon an. Der Kontrast.«

»Egal ob Gott oder diverse Ärzte, irgend jemand hat da ganz offensichtlich gute Arbeit geleistet.«

»Tja, Gott hat in Texas auch gute Arbeit geleistet, aber darum muß man da trotzdem nicht unbedingt hin. Aber sie ist wirklich attraktiv. Findest du nicht auch?«

»Keine Frage.«

»Und natürlich ist sie völlig verrückt. Und zwar von Natur aus, aber du weißt ja, das habe ich bei Frauen nie als Fehler betrachtet.«

»Ja, das ist mir auch schon aufgefallen.«

»Von daher bin ich schon in Versuchung. Aber ich habe beschlossen, erstmal abzuwarten, bis sie sich den Adamsapfel operieren läßt. Weißt du, bei dem Größenunterschied zwischen uns könnte ich ihn nur schwer übersehen.« Er runzelte die Stirn. »So kann man den Faden verlieren. Wovon hatten wir ursprünglich geredet?«

»Von dem schwarzen Schützen.«

»Genau, und weißt du, was ich glaube? Es hieß ja, du seist tot. Und das konnte nur von dem Mann kommen, der der festen Überzeugung war, er hätte dich erschossen – bevor er erfuhr, daß das nicht stimmte. Also ist er ein Schwätzer, und jetzt gibt's was Neues, über das er reden kann. Es sollte nicht allzu schwer sein, seine Spur aufzunehmen. Manchmal kann man eine Information zurückverfolgen und rausfinden, von wem sie kam. Und manchmal muß man das Ganze gewissermaßen einkreisen.«

»Wie auch immer, Hauptsache, es funktioniert.«

»Meld dich wieder, Matthew. Und noch was. Der Typ weiß, daß er dich verfehlt hat, und derjenige, der ihn losgeschickt hat, weiß es auch. Entweder er oder jemand anders wird es nochmal versuchen.«

»Ist mir auch schon durch den Kopf gegangen.«

»Das denke ich mir. Deshalb hat deine Jacke wohl auch diese Ausbuchtung. Hübsche Jacke übrigens, egal ob mit oder ohne Ausbuchtung.«

»Danke.«

»Wie auch immer. Paß auf dich auf, okay? Und paß auf, daß du nicht demnächst auf meiner Liste stehst.«

Als ich das *Poogan's* verließ, hatte es angefangen zu regnen. Mir fiel wieder ein, daß ich einen Schirm dabeigehabt hatte, und ich ging nochmal hinein, um ihn zu holen. Er lag auf Danny Boys Tisch;

es war wirklich ein Wunder, daß ich ihn nicht schon bei dem Meeting hatte liegenlassen.

Wenn es regnet, scheinen sich alle Taxis in Luft aufzulösen, und es hatte wohl schon lange genug geschüttet, um ihre Reihen auszudünnen. Ich hatte gerade beschlossen, die fünfzehn Blocks zu Fuß zu gehen, als ein Taxi an den Straßenrand fuhr und ein fetter Schwarzer ausstieg, der Al Roker, dem witzigen Fernsehwettermann, erstaunlich ähnlich sah, tatsächlich aber ein Zuhälter namens Bad Dog Dunstan war. Falls er witzig war, hatte das bisher jedenfalls noch keiner mitgekriegt.

Er hatte zwei Mädchen dabei, die beide zusammen kaum soviel wogen wie er allein. Sie hasteten ins *Poogan's*, damit ihre Haare nicht naß wurden, während er eine Geldrolle aus der Tasche zog, um den Fahrer zu bezahlen. Ich hielt die Tür fest, damit das Taxi nicht ohne mich losfahren konnte.

Dunstan machte große Augen, als er mich sah, und ich hatte das Gefühl, daß er zwar die große Nachricht gehört hatte, nicht aber den Widerruf. Wir kannten uns nur vom Sehen und hatten noch nie miteinander gesprochen, aber nach Höflichkeiten stand mir gerade sowieso nicht der Sinn. Ein Taxi, das in einer regnerischen Nacht zufällig vorbeikommt, war in meinen Augen ein guter Ersatz für eine offizielle Vorstellungsrunde. »Falscher Alarm«, sagte ich. »Noch bin ich nicht tot.«

Sein breites Grinsen wirkte eher gemein als fröhlich. »Freut mich«, sagte er mit dröhnender Stimme. »Wir sterben alle früh genug. Da muß man nicht auch noch nachhelfen.«

Er ging ins *Poogan's*, und ich stieg ins Taxi und ließ mich nach Hause fahren.

Elaine sah sich auf A&E eine alte Folge von *Law & Order* an, eine der frühen mit Michael Moriarty und Dann Florek. Wir hatten die Folge beide schon mal gesehen, aber das scheint nie eine Rolle zu spielen.

»Ich vermisse Michael Moriarty«, sagte Elaine. »Obwohl es an Sam Waterston nichts auszusetzen gibt.«

»In der Serie haben sie immer nur gute Leute.«

»Aber bei Michael Moriarty kann man die Figur richtig denken sehen. Du siehst quasi die Gedanken.«

Und etwas später fügte sie hinzu: »Warum hält der Richter *immer* das Geständnis und das entscheidende Beweismaterial zurück?«

»Weil das im richtigen Leben auch so ist.«

Es war eine der eher düsteren Folgen. Der kolumbianische Täter wird freigesprochen, und der Hauptzeuge der Staatsanwaltschaft wird nach der Urteilsverkündung umgebracht, zusammen mit denen, die von seiner Familie noch übrig sind. »Na, da fühlt man sich doch gleich richtig gut«, sagte Elaine, schaltete den Fernseher aus und ging ins andere Zimmer. Ich hob den Hörer ab und wählte die Nummer, die Ballou mir gegeben hatte. Es klingelte dreimal, dann ging er dran. »Ich hoffe, du bist am Flughafen«, sagte er.

»Woher wußtest du, daß ich das bin?«

»Weil sonst keiner die Nummer hat. Ich höre das Ding erst zum zweitenmal klingeln, und das erstemal habe ich mich von einem anderen Telefon aus selbst angerufen, um sicherzugehen, daß das Scheißteil auch wirklich funktioniert. Das ist schon seltsam, wenn plötzlich in deiner Tasche ein Telefon klingelt. Ich mußte erst überlegen, was das eigentlich war. Um wieviel Uhr fliegst du?«

»Ich bin nicht am Flughafen.«

»Das hatte ich schon befürchtet. Bist du zu Hause?«

»Ja, wieso?«

»Ich rufe dich von dem anderen Telefon aus zurück.« Dann war die Verbindung unterbrochen. Ich legte auf, und fast sofort klingelte es, und Mick war wieder in der Leitung.

»So ist es besser«, sagte er. »Diese Dinger sind so verdammt klein, und in so was soll man dann hineinsprechen, und außerdem weiß man nie, wer vielleicht mithört. Irgend so ein Arschloch fängt unsere Frequenz auf einmal in seinem Autoradio oder in seinen Zahnfüllungen auf. Ich habe mit Rosenstein gesprochen, und er sagte mir, ich hätte dich engagiert. Das war aber doch schon vor ein paar Tagen, antworte ich, und wie er das überhaupt erfahren hat? Sieht so aus, als hätte dein Rechtsanwalt ihn angerufen. Man könnte den Eindruck kriegen, einer von uns wollte den anderen verklagen.«

»Das will ich doch nicht hoffen.«

»Ich nehme mal an, das ist nicht allzu wahrscheinlich. Ich freue mich, daß du mir hilfst, aber mir wäre es trotzdem lieber, du wärst in Irland.«

»Vielleicht wünsche ich mir das auch noch, bevor das alles vorbei ist.«

»Was machst du gerade? Ich nehme den Wagen und hol dich ab, wir können ein bißchen rumfahren.«

»Ich glaube, ich gehe heute früh ins Bett.«

»Kann ich dir nicht verdenken, mir ist einfach nur danach, irgendwas zu machen. Ich hab den ganzen verdammten Tag nur nichts gemacht.«

»Als ich damals aufhörte zu trinken, hat mir mein Sponsor gesagt, daß jeder Tag, an dem ich die Finger vom Alkohol lasse, ein erfolgreicher Tag ist.«

»Dann hatte ich einen äußerst erfolglosen Tag. Erst habe ich getrunken, bis ich besoffen war, und dann weitergesoffen, bis ich völlig nüchtern war. Dein Sponsor. Du meinst den Buddhisten, der umgebracht wurde?«

»Genau. Und was er mir gesagt hat, hat absolut gestimmt. Wenn ich nicht getrunken habe, war das für mich ein erfolgreicher Tag. Und für dich ist es ein erfolgreicher Tag, wenn du um Mitternacht noch am Leben bist.«

»Ah, ich verstehe, was du meinst.«

»Du möchtest gern kämpfen, aber vorher mußt du wissen, gegen wen. Und da komme ich ins Spiel.«

»Es geht also erstmal um Detektivarbeit?«

»Ja.«

»Aber du hast doch keinen Ansatzpunkt für deine Ermittlungen. Oder hast du schon was rausgefunden?«

»Schwer zu sagen. Aber ich bin an ein paar Sachen dran, und wenn mit der einen nichts weitergeht, dann eben mit der anderen.«

»Oh Mann, das sind die ersten guten Nachrichten, die ich heute zu hören kriege.«

»Nachrichten kann man das noch nicht nennen. Ich fange gerade erst an.«

»Du schaffst das schon. Ach je, ich wollte wirklich, du wärst in Irland, aber ich bin verdammt froh, daß du es nicht bist. Wir werden rausfinden, wer dieses dreckige Schwein ist, und dann kriegen wir ihn. Und bringen ihn um.«

»Ja. Wir bringen ihn um.«

KAPITEL 18

Während ich im *Poogan's* gewesen war, hatte George Wister angerufen, und Dienstag morgen rief er schon wieder an und erzählte dem Anrufbeantworter, daß er mich sprechen wolle. Er klang, als sei es ihm ernst. Er hinterließ seine private Telefonnummer und sagte, ich könne ihn bis zwölf Uhr zu Hause erreichen und danach in Midtown North.

Ich frühstückte und las die Zeitung. Kurz vor elf Uhr rief ich im Revier an, wo man mir sagte, daß er noch nicht da sei. Ich bat, ihm auszurichten, daß ich auf seinen Anruf hin zurückgerufen hätte und es später nochmal versuchen würde. Dann setzte ich mich ans Fenster und sah in den Regen hinaus. Etwa um halb zwölf rief ich bei ihm zu Hause an. Die Vorwahl war 914, also mußte er wohl nördlich der Stadt wohnen, vermutlich in Westchester oder Orange County. Eine Frau hob ab und sagte, ich hätte ihn gerade verpaßt. Ich hinterließ meinen Namen und sagte, ich würde ihn später in der Arbeit zu erreichen versuchen.

Später rief ich TJ an, um zu fragen, ob er Lust hätte, mit mir nach Williamsburg zu fahren. Er war nicht in seinem Zimmer, also wählte ich seinen Piepser an. Als er sich nach fünfzehn Minuten immer noch nicht gemeldet hatte, gab ich auf. Ich streifte meine Windjakke über und dachte sogar an den Schirm. Elaine fing mich an der Tür ab und fragte, ob ich zum Abendessen zurück sein würde. Ich antwortete, daß ich mir unterwegs etwas besorgen würde, und daß sie TJ – falls er anrief – sagen sollte, es sei nichts Wichtiges gewesen, ich hätte einfach nur gern jemanden dabeigehabt.

Ich fuhr mit einer U-Bahn der Linie A zur Fourteenth Street und stieg dann in die Linie L um. Mein Vater ist in einer U-Bahn der Linie L ums Leben gekommen. Er war auf der Plattform zwischen zwei Wagen gestanden, runtergefallen und vom Zug überrollt worden. Vermutlich hatte er sich hinausgeschlichen, um eine zu rauchen, obwohl das Rauchen auf der Plattform genauso verboten war wie in den Wagen selbst. Abgesehen davon durfte man sowieso nicht auf die Plattform hinausgehen, egal ob mit Zigarette oder ohne. Wahrscheinlich war er zu dem Zeitpunkt betrunken, und vielleicht hatte das sowohl mit seiner Entscheidung zu tun, auf eine Zigarette nach draußen zu gehen, als auch mit seinem Sturz.

Daran muß ich jedesmal denken, wenn ich mit der Linie L fahre. Wenn ich öfter auf der Strecke unterwegs wäre, würde sich das vermutlich geben, aber diese Linie fährt an der Fourteenth Street vorbei, unter dem East River hindurch, dann durch North-Brooklyn und endet schließlich in Canarsie, und ich bin in all den Jahren zu selten damit gefahren, um der Erinnerung an seinen Tod müde zu werden.

Obwohl die Linie L nichts dafür konnte. Die U-Bahn war nicht schuld, und mein Vater eigentlich auch nicht. So was passiert nun mal. Inzwischen war das vierzig Jahre her. Eher schon fünfundvierzig.

»Hat sich ein bißchen verändert, seit du das letzte Mal hier warst«, sagte Ray Galindez. »Wir haben die Asbestverkleidung runtergerissen. Ich sag's dir, da muß Anfang der fünfziger Jahre ein wahrer Spitzenverkäufer für Außenverkleidungen durch Brooklyn gekommen sein. Als Bitsy und ich das Haus gekauft haben, gab's im ganzen Viertel, glaube ich, keine zwei Häuser, die ihre Ziegelwände nicht mit irgendwas verkleidet hatten. Inzwischen ist die grüne Monstrosität von gegenüber der letzte Verweigerer. Ich verstehe überhaupt nicht, wie man diesen Mist jemals für eine gute Idee halten konnte.«

»Wollte man damit nicht die Heizkosten senken?«

»Dafür haben wir ja jetzt die globale Erwärmung. Das war eine Arbeit, das Zeug runterzureißen und die Ziegel glatt zu verfugen! Bei den Ziegeln hat mir jemand geholfen, aber den Rest haben Bitsy und ich selbst gemacht.«

»Dafür ist dann wahrscheinlich der ganze Sommer draufgegangen.«

»Frühling und Sommer, aber es hat sich gelohnt. Und es ist so richtig befriedigend. Was mehr ist, als ich zur Zeit von meinem Job sagen kann. Komm rein. Was willst du trinken? Kaffee wäre schon fertig, aber er ist ultrastark. Obwohl – du magst richtig starken Kaffee, stimmt's? Bist du dir eigentlich sicher, daß du kein Puertoricaner bist, Matt?«

»*Me llamo Matteo.*«

Wir saßen in der Küche. Sie hatten ein schmales, zweistöckiges Haus an der Bedford Avenue gekauft, auf halbem Weg zwischen U-Bahn-Station und McCarren Park. Das Viertel, Northside, wurde zunehmend bohemienhaft, genau wie das benachbarte Greenpoint und fast schon das gesamte Williamsburg. Industriegebäude wurden zu Künstlerlofts umgebaut, die sehr viel erschwinglicher waren als die jenseits des Flusses in SoHo und TriBeCa, und kleine

Häuser wie die von Bitsy und Ray warfen ihre Außenverkleidungen ab wie Schmetterlinge, die ihren Kokon abstreifen.

Für einen Bullen war es ein ungewöhnliches Viertel, aber ein Künstler paßte hier genau hin, und Ray war beides. Als Phantombildzeichner hatte er eine schon fast unheimliche Fähigkeit, die Erinnerung eines Zeugen in Zeichnungen in schwarz-weiß umzusetzen. Aber er hatte noch weit mehr, ein echtes künstlerisches Talent, das Elaine veranlaßt hatte, sich eine seiner Zeichnungen von einem Soziopathen, die einem das Blut in den Adern gefrieren ließ, von mir als Weihnachtsgeschenk zu wünschen. Dann hatte sie ihn beauftragt, ihren schon vor vielen Jahren verstorbenen Vater zu zeichnen, und zwar nicht anhand von Fotos, sondern indem er dessen Gesichtszüge aus ihrer Erinnerung heraus entstehen ließ. Sie hatte Rays Bilder schon einmal ausgestellt und ihm ein paar Aufträge zukommen lassen. Irgendwann wollte ich ihn um ein Portrait von ihr bitten, aber jetzt brauchte ich ihn erstmal für das, wofür ihn auch die Stadt bezahlte.

»Vor kurzem haben mich nachts zwei Schläger überfallen«, sagte ich. »Den einen habe ich deutlich sehen können. Aber ich habe den Überfall nicht angezeigt, dabei hängt er ziemlich sicher mit ein paar anderen Sachen zusammen, die ich gerade im Alleingang aufzuklären versuche.«

»Und deshalb sollen sie im Revier nichts davon erfahren. Matt, damit habe ich kein Problem.«

»Sicher?«

»Ganz sicher. Ich sag dir eins, ich bin da völlig neutral. Wenn ich das Geld nicht bräuchte, würde ich gleich morgen kündigen.« Er wedelte mit der Hand, als wollte er das ganze Thema wegfegen, und griff zu seinem Bleistift. »Erzähl mir von dem Idioten, der auf dich losgegangen ist. Was ist dir an ihm aufgefallen?«

Wir hatten schon vorher ein paarmal miteinander gearbeitet, wenn auch nicht in letzter Zeit, und kamen gut voran. In diesem Fall war unsere Aufgabe leicht, denn wenn ich die Augen schloß, sah ich die Szene deutlich vor mir: das Gesicht des Mannes, der mich mit der Waffe bedrohte, sein Gesichtsausdruck, als er sich darauf konzentrierte, mich in den Magen zu schlagen.

»Jetzt stimmt es«, sagte ich, als die Bleistiftstriche auf dem Block dem Gesicht in meiner Erinnerung entsprachen. »Weißt du was, egal, wie oft wir das machen, ich bin jedesmal aufs Neue fasziniert.

Es ist wie bei einer Polaroidkamera: Erst ist alles grauschwarz, und dann verwandelt es sich vor deinen Augen in ein richtiges Bild.«

»Manchmal, wenn sie den Täter erwischen, würdest du schwören, daß er mir Modell gesessen hat, so ähnlich ist die Zeichnung. Und das, muß ich sagen, fühlt sich dann schon richtig gut an.«

»Das kann ich mir vorstellen.«

»Und manchmal, wenn sie den Täter kriegen und ich dann sein Foto sehe und Foto und Zeichnung vergleiche, dann könnte ich schwören, daß da auch nicht die geringste Ähnlichkeit besteht. Als würden sie zu unterschiedlichen Spezies gehören.«

»Das liegt dann aber an den Zeugen, Ray.«

»Das liegt auch an mir.«

»Aber der Zeuge ist derjenige, der sich nicht richtig erinnert.«

»Und ich bin derjenige, der es nicht geschafft hat, ihm die richtige Erinnerung zu entlocken, was Teil meiner Arbeit ist.«

»Ja, ich verstehe, was du meinst. Aber niemand kann alles hundertprozentig richtig machen.«

»Ich trete einfach nur noch auf der Stelle, Matt.«

»Wie alt bist du, und wie lange hast du noch, bis du die zwanzig Jahre voll hast?«

»Ich bin dreiunddreißig und seit elf Jahren dabei.«

»Dann hast du ja schon mehr als die Hälfte geschafft.«

»Ich weiß, und ich will den Job auch auf keinen Fall aufgeben. Nicht nur wegen der Pension, vor allem wegen der Beihilfe. Wenn ich jetzt aufhören würde, könnte ich so gerade die Raten fürs Haus bezahlen und genug zu essen auf den Tisch stellen, aber was mache ich mit der Krankenversicherung?«

Ich fragte, warum ihm der Job dermaßen auf den Geist ging. »Ich werde nicht mehr gebraucht. Als sie diese Phantombild-Baukästen eingeführt haben, habe ich noch gedacht, ach verdammt, das ist doch nichts weiter als ein Spielzeug für Bullen. Kleb einen Schnurrbart dran, zieh den Scheitel anders, du weißt ja, wie das lief.«

»Klar.«

»Das Ding konnte ich locker in die Tasche stecken, das wußte ich genau. Dann haben sie dieses Computerprogramm entwickelt, mit dem du im Prinzip das gleiche machen konntest, nur deutlich besser, und inzwischen sind sie so weit, daß du das Bild sehr einfach verändern kannst. Verstehst du, man kann jedes Detail wachsen oder schrumpfen lassen oder was auch immer.«

»Ich kann mir nicht vorstellen, daß das besser wird, als wenn du es machst.«

»Da muß ich dir zustimmen. Das Problem ist nur, daß jeder das machen kann. Du besuchst einen Fortbildungskurs, und schon kannst du damit arbeiten. Du bist vielleicht zu blöd, mit dem Lineal eine gerade Linie zu ziehen, aber du kannst trotzdem Phantombildzeichner sein. Und was dazukommt: Die Computerbilder machen einfach mehr her, und da stehen sie ziemlich drauf.«

»Was meinst du mit ›machen mehr her‹?«

»In der Öffentlichkeit. Wenn ich eine Zeichnung anfertige, sagen sich die Leute, ach, die hat ein Künstler gemacht, das kann ja nur annähernd ähnlich sein. Die Computerbilder sehen aus wie richtige Fotos. Die sind einfach glaubwürdiger. So ein Foto sieht dem Täter zwar vielleicht überhaupt nicht ähnlich, aber es macht im Fernsehen auf jeden Fall eine Menge her.«

Ich klopfte auf die Zeichnung, die er für mich angefertigt hatte. »Die hier wird zwar nie im Fernsehen gezeigt werden, aber sie ist dem Arschloch wie aus dem Gesicht geschnitten.«

»Danke, Matt. Und, was ist jetzt mit dem anderen?«

»Mit dem anderen Ganoven? Wie ich schon sagte, den habe ich nicht deutlich genug gesehen.«

»Vielleicht hast du mehr gesehen, als du glaubst.«

»Die Beleuchtung war schlecht. Die Straßenlampe hat mich geblendet, und sein Gesicht lag im Dunklen. Und gesehen habe ich ihn sowieso höchstens ein oder zwei Sekunden. Das hat also mit Erinnerungsvermögen nicht viel zu tun.«

»Verstehe. Trotzdem, ich habe in ähnlichen Situationen manchmal schon Erfolg gehabt.«

»Echt?«

»Ich glaube, das funktioniert so: Die Erinnerung wird nicht unterdrückt, sondern das Gesicht wird gar nicht erst richtig gespeichert. Du siehst etwas, das Bild zeichnet sich auf deiner Netzhaut ab, aber deine Gedanken sind gerade mit etwas anderem beschäftigt, und darum ist dir gar nicht bewußt, daß du überhaupt etwas gesehen hast. Aber es ist trotzdem alles da.« Er spreizte die Hände. »Ich bin nicht sicher, aber wenn du noch Zeit hast ...«

»Wir können es gern versuchen.«

»Gut, dann mach es dir einfach bequem und entspann dich. Fang mit den Füßen an und laß dort alle Muskeln locker werden. Das hat jetzt nichts mit Hypnose zu tun, die ich übrigens für eine fantastische Möglichkeit halte, den Leuten Dinge zu entlocken, die sie nie gesehen haben. Es geht nur drum, daß du dich entspannst. Und jetzt geh mit deiner Aufmerksamkeit zu den Unterschenkeln und laß dort alle Muskeln locker werden ...«

Es gelang mir problemlos, mich zu entspannen, eine ähnliche Entspannungstechnik hatte ich schon mal in einem Workshop mitgemacht, zu dem Elaine mich geschleppt hatte. Ray führte mich durch die Übung und bat mich dann, mir eine große Leinwand vorzustellen, die in einem vergoldeten Rahmen an der Wand hängt. Dann gab er mir Anweisungen, wie ich auf der Leinwand das Gesicht entstehen lassen sollte.

Ich wollte ihm gerade sagen, daß es nicht funktionierte, und dann starrte mir doch wahrhaftig auf einmal von der Leinwand ein Gesicht entgegen. Und es sah nicht aus wie eins, das man aus dem Phantombild-Baukasten zusammengesetzt hatte und auch nicht wie ein Computerbild. Es war ein richtiges menschliches Gesicht mit einem echten Gesichtsausdruck. Und ich kannte es, zweifellos. Ich hatte es schon einmal gesehen.

»Scheiße«, sagte ich.

»Kommt nichts? Laß dir Zeit.«

Ich setzte mich aufrecht hin und öffnete die Augen. »Ich habe ein Gesicht gesehen und war schon ganz aufgeregt, weil es wie durch Zauberhand auf einmal da war.«

»Genauso muß es sein. Wie durch Zauberei.«

»Aber es war das verkehrte Gesicht.«

»Woher weißt du das?«

»Weil das Gesicht, das ich da gerade vor mir gesehen habe, das eines anderen ist. Ein paar Tage vor dem Überfall war ich in einer Kneipe, und da habe ich den Typen flüchtig gesehen. Kennst du das, wenn du jemanden siehst und denkst, den kenne ich doch, aber du weißt nicht, woher?«

»Klar.«

»Genauso war es. Unsere Blicke trafen sich, und ich kannte ihn von irgendwoher und er mich offensichtlich auch. Aber ich könnte nicht sagen, woher ich ihn kannte, und vermutlich war es einfach so, daß er mir mal in der U-Bahn über den Weg gelaufen ist, und dann habe ich sein Gesicht irgendwie abgespeichert. Manchmal ist das so in New York. Du siehst an einem Tag mehr Leute, als eine

Kleinstadt Einwohner hat. Aber du läufst an ihnen vorbei, du siehst sie eigentlich nicht.«

»Aber dieses Gesicht, das hast du gesehen.«

»Ja, und jetzt werde ich es nicht wieder los.«

»Wie sieht es aus?«

»Wozu willst du das wissen, Ray? Es ist doch nur irgendein Gesicht.«

»Nur irgendein Gesicht?«

»Du weißt schon, was ich meine.«

»Beschreib's doch einfach mal.«

»Willst du den Typen zeichnen? Wozu?«

»Um die Tafel sauber zu wischen. Du versuchst gerade, dir ein Gesicht vorzustellen, und dann fällt dir dieses ein. Wenn wir es aufs Papier gebracht haben, kannst du es wieder vergessen.« Er zuckte mit den Schultern. »Nur eine Theorie. Ich habe Zeit, und ich arbeite gern mit dir, aber wenn du es eilig hast ...«

»Ich hab's nicht eilig.«

Und das Gesicht drängte geradezu danach, gezeichnet zu werden. Ich beobachtete, wie sich seine Konturen herauskristallisierten, die breite Stirn und das schmale Kinn, die den Kopf wie eine umgekehrte Triangel aussehen ließen, die ausgeprägten Augenbrauen, die lange schmale Nase, die Lippen geschwungen wie Amors Bogen.

»Ich weiß zwar nicht, wer er ist, aber er ist es jedenfalls.«

»So ein Gesicht ist leicht zu zeichnen. Für einen Karikaturisten wäre das ein gefundenes Fressen. Es sieht ja so schon fast wie eine Karikatur aus mit diesen markanten Zügen.«

»Vielleicht ist er mir deshalb in Erinnerung geblieben.«

»Das habe ich auch schon gedacht. So etwas bleibt sitzen wie Speck auf den Hüften. So ein Gesicht läßt sich nur schwer vergessen.«

Während wir arbeiteten, war Bitsy nach Hause gekommen, aber sie kam erst in die Küche, als wir fertig waren. Ich trank noch eine Tasse Kaffee und aß ein Stück Rüblitorte. Schließlich verließ ich das Haus mit den beiden Zeichnungen, die Ray mit Fixierer besprüht und mit Kartonbögen abgedeckt in einen gepolsterten Umschlag gesteckt hatte. Elaine würde mit Sicherheit die Originale haben wollen. Sie würde sie rahmen und im Laden aufhängen, und über kurz oder lang würde jemand sie kaufen.

Ich gab Ray dreihundert Dollar und ich mußte ihn drängen, sie anzunehmen. »Ich komme mir vor wie ein Dieb«, sagte er. »Du kommst hier rausgefahren, und ich habe mehr Spaß als die ganzen letzten zwei Monate in der Arbeit, und wenn du dann gehst, räume ich dir auch noch die Taschen leer.«

Ich antwortete, ich hätte einen Klienten, und der könne es sich leisten.

»Tja, ich will jetzt nicht so tun, als könnte ich es nicht brauchen. Aber es kommt mir trotzdem falsch vor. Und wenn Elaine die Bilder verkauft, sahne ich nochmal ab. Das kann doch nicht richtig sein, oder?«

»Sie verdient doch auch dran. Sie ist schließlich kein Wohltätigkeitsverein.«

»Trotzdem.«

Ich ging durch den Regen zur U-Bahn, und als ich unten ankam, fuhr mir der Zug vor der Nase weg. Ich setzte mich und mußte erstmal drei stadtauswärts fahrende Züge abwarten, bis endlich einer kam, der in die Stadt fuhr. Ich hätte entweder an der Sixth oder an der Eighth in eine U-Bahn zum Columbus Circle umsteigen können, aber statt dessen stieg ich am Union Square aus und ging zum Kinko's an der Ecke Twelfth und University. Ich machte ein Dutzend Kopien von der Zeichnung des Mannes, der mir den Schlag in den Magen verpaßt hatte. Von der zweiten Zeichnung brauchte ich eigentlich keine Kopien, aber nachdem ich schon mal dabei war, machte ich auch von ihr einige.

Vor ein paar Jahren hatte ich einmal vor einer Gruppe gesprochen, die sich Village Open Discussion nannte, und wenn ich mich richtig erinnerte, trafen sie sich immer Dienstagabends in einer Presbyterianerkirche, die nur einen Block vom Kopierladen entfernt lag. Es war ein großes Meeting mit vielen jungen Leuten. Nachdem der Hauptredner fertig war, meldete sich eine ganze Reihe Leute, und auch zwischendrin ging immer wieder eine Hand hoch. Matt der Zuhörer lehnte sich zurück und hörte zu.

Als ich ging, regnete es immer noch, also ignorierte ich die öffentlichen Telefone an der Straße und suchte mir eins in einem Café an der Sixth Avenue. Ich wählte unsere Nummer und war darauf gefaßt, daß sich der Anrufbeantworter einschalten würde, aber Elaine hob beim ersten Klingeln ab.

»Das überrascht mich jetzt aber«, sagte ich. »Ich dachte, wir lassen den Anrufbeantworter die Anrufe aussortieren.«

»Oh, hallo Monica«, antwortete sie. »An dich habe ich gerade im Moment gedacht.«

Mir lief ein Schauer den Rücken hinunter, und die Muskeln in meinem Magen spannten sich an, als müßten sie gleich einen Schlag abwehren. »Alles in Ordnung?« fragte ich.

»Ach, mir ging es selten besser. Auf den Regen könnte ich zwar verzichten, aber davon abgesehen kann ich mich nicht beklagen.«

Meine Anspannung ließ nach, aber nur leicht. »Wer ist bei dir?«

»Ich wollte dich vorhin gerade anrufen, aber dann kamen zwei Freunde von Matt vorbei. Hast du Joe Durkin mal kennengelernt? Er ist allerdings verheiratet, also kannst du's gleich vergessen.«

»Das machst du gut. Aber so kenne ich Monica ja gar nicht. Sie verliebt sich doch immer nur in verheiratete Männer.«

»Ja, goldig ist der andere schon. Bleib dran, ich frag ihn mal ... Meine Freundin will wissen, wie Sie heißen und ob Sie verheiratet sind.«

»Treib's nicht zu weit, sonst will er noch mit mir reden.«

»Er sagt, er heißt George, und alles andere ist Verschlußsache. Aber er trägt einen Ring, falls dir das was sagt.« Sie lachte. »Das wird dir gefallen. Er sagt, er führt gerade eine verdeckte Ermittlung durch, und der Ring gehört zu seiner Tarnung.«

»Und wie mir das gefällt. Hast du eine Ahnung, wie lange die beiden noch da rumhängen wollen?«

»Oh, das weiß ich wirklich nicht.«

»Hat jemand angerufen?«

»Ja.«

»Aber du willst die Namen nicht sagen, also antworte einfach mit Ja oder Nein. Hat Mick angerufen?«

»Nein.«

»TJ?«

»Ja, vor kurzem. Du solltest dich wirklich mal melden.«

»Sonst noch jemand?«

»Ja.«

»Sag mir die Anfangsbuchstaben.«

»Abartig, mein Schatz.«

»AB?«

»Genau.«

»Andy Buckley.«

»Wußte ich doch, daß du das verstehen würdest.«

»Hat er gesagt, wie ich ihn erreichen kann?«

»Schon, aber was nützt das jetzt?«

»Weil er die Nummer auf dem Anrufbeantworter hinterlassen hat und du sie nicht zur Hand hast. Macht nichts, ich kann sie mir besorgen. Wenn dir die beiden auf die Nerven gehen, schmeiß sie einfach raus.«

»Das sehe ich genauso. Hör mal, meine Liebe. Ich muß Schluß machen. Ich erzähle Matt, daß du angerufen hast.«

»Tu das.«

KAPITEL 19

Ich wußte, daß Mick Andys Nummer hatte, also versuchte ich, ihn über sein Handy zu erreichen. Er ging nicht dran, und ich wählte nochmal, nur für den Fall, daß ich mich beim erstenmal verwählt hatte. Nachdem es sechsmal geklingelt hatte, gab ich auf.

Im Telefonbuch für die Bronx stand weder ein A. Buckley noch ein Andy Buckley, aber ich nahm an, daß das Telefon auf den Namen seiner Mutter eingetragen war, und für die Bainbridge Avenue gab es zwei Einträge mit dem Namen Buckley. Ich schrieb mir beide Nummern auf, und als ich die erste anrief, sagte ein Teenager: »Nee, das ist der andere. Einen Block weiter und auf der anderen Straßenseite.«

Ich wählte die zweite Nummer, und eine Frau hob ab. Ich sagte: »Mrs. Buckley? Ist Andy zu Hause?«

Er kam an den Apparat. »Ja, Mick?«

»Nein, ich bin's, Andy. Matt Scudder.«

Er lachte. »Da habe ich mich jetzt getäuscht. Meine Mutter hat gesagt: ›Für dich, ein Gentleman‹, und das sagt sie immer dann, wenn der Große anruft. Wenn es irgend jemand anders ist, sagt sie immer nur: ›Einer von deinen Freunden.‹«

»Die Frau hört eben heraus, wenn es jemand Wichtiges ist.«

»Ja, sie ist auf Draht. Sag mal, hast du kürzlich mit Mick gesprochen?«

»Nein.«

»Ich dachte, er ruft mich mal an, aber das hat er nicht. Weißt du zufällig, wo er steckt?«

»Nein.«

»Ich wollte nämlich den Wagen zurücktauschen. Ich habe den Cadillac aus der Garage geholt, aber ich will ihn nicht auf der Straße stehenlassen. Mit meiner alten Rostlaube kann ich das machen, aber wenn man so einen Wagen draußen stehenläßt, ist es genau das, was Väter hier in der Gegend eine Versuchung für die Jungs nennen. Im Moment steht er bei mir vorm Haus, und ich habe einem der Jungs aus der Straße zwanzig Mäuse gegeben, damit er auf ihn aufpaßt, und weißt du, was ich tue? Ich sitze am Fenster und passe auf den Jungen auf.«

»Ich glaube, Mick will lieber deinen Wagen behalten. Er meint, seiner wäre zu auffällig.«

»Echt? Na, soll mir recht sein. Ich hatte einfach angenommen, wir würden wieder tauschen. Hast du die Nummer von seinem Handy?«

»Die rückt er offensichtlich nicht raus.«

»Ich weiß, er benutzt es nur, wenn er kein öffentliches Telefon findet. Weißt du, was ich glaube? Er hat die Nummer verloren, und jetzt weiß er nicht, wie er sie rausfinden soll. Aber verrat ihm nicht, daß ich das gesagt habe.«

»Geht klar.«

»Laß uns in Kontakt bleiben, okay? Ich ruf dich an, wenn er sich bei mir meldet, und du machst es genauso. Was ich sagen will: Ich rühr mich hier nicht vom Fleck, und das ist soweit in Ordnung, aber ich wüßte trotzdem gern, was los ist.«

»Ich weiß, was du meinst.«

»Hast du irgendwas vor? Soll ich dich irgendwo hinfahren?«

»Das hättest du mich früher fragen müssen. Ich bin gerade aus Williamsburg zurückgekommen.«

»Du meinst jetzt aber nicht Williamsbridge, oder?«

»Nein, Williamsburg in Brooklyn.«

»Weil Williamsbridge gleich auf der anderen Seite vom Bronx River Parkway ist, und ich wüßte wirklich nicht, warum du da hinfahren solltest. Und du weißt das offensichtlich auch nicht, du bist ja schließlich nicht hingefahren. Und wieso wolltest du nach Williamsburg? Wie bist du gefahren, über die Williamsburg Bridge? Da bauen sie schon seit Ewigkeiten dran rum.«

»Ich hab die U-Bahn genommen.«

»Du hättest mich anrufen sollen. Weißt du, was ich machen werde? Ich stelle Micks Wagen wieder in die Garage, bevor die zwanzig Mäuse abgelaufen sind und er von dem Jungen geklaut wird, der gerade auf ihn aufpaßt. Aber im Ernst, wenn du jemanden brauchst, der dich fährt, ruf mich an. Ich kann immer einen Wagen auftreiben.«

»Gut zu wissen.«

»Und melde dich wieder. Was da neulich nachts passiert ist ...«

»Ich weiß.«

»Ja, du warst schließlich dabei, nicht wahr? Matt, laß uns in Verbindung bleiben. Wir müssen in nächster Zeit gut aufeinander aufpassen.«

Ich erreichte TJ in seinem Hotelzimmer und verabredete mich mit ihm im *Starbucks* an der Ecke Broadway und Eighty-seventh. Als ich ankam, saß er bereits an einem der Tische und trank einen Eis-Mochaccino. Er trug eine schwarze Hose, ein schwarzes Hemd und eine zwei Zentimeter breite rosa Krawatte. Abgerundet wurde sein Outfit von einer Fanjacke der Raiders und einer schwarzen Baskenmütze.

»Ich mußte mich erst umziehen, und trotzdem war ich eher hier als du«, sagte er.

»Schnell wie ein geölter Blitz. Und was war so viel unpassender als das, was du jetzt anhast, daß du dich extra umziehen mußtest?«

»Hältst du das hier etwa nicht für passend? Für da, wo wir hingehen?«

»Es ist schon in Ordnung.«

»Es ist mindestens so passend wie dein trauriges altes Jackett. Vorher hatte ich eine Militärhose und meine kugelsichere Weste an, und das war auch genau richtig für da, wo ich vorher war. Aber doch nicht fürs *Mother Blue's*.«

»Und wo warst du vorher?«

»In Flushing. Hab mich mit einem Mädchen getroffen.«

»Oh.«

»Was heißt hier ›Oh‹? Ich war im Dienst. Ich hab meinen Auftrag erledigt.«

»Wie das?«

»Das Mädchen hat einen schwarzen Papa und eine vietnamesische Mama. Außerdem hat sie ‘ne ziemlich üble Akne. Wenn die nicht wäre, könnte sie glatt Model werden. Die Kleine sieht wirklich Spitze aus.«

»Eine Vietnamesin.«

»Aha, du hast es geschnallt. Einer ihrer Brüder war bei Born To Kill, und sie hat die ganzen Typen gekannt. Der, der Sonntag die Kneipe zerlegt hat, hieß Nguyen Tran Bao. Ziemlich gewalttätiger Knabe, so wie sie ihn beschrieben hat, aber das wußten wir ja bereits.«

»Tatsächlich? Auf mich machte er so einen netten und ruhigen Eindruck.«

»Er hat wegen Raub und Körperverletzung in Attica gesessen, und als er wieder auftauchte, war er nicht gerade das, was man resozialisiert nennt. Er ist mit einem weißen Typen rumgehangen, den er im Knast kennengelernt hatte, und es wurde allgemein vermutet, daß die beiden krumme Dinger drehten.«

»Ein Weißer.«

»Sehr weiß. Und mit einem Gesicht rund wie der Mond.«

»Der Bombenwerfer.«

»Genau das dachte ich auch.«

»Wußte sie zufällig seinen Namen?«

Er schüttelte den Kopf. »Was Goo so trieb, seit er aus dem Knast war, wußte sie nur, weil sie ein bißchen rumtelefoniert hat. Sie hatte quasi keinen Kontakt mehr zu BTK, seit sie aus Chinatown weggezogen ist.«

»Goo? Ist das die Abkürzung für Nguyen?«

»*Ich* kürz das so ab, weil's einfacher auszusprechen ist. Morgen rufe ich sie jedenfalls an und frage, ob sie irgend jemanden auftreiben konnte, der einen Namen zu dem Gesicht weiß. Und falls nicht, haben wir jetzt immerhin Goos Namen und wissen, wo er in die Lehre gegangen ist.«

»Vielleicht gibt der Meister uns ja eine Abschrift von seinem Zeugnis. Das hast du gut gemacht.«

»Gehört zum Job, Mann.« Er senkte den Kopf und sog den Rest seines Mochaccinos auf. »Und nun? Hören wir uns ein bißchen Alte-Leute-Musik an?«

Auf der schmalen Bühne spielte ein Quartett, ein Altsaxophon und drei Rhythmusinstrumente, und die Musiker waren so weiß wie ich, sogar fast so weiß wie Danny Boy. Sie trugen alle ausgebleichte Jeans, weißes Hemd und schwarzes Jackett, und irgendwie hielt ich sie sofort für Europäer, obwohl ich nicht sagen könnte, warum.

Vielleicht ihr Haarschnitt oder irgend etwas in ihren Gesichtern. Als das Stück zu Ende war, geizte das Publikum, das zu drei Vierteln aus Schwarzen bestand, nicht mit Applaus.

Danny Boy sagte mir, daß sie Polen waren. »Ich hab da so ein Bild im Kopf«, fuhr er fort. »Da sitzt so ein kleiner Junge in Warschau in der Küche seiner Mutter und lauscht den blechernen Tönen aus dem kleinen Radio. Sie spielen gerade ›Night in Tunesia‹ von Bird und Dizzy, und der Fuß des Jungen fängt an zu wippen, und genau in dem Moment wird ihm klar, was er im Leben mal machen will.«

»Kann gut sein, daß das so läuft.«

»Aber wer weiß das schon genau? Jedenfalls haben die echt was drauf, das muß ich schon sagen.« Er warf TJ einen Blick zu. »Du stehst vermutlich mehr auf Rap und Hiphop.«

»Am liebsten geh ich runter zum Fluß und singe gute alte Neger-Spirituals.«

Danny Boys Augen leuchteten auf. »Matthew, dieser junge Mann wird es noch weit bringen. Falls er nicht vorher erschossen wird.« Er nahm einen Schluck Wodka. »Ich hab mich ein bißchen umgehört. Der Mensch, der neulich abends die Unannehmlichkeiten in dem Chinarestaurant verursacht hat, ist ein desillusionierter und bitter enttäuschter junger Mann.«

»Wie kommt's?«

»Wie es aussieht, hat er die Hälfte des Geldes im voraus bekommen, als er den Auftrag übernommen hat. Den Rest sollte er bekommen, sobald der Job erledigt war. Seiner Ansicht nach hat er den Job erledigt. Man hat ihm gesagt, wo er sein Opfer finden konnte, und er ist hingegangen und hat getan, was er tun sollte. Wie hätte er ahnen sollen, daß es in dem Restaurant gleich zwei Gentlemen gab, die der Beschreibung entsprachen? Tatsache ist, daß da nur ein einzelner Gentleman saß, als er reinkam, und mit dem ist er dann entsprechend verfahren.«

»Und jetzt wollen sie ihm das restliche Geld nicht zahlen?«

»Nicht nur das, sie besitzen auch noch die Frechheit, die Anzahlung zurückzuverlangen. Sie haben vermutlich nicht allzu viel Hoffnung, daß sie sie auch kriegen werden, es geht wohl eher drum, die Verhandlungsbasis zu ihren Gunsten zu verändern und seine Geldforderung abzuschmettern.«

TJ nickte. »Wenn jemand Geld von dir will, dreh den Spieß einfach um und verlang Geld von *ihm*. Vielleicht wirst du ihn dann los.«

»Vermutlich ist das die Theorie, die dahintersteckt«, stimmte Danny Boy zu. »Weißt du, was *ich* denke? Sie hätten dem Mann sein Geld geben sollen.«

»Dann hätte er die Klappe gehalten.«

»Aber sie haben's nicht getan, und er auch nicht.«

»Wieviel schulden sie ihm?« fragte ich.

»Zweitausend Dollar«, antwortete Danny Boy.

»Zweitausend? Von insgesamt viertausend?«

»Du bist offensichtlich nicht viel wert«, sagte TJ.

»Schlechte Bezahlung, schlechte Ausführung«, entgegnete Danny Boy. Er zog ein Blatt Papier aus seiner Brieftasche, setzte seine Lesebrille auf und überflog es. »Chilton Purvis«, las er vor. »Vermutlich nennt man ihn Chili, vielleicht aber auch nicht. Er wohnt Tapscott Nr. 117, zweiter Stock, nach hinten raus. Ich hab noch nie was von einer Tapscott Street gehört, aber selbst wenn, hätte sie sich vermutlich inzwischen völlig verändert.«

»Was ist schon so geblieben, wie es war? In der Gegend wohnen inzwischen eine Menge Haitianer, außerdem Leute aus Guyana, Ghana und dem Senegal.«

»Die alle auf ein besseres Leben hoffen«, ergänzte TJ. »In diesem Land, wo jedem alle Möglichkeiten offenstehen.«

»Er hat Angst, daß die Polizei ihn einkassiert«, fuhr Danny Boy fort, »oder daß seine Auftraggeber aufkreuzen und ihm die Lippen mit einer Kugel versiegeln. Also bleibt er die ganze Zeit in seinem Zimmer. Außer wenn ihn das dringende Bedürfnis überkommt, einen draufzumachen und Crack zu rauchen und die Klappe aufzureißen.«

»Nehmen wir mal an, er würde die zweitausend kriegen, die ihm noch zustehen, wenn er den Mann verpfeift, der ihn aufs Kreuz gelegt hat. Meinst du, er würde sich darauf einlassen?«

»Wenn nicht, wäre er ganz schön blöd.«

»Daß er blöd ist, wissen wir ja schon«, warf TJ ein. »Wenn einer für ein paar müde Dollar Leute umbringt ...«

»Ich habe da eine Zeichnung, die würde ich ihm gern zeigen. Aber schau du sie dir erstmal an, Danny Boy.« Ich öffnete den Umschlag und zog eine der Kopien der Zeichnung heraus, die Ray von dem Schläger angefertigt hatte. Danny Boy betrachtete sie durch seine Lesebrille, dann nahm er die Brille ab und hielt das Blatt auf Armeslänge von sich.

»Fies sieht er aus«, sagte er schließlich. »Und nicht allzu helle.«

»Aber du kennst ihn nicht?«

»Leider nicht, aber es würde mich nicht wundern, wenn er und ich gemeinsame Freunde hätten. Kann ich das behalten, Matthew?«

»Du kannst noch ein paar mehr haben.« Ich legte ihm drei oder vier hin und schob TJ, der sich vorgebeugt hatte, um besser sehen zu können, auch eins hinüber.

»Kenne ich nicht«, sagte er ohne zu zögern. »Und wer ist der andere?«

»Welcher andere?« wollte Danny Boy wissen.

Ich zeigte ihnen die zweite Zeichnung. »Die war nur zur Übung«, sagte ich und erzählte ihnen, wie Ray Galindez den Mann gezeichnet hatte, damit ich den Kopf freibekam. Leider hatte es nicht geklappt, denn auch danach konnte ich das Gesicht des zweiten Schlägers nicht beschreiben.

Danny Boy sah sich die zweite Zeichnung an, schüttelte den Kopf und gab sie mir zurück. »Den hab ich schon mal gesehen«, sagte TJ.

»Ja? Wo denn?«

»Irgendwo im Viertel. Ich könnte jetzt nicht sagen, wo oder wann, aber so ein Gesicht bleibt einfach hängen.«

»Das wird es wohl sein«, stimmte ich zu. »Ich habe ihn letzte Woche kurz im *Grogan's* gesehen, und irgendwie kam er mir bekannt vor; wahrscheinlich ist er mir auch mal über den Weg gelaufen, genau wie dir. Und du hast recht, so ein Gesicht vergißt man so schnell nicht wieder.«

»All diese ausgeprägten Gesichtszüge«, sagte Danny Boy. »Kaum zu glauben, daß die alle in einem einzigen Gesicht Platz finden. So eine Nase sollte niemals mit so einem Mund kombiniert werden.«

Ich ließ TJ eine Zeichnung des Schlägers einstecken, faltete eine weitere zusammen und verstaute sie in meiner Brieftasche. Dann kam mir der Gedanke, auch noch von der zweiten Zeichnung eine Kopie einzustecken. Alles andere schob ich in den wattierten Umschlag zurück.

Ich sah auf die Uhr, und Danny Boy sagte: »Die Band spielt in ein paar Minuten weiter. Bleibst du noch ein bißchen?«

»Ich habe gerade überlegt, ob ich nach Brooklyn fahre.«

»Um unserem Freund einen Besuch abzustatten? Vielleicht ist er ja gerade zu Hause.«

»Und wenn nicht, könnte ich auf ihn warten.«

»Ich komme mit und leiste dir Gesellschaft«, sagte TJ. »Wenn er nicht da ist, kannst du mir zum Zeitvertreib ein paar Geschichten erzählen, und ich tue dann so, als hätte ich sie noch nie gehört.«

»Du solltest schon längst im Bett sein.«

»Du brauchst jemanden, der dir den Rücken freihält, vor allem, wenn du die falsche Hautfarbe für das Viertel hast. Und wenn du diesen Chili in die Mangel nehmen willst, sind zwei Leute besser als einer.« Er sah mir an, daß ich mir Sorgen um ihn machen würde, und fuhr fort: »Hey, mir kann doch nichts passieren. Du bist bewaffnet und gefährlich, Mann. Du paßt schon auf mich auf.«

»Halt dich bloß von geparkten Autos fern«, sagte Danny Boy, und wir starrten ihn beide an. »Ach, das stammt aus den Zeiten, als ich noch ein Kind war. Ich hab dir doch von meiner Liste erzählt. Tja, in meiner Kindheit wurden jedes Jahr ein paar Kinder von Autos überfahren, und darum ist jedes Jahr im Frühling und im Herbst jemand von der Polizei gekommen, um den Schulkindern was über Sicherheit im Straßenverkehr beizubringen. War das bei euch auch so, Matthew?«

»Das ist mir erspart geblieben.«

»Der Bulle hatte eine Diaserie dabei und hat bei jeder Aufnahme erklärt, wie das Kind gestorben ist. ›Mary Louise, sieben Jahre alt. Ist zwischen geparkten Autos hindurch auf die Fahrbahn gelaufen.‹ Und in den meisten Fällen war es genau deshalb passiert, weil jemand zwischen geparkten Autos auf die Fahrbahn gelaufen war und der Fahrer ihn deshalb nicht sehen konnte.«

»Ja und?«

»Also habe ich als kleiner Junge immer gedacht, daß die geparkten Autos die gefährlichen wären. Ich hab mich immer regelrecht an ihnen vorbeigestohlen, als ob sie sich ducken und zum Sprung bereitmachen würden. Ich hab erst viel später kapiert, daß die geparkten Autos absolut harmlos sind, und daß die, die fahren, einen umbringen können.«

»Geparkte Wagen.«

»Genau. Scheißgefährlich, die Dinger.«

Ich dachte einen Moment lang nach, und schließlich sagte ich zu TJ: »Wenn du darauf bestehst, mir nach Brooklyn hinterherzulaufen, dann tu mir doch bitte einen Gefallen. Geh auf die Toilette und verstau dies hier unter deinem Hemd.«

Er nahm den wattierten Umschlag und wog ihn in der Hand. »Das ist jetzt aber nicht fair. Du hast eine Eins-A-Kevlarweste, und ich kriege ein Stück Pappe. Glaubst du wirklich, das hält 'ne Kugel auf?«

»Es geht nur darum, daß du die Hände frei hast. Obwohl ich mir nicht ganz sicher bin, ob das wirklich so gut ist. Und steck ihn hinten rein, vorne würde er den Sitz deines Hemds versauen.«

»Hatte ich sowieso vor.«

Als er außer Hörweite war, sagte ich: »Ich habe über deine Liste nachgedacht, Danny Boy.«

»Hauptsache du paßt auf, daß du nicht demnächst draufstehst.«

»Wie geht es dir gesundheitlich?«

Er warf mir einen fragenden Blick zu. »Was hast du gehört?«

»Überhaupt nichts.«

»Was willst du dann also? Sehe ich nicht kerngesund aus?«

»Du siehst prima aus. Die Frage stammt eigentlich von Elaine und war eine spontane Reaktion von ihr, als ich ihr von deiner Liste erzählt habe.«

»Sie war schon immer eine scharfsinnige Frau. Von euch beiden ist eigentlich sie der wahre Detektiv, ist dir das klar?«

»Durchaus.«

»Tja.« Er faltete die Hände und legte sie auf den Tisch. »Ich hatte da 'ne kleine Operation.«

»Was war los?«

»Darmkrebs. Aber sie haben alles rausgeholt. Es wurde im Frühstadium erkannt, und dann haben sie alles rausgeholt.«

»Das freut mich zu hören.«

»Mich auch. Der Chirurg hat ihn erwischt, bevor sich Metastasen bilden konnten, aber sie wollten nach der Operation trotzdem vorsichtshalber 'ne Chemo machen, und ich hab dann auch zugestimmt. Ich meine, so was überläßt man doch lieber nicht dem Schicksal, nicht wahr?«

»Sehe ich auch so.«

»Aber es war so eine Chemo, bei der einem die Haare nicht ausfallen, also war's nicht allzu schlimm. Der unangenehmste Teil war der künstliche Darmausgang, aber sie haben mich dann nochmal operiert, um den natürlichen Darmausgang wiederherzustellen – mein Gott, willst du das wirklich alles hören?«

»Klar, red weiter.«

»Das war's schon. Nach der zweiten Operation habe ich mich gleich eine ganze Ecke besser gefühlt. Ein künstlicher Darmausgang ist wirklich ein Hindernis für dein Liebesleben. Mag ja sein, daß es Frauen gibt, die so was anmacht, aber ich hoffe, daß mir so eine nie über den Weg laufen wird.«

»Ich habe von niemandem auch nur ein Sterbenswort gehört.«

»Das wußte auch niemand.«

»Wolltest du denn keinen Besuch?«

»Nein. Und keine Karten mit Genesungswünschen oder Anrufe oder sonst irgendwelchen Scheiß. Schon witzig, Informationen sind mein Leben, aber auf dieser wollte ich unbedingt den Deckel draufhalten. Ich geh davon aus, daß du's für dich behältst. Du kannst es gern Elaine erzählen, aber sonst niemandem.«

»Geht klar.«

»Natürlich besteht immer die Gefahr eines Rezidivs, aber sie behaupten, sie wäre gering. Ich kann immer noch hundert werden. ›Ihr Tod wird in das Fachgebiet eines Kollegen fallen‹, hat der Arzt zu mir gesagt. Ich fand, das hat er nett ausgedrückt.« Er schenkte sich noch ein bißchen Wodka ein, ließ das Glas aber stehen. »Aber man fängt an, sich Gedanken zu machen.«

»Das gehört wohl dazu.«

»Ja, und da habe ich dann mit der Liste angefangen. Ich wußte ja, daß niemand ewig lebt, aber mir war nie so richtig klar, daß das auch auf mich zutrifft. Und dann habe ich es plötzlich kapiert.«

»Also hast du angefangen, die Namen aufzuschreiben.«

»Vermutlich stand jeder Name, der mir einfiel, für jemanden, den ich überlebt hatte. Keine Ahnung, was ich mir damit beweisen wollte. Egal, wie lang die Liste ist, früher oder später bist du selbst der letzte Eintrag.«

»Wenn ich so eine Liste machen würde, wäre sie ganz schön lang.«

»Und die Listen werden immer länger. Bis sie dann plötzlich aufhören. Da kommt TJ, laß uns über was anderes reden. Das ist ein guter Junge. Paß auf, daß sein Name nicht auf der Liste landet, hörst du? Und deiner auch nicht.«

Der Regen hatte, zumindest für den Moment, aufgehört. Auf der Amsterdam waren ein paar Taxis unterwegs, und ich winkte eins heran. »Zeitverschwendung«, sagte TJ. »Der hat keinen Bock, nach Brooklyn zu fahren.«

Ich sagte dem Fahrer, daß wir zur Ecke Ninth und Fifty-seventh wollten. »Warum fahren wir jetzt dahin?« wollte TJ wissen.

»Weil ich zufällig keine zweitausend Dollar dabeihabe. Und Chilton Purvis möchte vielleicht einen Blick drauf werfen.«

»›Zeig mir die Kohle!‹ Heißt das, wir zahlen ihm tatsächlich soviel?«

»Zumindest werden wir das behaupten.«

»Oh.« Er dachte nach. »Und du hast soviel Kohle zu Hause rumliegen? Wenn ich das gewußt hätte, hätte ich dich längst überfallen.«

Wir stiegen an der nordöstlichen Ecke aus dem Taxi und gingen zum Hoteleingang. »Laß uns kurz raufgehen«, sagte ich. »Ich will anrufen und sichergehen, daß in meinem Wohnzimmer keine Bullen rumhocken. Und du kannst den Umschlag rausholen. Ich laß ihn drüben in der Wohnung.«

Als wir oben in seinem Zimmer angekommen waren, sagte er: »Wenn du schon die ganze Zeit vorhattest, den Umschlag bei dir zu Hause zu lassen, wieso mußte ich ihn mir dann unters Hemd stekken?«

»Um sicherzugehen, daß du ihn nicht im Taxi liegenläßt.«

»Du wolltest allein mit Danny Boy reden.«

»Du darfst eine Klasse überspringen.«

»Geschenkt. Ich hab schon längst alle Klassen übersprungen. Worüber habt ihr euch unterhalten?«

»Wenn ich gewollt hätte, daß du das weißt, hätte ich dich nicht zur Toilette geschickt.«

Ich rief an und sprach auf das Band, bis Elaine abhob und sagte, die Luft sei rein. TJ und ich gingen nach unten, und während ich die Straße überquerte und die Eingangshalle des Parc Vendôme betrat, wartete er im Hoteleingang. Ich ging nach oben, holte mir zwanzig Hundert-Dollar-Noten aus unserem Bargeldvorrat für Notfälle und sagte Elaine, sie solle nicht auf mich warten.

Drei Taxifahrer hintereinander wollten uns auch für ein zusätzliches Trinkgeld von zwanzig Dollar nicht nach Brooklyn bringen. Eigentlich gibt es eine Vorschrift, daß sie einen innerhalb der fünf Stadtbezirke überall hinfahren müssen, aber was kann man schon machen, wenn sie sich weigern?

»Den Typen gerade eben hast du schon in Versuchung gebracht«, sagte TJ. »Für'n Fuffi hätte er's gemacht.«

»Die Stadt macht's für anderthalb Dollar pro Person«, antwortete ich, und dann gingen wir zur Eighth rüber und nahmen die U-Bahn.

KAPITEL 20

Vermutlich hätte es auch einen U-Bahnhof gegeben, der näher an unserem Ziel lag als der, an dem wir ausstiegen. So aber mußten wir acht oder zehn Blocks die East New York Avenue entlanggehen. Es war nicht das beste Viertel der Stadt, und es war auch nicht die beste Zeit, um sich dort aufzuhalten – es war schon weit nach Mitternacht, als wir aus der U-Bahn stiegen, und fast ein Uhr, bis wir die Tapscott Street gefunden hatten.

Nummer 117 war ein dreistöckiges Haus aus Holz und Ziegeln. Durch diesen Teil der Stadt war der Vertreter für Hausverkleidungen offensichtlich nicht gekommen, obwohl er hier manches Gute hätte bewirken können. Das Haus sah – ebenso wie die beiden Gebäude rechts und links davon – verlassen aus. Die Fenster im Erdgeschoß waren mit Sperrholz vernagelt, einige der Fenster weiter oben waren zerbrochen, und alles wirkte vernachlässigt und verwahrlost.

»Hübsch«, sagte TJ.

Die Haustür stand offen, ein Schloß gab es nicht. Der Flur war nicht beleuchtet, aber drinnen war es trotzdem nicht völlig dunkel, weil etwas Licht von der Straße hereinfiel. Laut Klingelschildern und Briefkästen mußte es auf jedem der drei Stockwerke jeweils zwei Wohnungen geben. Die im zweiten Stock hinten sollte also nicht allzu schwierig zu finden sein.

Wir warteten, bis sich unsere Augen an das Dämmerlicht gewöhnt hatten, dann gingen wir die Treppen zum zweiten Stock hinauf. Das Haus mochte zwar offiziell leerstehen, unbewohnt war es dennoch nicht. Im ersten Stock drang unter den Türen zur vorderen und zur hinteren Wohnung Licht heraus, und irgend jemand hatte entweder italienisch gekocht oder sich eine Pizza kommen lassen. Der Essensgeruch vermischte sich mit dem von Mäusen und Urin. Außerdem hörte man Leute reden, aber dann kam plötzlich Werbung, und mir wurde klar, daß da ein Radio oder ein Fernseher lief.

Die vordere Wohnung im zweiten Stock war dunkel und still,

aber die Tür der hinteren war nur angelehnt, und das Licht, das durch den zwei Zentimeter breiten Spalt strömte, erhellte den Flur. Drinnen spielte leise Musik, irgend etwas mit einem monotonen Rhythmus.

»Reggae«, murmelte TJ. »Stammt er von einer der Inseln?«

Ich näherte mich der Tür und horchte, konnte aber außer der Musik nichts hören. Ich überlegte, wie ich am besten vorgehen sollte, und klopfte schließlich an die Tür. Drinnen rührte sich nichts. Ich klopfte nochmals, diesmal etwas lauter.

»Ja, komm rein«, sagte eine Männerstimme. »Du siehst doch, daß offen ist.«

Ich öffnete die Tür und betrat das Zimmer. TJ hielt sich dicht hinter mir. Ein schlanker, dunkelhäutiger Mann erhob sich von einem abgenutzten Sessel. Seine kurzgeschnittenen Haare betonten das ovale Gesicht und die Stupsnase über seinem dünnen Schnurrbart. Er trug ein Sweatshirt der Georgetown University und eine graublaue Hose mit exakter Bügelfalte.

»Ich hab Musik gehört und bin dabei eingeschlafen«, sagte er. »Und wer zum Teufel seid ihr? Und was wollt ihr hier?«

Er machte auf mich eher einen neugierigen als einen empörten Eindruck. Vielleicht lag das an seinem Akzent. Auch ohne die Musik im Hintergrund war klar, daß er von den westindischen Inseln stammte.

»Wenn du Chilton Purvis bist«, sagte ich, »dann bin ich derjenige, den du gern treffen wolltest.«

»Red weiter. Und erzähl mir, wer dein dunkler Begleiter ist. Doch nicht etwa dein Schatten?«

»Er ist mein Zeuge. Er paßt auf, daß ich tue, was ich tun soll.«

»Und was sollst du tun, Mann?«

»Ich soll dir zweitausend Dollar geben.«

Er fing an zu strahlen, und seine Zähne glänzten im Licht der batteriebetriebenen Lampe. »Dann bist du wirklich der Mann, den ich gern treffen wollte. Macht die Tür zu und setzt euch. Fühlt euch wie zu Hause.«

Das war leichter gesagt als getan. Der Raum strotzte vor Dreck, die Wände waren voller Wasserflecken, und im Verputz konnte man tiefe Risse sehen. Auf dem Boden lag eine Matratze, und daneben standen zwei rote Plastikkästen für Milchflaschen. Es gab nur eine einzige Sitzgelegenheit, und das war der Sessel, von dem er gerade aufgestanden war. TJ zog wie geheißen die Tür hinter sich zu, zumindest soweit, wie sie sich ziehen ließ, aber wir blieben stehen.

»Dann haben sie also eingesehen, daß ich recht habe«, sagte Chilton Purvis. »Wurde aber auch Zeit. Schließlich habe ich den Auftrag genauso erledigt, wie es abgesprochen war. Habe ich den Mann am Leben gelassen? Nein. Habe ich den Bullen irgendwas hinterlassen, was sie zu mir zurückverfolgen könnten? Nein. Wie hätte ich ahnen sollen, daß es da noch einen zweiten Mann gab? Davon hat mir keiner was gesagt. Im Restaurant sitzt ein Mann, der genau der Beschreibung entspricht. Ich mache meinen Job. Ich bringe ihn um. Und dann weigern sie sich, mich zu bezahlen?«

»Du kriegst doch jetzt dein Geld.«

»Ja, das klingt gut. Das klingt wirklich richtig gut. Schieb die Kohle rüber, dann rauchen wir ein bißchen Gras, wenn ihr Lust habt. Aber erstmal her mit der Kohle.«

»Ich wüßte vorher gern noch, von wem du den Auftrag hattest.«

Er starrte mich an, und mir fiel wieder ein, was Elaine über Michael Moriarty gesagt hatte: Man konnte sehen, wie er dachte.

»Wenn du das nicht weißt«, setzte er an, schwieg dann aber und dachte noch ein wenig mehr.

»Von denen wirst du kein Geld sehen«, fuhr ich fort. »Von mir schon.«

»Du bist der Mann.«

»Ich bin kein Polizist, falls es das ist, was du meinst.«

»Ich *weiß*, daß du kein Polizist bist«, antwortete er, als sei das völlig unzweifelhaft. Ziemlich lange hatten die Leute auf den ersten Blick gewußt, daß ich Polizist war. Und jetzt sah der hier mich an und wußte sofort, daß ich keiner war. »Du bist der Typ, den ich hätte umlegen sollen«, sagte er und grinste dabei breit. »Und jetzt bringst du mir die Kohle.«

»Auf der Welt geht es eben manchmal seltsam zu.«

»Mann, die wird von Tag zu Tag seltsamer. Du bezahlst mich dafür, daß ich dir verrate, wer mich dafür bezahlt hat, daß ich dich umbringe. Ich würde sagen, das ist doch wirklich seltsam.«

»Aber kein schlechtes Angebot. Und du kriegst dein Geld.«

»Dann, würde ich sagen, ist das ein gutes Angebot. Ein prima Angebot.«

»Sag mir einfach, wer dein Auftraggeber ist und wo ich ihn finde, dann kriegst du die Kohle.«

»Hast du das Geld dabei?«

»Ich habe das Geld dabei.«

»Ah. Ich kann dir sagen, wie der Mann heißt. Wie findest du das?«

»Das wäre sehr hilfreich.«

»Eine Telefonnummer habe ich auch. Ich muß gerade mal schauen, wo ich den Zettel habe.« Er kramte mit dem Rücken zu mir in dem obersten Plastikkasten neben dem Bett herum, dann drehte er sich plötzlich mit einer Waffe in der Hand herum. Die ersten beiden Kugeln gingen daneben, aber die dritte und vierte trafen mich, eine mitten in die Brust, die andere ein paar Zentimeter tiefer und weiter rechts.

Ich hatte den Reißverschluß meiner Jacke nicht zugezogen gehabt, und ich nehme an, daß ich irgend etwas geahnt habe, denn als er anfing zu schießen, hielt ich meine Waffe bereits in der Hand und drückte den Abzug. Ich erwiderte das Feuer im selben Moment, in dem ich getroffen wurde. Natürlich trug ich die Kevlarweste, und ihr Hersteller hätte stolz sein dürfen; die Kugeln schlugen nicht durch. Was nicht heißt, daß sie abprallten wie Papierkugeln von einem Elefanten. Es fühlte sich an, als würde ich von jemandem geschlagen, der winzige Hände hatte. Das war nicht gerade angenehm, aber zu wissen, daß die Weste die Kugeln wahrhaftig aufgehalten hatte, war einfach großartig.

Er trug keine Weste. Ich schoß zweimal, und beide Kugeln trafen, eine rechts oben in die Brust, die andere zwei Zentimeter oberhalb seines Nabels. Er warf die Hände in die Luft, und die Waffe flog davon. Er torkelte einen Moment lang herum wie ein Tanzbär, dann sackten ihm die Beine weg, und er sank zu Boden.

»Du hast auf mich geschossen«, sagte er.

Ich atmete tief ein und kniete mich neben ihn. »Du hast auf *mich* geschossen«, stellte ich richtig.

»Und, was hat es mir gebracht? Kugelsichere Weste, wie? Eine .22er geht da nicht durch. Kopfschuß! Das wär's gewesen! Aber wenn man schnell schießen muß ...«

»Wieso hast du denn überhaupt auf mich geschossen?«

»Das war doch mein Auftrag!« Er klang, als müßte er die Sache einem Kind erklären. »Erster Versuch – es haut nicht hin. Nicht meine Schuld, aber trotzdem. Dann kommst du hier zur Tür reinspaziert, und ich habe nochmal eine Chance. Wenn ich dich umbringe, kriege ich meine zweitausend Dollar.«

»Aber ich wollte dir die zweitausend doch gerade geben.«

»Mal im Ernst, Mann. Woher soll ich wissen, daß du mir das Geld wirklich gibst? Wenn ich dich erschieße, bin ich auf der sicheren Seite: Dein Geld schnappe ich mir, sobald du tot bist, und zusätzlich hole ich mir die Kohle, die sie mir noch schulden.« Aus seinen Wunden lief Blut, und er zuckte vor Schmerz zusammen. »Hast du echt geglaubt, ich wüßte, wie die heißen? Wenn du einen Mörder anheuerst, sagst du dem doch nicht deinen Namen. Außer du bist völlig neben der Spur.«

»Dann hast du also auch keine Telefonnummer?«

»Du spinnst wohl.« Wieder zuckte er und verdrehte die Augen. »Mich hat's übel erwischt, Mann. Du mußt mich ins Krankenhaus bringen.«

Ich zog die Zeichnungen aus meiner Brieftasche, entfaltete sie und zeigte ihm die, auf der der Schläger zu sehen war. »Hast du den Mann schon mal gesehen? Ist das einer von ihnen?«

»Ja, das ist er. Aber seinen Namen weiß ich nicht. Und jetzt bring mich ins Krankenhaus.«

Ich fragte mich, ob er die Zeichnung überhaupt richtig angesehen hatte, und zeigte ihm die andere. »Und der hier?«

»Ja, der auch. Das sind die beiden, die gesagt haben, erschieß diesen Mann, sobald wir dir Bescheid geben.«

»Du bist doch zu nichts zu gebrauchen. Wenn ich dir einen Hundert-Dollar-Schein gezeigt hätte, hättest du geschworen, Ben Franklin hätte dir den Auftrag gegeben.«

Ich steckte die Zeichnungen wieder ein. »Ich hab irre Schmerzen, Mann«, sagte er. »Bringst du mich jetzt ins Krankenhaus?«

Ich starrte ihn einen Moment lang an, dann erhob ich mich. »Nein«, sagte ich.

»Nein! Was soll das heißen, Mann?«

»Du widerwärtiges Arschloch. Du hast gerade versucht, mich umzubringen, und jetzt glaubst du, ich müßte dir das Leben retten? Du hast einen Freund von mir umgebracht, du Arschloch.«

»Was willst du jetzt mit mir machen?«

»Ich laß dich hier verbluten.«

»Aber dann *sterbe* ich doch!«

»Gut. Dann kommst du auf die Liste.«

»Du willst mich einfach hier verrecken lassen?«

»Wieso nicht?«

»Leck mich doch am Arsch! Hast du gehört? Du kannst mich mal am Arsch lecken!«

»Tja, du mich auch.«

»Leck du *mich* am Arsch! Ich hoffe, du verreckst!«

»Sterben müssen wir alle. Du kannst mich mal am Arsch lekken.«

In dem Moment nahm ich ein Geräusch wahr und drehte mich um. Es klang wie Husten, war aber keiner. TJ saß mit dem Rücken zur Wand am Boden. Sein Gesicht war grau und vor Schmerz verzerrt. Die Hände preßte er fest gegen seinen linken Oberschenkel, und zwischen seinen gespreizten Fingern quoll Blut hervor, das in dem Licht fast schon schwarz wirkte.

KAPITEL 21

»Drück das fest auf die Wunde«, sagte ich. Ich hatte die Tasche von meinem Hemd abgerissen und legte jetzt TJs Finger auf den Pfropfen, den ich daraus geformt hatte. »Kannst du das so gut festhalten?«

»Ich denke schon.«

»Das Blut schießt nicht raus, es ist also keine Arterie getroffen. Wie fühlst du dich?«

»Es tut weh.«

»Halt durch. Drück auf die Wunde, so fest du kannst.«

»Mach ich.«

Ich ging einmal durch das Zimmer und fuhr mit dem Ärmel meiner Jacke über jede Oberfläche, auf der eventuell Fingerabdrücke von uns hätten sein können, obwohl ich mir ziemlich sicher war, daß wir nichts angerührt hatten. Das verwahrloste kleine Zimmer lud nicht gerade dazu ein, etwas anzufassen.

Chilton Purvis lag immer noch da, wo er gestürzt war. Aus dem Mundwinkel quoll ihm rosa Schaum, offenbar hatte eine der Kugeln die Lunge getroffen. Er starrte mich vorwurfsvoll an und bewegte die Lippen, brachte aber nichts heraus.

Seine Waffe war von einer der Wände abgeprallt und auf der Matratze gelandet. Das ist die Waffe, mit der Jim ermordet wurde, schoß mir durch den Kopf. Aber natürlich war sie das nicht, die war ja am Tatort zurückgeblieben. Ich ließ die Waffe, wo sie war, ließ das kleine tragbare Radio weiter Reggae spielen, ließ alles so, wie es war, inklusive Chilton Purvis. Ich kniete mich hin, schob eine Hand unter TJs Beine und die andere unter sein Kreuz und legte ihn mir quer über die Schultern.

»Drück weiter fest auf die Wunde«, sagte ich.

»Hauen wir ab?«

»Außer, dir gefällt es hier.«

»Und ihn lassen wir einfach liegen?«

»Mehr als einen kann ich nicht tragen.«

Ich schaffte es, TJ die Treppen hinunter und auf die Straße zu schleppen. Unter den Türen einiger Wohnungen war immer noch Licht zu sehen, aber nirgendwo flog eine Tür auf oder kam jemand herausgerannt, um nachzusehen, was die Schießerei bedeutete. Wenn man in einem leerstehenden Haus wohnt, lernt man vermutlich, seine Neugier zu zügeln.

Auf der Tapscott Street war es aussichtslos, ein Taxi zu finden. Ich wandte mich in Richtung East New York Avenue, die eineinhalb Blocks entfernt lag, aber schon an der Ecke Sutter entdeckte ich ein Taxi und brüllte dem Fahrer zu.

Der Wagen war ein alter Ford, der Fahrer ein Bangladeshi. Als das Taxi bei uns hielt, stand TJ neben mir, verlagerte sein Gewicht auf das unverletzte Bein und drückte weiter fest auf die Wunde. Einen Arm hatte ich ihm um die Hüfte gelegt, um ihn aufrecht zu halten, mit der anderen Hand öffnete ich die Wagentür.

»Was ist los mit dem Mann?« fragte der Fahrer. »Ist er krank?«

»Ich muß ihn zum Arzt bringen.« Ich hob TJ auf die Rückbank und stieg ebenfalls ein. »Ich muß nach Manhattan, Fifty-seventh Street. Ecke Ninth Avenue. Am besten fahren Sie ...«

»Aber schauen Sie ihn doch an! Er ist verletzt. Da! Er blutet!«

»Ja, und Sie verschwenden unsere Zeit.«

»Das geht nicht. Ich kann nicht zulassen, daß dieser Mann mein Taxi vollblutet. Das gibt Flecken auf den Polstern. Das geht nicht.«

»Ich gebe Ihnen hundert Dollar, wenn Sie uns nach Manhattan fahren.« Ich zog die Waffe. »Oder ich jage Ihnen eine Kugel in den Kopf und fahre selbst. Ihre Entscheidung.«

Vermutlich hat er geglaubt, daß ich dazu fähig wäre, und wahrscheinlich hatte er recht. Er legte den Gang ein und fuhr los. Ich sagte ihm, er solle über die Manhattan Bridge fahren.

Wir waren auf der Flatbush Avenue in Höhe der Atlantic, als er fragte: »Wie hat sich Ihr Freund die Verletzung geholt?«

»Er hat sich beim Rasieren geschnitten.«

»Er wurde angeschossen, stimmt's?«

»Und wenn?«

»Sie sollten ihn ins Krankenhaus bringen.«

»Genau da fahren wir hin.«

»Da gibt's ein Krankenhaus?«

Das Roosevelt ist Ecke Tenth und Fifty-eighth, aber da wollte ich nicht hin. »Privatklinik«, sagte ich.

»Sir, in Brooklyn gibt es auch Krankenhäuser. Ganz in der Nähe ist das Methodist Hospital, außerdem gibt's noch das Brooklyn Jewish.«

»Fahren Sie nach Manhattan.«

»Ja, Sir. Sir, würden Sie bitte aufpassen, daß nicht so viel Blut durchsickert? Das Taxi gehört meinem Schwager, nicht mir.«

Ich zog einen Hundert-Dollar-Schein aus der Tasche und reichte ihn ihm. »Damit klar ist, daß Sie das Geld kriegen.«

»Oh, danke, Sir. Wissen Sie, manche Leute sagen, daß sie einem mehr zahlen, tun's dann aber doch nicht. Danke, Sir.«

»Das dürfte für die Reinigung reichen, falls Blut auf dem Sitz sein sollte.«

»Bestimmt, Sir.«

Ich hatte meine Finger auf TJs gelegt und preßte sie gegen die Wunde. Ich fühlte, wie sich sein Griff lockerte, als ich den Druck übernahm. Er stand unter Schock, und das ist oft genauso gefährlich wie die Wunde selbst. Ich versuchte mich zu erinnern, was man mit Schock-Patienten machen muß. Die Füße hochlegen, fiel mir ein, und warmhalten. Ich sah allerdings keine Möglichkeit, wie ich das im Moment bewerkstelligen sollte.

Der Fahrer hatte recht, TJ gehörte ins Krankenhaus, und ich fragte mich, ob ich es verantworten konnte, ihn nicht dort einzuliefern. Das Bellevue war vermutlich spezialisiert auf Schußwundentraumata, und wir näherten uns gerade der Brücke. Ich hätte den Fahrer einfach nur bitten müssen, zur Ecke First Avenue und Twenty-fifth zu fahren.

Aber die Notfallabteilung des Roosevelt war ebenfalls Spitzenklasse, außerdem lag es näher an unserer Wohnung. Und ich konnte die Entscheidung aufschieben, bis wir im nördlichen Teil Manhattans waren.

Ich schaffte es, die Entscheidung aufzuschieben, bis wir beim Parc Vendôme waren. Als der Fahrer vor unserem Eingang an den Randstein fuhr, gab ich ihm einen weiteren Hundert-Dollar-Schein. »Vergessen Sie einfach, daß Sie uns je gesehen haben«, sagte ich.

»Sie sind sehr großzügig, Sir. Ich versichere Ihnen, ich kann mich an überhaupt nichts erinnern. Soll ich Ihnen helfen, Ihren Freund zu stützen?«

»Es geht schon. Wenn Sie nur die Tür aufhalten würden.«

»Klar doch. Ach, Sir?« Ich drehte mich um. »Meine Visitenkarte. Sie können mich jederzeit anrufen, egal zu welcher Uhrzeit. Jederzeit, Sir.«

Der Arzt war ein hagerer, adretter Gentleman mit kerzengerader Haltung. Haare und Schnurrbart waren weiß, aber seine Augenbrauen waren immer noch dunkel. Als er aus dem Schlafzimmer kam, hielt er ein Paar Einweghandschuhe und einige andere Krankenhausutensilien in der Hand, und Elaine zeigte ihm, wo der Abfalleimer stand.

»Einen Moment mal«, sagte er und wühlte in dem Eimer herum. Als er sich wieder aufrichtete, hielt er einen Klumpen Blei zwischen Daumen und Zeigefinger. »Vielleicht will der junge Mann das hier als Andenken behalten.«

Elaine nahm den Klumpen und wog ihn in der Hand. »Nicht sonderlich groß«, bemerkte sie.

»Nein, und dafür sollte er dankbar sein. Eine größere Kugel hätte Schlimmeres angerichtet. Wenn man schon angeschossen wird, dann möglichst mit einem kleinen Kaliber und geringer Mündungsgeschwindigkeit. BB-Munition aus einem Luftgewehr ist da am geeignetesten, aber irgendwie landet die immer in den Augen von Kindern.«

Wie ich vermutet hatte, wußte Elaine, wen sie anrufen konnte. Wir brauchten einen Arzt, der nicht darauf bestehen würde, TJ ins Krankenhaus zu bringen, einen Arzt, der bereit war, die Vorschriften zu mißachten, nach denen er alle Schußwunden den Behörden zu melden hatte. Ich wußte, daß Mick einen entsprechenden Arzt an der Hand hatte, den, der vor ein paar Jahren Tom Heaney wieder zusammengeflickt hatte. Zumindest, falls er noch lebte und falls er nach ein paar weiteren alkoholreichen Jahren noch Zange und Skalpell halten konnte. Aber Micks Arzt wohnte oben im Norden. Ich brauchte jemanden hier vor Ort.

Es war schon fast zwei Uhr gewesen, als Elaine Dr. Jerome Froelich angerufen hatte, der – nehme ich jedenfalls an – in den Zeiten von *Roe gegen Wade* mehr als nur ein paar Abtreibungen vorgenommen und auch so manches Morphium- oder Dexedrin-Rezept ausgestellt hatte. Er war zwar etwas ungehalten, kam aber.

Sie fragte ihn, wie es um TJ stand. »Der schläft erstmal friedlich«, antwortete er. »Ich habe ihm ein Beruhigungsmittel gegeben und die Wunde verbunden. Eigentlich sollte man ihn ins Krankenhaus bringen. Andererseits ist es so vielleicht besser. Er hat einiges an Blut verloren, und wahrscheinlich würden sie ihm ein oder zwei Bluttransfusionen geben, aber wissen Sie was? Wenn ich er wäre, würde ich nur äußerst ungern Blut von irgendeinem Unbekannten in meine Venen gepumpt kriegen, nein danke.«

»Wegen HIV?«

»Wegen aller möglicher verdammter Sachen, und dazu gehören auch einige, auf die man Blut nicht testen kann, weil sie niemand kennt. Ich trau diesen Blutspenden inzwischen einfach nicht mehr. Manchmal kann man es sich nicht aussuchen, aber wenn man nur etwa einen halben Liter verloren hat, würde ich lieber darauf vertrauen, daß der Körper das selbst ersetzen kann. Wissen Sie, was Sie tun sollten?«

»Was denn?«

»Kaufen Sie einen Entsafter. Dann ...«

»Haben wir bereits.«

»Ich rede jetzt aber nicht von einer Zitronenpresse, sondern von einem Entsafter, der auch Gemüse verarbeiten kann. Haben Sie so etwas?«

»Ja.«

»Gut.«

»Wir benutzen ihn nicht sehr oft, denn ...«

»Sollten Sie aber. Die Dinger sind ihr Gewicht in Gold wert. Kaufen Sie Rote Beete und Karotten. Biologisch angebaute sind am besten, aber wenn Sie die nicht auftreiben können ...«

»Ich weiß, wo es welche gibt.«

»Rote-Beete-Saft regt die Blutproduktion an, aber geben Sie ihn ihm nicht pur. Mischen Sie ihn zur Hälfte mit Karotten, und bereiten Sie ihn jedesmal frisch zu. Das hilft nicht so schnell wie eine Bluttransfusion, aber dafür kriegt man davon auch keine Hepatitis.«

»Ich wußte zwar, daß Rote-Beete-Saft die Blutbildung fördert, aber kann gut sein, daß ich nicht dran gedacht hätte. Und ich hätte nie damit gerechnet, daß mir das mal ein Arzt empfiehlt.«

»Die meisten Ärzte haben noch nie was davon gehört und würden auch nichts darüber wissen wollen. Aber ich bin nicht so wie die meisten Ärzte, meine Liebe.«

»Nein, das sind Sie nicht.«

»Die meisten Ärzte sorgen auch nicht so gut für sich wie ich für mich. Die meisten Ärzte in meinem Alter fühlen sich nicht so gut wie ich und sehen auch nicht so gut aus. Ich bin achtundsiebzig. Sagen Sie, sehe ich aus wie achtundsiebzig?«

»Natürlich nicht, das wissen Sie doch.«

»Sie sollten mich erstmal sehen, wenn ich die ganze Nacht durchschlafen durfte. Dann sehe ich noch viel besser aus. Aber egal ob Tag oder Nacht – ich verlange eine Menge Geld. Das hier kostet Sie zweitausend Dollar.«

»In Ordnung.«

»Sieh an, sie zuckt mit keiner Wimper. Ich weiß, das ist ein absurd hoher Preis, aber es gibt da etwas, das ist noch absurder: Wenn Sie den jungen Mann ins Krankenhaus gebracht hätten, hätten Sie, bis die ihn entlassen hätten, noch einiges mehr zahlen dürfen.«

Ich mußte das Geld nicht erst holen. Ich hatte es mitgenommen für den Fall, daß Purvis es sehen wollte, und jetzt zählte ich es noch einmal und gab es dann Dr. Froelich.

»Danke«, sagte er. »Eine Quittung bekommen Sie nicht. Einen Bericht schreibe ich ebenfalls nicht, weder für die Polizei noch für das Finanzamt. Die Nachsorge ist übrigens im Preis inbegriffen. Ich komme irgendwann am späten Nachmittag nochmal vorbei, um nach ihm zu sehen und den Verband zu wechseln. Messen Sie alle zwei Stunden seine Temperatur, geben Sie ihm Aspirin, wenn er Schmerzen hat, und rufen Sie mich an, falls das Fieber in die Höhe schnellt, wobei ich nicht glaube, daß das passieren wird. Und denken Sie an den Rote-Beete-Saft. Rote Beete und Karotten zu gleichen Teilen, soviel, wie Sie ihm eintrichtern können. War schön, Sie zu sehen, Elaine. Ich habe oft an Sie gedacht und mich gefragt, was aus Ihnen geworden ist. Sie sind so schön wie eh und je.«

»Schöner«, sagte ich.

Er legte den Kopf auf die Seite und betrachtete sie. »Wissen Sie was? Ich glaube, Sie haben recht.«

Nachdem der Arzt gegangen war, sagte ich: »Vielleicht hätte ich ihn doch direkt ins Krankenhaus bringen sollen.«

»Du hast doch gehört, was Jerry gesagt hat. Vermutlich ist es besser, wenn er hier ist und statt einer Infusion Rote-Beete-Saft bekommt.«

»Gut zu wissen. Aber wie hätte ich das vorher wissen sollen? Ich habe nur gesehen, daß die Blutung nicht allzu stark war, und ich hatte den Eindruck, daß er nicht in unmittelbarer Lebensgefahr schwebte. Falls ein Arzt beschließen würde, er gehöre ins Krankenhaus, hätte man ihn immer noch in die Notaufnahme bringen können.«

»Klingt doch vernünftig.«

»Bei Schußwunden muß ein Bericht geschrieben werden, und das wollte ich möglichst vermeiden. Wenn ein junger Schwarzer wie er noch keinen Eintrag bei der Polizei hat, dann ist das schon etwas besonderes, das man nicht so leicht aufs Spiel setzen sollte.«

»Ich bin sicher, er wird froh sein, daß er nicht im Krankenhaus liegt.«

»Vermutlich habe ich auch an mich gedacht. Die Kugel, die Froelich aus ihm rausgeholt hat, mag vielleicht ein nettes Andenken sein, aber wenn sie die im Bellevue oder im Roosevelt oder im Brooklyn Jewish rausgeholt hätten, hätte er sie nicht behalten dürfen. Sie hätten sie an die Bullen weitergeleitet, und die hätten, sobald sie sie untersucht hätten, vielleicht eine interessante Verbindung herstellen können.«

»Zu den Kugeln, die Jim Faber getötet haben?«

»Nein, die Mordwaffe hat der Mörder am Tatort zurückgelassen. Aber zu einer Waffe, die in einer Wohnung in Brooklyn gefunden wurde, zusammen mit einem Mann, der von zwei anderen Kugeln getötet wurde. Kugeln aus einem 38er Revolver. Wobei mir einfällt – ich muß dieses Ding unbedingt loswerden.«

»Weil er direkt zu dem Toten in Brooklyn führt. Soll ich ihn mitnehmen und in einen Gully werfen?«

»Erst, wenn ich einen Ersatz dafür gefunden habe. Ich hatte kurz überlegt, ob ich diesen am Tatort zurücklasse und mir seinen schnappe, aber was soll ich mit so einem schnuckeligen kleinen .22er?«

»Mein Mann will eine Waffe für Männer. Aber weißt du, was du schon mal tun kannst? Dein Hemd ausziehen. Das hat Löcher von den Kugeln. Also, nicht direkt Löcher, die Kugeln sind ja nicht durchgeschlagen, aber man sieht, wo sie abgeprallt sind. Wie steht's mit der Jacke? Nein, die hat er verfehlt, aber es sind Blutflecken drauf, und auf der Hose auch. Geh doch duschen, und inzwischen schmeiße ich die Sachen in die Waschmaschine. Oder ist das nur Zeitverschwendung? Die Flecken kriege ich raus, aber kann man bei einem Test trotzdem noch Spuren entdecken?«

»Kann sein. Aber wenn man die Flecken mit bloßem Auge nicht mehr erkennt, sollte das reichen. Falls es soweit kommt, daß sie alle Sachen in meinem Schrank einem Spektroskopietest unterziehen, ist es egal, was sie finden. TJs Blut ist auf dem Boden in der Tapscott Street, und bei einer DNA-Überprüfung würden sie ihn sofort mit dem Tatort in Verbindung bringen. Insofern werde ich mir jetzt keine Sorgen wegen unsichtbarer Blutflecken machen.«

Ich duschte, zog frische Sachen an und sah nach TJ. Er schlief tief und fest und hatte schon wieder eine etwas gesündere Gesichtsfarbe. Ich legte ihm eine Hand auf die Stirn. Sie fühlte sich warm an, aber nicht gefährlich warm.

Als ich ins Wohnzimmer kam, sagte Elaine, ich hätte mich gar nicht erst anzuziehen brauchen. »Du brauchst dringend Schlaf«, fuhr sie fort. »Du kannst dich ein paar Stunden auf die Couch legen. Ich bleibe bei TJ sitzen, und sobald die Läden aufmachen, übernimmst du, und ich gehe Rote Beete und Karotten kaufen. Es hätte mich beinahe umgehauen, als Jerry mit dem Rote-Beete-Saft anfing.« Sie zögerte kurz, dann sagte sie: »Er hat eine meiner Abtreibungen vorgenommen, aber davor war er auch mein Kunde.«

»Ich hätte dich das nicht gefragt.«

»Das weiß ich, aber warum solltest du dir den Kopf zerbrechen müssen? A propos Kopf zerbrechen: Glaubst du, er ist tot? Der Mann in Brooklyn?«

»Als ich ging, war er ziemlich nah dran. Inzwischen dürfte er es hinter sich haben.«

»Außer irgend jemand hat einen Krankenwagen gerufen.«

»Das ist eher unwahrscheinlich. Und selbst wenn, wäre er vermutlich noch vor Ort oder auf der Fahrt ins Krankenhaus gestorben.«

»Macht dir das was aus?«

»Daß er tot ist?«

»Und daß du nicht versucht hast, ihn zu retten.«

»Nein. Ich glaube nicht. Immerhin hat er Jim umgebracht.«

»Das ist mir klar.«

»Man sollte ja meinen, ich müßte völlig außer mir gewesen sein, als ich ihm gegenüberstand, aber so war es nicht. Er stellte einfach nur ein Problem dar, das ich lösen mußte. Er hatte Informationen, die ich brauchte. Oder zumindest glaubte ich zu dem Zeitpunkt, daß er die hätte. Wie sich herausstellte, wußte er überhaupt nichts. Er erkannte den Typen auf dem ersten Phantombild, und ich machte mir schon Hoffnungen, aber dann habe ich ihm noch ein weiteres gezeigt, das Ray und ich gemacht hatten, um zu üben, von jemandem, der mit der ganzen Sache rein gar nichts zu tun hat, und den erkannte er dann auch. Wenn ich ihm ein Bild vom Dalai Lama gezeigt hätte, hätte er geschworen, das sei der Typ, der es auf mich abgesehen hat.«

»Er wollte einfach nur möglichst schnell ins Krankenhaus gebracht werden.«

»Genau. Aber was ich sagen wollte: Als ich zu ihm gefahren bin, war ich nicht auf Rache aus. Ich hatte nicht vor, ihm die zweitausend Dollar zu geben, aber ich wollte ihn auch nicht umbringen. Wenn er nicht als erster geschossen hätte, hätte ich die Waffe niemals gezogen.«

»Aber er hat als erster geschossen.«

»Ja, das hat er, also habe ich zurückgeschossen, und dann wollte der Dreckskerl, daß ich mich drum kümmere, daß er wieder zusammengeflickt wird. Zum Teufel mit der ganzen Sache. Ich glaube, selbst wenn ich gewollt hätte, hätte ich ihm nicht mehr helfen können, aber warum hätte ich es überhaupt versuchen sollen? Ich hatte ihn nicht umbringen wollen, aber sterben lassen wollte ich ihn schon.«

»Das hat er sich selbst zuzuschreiben.«

»Das kann man wahrscheinlich von den meisten Leuten behaupten. Trotzdem – der Typ war ein wandelnder Werbespot für die Todesstrafe. Ich hatte den Eindruck, er war ein Soziopath durch und durch. Für Geld hätte der jeden umgebracht. Weiß der Himmel, wieviele Menschen er in seinem Leben getötet hat, und Jim wäre sicher nicht der letzte geblieben. Wenn ich nicht die Weste getragen hätte, wäre er nicht mal für diese Woche der letzte gewesen.«

»Daran habe ich auch schon gedacht. Aber ich habe beschlossen, keine Gedanken aufkommen zu lassen, die mit *hätte* oder *wäre* anfangen. Von der Sorte gibt es zu viele, und sie sind einfach zu verstörend. Du lebst, Gott sei Dank, und TJ lebt auch. Für's erste muß das reichen.«

KAPITEL 22

Es gelang mir, ein paar Stunden auf der Couch zu schlafen, aber ich schlief unruhig und hatte eine Menge Träume, die sich, als ich die Augen aufschlug, in Nichts auflösten. TJ lag allein im Schlafzimmer und schlief völlig entspannt. Einen Moment lang sah er aus, als wäre er höchstens zwölf Jahre alt.

Elaine war in der Küche und schaute Nachrichten. »Nichts über einen Toten in Brownsville«, sagte sie.

»Da kommt auch nichts. Ein Schwarzer, der in einem leerstehenden Hause erschossen wurde? Nicht gerade ein Thema, bei dem ein Nachrichtenredakteur ein Filmteam losschickt.«

»Aber untersuchen werden sie den Fall.«

»Die Polizei? Natürlich. Du versuchst jeden Mord aufzuklären. Bei diesem hier kann man leicht nachvollziehen, wie es abgelaufen sein muß: ein Toter am Boden mit zwei .38er Kugeln in der Brust. Daneben eine andere Waffe, eine .22er, mit der vor kurzem geschossen wurde, und einige dazugehörige Kugeln im Zimmer verteilt.«

»Oh?«

»Die beiden, die von der Kevlarweste abgeprallt sind und eine, die uns beide verfehlt hat. Wenn sie sich die Mühe machen wollen, können sie die aus der Wand rauspulen. Dann das Blut – das des Toten und das einer anderen Person, vermutlich das des Schützen.«

»Aber das wissen wir besser.«

»Und eine Blutspur, die zur Tür raus und die Treppe hinunterführt. Man wird annehmen, daß sich zwei Männer gestritten haben, wahrscheinlich wegen Drogen oder wegen Frauen ...«

»Über was sollten erwachsene Männer sonst auch streiten.«

»... und dann zur Waffe gegriffen haben, und der, der das überlebt hat, fand es besser, sich zu verdrücken. Natürlich versucht man so einen Mord aufzuklären, aber man reißt sich nicht unbedingt ein Bein dabei aus. Du wartest, bis irgendwann mal jemand sagt: ›Hört mal, wieso wollt ihr mich wegen ein paar billigen Briefchen hopsnehmen, wenn ich euch doch sagen kann, wer der Typ ist, der den Cayman-Typen drüben in der Tapscott erschossen hat?‹ Und dann machst du einen Deal mit ihm, und schon hast du den Täter.«

»Cayman? Kam Purvis von den Cayman-Inseln?«

»Bloß eine Vermutung. Er trug ein Sweatshirt von der Georgetown University.«

»Na und? Die ist doch in DC.«

»Überleg mal weiter.«

»Georgetown ist die Hauptstadt der Cayman-Inseln«, sagte sie nach kurzem Nachdenken. »Wenn er von dort stammte, wäre es echt cool, ein Sweatshirt der Georgetown University zu tragen.«

»Klingt logisch.«

»Andererseits ist Georgetown auch die Hauptstadt von Guyana.«

»Echt?«

»Ja. Vielleicht ist er also aus Guyana.«

»Vielleicht. Vielleicht hat er das Sweatshirt aber auch einfach nur gestohlen.«

»Die Cayman-Inseln haben mir gut gefallen. Damals jedenfalls, als sonnengebräunte Haut noch als sexy galt und nicht als Vorstufe zum Hautkrebs. TJ schläft ganz schön tief. Einmal ist er aufgewacht, als ich seine Temperatur gemessen habe, und da habe ich ihm ein bißchen Wasser eingeflößt. Danach ist er sofort wieder weggedämmert. Er hat erhöhte Temperatur, knapp unter achtunddreißig Grad.«

»Ich denke, das war zu erwarten.«

»Ja, das würde ich auch sagen. Einer von uns muß Rote Beete und Karotten besorgen.«

Ich erklärte mich bereit zu gehen. Der Laden, zu dem Elaine mich schickte, war an der Ninth Avenue in der Nähe der Forty-fourth. Es war ein riesiger Naturkostladen mit einer großen Obst- und Gemüseabteilung und Unmengen von Kräutern und Vitaminen. Vermutlich hätte ich in den Regalen etwas finden können, das TJ über Nacht wieder gesund gemacht hätte, ohne daß auch nur eine Narbe zurückgeblieben wäre, aber ich hatte keine Ahnung, was das sein konnte und wo es stand. Also kaufte ich so viele Rote Beete und Karotten, daß ich zwei Einkaufstaschen damit füllen konnte, und nahm mir ein Taxi nach Hause.

Als ich ankam, hatte Elaine bereits den Entsafter aufgebaut, und ich sah ihr zu, wie sie das Gemüse putzte, in Stücke schnitt und in den Entsafter steckte. Der Saft mochte zur Hälfte aus Karotten bestehen, aber sehen konnte man nur die Rote Beete, dunkel und violett wie venöses Blut.

Sie füllte den Saft in ein großes Glas und ging damit ins Schlafzimmer. Ich ging hinterher, um zu sehen, wieviel Widerstand TJ leisten würde. »Das hier ist Rote-Beete-Saft«, sagte sie, »gemischt mit Karottensaft. Der Arzt meinte, du müßtest das trinken, um den Blutverlust auszugleichen.«

Er sah sie an. »Wie eine Transfusion?«

»Nur ohne Nadel und Schlauch.«

»Das hat der Doc gesagt? Der, der vorhin hier war?«

Sie bejahte, und er nahm das Glas und kippte den Inhalt in zwei großen Schlucken hinunter. »Gar nicht mal schlecht«, sagte er überrascht. »Irgendwie süßlich. Was, sagtest du, ist das? Rote Beete und Karotten?«

»Genau. Bringst du noch mehr runter?«

»Ich denke schon. Ich hab ganz schön Durst.«

Während Elaine den Saft zubereitete, half ich ihm ins Badezimmer und wieder zurück zum Bett. Er konnte es kaum fassen, wie schwach er war oder wie erschöpft von den paar Schritten. »Das ist doch nur eine Fleischwunde«, sagte er. »Das sagen sie doch immer, nicht wahr? Und dann stehen sie wieder auf und rennen los, als wäre nichts passiert.«

»Aber nur im Film.«

»Ist ja auch egal. Sind doch eigentlich alles Fleischwunden; der Mensch besteht doch schließlich aus Fleisch. Was hat mir der Doc gegeben, weißt du das zufällig? Wenn man das Zeug auf der Straße verkaufen würde, könnte man sicher gut davon leben.«

»Erzähl das lieber nicht dem Arzt. Der probiert das glatt aus.«

Wir kümmerten uns den ganzen Tag um TJ. Während Elaine ein paar Stunden auf der Couch schlief, saß ich bei ihm am Bett, wachte über seinen Schlaf und redete mit ihm, wenn er wach wurde. Im Laufe des Nachmittags stieg das Fieber, und als es 38,9 Grad erreichte, rief Elaine Froelich an. Er sagte, er würde in zwei Stunden kommen, und daß wir uns nochmal melden sollten, falls das Fieber vorher vierzig Grad überschreiten würde. Aber das Fieber ging zurück, und als der Doktor kam und TJs Temperatur maß, war sie schon wieder im normalen Bereich. Froelich wechselte den Verband, verkündete, die Wunde würde prima heilen, und sagte zu TJ, er solle sich glücklich schätzen. »Wenn die Kugel eine Arterie getroffen hätte, wären Sie vielleicht verblutet. Wenn sie den Knochen getroffen hätte, hätten Sie vielleicht vier Wochen liegen müssen.«

»Wenn sie mich gar nicht getroffen hätte, könnte ich jetzt aufstehen und Basketball spielen.«

»Dazu sind Sie zu klein. Heutzutage sind die alle riesig. Bleiben Sie bei dem, was Sie vorher gemacht haben, und trinken Sie weiterhin Rote-Beete-Saft. Übrigens: Der verfärbt Ihren Urin.«

»Na so was, das ist mir auch schon aufgefallen. Erst dachte ich, ich würde verbluten, aber dann fiel mir ein, wo ich diese Farbe schon mal gesehen hatte. Ich hatte sie literweise in mich reingekippt.«

Nachdem der Arzt gegangen war, döste TJ wieder ein, und auch mich übermannte vor dem Fernseher der Schlaf. Als ich wieder aufwachte, erzählte mir Elaine, TJ würde allmählich anfangen zu nörgeln, was sie für ein gutes Zeichen hielt. »Er sagt, wenn er bei sich wäre, also drüben in seinem Hotelzimmer, könnte er seine E-Mails lesen und in irgend welchen Foren am Ball bleiben – was immer das auch heißen mag.«

»Irgendwas mit Computern. Das kann man nicht verstehen.«

Wir verbrachten einen ruhigen Abend zu Hause. TJ hatte großen Appetit und verdrückte zwei Portionen Lasagne. Außerdem war er überzeugt, er würde es allein zur Toilette und zurück schaffen, und fragte Elaine, ob sie noch die Krücke habe, die sie im Frühling bekommen hatte, als sie sich den Knöchel verstaucht hatte. Sie suchte sie, und er machte ein paar vorsichtige Schritte damit, merkte aber schnell, daß es nicht ging. Die Wunde war noch zu frisch, er konnte das Bein nicht belasten.

Zwischendrin klingelte immer mal wieder das Telefon. Wir ließen den Anrufbeantworter drangehen, und etwa die Hälfte der Anrufer legte auf, ohne eine Nachricht zu hinterlassen. Vielleicht waren es Vertreter von irgendwelchen Telefongesellschaften, die uns abwerben wollten, vielleicht war es aber auch nur jemand, der keine Lust hatte, seine Morddrohung auf einen Anrufbeantworter zu sprechen. Aber darüber zerbrach ich mir nicht lange den Kopf.

So um Mitternacht herum klingelte es wieder. Nach der Ansage und dem Signal folgte eine Pause, die ewig schien, vermutlich aber nur fünf oder sechs Sekunden dauerte. Schließlich sagte eine bekannte Stimme: »Äh – ich bin's. Bist du da?«

Ich hob ab und redete mit ihm, dann legte ich den Hörer neben das Telefon und ging zu Elaine. »Mick ist am Apparat«, sagte ich. »Er sitzt im Wagen und fährt durch die Gegend. Er will vorbeikommen und mich abholen.«

»Und, fährst du mit?«

»Das wollte ich erst mit dir besprechen.«

»TJ geht es deutlich besser. Ich kriege das hier schon allein hin. Und die Sache ist noch nicht vorbei, nicht wahr? TJ wurde angeschossen, und der Mann, der Jim erschossen hat, ist tot, aber das Ganze ist erst vorbei, wenn es vorbei ist. Sagt man nicht so?«

»Ja. Und nein, es ist noch nicht vorbei.«

»Dann gehst du wohl besser.«

KAPITEL 23

Ich wartete in der Eingangshalle und beobachtete die Straße, während der Portier, der die Schicht von Mitternacht bis acht hatte, mir seine Ansichten über die globale Erwärmung mitteilte. Ich könnte seine Argumentationskette nicht mehr wiedergeben, aber er sah das Ganze jedenfalls als direkte Folge des Zusammenbruchs des Kommunismus.

Dann hielt Andy Buckleys verbeulter Caprice am Straßenrand und fuhr wieder an, kaum daß ich eingestiegen war. Die Nacht war klar und kalt, und mein Blick fiel auf den Mond. Wir hatten Viertelmond, und er sah ähnlich aus wie in der Nacht, in der wir das Grab ausgehoben hatten. Nur hatten wir damals zunehmenden und jetzt abnehmenden Mond.

»Andy hat versucht, dich zu erreichen«, sagte ich. »Er wollte deine Nummer haben, aber ich habe ihn in dem Glauben gelassen, ich hätte sie nicht.«

»Wann war das?«

»Gestern, am frühen Abend. Hast du seither mit ihm gesprochen?«

»Gestern. Und heute auch. Er hatte den Cadillac geholt und wollte Wagen tauschen.«

»Das hat er mir auch erzählt.«

»Ich habe ihm gesagt, er hätte doch sowieso den besseren erwischt. Aber er hatte Angst, den Wagen irgendwo zu parken, weil er fürchtete, es könnte was damit passieren. Das ist meine geringste Sorge, habe ich ihm gesagt, aber davon wollte er nichts hören. Er hat ihn wieder in die Garage gestellt und fährt jetzt irgend so ein altes Wrack, das seinem Cousin gehört.«

»Mir hat er auch gesagt, daß er sich einen Wagen ausleihen wollte.«

Wir waren inzwischen auf dem Broadway und fuhren Richtung Downtown. »Wo soll es jetzt hingehen?« fragte Mick. »Na, Hauptsache, wir fahren irgendwohin und machen was. Dieses Rumsitzen treibt einen in den Wahnsinn. Da weiß man, daß die andere Seite was plant – ohne zu wissen, wer die überhaupt sind –, man weiß aber nicht, was sie vorhaben und kann nichts dagegen unternehmen. Ich bin die ganze letzte Nacht dagesessen, mit einer Flasche und einem Glas. Ich trinke ja gern, und es macht mir auch nichts aus, allein zu trinken, aber ich habe nicht getrunken, weil es mir Spaß gemacht hat, sondern aus purer Langeweile. Und das ist tödlich für die Seele.«

»Ich weiß, wovon du redest.«

»Du kennst das aus alten Zeiten, nicht wahr? Aber die Phase hast du hinter dir. Hast du was Neues rausgefunden? Gibt es schon irgendwelche Anhaltspunkte, mit wem wir es zu tun haben?«

»Ein paar Sachen wissen wir inzwischen. TJ hat einiges über den Vietnamesen ausgegraben, der in der Kneipe um sich geschossen hat, und wir haben jemanden, der Informationen über seinen Partner einzuholen versucht.«

»Über den Bombenwerfer.«

»Genau. Und ich habe ein Phantombild von einem der beiden Männer, die mich überfallen haben.«

»Am Ende waren sie die Überfallenen.«

Ich ignorierte Micks Einwurf. »Ich habe zwar das Phantombild, aber bis jetzt hat den Mann noch niemand identifizieren können. Eigentlich hätte ich mich heute um diverse Sachen kümmern sollen, aber ich mußte zu Hause bleiben und auf TJ aufpassen.«

»Warum denn das, um Himmels Willen? Paßt der nicht schon seit Jahren selbst auf sich auf?«

»Ach stimmt, wir haben uns ja seitdem noch gar nicht gesprochen. Woher solltest du das also wissen?«

»Woher sollte ich was wissen?«

»Er wurde letzte Nacht angeschossen.«

»Gottverdammte Scheiße.« Mick ließ den Fuß auf die Bremse krachen. Der Wagen, der hinter ihm fuhr, mußte ebenfalls scharf bremsen, und der Fahrer hupte wie blöd. »Leck mich doch am Arsch«, sagte Mick, und dann wollte er auf der Stelle wissen, was passiert war.

Ich erzählte ihm die ganze Geschichte und hielt nur kurz inne, als wir bei McGinley & Caldecott ankamen. Nachdem wir den Wagen abgestellt hatten und die Treppe hinunter und den engen Gang entlang zum Büro gegangen waren, nahm ich den Faden wieder auf.

Mick schenkte sich etwas zu trinken ein und zauberte aus einem kleinen Kühlschrank eine Dose Perrier hervor.

»Flaschen hatten sie nicht«, sagte er. »Nur Dosen. Sollte aber auch gehen, oder?«

»Ich bin sicher, das schmeckt prima. Übrigens trinke ich im Notfall auch Leitungswasser.«

»Eklige Vorstellung. Da weiß man doch nicht, wo es herkommt. Erzähl weiter, Mann. Der schwarze Dreckskerl lag im Sterben, als du dich verdrückt hast?«

»Er war kurz davor, das Bewußtsein zu verlieren. Er hat es sicher nicht mehr lange gemacht. Zum Schluß haben wir uns nur noch gegenseitig ›Leck mich doch am Arsch‹ an den Kopf geworfen. Ich will's nicht beschwören, aber wahrscheinlich waren das seine letzten Worte.«

»Ich bin mir sicher, das ist bei vielen das letzte, was sie von sich geben.«

Ich erzählte ihm, wie es TJ erwischt und wie ich ihn nach Hause gebracht hatte. »Ich habe dem Taxifahrer die Waffe an den Kopf gehalten, und als wir angekommen waren, hat er mir seine Visitenkarte gegeben und gesagt, ich könnte ihn jederzeit anrufen, Tag und Nacht. Ich liebe New York.«

»Tja, mit den Leuten hier kann keine andere Stadt mithalten.«

Als ich geendet hatte, lehnte er sich in seinem Stuhl zurück und betrachtete das Glas, das er in der Hand hielt. »Es muß dich ganz schön gerissen haben, als du dich zu dem Jungen umdrehst und siehst, daß er eine Kugel abbekommen hat.«

»Es war total seltsam. Auf mich war gerade zweimal geschossen worden, und die Kugeln waren einfach von mir abgeprallt. Und ich hatte zurückgeschossen, und die Kugeln waren nicht abgeprallt. Ich fühlte mich, als hätte ich die ganze Welt unter Kontrolle. Dann drehe ich mich um, und der Boden bricht unter mir weg, denn während ich mich wie der Herrscher des Universums gefühlt habe, ist TJ das Blut zwischen den Fingern rausgelaufen, und ich habe nicht mal mitgekriegt, was passiert ist.«

»Er ist für dich wie ein Sohn, nicht wahr?«

»Ist er das? Ich weiß es nicht. Ich habe ja schon zwei Söhne. Als sie klein waren, habe ich kaum was von ihnen mitbekommen, und jetzt sehe ich sie auch nur selten. Michael ist in Kalifornien, und Andy ist jedesmal woanders, wenn er sich meldet. Bewußt habe ich TJ nicht zum Ersatzsohn gemacht, aber irgendwie ist er es vermutlich doch. Für Elaine auf jeden Fall. Sie bemuttert ihn, und ihm scheint das nichts auszumachen.«

»Wieso sollte es auch?«

»Ich glaube nicht, daß ich mich wie ein Vater verhalte. Eher wie ein barscher alter Onkel. Unsere Beziehung läuft nach ziemlich eingefahrenen Ritualen ab. Wir reißen eine Menge Witze und ziehen uns gegenseitig auf.«

»Er liebt dich.«

»Vermutlich.«

»Und du liebst ihn.«

»Vermutlich.«

»Ich hatte nie einen Sohn. Einmal habe ich ein Mädchen geschwängert, aber sie hat das Baby zur Adoption freigegeben. Ich habe nie erfahren, ob es ein Junge oder ein Mädchen war. Und es hat mich auch nicht interessiert.« Er trank von seinem Whiskey. »Ich war jung. Was hätte ich mit einem Kind anfangen sollen? Ich wollte in Ruhe gelassen werden, also hat sie das Kind bekommen und zur Adoption freigegeben, und ich habe nichts mehr davon gehört. Und mehr wollte ich auch nicht hören.«

»Für das Kind war es so vermutlich das Beste.«

»Ja klar, und für das Mädchen und mich auch. Aber ab und zu ertappe ich mich dabei, daß ich mir Gedanken mache. Nicht, wie es hätte sein können, sondern was aus dem Kind wohl geworden ist und wie sein Leben so verlaufen ist. Gedanken, wie sie einem nur nachts kommen. Über so was würde man am hellichten Tag niemals nachgrübeln.«

»Da hast du recht.«

»Ich bin mir ja nicht mal sicher, ob das Kind wirklich von mir war. Sie war eher ein offenherziges Mädchen, falls du weißt, was ich meine.«

»Du meinst: ein leichtes Mädchen?«

»Das bedeutet wohl dasselbe, aber offenherzig hört sich netter an. Ein offenherziges Mädchen. Sie hat geschworen, das Kind sei von mir, aber wie konnte sie da so sicher sein? Und ich erst?« Er sah meine Perrier-Dose an und fragte mich, ob ich ein Glas wolle. »Wasser kann man doch nicht aus der Dose trinken«, fügte er hinzu, holte ein Glas aus dem Schrank, schenkte mir ein und versicherte mir, so sei es besser.

»Danke«, sagte ich.

»Jahre später habe ich dann nochmal eine Frau geschwängert, aber davon hat sie mir erst erzählt, nachdem sie das Kind losgeworden war. Sie hat es abtreiben lassen, weißt du. Mein Gott, das ist doch eine Sünde, habe ich zu ihr gesagt. Das glaube ich nicht, hat sie geantwortet, und falls doch, dann ist es jedenfalls meine Schuld. Warum hast du es mir nicht erzählt, habe ich sie gefragt. Mickey, wozu? hat sie erwidert. Du hättest mich ja doch nicht geheiratet. Tja, da hatte sie natürlich recht. Du hättest doch nur versucht, es mir auszureden, hat sie hinzugefügt, und ich hatte meine Entscheidung bereits getroffen. Und warum erzählst du es mir jetzt? habe ich gefragt. Tja, sagt sie, ich dachte, du würdest es wissen wollen. Eins sage ich dir, Mann, Frauen sind die seltsamsten Wesen, die Gott je erschaffen hat.«

»Amen.«

»Es gibt da ein Sprichwort, oder vielleicht ist es auch nur ein Liedtext. Es geht darum, daß ein Mann in seinem Leben drei Dinge tun muß: einen Baum pflanzen, eine Frau heiraten und einen Sohn zeugen. Tja, Bäume habe ich genug gepflanzt. Im Obstgarten. Und dann habe ich als Windschutz noch einige Schierlingstannen und an der Auffahrt Roßkastanien gesetzt. Keine Ahnung, wieviele Bäume das insgesamt waren, aber ich denke, da ist schon einiges zusammengekommen.« Er senkte den Blick. »Ich habe nie eine Frau getroffen, die ich hätte heiraten wollen. Ich habe nie ein Kind gehabt. Selbst wenn das Kind von mir war, allein die Zeugung macht einen Mann noch nicht zum Vater. Also muß ich mich wohl mit meinen Bäumen begnügen.«

»Andererseits ist dein Leben ja noch nicht vorbei.«

»Nein. Noch nicht.«

Einige Zeit später sagte er: »Du hast den Mann umgebracht, der deinen Freund umgebracht hat. Das ist gut für dich.«

»Ich bin mir nicht sicher, ob das so gut für mich war. Immerhin war es für mich besser als für ihn, nehme ich mal an.«

»Wäre ich dort gewesen, ich hätte ihn nicht am Leben gelassen. Selbst wenn er nicht mehr lange zu leben hatte. Ich hätte ihm noch eine Kugel verpaßt, damit er auch sicher tot war.«

»Daran habe ich nicht eine Sekunde lang gedacht. Ich hatte nicht vorgehabt, ihn umzubringen.«

»Aber wieso nicht? Er hat schließlich deinen Freund erschossen.«

»Tja. Inzwischen dürfte ich ihn ja wohl ins Jenseits befördert haben, aber Jim ist immer noch tot. Insofern ist das doch völlig egal.«

»Das ist nicht egal.«

»Da bin ich mir nicht so sicher.«

»Was zum Teufel wolltest du denn machen? Ihm die zweitausend Dollar geben und die Hand schütteln, an der das Blut deines Freundes klebt?«

»Ich hätte ihm nicht die Hand geschüttelt. Und das Geld wollte ich ihm auch nicht geben. Ich hätte ihn gelinkt.«

»Und dann hättest du ihm den Rücken zugedreht und wärst aus der Tür marschiert? Wie er das wohl aufgenommen hätte?«

Ich schwieg und ließ mir die Frage gründlich durch den Kopf gehen. Schließlich sagte ich: »Weißt du was, vielleicht habe ich mir was vorgemacht, als ich zu ihm gefahren bin. Ich hatte nicht bewußt vor, ihn umzubringen. Und als ich bei ihm reinspaziert bin und ihn gesehen habe, konnte ich ihn nicht mal hassen. Das wäre, als würdest du einen Skorpion dafür hassen, daß er dich sticht. Skorpione stechen nun mal, was kann man also schon erwarten?«

»Trotzdem würdest du den Skorpion zertreten.«

»Vielleicht war das kein guter Vergleich. Oder vielleicht doch, ich weiß es nicht. Aber ich frage mich, ob mir nicht eigentlich die ganze Zeit klar war, daß ich ihn umbringen würde, und ob ich das Ganze nicht so arrangiert habe, daß er mir nur noch einen Grund liefern mußte. Sobald er die Waffe zog, hatte ich meinen Grund. Ich habe ihn nicht umgebracht, jedenfalls habe ich ihn nicht kaltblütig erschossen. Es war Notwehr.«

»Ja, das war es.«

»Aber nicht, wenn ich ihn provoziert habe, die Waffe zu ziehen.«

»Mein Gott, du hast ihn doch nicht provoziert. Du hast ihm Geld angeboten.«

»Ich habe ihm gesagt, ich hätte das Geld dabei, und ich habe ihn wissen lassen, daß ich derjenige bin, den er hätte umbringen sollen. Das ist doch, als hätte ich eine Falle aufgestellt und einen Köder reingelegt. Wenn ich ihn davon hätte abhalten wollen, zur Waffe zu greifen, hätte ich nur mit gezogener Waffe reingehen müssen. Ich hatte doch ausreichend Gelegenheit, ihm zuvorzukommen, aber ich habe sie nicht genutzt.«

»Du hast nicht damit gerechnet, daß er irgendwas versucht.«

»Ich hätte aber damit rechnen müssen. Was hätte er denn sonst tun sollen? Und im Grunde *habe* ich auch damit gerechnet. Das kann gar nicht anders sein, denn als er sich mit der Waffe in der Hand umdrehte, hatte ich meine schon im Anschlag. Irgendwie muß ich mit so etwas gerechnet haben, sonst hätte ich selbst niemals derart schnell reagiert. Er fing an zu feuern, und damit hatte ich einen Grund, auf ihn zu schießen.«

»Ich kann schon raushören, was du sagen willst.«

»Und?«

»Und wer weiß denn letztlich schon, warum wir tun, was wir tun? Eins sage ich dir jedenfalls: Wenn du dir jetzt Vorwürfe machst, weil du das Schwein umgebracht hast, dann hast du echt 'nen Knall.«

»Ich mache mir Vorwürfe, weil TJ angeschossen wurde.«

»Oh, daran hatte ich jetzt gar nicht mehr gedacht. Trotzdem – woher willst du wissen, daß es so nicht das Beste für ihn ist?« Ich starrte ihn verblüfft an. »Soldaten nennen so was die Eine-Million-Dollar-Wunde«, erklärte er. »Jetzt ist er aus der Sache draußen. Und wird überleben.«

Einige Zeit später sagte er: »Die Weste hat dich gerettet, nicht wahr?«

»Das Hemd, das ich anhatte, war zwar hinüber, aber die Weste hat beide Kugeln abgefangen.«

»Einen Messerstich würde sie nicht aufhalten, habe ich gehört.«

»Das hat man mir auch gesagt. Einen Eispickel vermutlich auch nicht.«

»Ist sie schwer? So als würde man eine Rüstung tragen?«

»Federleicht ist sie nicht gerade.« Ich knöpfte mein Hemd auf und ließ ihn die Weste untersuchen, dann knöpfte ich es wieder zu. »Sie ist wie eine zusätzlich Schicht. Ganz angenehm, wenn's kalt ist, aber an warmen Tagen ist man in Versuchung, sie zu Hause zu lassen.«

»Wissenschaft ist schon was Tolles. Erst erfinden sie eine Weste, die Kugeln aufhält, und als nächstes erfinden sie eine Kugel, die die Weste durchschlagen kann. Das gleiche, was Armeen schon seit jeher tun, nur auf einer etwas persönlicheren Ebene. Gut, daß du das Ding letzte Nacht anhattest.«

»Willst du auch eine? Man kann sie problemlos kaufen, und man muß sich nicht erst beibringen lassen, wie man sie benutzt. Man zieht sie einfach an.«

»Wo kriegt man so was?«

»In Läden für Polizeiausrüstung. Ich habe meine Downtown gekauft, aber auf der Second Avenue ist auch einer, in der Nähe der Akademie, und in den anderen Bezirken gibt es auch welche. Was ist?«

»Ich stelle mir gerade vor, wie ich in einen Laden für Polizeiausrüstung reinmarschiere. Die würden mich nicht wieder gehen lassen.«

»Wenn du willst, besorge ich dir eine.«

»Meinst du, die haben eine in meiner Größe?«

»Bestimmt.«

Er ließ sich das durch den Kopf gehen. »Ich würde sie ja doch nicht tragen«, sagte er schließlich seufzend.

»Warum nicht?«

»Weil ich es einfach nicht tun würde. Vermutlich, weil ich ein Idiot bin, aber so bin ich nun mal. Ich würde immer denken, daß ich Gott auszutricksen versuche, und daß Er mir dann beweisen würde, wer der Boss ist, indem er dafür sorgt, daß man mich in den Kopf schießt oder mich mit einem Messer oder einem Eispickel umbringt.«

»Wie bei Achilles.«

»Genau. Seine Ferse war der einzige Punkt, an dem man ihn verletzen konnte. Also zielte man auf seine Ferse, und er starb.«

»Ganz schön abergläubisch, meinst du nicht auch?«

»Ich habe doch gesagt, ich bin ein Idiot. Noch dazu ein abergläubischer Idiot. In ein paar Sachen unterscheiden wir uns eben ziemlich. Wenn du ins Auto steigst, legst du immer den Sicherheitsgurt an.«

»Zum Glück, so wie du heute abend auf die Bremse gelatscht bist.«

»Da brauchst du dich aber nicht zu wundern, wenn du mir aus heiterem Himmel erzählst, daß man den Jungen angeschossen hat. Aber was ich damit sagen will: Du legst immer den Sicherheitsgurt an, und ich nie. Ich ertrage das einfach nicht, ich komme mir da so eingeengt vor.«

»Eine Weste würde dich auch nicht mehr einengen als ein Hemd. Sie würde nur die Kugeln abhalten.«

»Ich fürchte, ich kann's einfach nicht richtig erklären.«

»Doch, ich verstehe schon, was du sagen willst.«

»Ich mag einfach nicht tun, was ich tun sollte. Ich bin einfach ein Blödmann voller Widersprüche. Das ist alles.«

»Wir sind nur zu viert«, sagte Mick. »Tom, Andy, du und ich.«

»Sonst hast du niemanden?«

»Ich habe Leute, die für mich arbeiten oder den ein oder anderen Job für mich erledigen. Die werden sich jetzt, wo der Krieg ausgebrochen ist, alle einigeln, und wer wollte es ihnen verdenken? Sie sind schließlich keine Soldaten, eher so etwas wie zivile Angestellte. Also sind wir zu viert, und wer weiß, zu wievielt die Gegenseite ist?«

»Auf jeden Fall sind sie nicht mehr so viele, wie sie mal waren.«

»Wir haben beide jeweils einen erledigt, nicht wahr? Obwohl der, den du erschossen hast, nur angeheuert war, und das könnte auf den Vietnamesen genauso zutreffen. Das war vielleicht ein blutrünstiger kleiner Dreckskerl!« Er schüttelte den Kopf. »Ich frage mich, wieviele jetzt noch übrig sind. Wahrscheinlich mehr als vier.«

»Da liegst du vermutlich richtig.«

»Dann sind wir also in der Unterzahl, und weniger Waffen haben wir auch, wenn man das anhand des Automatikgewehrs beurteilen kann.«

»Aber das hast du ja mitgenommen. Also gehört es jetzt uns.«

»Nützt uns aber nicht viel, das Magazin ist fast leer. Ich hätte nachsehen sollen, ob er noch ein Ersatzmagazin in der Tasche hatte. Aber wenn ich mich recht entsinne, waren wir etwas in Eile.«

»Du hast mir an dem Abend das Leben gerettet.«

»Ach, erzähl mir doch nichts.«

»Ich stelle nur die Tatsachen fest.«

»Wie ging doch noch dieser Spruch aus meiner Kindheit? ›Neulich habe ich dir das Leben gerettet – ich habe einen Scheiße fressenden Hund umgebracht.‹ Ich bin froh, daß man die Kindheit gleich am Anfang seines Lebens hinter sich bringt. Wäre mir total zuwider, wenn ich da jetzt erst durchmüßte. Aber was anderes: Wie hat dir der Film gefallen?«

»Du willst das Thema wechseln.«

»Wäre mir lieb, ja. Konntest du was damit anfangen?«

»Welchen Film meinst du?«

»*Michael Collins*. Hast du mir nicht erzählt, du hättest dir das Video ausgeliehen?«

»Mir hat er gut gefallen.«

»Echt? Das ist übrigens alles wahr, wußtest du das?«

»Das hatte ich mich schon gefragt.«

»An manchen Stellen haben sie das eine oder andere Detail verändert. Erinnerst du dich an die Szene im Croke Park, als die Briten auf die Menge schießen? In Wirklichkeit hatten sie ein Maschinengewehr, nicht so ein auf einen gepanzerten Wagen montiertes, drehbares Gewehr. So wie es im Film dargestellt wird, prägt es sich einem noch intensiver ein, aber die Wirklichkeit war auch so schrecklich genug.«

»Kaum zu glauben, daß das wirklich alles passiert ist.«

»Oh, das ist durchaus passiert. Noch etwas haben sie verändert. Seinen Freund Harry Boland haben sie in dem Gefecht bei den Four Courts umkommen lassen. Collins' Freund springt in die Liffey, und ein Soldat erschießt ihn.«

»Ich erinnere mich.«

»Er ist erst Jahre später gestorben, lange nach Collins' Begräbnis. Er war sogar noch Minister in Devs Regierung. Dieser Dev war ein scheinheiliger Schleimer. Euer Schauspieler hat ihn gut rübergebracht. Sah ihm sogar ähnlich.« Er trank. »Er war einfach der Beste von allen. Collins meine ich. Er war ein verdammtes Genie.«

»Hat der Teil gestimmt, wo er die ganzen britischen Agenten liquidiert hat? Und alle am selben Tag?«

»Das war ja das Geniale! Er hatte einen Spion in Dublin Castle, und ja, er hat die ganzen Informationen gesammelt und den richtigen Moment abgewartet. Und dann die ganzen Schweine auf einen Schlag umgebracht. An einem Sonntagmorgen. Es war schon vorbei, bevor sie überhaupt mitkriegten, was lief.« Er schüttelte den Kopf. »Jetzt hör bloß, wie ich rede. Man könnte glauben, ich hätte ihn gekannt. Dabei ist er schon fünfzehn Jahre, bevor ich geboren wurde, gestorben. Aber ich habe mich viel mit ihm beschäftigt. Habe mir die Geschichten angehört, die die alten Männer erzählt haben, und habe Bücher über ihn gelesen. Weißt du, wenn man jung ist, hat man viele Helden, aber wenn man dann mehr über sie erfährt, sind sie gar nicht mehr so heldenhaft. Aber Collins, den habe ich nie aufgehört zu bewundern. Manchmal wünsche ich mir ... nein, das würdest du jetzt für völlig bescheuert halten.«

»Was?«

»Manchmal wünsche ich mir, ich wäre er gewesen.«

»Elaine würde jetzt antworten, daß du das vielleicht warst.«

»Du meinst, in einem früheren Leben? Tja, klingt nett, kann man aber nur schwer glauben, findest du nicht auch?«

»Und das von einem Mann, der kein Problem damit hat, an die Verwandlung der Hostie zu glauben.«

»Das ist doch ganz was anderes! Wenn mir die Nonnen Reinkarnation eingebleut hätten, würde ich heute eben daran glauben.« Er drehte den Kopf zur Seite. »Natürlich wäre es eine tolle Vorstellung, mal der Große gewesen zu sein. Aber was für eine Scheißwiedergeburt wäre das für ihn gewesen, sag doch mal ehrlich? In dem einen Leben bist du Michael Collins, und dann kommst du als Mick Ballou auf die Welt zurück.«

»Wir hatten gerade von Waffen gesprochen«, sagte Mick. »Bist du immer noch mit derselben unterwegs?«

Ich nickte. Er streckte die Hand aus, und ich gab sie ihm.

»Du hast sie gereinigt«, bemerkte er.

»Ja, und neu geladen. Wenn sie mir ein Bulle abnehmen sollte, sieht er zumindest nicht, daß sie kürzlich abgefeuert wurde. Aber ich sollte sie trotzdem entsorgen.«

»Ballistik.«

»Genau. Wenn sie nicht gerade danach suchen, werden sie die Verbindung nicht herstellen, aber wer kann schon wissen, ob sie danach suchen? Ich hätte sie längst wegwerfen sollen, aber ich wollte nicht unbewaffnet durch die Gegend spazieren.«

»Nein, das kannst du nicht riskieren. Aber ich habe was für dich.« Er öffnete die Tasche, die er aus dem *Grogan's* mitgenommen hatte, zog einige Waffen heraus und legte sie auf den Tisch. »Diese Automatikwaffen sind Klasse«, sagte er. »Oder hast du eine Vorliebe für Revolver?«

»Revolver sind mir vertrauter. Und haben Automatikwaffen nicht öfter mal Ladehemmung?«

»Das wird oft behauptet, aber mir ist das noch nie passiert. Jede einzelne von diesen hier hat mehr Durchschlagskraft als deine jetzige.«

»Ich weiß nicht, ob die in mein Holster passen würden.« Ich probierte es mit einer aus, aber sie war zu groß. Ich legte sie zurück und nahm mir einen Revolver, der dem, den ich trug, ziemlich ähnlich war. Er war auch ein Smith, aber ausgelegt für größere Munition. Ich verstaute ihn im Holster, und er paßte perfekt.

»Ich habe keine Ersatzmunition dafür«, sagte Mick. »Im Safe steht eine ganze Schachtel, und da steht sie natürlich prima. Hast du dir den Laden mal angeschaut?«

»Die Kneipe? Nur im Fernsehen.«

»Ich bin daran vorbeigefahren. Tut schon weh, sie so zu sehen.« Er schüttelte den Kopf, als müsse er die Erinnerung vertreiben. »Ich sollte eigentlich ein paar Kugeln für das Ding auftreiben können.«

»Ich kaufe morgen eine Schachtel.«

»Mein Gott, stimmt ja. Du hast einen Waffenschein, dir verkaufen die, was immer du willst.«

»Na ja, eine Bazooka würden sie mir nicht gerade verkaufen.«

»Schade. Ich würde sofort eine kaufen, wenn ich wüßte, wohin ich damit zielen sollte. Ganz schön schwer, gegen etwas zu kämpfen, das man nicht sehen kann. Nimm jetzt erstmal die hier.«

Er reichte mir eine kleine, vernickelte Automatik, die auf seiner Handfläche wie ein Spielzeug wirkte. »Hier«, sagte er. »Steck sie dir in die Tasche, die wiegt so gut wie gar nichts. Mehr als die Kugeln, die drin sind, habe ich nicht, aber bei so einem Ding lädt man in der Regel auch nicht nach.«

»Wo hast du die her?«

»Die habe ich vor vielen Jahren einem Mann abgenommen, und ich kann dir versichern, er hat für das Ding keine Verwendung mehr. Los, steck sie ein.«

»Scudder, der Revolverheld«, sagte ich.

Es war wie eine unserer langen Nächte im *Grogan's*, wenn die Türen verriegelt und nur noch wir beide übrig waren. Um uns herum starben Menschen, und die Welt ging in Flammen auf, aber trotzdem fühlten wir uns leicht, vielleicht sogar offenherzig. Unser Gespräch floß so dahin, und manchmal, wenn wir ein Thema beendet hatten, schwiegen wir lange vor uns hin.

»Wenn man stirbt«, sagte Mick nachdenklich, »soll ja angeblich das ganze Leben nochmal vor einem ablaufen. Aber nicht eine Szene nach der anderen, wie ein Film im Schnelldurchlauf, sondern als wäre alles, was du je gemacht hast, ein Pinselstrich, und plötzlich siehst du das Gemälde als Ganzes.«

»Schwer vorstellbar.«

»Ja. Was das wohl für ein Gemälde ergäbe! Das angucken zu müssen wäre schlimmer als das Sterben selbst.«

Irgend etwas hatte ich vergessen, und ich fragte mich, was es bloß sein konnte, und hatte das Gefühl, ich müßte nach Hause. In dem Moment sagte Mick: »Er war dir also überhaupt keine Hilfe.«

»Wer?«

»Der Mann, der im Sterben lag, als du gegangen bist. Hast du eigentlich mal seinen Namen erwähnt? Ich kann mich nicht erinnern.«

»Chilton Purvis.«

»Ach ja, jetzt erinnere ich mich wieder. Du hast also nichts von ihm erfahren?«

»Er hatte weder einen Namen noch eine Telefonnummer.«

»Oder falls doch, wollte er es dir jedenfalls nicht sagen.«

»Zu dem Zeitpunkt hätte er mir alles gesagt. Er wollte nur noch ins Krankenhaus gebracht werden. Als ich ihm die Zeichnung gezeigt habe, hat er den Mann schon identifiziert, bevor ich das Blatt überhaupt richtig aufgefaltet hatte. Er hätte auch geschworen, das wäre der Typ, der JFK erschossen hat, wenn er geglaubt hätte, das würde ich hören wollen.«

»Du hast von dieser Zeichnung gesprochen, kurz bevor du gesagt hast, daß der Junge angeschossen worden ist.«

»Und das war, als du auf die Bremse gestiegen bist und der Typ hinter dir beinahe einen Herzinfarkt bekommen hätte.«

»Ach, der hätte verdammt nochmal in der Fahrschule besser aufpassen sollen. Aber – diese Zeichnung. Du meinst, der Mann in Brooklyn hat sie gar nicht richtig gesehen.«

»Ich bin mir nicht sicher, wieviel er wirklich erkannt hat. ›Ja, Mann, das ist er‹, aber er hat kaum hingeschaut. Dann habe ich ihm eine weitere Zeichnung gezeigt, die der Künstler für mich gemacht hatte, von jemandem, der ihm noch nie über den Weg gelaufen sein konnte, und, ja Mann, der war's auch. Welcher, habe ich gefragt. Beide, war seine Antwort. Und natürlich alle weiteren, die ich ihm noch vor die Nase gehalten hätte, Hauptsache, ich hätte seinen Arsch in die Notaufnahme verfrachtet.«

»Inzwischen hat er sich ein anderes Bild anschauen können. Das von seinem ganzen Leben. Das dürfte er sofort wiedererkannt haben. Hast du die Zeichnung dabei?«

»Oh verdammt.«

»Kein Problem. Dann zeigst du sie mir eben nächstes Mal.«

»Doch, ich habe sie dabei und wollte sie dir auch schon längst gezeigt haben. Er ist zwar auch nur ein Handlanger, aber ich nehme an, er steht in engerem Kontakt zu dem Hauptdrahtzieher als Chilton Purvis oder der Vietnamese. Vielleicht kennst du ihn ja.«

Ich zog meine Brieftasche heraus, entnahm ihr die Zeichnung des Mannes, der mir den Schlag versetzt hatte, und gab sie Mick. Er fand, die Zeichnung sei gut gelungen, man könne sich den Typ richtig vorstellen. Aber es war niemand, den er kannte.

»Und jetzt die andere«, sagte er.

»Das ist einfach irgendein Gesicht. Jemand, von dem ich dachte, ich würde ihn kennen, den ich aber nicht einordnen konnte. Und weil es mir immer wieder vor Augen stand, hat mein Freund es gezeichnet.«

Er nahm die Zeichnung und wurde augenblicklich leichenblaß. Dann starrte er mich an, und seine grünen Augen funkelten wild. »Soll das ein Witz sein?« fragte er. »Soll das ein verdammter Witz sein?«

»Ich weiß nicht, wovon du redest.«

»Du hast diesen Mann gesehen, ja?«

»Im *Grogan's*, an dem Abend, als wir Kenny und McCartney beerdigt haben. Ich habe nur einen kurzen Blick auf ihn geworfen, aber so ein Gesicht bleibt einem einfach im Gedächtnis.«

»Das stimmt. Ich werde es jedenfalls nie vergessen.«

»Du kennst ihn?«

Er ignorierte meine Frage. »Und du hast ihn erkannt.«

»Er kam mir bekannt vor, aber ich wußte nicht, woher. TJ meinte, er habe ihn gelegentlich im Viertel gesehen.«

»Und da hattest du ihn auch gesehen? Irgendwo im Viertel?«

»Ich weiß nicht. Ich glaube fast ...«

»Ja?«

»... das ist ein Gesicht von früher. Wenn ich es überhaupt schon mal gesehen hatte, dann vor vielen, vielen Jahren.«

»Vor vielen, vielen Jahren.«

»Aber wer ist das denn nun? Du kennst ihn offensichtlich, aber ich habe noch nie erlebt, daß du so reagierst. Fast als hättest du ...«

»Als hätte ich ein Gespenst gesehen.« Er berührte die Zeichnung mit dem Finger. »Und was sollte das sonst sein? Was sonst, wenn nicht ein Gespenst?«

»Da komme ich jetzt nicht mehr mit.«

»Und ich komme überhaupt nicht mehr mit. Wie soll ich mich denn gegen ein Gespenst zur Wehr setzen? Was für eine Chance habe ich gegen einen Mann, der seit dreißig Jahren tot ist?«

»Seit dreißig Jahren?«

»Seit mehr als dreißig Jahren.« Er nahm das Blatt in beide Hände, hielt es ganz nah vor die Augen, dann auf Armeslänge. »Nur der Kopf«, sagte er. »Mehr würde man bei einem Phantombild nicht zeichnen, nicht wahr? Und genauso habe ich ihn zuletzt gesehen, und so habe ich ihn auch in Erinnerung. Nur ein Kopf.« Er warf die Zeichnung hin und drehte sich zu mir. »Siehst du das denn nicht, Mann? Das ist dieser Scheiß Paddy Farrelly.«

KAPITEL 24

»Wie alt war er? Der Mann, den du gesehen hast?«

»Schwer zu sagen. Irgendwas zwischen dreißig und vierzig.«

»So alt war Farrelly, als er starb. Du weißt, daß ich ihn umgebracht habe.«

»Zumindest habe ich das immer vermutet.«

»Und er hatte es weiß Gott verdient. Das war ein mieses Arschloch, dieser Typ. Schon in der Schule hatte ich nur Ärger mit ihm. Er war ein paar Jahre älter als ich und ein Schlägertyp, einer von der ganz üblen Sorte. Das hörte allerdings auf, als ich größer wurde und ihm entsprechend rausgeben konnte. Das hatte er nicht so gern, wenn jemand zurückschlug, diese feige Sau. New York ist eine riesige Stadt, aber das alte Kitchen war nicht übermäßig groß, und die Kreise, in denen wir uns bewegten, waren ziemlich überschaubar. Wir kamen uns dauernd in die Quere, rumpelten immer wieder zusammen, und jeder wußte, daß das nicht gutgehen konnte. Mein Gott, habe ich mir gedacht, wenn schon einer von uns beiden ins Gras beißen muß, dann nicht unbedingt ich. Also habe ich das Schwein in eine Falle gelockt und erledigt. Du weißt ja, was man darüber erzählt, und zum Teil stimmt das, zum Teil aber auch nicht. Eins ist allerdings wahr: Ich habe ihm den großen, häßlichen Kopf abgehackt. Wenn man das macht, habe ich mir gedacht, hat man endgültig keinen Ärger mehr mit dem Mann, den können auch die besten Ärzte der Welt nicht wieder zusammenflicken. Aber ich wäre nie auf die Idee gekommen, ihm einen Pflock in die Brust zu rammen.«

»Es muß eine Erklärung geben«, sagte ich.

»Es ist ein Mysterium. Wenn du eine katholische Erziehung genossen hättest, wüßtest du, daß man Mysterien nicht erklären kann. Man kann nur darüber meditieren.«

Wir waren in Brooklyn, wo Mick ein die ganze Nacht geöffnetes Diner kannte, ewig weit draußen in Howard Beach, nicht weit entfernt vom JFK-Flughafen. Er hatte auf keinen Fall bei McGinley und Caldecott bleiben wollen, als hätte Paddy Farrellys Geist sich höchstpersönlich dort eingenistet. Ich habe keine Ahnung, wie er es schaffte, das Diner zu finden, oder woher er es überhaupt kannte, aber ich nahm an, daß wir dort in Sicherheit waren. Der Laden war mindestens so abgelegen wie Montana.

Für einen Mann, der gerade einem Geist begegnet war, hatte Mick einen gesegneten Appetit. Er verschlang eine Riesenportion Schinken, Eier und Pommes Frites. Ich hatte das gleiche bestellt, und es schmeckte vorzüglich. Vermutlich könnte ich wie Elaine vegetarisch leben, aber nur, wenn man Schinken zu den Gemüsesorten zählt.

»Ein Mysterium«, antwortete ich. »Tja, ich bin nun mal nicht in den Genuß einer katholischen Erziehung gekommen. Wenn etwas unerklärlich ist, heißt das für mich, daß man nach der Erklärung suchen muß. Können wir uns darauf einigen, daß der Typ, den ich gesehen habe, kein Gespenst war?«

»Dann bliebe nur noch Wiederauferstehung. Und dafür war Paddy wirklich kein Kandidat.«

»Ich denke, es müßte sich um seinen Sohn handeln.«

»Er war nie verheiratet.«

»Aber er stand auf Frauen?«

»Viel zu sehr. Und er nahm sich, was er wollte, egal, was die Frau davon hielt.«

»Vergewaltigung?«

»Wörter verändern im Lauf der Zeit ihre Bedeutung. Damals, als wir jung waren, nannte man das nur selten Vergewaltigung, wenn die beiden sich kannten. Außer wenn es sich um einen Erwachsenen und ein Kind handelte, oder wenn jemand eine verheiratete Frau zwang, ihm zu Willen zu sein. Aber wenn ein Mädchen mit einem Mann ausging – tja, was hatte sie anderes erwartet?«

»Heutzutage wäre das eindeutig Vergewaltigung.«

»Das ist ja auch richtig. Tja, wenn ein Mädchen mit Paddy ausging, mußte sie wissen, worauf sie sich einließ. Eine wollte ihn mal anzeigen, aber dann hat Paddy mit ihrem Bruder gesprochen, und der hat es ihr ausgeredet. Bestimmt hat er damit gedroht, die ganze Familie umzubringen, und der Bruder hat es ihm sofort geglaubt.«

»Sympathischer Kerl.«

»Wenn ich in die Hölle komme – und davon gehe ich aus –, dann nicht, weil ich *sein* Blut an den Händen habe. Aber weißt du, es gab auch genügend Frauen, bei denen er keine Gewalt anwenden mußte. Es gibt Frauen, die fühlen sich zu solchen Männern hingezogen, und je übler der Kerl ist, desto mehr fahren sie auf ihn ab.«

»Ich weiß.«

»Das Gewalttätige zieht sie an. Auch ich habe ein paar getroffen, die sich deswegen zu mir hingezogen fühlten, aber solche Frauen waren nie mein Fall.« Er dachte einen Moment lang nach über das, was er gesagt hatte, dann fuhr er fort: »Falls das sein Sohn ist, wird er nicht viel für mich übrig haben.«

»Wann ist Paddy gestorben?«

»Ach Gott, das kann ich gar nicht genau sagen. Ich bin mir nicht sicher, welches Jahr das war. Es war, nachdem man Kennedy erschossen hatte, aber nicht lange danach. Vermutlich im Jahr drauf.«

»1964.«

»Irgendwann im Sommer.«

»Vor dreiunddreißig Jahren.«

»Ah, du bist wirklich gut in Mathematik.«

»Das würde hinkommen. Der Mann, den ich gesehen habe, war so zwischen dreißig und vierzig.«

»Ich habe nie was davon gehört, daß Paddy einen Sohn hatte.«

»Vielleicht hat die Frau nicht darüber gesprochen – wer immer sie auch war.«

»Aber dem Jungen hat sie es gesagt.«

»Dem Jungen hat sie gesagt, wer sein Vater war, und vielleicht auch, wer ihn umgebracht hat.«

»Damit er mich schon als Kind haßte. Tja, wachsen die Kinder in Belfast nicht schon mit dem Haß auf die Engländer auf? Und wachsen die protestantischen Kinder nicht schon mit dem Haß auf den Heiligen Vater auf? ›Fick die Königin!‹ ›Nein, nein, fick den Papst!‹ Fick sie doch beide, würde ich ja sagen, oder laß sie sich gegenseitig ficken.« Er zog seinen Flachmann heraus und gab einen Schuß in seinen Kaffee. »Wenn man es ihnen früh genug eintrichtert, sitzt der Haß richtig tief. Aber wo hat der Typ all die Jahre gesteckt? Er ist seinem Vater wie aus dem Gesicht geschnitten. Wenn er mir jemals über den Weg gelaufen wäre, hätte ich ihn sofort erkannt.«

»Ich habe gesehen, wie du auf die Zeichnung reagiert hast.«

»Ein Blick, und ich wußte, wer das war, und wenn er mir leibhaftig gegenübergestanden wäre, wäre es genauso gewesen. Jeder, der den Vater kannte, hätte den Sohn sofort erkannt.«

»Vielleicht ist er außerhalb von New York aufgewachsen.«

»Und hat all die Jahre seinen Haß gepflegt? Warum hätte er so lange warten sollen?«

»Keine Ahnung.«

»Wenn er auf mich losgegangen wäre, als er noch jung war – das würde ich verstehen. ›Als das Feuer der Jugend noch in meinen Adern loderte‹ – kennst du das Lied?«

»Kommt mir bekannt vor.«

»Da, sollte man doch meinen, hätte er's gemacht, als das Feuer der Jugend noch in seinen Adern loderte. Aber jetzt ist er weit über dreißig, muß er ja sein, und das Feuer der Jugend ist nichts als erlöschende Glut. Wo zum Teufel hat er gesteckt?«

»Ich hätte da die eine oder andere Idee.«

»Wirklich?«

»Ja. Mal sehen, wieweit ich morgen damit komme.« Ich sah auf die Uhr. »Besser gesagt, heute.«

»Detektivarbeit, meinst du?«

»Etwas in der Art. Obwohl es eher so ist, als würde man in einem Kohlebergwerk nach einer nicht vorhandenen schwarzen Katze suchen. Aber ich wüßte nicht, was wir sonst tun sollten.«

KAPITEL 25

Kurz vor Sonnenaufgang war ich zu Hause und im Bett, und kurz vor Mittag war ich bereits wieder geduscht und rasiert. TJ hatte eine ruhige Nacht hinter sich und saß in einer marineblauen Baumwollhose und einem hellblauen Jeanshemd vor dem Fernseher. Er hatte Elaine gesagt, er hätte saubere Sachen in seinem Zimmer, aber sie hatte darauf bestanden, ihn mit Sachen von Gap neu einzukleiden. »Sie meinte, sie wolle nicht in meine Privatsphäre eindringen«, erklärte er und verdrehte dabei die Augen.

Ich brachte ihn auf den neuesten Stand und ließ ihn nochmals einen Blick auf das Bild des Mannes werfen, den ich für mich inzwischen Paddy Junior nannte, egal wie sein richtiger Name lauten mochte. Letzteren – so hoffte ich – würden wir über das Internet leicht herausfinden.

»Die Kongs würden das vermutlich auf die Reihe kriegen«, sagte TJ. »Jedenfalls wenn wir wüßten, wo sie stecken, und wenn sie sich immer noch mit diesem Hackermist abgeben. *Und* wenn die Daten, von denen du redest, computerisiert sind.«

»Es sind Daten aus dem Stadtarchiv, die über dreißig Jahre alt sind.«

»Würde sich für die lohnen. Einfach ein paar Leute an die Computer setzen und die ganzen Daten eingeben lassen. Da sparst du echt Platz, auf einer Diskette kannst du einen ganzen Aktenschrank abspeichern.«

»Das klingt so gut, daß ich es kaum zu hoffen wage. Aber wenn das Einwohnermeldeamt die ganzen Daten aus den alten Akten im Computer hat, müssen wir uns nicht mal reinhacken. Da gibt es eine einfachere Möglichkeit.«

»Bestechung?«

»Wenn du unbedingt den Korinthenkacker spielen willst! Ich nenne es lieber: Sei nett zu den Leuten, dann sind sie auch nett zu dir.«

Die Mitarbeiterin der Stadtverwaltung war eine mütterliche Frau namens Elinor Horvath. Sie war von Anfang an freundlich und wurde noch eine Spur freundlicher, als ich ihr ein paar Geldscheine in die Hand drückte. Wenn die in Frage kommenden Daten im Computer gewesen wären, hätte sie sie mir in Nullkommanichts heraussuchen können. Wie TJ mir erklärt hatte, hätte sie für die einschlägigen Dateien nur den Suchbegriff ›Name des Vaters‹ eingeben müssen. Dann hätte man einfach die Fs aufgerufen und herausgefunden, wer alles von jemandem namens Farrelly abstammte.

»Die ganzen neueren Daten sind im Computer«, erzählte sie mir. »Wir arbeiten uns allmählich zu den früheren Jahrgängen vor, aber es geht nur sehr langsam voran. Eigentlich geht es überhaupt nicht mehr richtig voran, jedenfalls nicht mehr seit den letzten Haushaltskürzungen. Unsere Abteilung hat keine hohe Priorität, und für uns haben wiederum die alten Daten keine hohe Priorität.«

Das hieß, man mußte es auf die altmodische Art machen, und soviel Zeit, wie man dafür gebraucht hätte, konnte Mrs. Horvath unmöglich opfern, egal, wie nett ich war. Für das Geld, das ich ihr gegeben hatte, durfte ich es mir in einem Hinterzimmer bequem machen, wohin sie mir Aktenkästen voller Geburtsurkunden der Stadt New York brachte, beginnend mit dem Datum 1. Januar 1957. Ich hatte den Mann zwar nur kurz gesehen, glaubte aber nicht, daß er über vierzig war. Außerdem konnte ich mir nicht vorstellen, daß er älter als sieben Jahre war, als Paddy ins Jenseits befördert wurde. Nach allem, was ich über den Vater wußte, hätte der Junge bis dahin genügend Vernachlässigung oder Mißbrauch oder auch beides erlebt, daß ihm der Gedanke an Rache gar nicht erst gekommen wäre.

Somit hatte ich mein Ausgangsdatum, und ich beschloß, mich bis zum 30. Juni 1965 vorzuarbeiten. Der Mord an Paddy Farrelly, der laut Mick irgendwann im Sommer passiert war, konnte natürlich auch erst Ende September stattgefunden haben, und theoretisch hätte der herzige Knabe auch erst an jenem Tag gezeugt worden sein können. Das schien zwar alles sehr weit hergeholt, aber das konnte man auch über das ganze Vorhaben sagen.

Die Arbeit ging nur langsam voran, aber wenn man aus purer Langeweile versuchte, schneller voranzukommen, lief man Gefahr zu übersehen, wonach man Ausschau hielt. Die Einträge waren chronologisch geordnet, und das war auch schon das einzige Organisationskriterium, also mußte ich jeden Eintrag einzeln durchgehen. In der obersten Zeile stand der Name des Kindes, etwa auf der Mitte der Seite der des Vaters, und beide Zeilen mußte ich auf den Namen Farrelly hin überprüfen.

Vermutlich konnte ich mich glücklich schätzen, daß Farrelly ein seltener Name war. Hätte der mutmaßliche Vater zum Beispiel Robert Smith oder William Wilson gehießen, hätte ich noch konzentrierter arbeiten müssen. Andererseits hätte ich mir dann jedesmal, wenn ich auf einen nicht in Frage kommenden Smith oder Wilson gestoßen wäre, einreden können, daß ich dem richtigen schon näher kam. Der Name Farrelly tauchte nicht ein einziges Mal auf, weder in der Rubrik ›Vater‹ noch in der Rubrik ›Kind‹, und ich begann mich zu fragen, was ich da eigentlich trieb.

Es war eine Arbeit, bei der man das Denken völlig ausschalten konnte. Ein geistig Zurückgebliebener hätte sie ebensogut machen können wie ich, vermutlich sogar besser. Meine Gedanken wollten immer wieder abschweifen, waren kaum zu bändigen, und so etwas kann leicht zu einer Art mentaler Schneeblindheit führen, wo man nicht mehr sieht, wonach man sucht.

Was mir beim Durchstöbern dieser Berge von Namen auffiel, war der hohe Anteil von Kindern, die andere Nachnamen hatten als ihre Väter oder bei denen gar nicht erst ein Vater angegeben war. Ich fragte mich, was es wohl zu bedeuten hatte, wenn die Mutter die Zeile leer ließ. Hatte sie sich geweigert, den Namen des Mannes preiszugeben, oder hatte sie nicht gewußt, wer der Vater war?

Ich war kurz davor aufzugeben, als Mrs. Horvath mit einer Tasse Kaffee, einem kleinen Teller voller Butterkekse mit Nußfüllung und dem nächsten Aktenkasten auftauchte. Bevor ich mich bedanken konnte, war sie schon wieder aus der Tür. Ich trank den Kaffee und aß die Kekse, und eine Stunde später fand ich, wonach ich gesucht hatte.

Der Name des Kindes lautete Gary Allen Dowling, und es war am 17. Mai 1960 um vier Uhr morgens geboren worden. Seine Mutter hieß Elizabeth Ann Dowling, wohnhaft 1104 Valentine Avenue in der Bronx. Der Name des Vaters war Patrick Farrelly. Kein zweiter Vorname. Entweder hatte er keinen, oder sie hatte ihn nicht gewußt.

In Mythen und Märchen verleiht es einem immer schon Kraft, wenn man nur den Namen des Gegners weiß. Das kennt man ja schon von Rumpelstilzchen. Also hatte ich das Gefühl, ein deutliches Stück vorangekommen zu sein, als ich mit einer Kopie von Gary Allen Dowlings Geburtsurkunde in meinem Notizblock auf die Straße trat, aber eigentlich war es eher wie eine Schatzsuche, bei der ich gerade mal den ersten Hinweis erhalten hatte. Ich war schon weiter als am Anfang, aber vor mir lag noch ein langer Weg.

An einem Zeitungskiosk zwei Blocks vom Rathaus entfernt kaufte ich mir einen Stadtplan von der Bronx, den ich in einem Stehimbiß bei einer Tasse Kaffee aufschlug, während ich mir wünschte, es gäbe wieder ein paar Kekse zum Kaffee. Ich fand die Valentine Avenue, die oben im Gebiet der Fordham Road lag, nicht weit von der Bainbridge Avenue entfernt.

Ich dachte mir, ich könnte mir die Fahrt vielleicht ersparen, also warf ich einen Vierteldollar ein und rief Andy Buckley an. Seine Mutter hob ab und sagte, er sei unterwegs, und ich dankte ihr und legte auf, ohne ihr meinen Namen genannt zu haben. Ein oder zwei Minuten lang war ich ziemlich genervt bei dem Gedanken, zur gerade beginnenden Hauptverkehrszeit die lange U-Bahn-Fahrt machen zu müssen. Aber angenommen, Andy wäre zu Hause gewesen? Ich hätte ihn zur Valentine Avenue schicken können, wo er in kürzester Zeit bestätigt gefunden hätte, wovon ich sowieso schon ausging, nämlich daß Elizabeth Ann Dowling dort nicht mehr wohnte – falls sie das überhaupt je getan hatte – und ihr Sohn, der für den ganzen Ärger verantwortlich war, ebensowenig. Aber er würde nicht die Fragen stellen, die ich stellen konnte, würde nicht an Türen klopfen und Leute mit weit zurückreichendem Gedächtnis und lockerer Zunge zu finden versuchen.

Wie ich vermutet hatte, gab es das Haus noch. Dieser Teil der Bronx hatte weder gebrannt, noch waren die Leute in den 60er und 70er Jahren weggezogen, und in der Gegend hatte man auch nicht viel abgerissen und neugebaut. Nummer 1104 war ein schmales, fünfstöckiges Haus mit vier Wohnungen pro Stockwerk. Auf den Briefkästen standen überwiegend irische Namen, dazwischen gelegentlich hispanische. Dowling oder Farrelly konnte ich nicht entdecken, und es hätte mich auch gewundert, wenn es anders gewesen wäre.

In einer der Wohnungen im Erdgeschoß fand ich die Hausmeisterin, eine Mrs. Carey. Sie hatte kurzes, stahlgraues Haar und klare blaue Augen, die mich unerschrocken anblickten. Es ließ sich so einiges in ihnen lesen, und Entgegenkommen gehörte nicht unbedingt dazu.

»Damit es gar nicht erst zu Mißverständnissen kommt«, begann ich, »möchte ich Ihnen als erstes sagen, daß ich Privatermittler bin. Mit der Ausländerbehörde habe ich nichts zu tun, und ich halte auch nicht viel von ihr, und die einzigen Hausbewohner, für die ich mich interessiere, haben vor über dreißig Jahren hier gewohnt.«

»Vor meiner Zeit«, antwortete sie. »Aber nicht lange. Und Sie haben recht, mein erster Gedanke war Ausländerbehörde, und egal, wie wenig Sie die mögen – ich versichere Ihnen, ich mag die noch viel weniger. Also, über wen wollen Sie was wissen?«

»Elizabeth Ann Dowling. Vielleicht hat sie sich auch Farrelly genannt."

»Betty Ann Dowling. Die hat hier noch gewohnt, als ich einzog. Sie und ihr Balg, aber fragen Sie mich nicht, wie der Junge hieß.«

»Gary.«

»Tatsächlich? Mein Gedächtnis ist auch nicht mehr, was es mal war. Obwohl ich auch nicht so recht wüßte, warum ich mich überhaupt an die beiden erinnern sollte.«

»Erinnern Sie sich noch, wann sie ausgezogen sind?«

»Nicht aus dem Stehgreif. Ich bin im Frühjahr 1968 hierhergekommen. Mein Gott, das ist fast dreißig Jahre her.«

Ich sagte etwas in der Richtung, daß man sich fragen müsse, wo die Zeit bloß bliebe. Egal wo, war ihre Antwort, jedenfalls nähme sie unser ganzes Leben mit.

»Aber nachdem mein Joe gestorben war, habe ich unsere Tochter ganz allein aufgezogen. Ich bekam die Wohnung und ein bißchen Geld für die Hausmeistertätigkeit, außerdem hatte ich das Geld von der Versicherung. Und jetzt ist sie mit einem Mann verheiratet, der gut verdient, und lebt in einem wunderschönen Haus in Yonkers. Wobei mir der Ton, in dem er mit ihr redet, nicht sonderlich gefällt. Aber das geht mich nichts an.« Sie sah mich an. »Und Sie interessiert das ebensowenig, nicht wahr? Ach, kommen Sie doch rein. Ich kann Ihnen genausogut eine Tasse Tee machen.«

Ihre Wohnung war einladend, aufgeräumt und blitzblank. Während wir unseren Tee tranken, sagte sie: »Sie war ebenfalls Witwe, jedenfalls hat sie das behauptet. Ich habe mich nicht dazu geäußert, aber ich weiß, daß sie nie verheiratet war. So was merkt man ziemlich schnell. Sie hat alle möglichen bizarren Geschichten über ihren Mann erzählt. Daß er bei der CIA war und daß man ihn umgebracht hat, weil er enthüllen wollte, was wirklich in Dallas passiert ist. Sie wissen schon, als Kennedy erschossen wurde.«

»Ja.«

»Sie hat dem Jungen dauernd Geschichten über seinen Vater erzählt. Wie lange hat sie eigentlich hier gewohnt? Ist das wichtig?«

»Vielleicht.«

»Nach ihr sind die Riordans in die Wohnung gezogen. Nein, warten Sie mal, das stimmt nicht. Erst hat noch ein älterer Mann die Wohnung gehabt, der ist dort gestorben, der arme Kerl, und raten Sie mal, wer das Glück hatte, ihn zu finden.« Beim Gedanken daran schloß sie die Augen. »Schrecklich, wenn man ganz allein stirbt, aber das wird mir wohl auch blühen. Außer ich halte so lange durch, daß sie mich in ein Pflegeheim stecken, und möge Gott verhindern, daß das passiert. Mr. Riordan lebt immer noch oben in der Wohnung, seine Frau ist im Januar vor drei Jahren gestorben. Aber er hat Betty Ann nie kennengelernt.«

»Wann ist er eingezogen?«

»Weil sie dann wüßten, wann sie sicher nicht mehr hier gewohnt hat, stimmt's?« Sie dachte einen Moment lang nach. Ich war überrascht, als sie sagte: »Fragen wir ihn doch selbst«, und zum Telefonhörer griff. Sie sah die Nummer in einem kleinen Buch mit Ledereinband nach, wählte, starrte genervt an die Decke, bis er endlich dranging, und sprach dann laut und übertrieben deutlich.

»Man muß den armen Mann anschreien«, sagte sie. »Am Telefon versteht er einen besser, als wenn man ihm gegenübersteht. Er sagt, er und seine Frau sind 1973 hier eingezogen. Also, der alte Mann, der gestorben ist, McMenamin hieß er, das ist ein alter Name aus Donegal, wenn ich mich nicht irre; Mr. McMenamin war etwa ein Jahr lang hier – auf jeden Fall keine zwei. Zwischendrin ist die Wohnung jeweils leergestanden, aber beide Male nicht lange, die Wohnungen in diesem Haus stehen nie lange leer. Also würde ich mal schätzen, daß Ihre Betty Ann und ihr Sohn 1971 ausgezogen sind. Dann müßte ich drei Jahre zusammen mit ihr hier gewohnt haben, und ich würde sagen, das dürfte hinkommen.«

»Und das dürfte gereicht haben.«

»Da haben Sie recht. Ich war nicht traurig, als sie wegzog, und mit ihrem Jungen ging's mir nicht anders.«

»Wissen Sie, warum sie ausgezogen ist?«

»Hat sie nicht erzählt, und ich habe nicht gefragt. Wahrscheinlich ein Mann. Mit Sicherheit ein weiterer CIA-Mann. Sie hat keine Nachsendeadresse hinterlassen, und selbst wenn, hätte ich die längst weggeworfen.« Ich fragte, ob noch jemand von den damaligen Mietern im Haus wohnte. »Janet Higgins«, antwortete sie, ohne zu zögern. »Oben in 4-C. Aber ich bezweifle, daß sie irgend etwas Brauchbares aus ihr rauskriegen werden. Sie weiß kaum noch ihren eigenen Namen.«

Sie sollte Recht behalten. Von Janet Higgins erfuhr ich nichts Brauchbares, und in den beiden Nachbarhäusern und dem gegenüber war es genauso. Ich hätte noch an ein paar weitere Türen klopfen können, aber ich hätte Betty Ann Dowling ja doch nicht dahinter angetroffen und ihren Sohn ebensowenig. Ich gab auf und fuhr nach Hause.

Als ich dort ankam, war Dr. Froelich bereits da gewesen, hatte TJs Verband gewechselt und ihn für reisetüchtig erklärt. Und er hatte ihm geraten, das Bein so oft wie möglich in eine waagerechte Position zu bringen. »Aber nicht, wenn du gehst«, hatte er hinzugefügt. »Das sieht nämlich ziemlich unbeholfen und bescheuert aus. Was schließen wir also daraus? Lauf nicht auf dem Bein rum. Laß ihm Zeit zu heilen.«

Elaine hatte eine zweite Krücke besorgt, und TJ benutzte beide, um über die Straße zum Hotel zu humpeln. Ich begleitete ihn und ließ mich dann auf dem Sessel nieder, während er sich ins Internet einwählte und seine E-Mails durchsah. In der Zeit, in der er nicht da gewesen war, hatten sich Dutzende von Nachrichten angesammelt. Das meiste davon war, wie er sagte, Spam, größtenteils von Leuten, die ihm pornographische Fotos verkaufen oder ihn zu riskanten finanziellen Einlagen überreden wollten. Aber er hatte auch überall auf der Welt Leute, mit denen er Mails austauschte, Leute aus einem halben Dutzend verschiedener Länder, die sich gegenseitig Witze und geistreiche Bemerkungen mailten.

Er brauchte nicht lange, um wieder auf dem aktuellen Stand zu sein, und anschließend erzählte ich ihm, was ich über Gary Dowling und seine Mutter wußte. Die letzte Adresse, die ich von den beiden hatte, war fünfundzwanzig Jahre alt, und vielleicht benutzten sie auch den Nachnamen Farrelly.

»Schreibt man das F-A-R-L-E-Y?« Ich schüttelte den Kopf und buchstabierte den Namen, woraufhin er das Gesicht verzog. »Wenn man das Y wegläßt, spricht man es aus wie Farrell, und es reimt sich auf Carol. Wenn man das Y dranhängt, spricht man es auf einmal so aus, daß es sich auf Charlie reimt. Das ist doch völlig unlogisch.«

»Wie fast alles.«

»Wenn sie ein Telefon angemeldet hat, kann ich sie finden. Dauert bloß 'ne Weile. Es gibt da eine Webseite, da sind alle Anschlüsse nach Staaten sortiert aufgeführt. Meinst du, sie ist in New York?«

»Dort solltest du wohl als erstes nachsehen.«

Es gab eine Elizabeth Dowling in Syracuse, außerdem eine Reihe von E. Dowlings, einer davon sogar in der Bronx. Das war natürlich zu einfach und offensichtlich, und wie sich herausstellte, handelte es sich um jemanden namens Edward, und der hatte nie von einer Elizabeth oder Betty Dowling gehört und klang auch nicht so, als ob ihn mein Anruf begeistern würde.

Als nächstes versuchten wir New Jersey, dann Connecticut. Danach wandten wir uns Kalifornien und Florida zu, beides beliebte Staaten, wenn jemand umziehen will. Ich bekam ziemlich bald Routine, was meinen Teil der Aufgabe anging, wählte die Nummern von den Listen, die TJ ausdruckte, und sagte: »Ich bin auf der Suche nach einer Frau namens Elizabeth Dowling, die in den 60er Jahren in der Valentine Avenue in der Bronx gewohnt hat.« Nach ein oder zwei Sätzen war klar, daß mein Gegenüber mir nicht weiterhelfen konnte, und ich beendete umgehend das Gespräch und wählte die nächste Nummer.

»Gut, daß wir für unsere Ferngespräche nichts zahlen müssen«, sagte TJ. »Da würde sich ganz schön was zusammenläppern.«

Er war mir weit voraus – der Computer konnte schneller Dowlings finden, als ich sie anrufen konnte – und so nutzte er die Gelegenheit, um zum Bett rüberzuhumpeln und sein Bein hochzulegen. Als ich gerade einen Anruf beendet hatte und die nächste Nummer wählen wollte, sagte er: »Was ich dir noch erzählen wollte – ich habe heute Nachmittag dieses Mädchen angerufen.«

»Welches Mädchen?«

»Die Süße von BTK? Schwarzer Vater, Mama Vietnamesin? Sie meinte, sie hätte sich gewundert, weil sie nichts mehr von mir gehört hätte.«

»Also hast du ihr erzählt, daß du dir bei einer Schießerei eine Kugel eingefangen hast.«

»Ich hab ihr gesagt, ich hätte die Grippe. Vitamin C, hat sie geantwortet. Ja, Madam, hab ich gesagt, und hast du was über den Typ mit dem Mondgesicht rausfinden können? Leider hat sie nur seinen Straßennamen rausgekriegt. Dreimal darfst du raten.«

»Moon.«

»Moon. Ein Freund von Goo aus den Zeiten in Attica, und mehr weiß keiner. Ich hab gesagt, herzlichen Dank und melde dich wieder, wenn deine Pickel abgeheilt sind.«

»Das hast du nicht gesagt.«

»Natürlich nicht.« Er legte den Kopf auf die Seite und sah mich an. »Du hast doch keinen Bock mehr auf diese Rumtelefoniererei, stimmt's? Wenn du was anderes zu tun hast, kann ich die restlichen Anrufe erledigen. Und dabei kann ich sogar das Bein hochlegen.«

Ich verabschiedete mich und machte mich auf den Weg Richtung Uptown. Seit Mrs. Horvaths Butterkeksen hatte ich nichts mehr gegessen, und so blieb ich auf dem Broadway ein oder zwei Blocks nach dem Lincoln Center vor einem chinesischen Restaurant stehen. Seit der letzten Verabredung mit Jim vor zehn Tagen hatte ich kein chinesisches Restaurant mehr betreten. Ich würde nie wieder mit ihm zu Abend essen, und vielleicht würde ich auch nie wieder Lust auf chinesisches Essen haben.

Jetzt bring es schon hinter dich, sagte eine Stimme – Jims Stimme, aber das war keine mystische Erfahrung, sondern einfach meine Phantasie, die mir die Antwort gab, die auch er mir gegeben hätte. Und er hatte natürlich recht. Nicht das Essen oder das Restaurant hatten ihn umgebracht, sondern der Mann, der mit einer Waffe in der Hand hineingegangen war, und das würde er nun auch nicht mehr tun.

Dennoch konnte ich nicht in einem China-Restaurant essen, ohne die ganze Zeit an Jim denken zu müssen. Ich hatte mir scharfsaure Suppe und Rindfleisch mit Broccoli bestellt, und mir fiel wieder ein, wie Jim gesagt hatte, er wolle noch einmal vegetarischen Aal essen, bevor er starb.

Das Essen war recht gut. Nicht außergewöhnlich, aber auch nicht schlecht. Ich trank eine Kanne Tee dazu, und hinterher aß ich die Orangenscheiben und öffnete den Glückskeks. *Sie werden eine Reise machen*, war die Botschaft. Ich bezahlte die Rechnung, ließ Trinkgeld auf dem Tisch liegen und machte mich auf den Weg zum *Poogan's*.

»Der Typ, der dir den Schlag verpaßt hat, heißt Donnie Scalzo«, sagte Danny Boy. »Ich dachte schon, ich würde nichts rausfinden können, Matthew, und dann tauchte ein Bekannter auf, sah das Bild und wußte sofort, um wen es sich handelt. Er stammt aus Brooklyn, und ich nehme an, daß er nicht oft auf dieser Seite der Brücke war, aber dieser Bekannte von mir ist in Bensonhurst ganz in der

Nähe von Scalzo aufgewachsen. Ich glaube, sie sind von derselben Schule geflogen. Er ist vor kurzem aus dem Knast gekommen. Man hatte ihn zu fünf bis zehn Jahren verurteilt. Schwere Körperverletzung, also warst du vermutlich nicht der erste, dem er eine reingehauen hat.«

»Du weißt nicht zufällig, wo er die Strafe abgesessen hat?«

»Es liegt mir auf der Zunge. Oben im Norden, aber nicht in Dannemora, und auch nicht in Green Haven. Hilf mir doch mal auf die Sprünge.«

»Attica?«

»Genau. Attica.«

Ich ging nach Hause und rief TJ an. »Attica«, sagte er. »Da ist ja jede Menge geboten. Aber es ist schon zu spät um anzurufen.«

»Mit einem Anruf wird es kaum getan sein. Ich glaube, ich sollte rauffahren und mit jemandem reden.«

»Attica«, wiederholte er und ließ den Namen über die Zunge rollen, als suche er nach einem Wort, das sich darauf reimte. »Und wie willst du dahinkommen?«

»Nichts leichter als das. Ich überfalle einfach einen Spirituosenladen.«

Mick rief an und fragte, ob ich irgend etwas von Tom Heaney gehört hatte, den er nicht erreichen konnte. Ich verneinte und fügte hinzu, daß jeder, der angerufen hatte, mit dem Anrufbeantworter reden mußte. Und daß Tom schon mit Menschen kaum ein Wort wechselte. Dann erzählte ich ihm, was ich in Erfahrung gebracht hatte – über Moon, Donnie Scalzo und Gary Allen Dowling.

An diesem Abend ging ich früh ins Bett, und am Morgen stand ich Punkt neun Uhr in Phyllis Binghams Reisebüro. Ich sagte ihr, daß ich nach Buffalo wollte, und während sie am Computer herumfuhrwerkte, fragte sie, wie es Elaine auf ihrer Einkaufsreise ging. Natürlich mußte sie das Schild im Schaufenster des Ladens gesehen haben, er lag ja nur ein Stück weiter die Straße hinauf, aber einen Moment lang hatte ich keine Ahnung, wovon sie redete. Dann sagte ich, es liefe prima, und sie antwortete, sie hätte um zehn Uhr einen Flug mit Continental von Newark aus, dann hätte ich allerdings keine Zeit mehr zu packen. Es gibt nichts zu packen, erwiderte ich, also buchte sie den Flug sowie einen Rückflug um 3.30 Uhr am selben Nachmittag. Falls ich ihn verpassen würde, gab es zwei Stunden später einen weiteren.

»Vermutlich wirst du nicht dazu kommen, dir die Niagarafälle anzuschauen«, sagte sie.

Draußen fand ich sofort ein Taxi, und ich mußte den Fahrer auch nicht erst dazu überreden, mich nach Newark zu bringen. Er war begeistert. Ich erreichte das Flugzeug gerade noch rechtzeitig und landete eine Stunde später in Buffalo. Dort mietete ich mir einen Wagen und fuhr nach Attica, was mich eine weitere Stunde kostete, weil ich eine Abzweigung verpaßte und zurückfahren mußte. Gegen Mittag war ich dort und um zwei Uhr schon wieder draußen, deutlich schneller als Gary Allen Dowling, von Goo und Moon und Donnie ganz zu schweigen. Für den Weg zurück zum Flughafen brauchte ich nur vierzig Minuten, was mir noch genügend Zeit ließ, den Mietwagen zurückzugeben und etwas zu essen, bevor mein Rückflug aufgerufen wurde.

Am Taxistand in Newark war eine lange Warteschlange, also sparte ich mir ein paar Dollar, fuhr mit dem Bus zur Penn Station und mit der U-Bahn nach Hause. Als ich in die Wohnung kam, sagte Elaine: »Du hast zwar gesagt, du wärst zum Abendessen zu Hause, aber ich habe es dir nicht geglaubt. Nur – vielleicht kannst du nicht bleiben.«

George Wister war aufgetaucht, aber diesmal hatte sie gesagt, ich sei nicht da, und sich geweigert, ihn hereinzulassen. Er kam mit einem Kollegen und einem Haftbefehl zurück, aber sie hatte bereits mit Ray Gruliow gesprochen, der mit ihr zusammen auf Wister gewartet hatte. Sie ließ die beiden Bullen herein, und nachdem Wister sich davon überzeugt hatte, daß ich nicht da war, tauschten Ray und er noch ein paar Drohungen aus, und schließlich war Wister gegangen.

»Sie haben nach einer Waffe gesucht«, sagte Elaine, »und ich wußte, du würdest nicht versuchen, deine durch einen Metalldetektor durchzuschmuggeln. Ich habe überall gesucht, bis ich sie schließlich in deiner Sockenschublade gefunden habe. Ich habe sie in unserem Kellerabteil verstaut, und nachdem sie weg waren, bin ich runter und habe sie wieder raufgeholt, mit Holster und allem. Sie liegt wieder bei deinen Socken.«

»Ich habe noch eine Waffe, eine kleine, die muß in der Tasche der Jacke sein, die ich vorgestern abend anhatte.«

Ich schaute im Schrank nach, und die Waffe war noch dort. Ich steckte sie mir in die Tasche, holte die Magnum aus der Schublade mit den Socken und legte das Holster an. Ich hatte mich den ganzen Tag seltsam verletzlich gefühlt ohne Waffe, was schon merkwürdig war, wenn man bedenkt, daß ich noch vor weniger als einer Woche immer unbewaffnet herumgelaufen war.

Elaine sagte, der Haftbefehl laute auf Behinderung einer Strafverfolgung. Das sei völliger Mist, hatte Ray gesagt, und bedeute nichts anderes, als daß Wister einen willfährigen Richter an der Hand habe. Er plane, den Haftbefehl zu zerquetschen oder zu zermalmen oder irgend etwas in der Art.

Ich antwortete, ich würde ihn anrufen, aber sie hielt mich am Arm zurück. »Ruf erstmal noch niemanden an. Zuerst solltest du dir eine Nachricht anhören.«

Wir gingen ins Zimmer, und sie ließ den Anrufbeantworter die Nachricht abspielen. Eine Stimme, die ich noch nie gehört hatte, sagte: »Scudder? Hör mal, ich habe nichts gegen dich. Laß einfach die Finger von der Sache, dann brauchst du dir auch keine Sorgen mehr zu machen.«

Sie ließ die Nachricht ein zweites Mal ablaufen, und ich hörte zu. »Der Anruf kam etwa um 3.30 Uhr«, sagte sie. »Sobald ich die Nachricht gehört hatte, habe ich das Telefon ausgestöpselt.«

»Damit er nicht nochmal anrufen kann.«

»Nein, damit du ihn zurückrufen kannst. Wenn du die Rückwahltaste drückst ...«

»... wählt der Apparat die Nummer desjenigen, der zuletzt angerufen hat. Du wolltest sichergehen, daß er der letzte Anrufer blieb.«

Ich hob den Hörer ab, stöpselte das Telefon ein und drückte die Rückwahltaste. Nachdem es am anderen Ende zwölfmal geklingelt hatte, gab ich auf und unterbrach die Verbindung.

»Scheiße«, sagte sie.

Ich drückte die Wiederwahltaste und ließ es nochmals zwölfmal klingeln. »Das Telefon klingelt sich die Seele aus dem Leib«, sagte ich. »Fragt sich nur, wo.«

»Kann man das nicht rausfinden? Werden nicht alle Anrufe automatisch gespeichert?«

»Nur die, die man entgegennimmt.«

»Und? Als er angerufen hat? Da haben wir den Anruf doch entgegengenommen.«

»Wenn ich einen guten Freund bei der Telefongesellschaft hätte, könnte ich an die Daten rankommen. Die Kongs haben mal etwas ähnliches für mich erledigt, aber ich kann sie nicht erreichen, und in die Computer der Telefongesellschaften kann man sich auch nicht mehr so leicht einhacken. Und du weißt auch so, wie das Ganze ausgehen würde, nicht wahr?«

»Wie denn?«

»Vermutlich hat er von einem öffentlichen Telefon aus angerufen, und was würde uns das schon weiterhelfen?«

»Ratten! Und ich habe mich schon für wer weiß wie clever gehalten.«

»Warst du ja auch. Es hat nur nicht geklappt. Aber vielleicht tut es das ja noch. Wir können es später noch einmal versuchen.«

»Und bis dahin lassen wir das Telefon ausgeschaltet?«

»Nein, wir rufen nur niemanden mehr an. Auf die Art wählt der Apparat immer wieder dieselbe Nummer, sobald man die Wiederwahltaste drückt. Und falls du wirklich anrufen mußt, tu es und mach dir keine Gedanken, ich mache mir keine allzu großen Hoffnungen, daß wir ihn auf diesem Weg kriegen.«

»Ratten.« Sie drückte den Knopf und ließ die Nachricht ein weiteres Mal abspielen. »Weißt du was? Er lügt.«

»Das ist mir klar.«

»Er will nur, daß du aufhörst, nach ihm zu suchen, und das ist ein gutes Zeichen, nicht wahr? Es bedeutet, du bist ihm auf der Spur. Und er will erreichen, daß du nicht mehr so vorsichtig bist. Aber umbringen will er dich immer noch.«

»Klug gefolgert.«

KAPITEL 26

Ich hatte nicht vor, zum Essen zu bleiben. Ich hatte gerade erst in Buffalo gegessen, außerdem wollte ich nicht zu Hause sein, falls Wister nochmal vorbeikam, egal ob mit oder ohne seinen lächerlichen Haftbefehl. Elaine hatte gerätselt, ob sie das Gebäude wohl bewachen würden. Ich konnte mir nicht vorstellen, daß sie dafür genügend Personal hatten, aber ich würde trotzdem weiterhin den Lieferanteneingang benutzen.

Vorhin hatte ich das Haus auch auf diesem Weg betreten, vermutlich aus Gewohnheit, und bei dieser Gewohnheit würde ich bleiben.

Ich trank eine Tasse Kaffee und erzählte Elaine, was ich in Attica, einer Kleinstadt, in der das staatliche Gefängnis der größte Arbeitgeber war, in Erfahrung gebracht hatte. Gary Allen Dowling, der gelegentlich tatsächlich als Gary Farrelly oder Pat Farrelly aufgetreten war, war Anfang Juni entlassen worden, nachdem er etwas über zwölf Jahre seiner Haftstrafe von zwanzig Jahren bis lebenslänglich abgesessen hatte, zu der er wegen Totschlags verurteilt worden war. Er und ein Komplize hatten in Irondequoit, einem Vorort von Rochester, einen Laden überfallen. Laut Angaben des Komplizen, der gegen ihn ausgesagt und auf einfachen Diebstahl und Körperverletzung mit Todesfolge plädiert hatte, war es Dowling gewesen, der die beiden Angestellten und einen Kunden in das Hinterzimmer gescheucht und sie gezwungen hatte, sich mit dem Gesicht nach unten auf den Boden zu legen. Dann hatte er alle drei mit jeweils zwei Kopfschüssen erledigt.

Ich konnte mich noch gut an den Fall erinnern. Viel Aufmerksamkeit hatte ich ihm nicht gewidmet, da er sich zweihundert Meilen nördlich abgespielt hatte und bei uns in New York genügend Verbrechen geschahen, mit denen ich mich beschäftigen konnte. Aber ich hatte darüber gelesen, und für die Politiker in Albany, die gerade beim Gouverneur einen Gesetzentwurf zur Einführung der Todesstrafe eingereicht hatten, war der Fall ein gefundenes Fressen gewesen. Bis sich schließlich herausstellen sollte, daß es einfacher war, einen neuen Gouverneur zu wählen.

Dowling war vierundzwanzig gewesen, als er die drei Männer erschoß, und fünfundzwanzig, als man ihn verurteilte. Inzwischen war er siebenunddreißig.

Er wurde nach Attica geschickt, während der Mittäter, der ihn verraten hatte, nach Sing Sing in Ossining kam. Ein paar Monate später fand man ihn tot im Trainingsraum. Er lag mit dem Rücken auf einer Bank, und die Stange, die er hätte heben müssen, wog mehr als zweihundertfünfzig Kilo. Sein Brustkorb war völlig zerquetscht, und niemand schien zu wissen, wie das hatte passieren können oder wer vielleicht seine Finger im Spiel gehabt hatte.

Dowling ließ überall in Attica verbreiten, daß er dahintersteckte. Rache ist süß, sagte er. Süßer noch, wenn er hätte dabeisein und zusehen können, aber auch so war sie süß.

Später im selben Jahr wurde ein Mitgefangener erstochen, mit dem er sich gestritten hatte, und wie bei so vielen Verbrechen hinter Gittern wußte man zwar, wer der Täter war, hatte aber keine Chance, es zu beweisen. Deshalb steckte man Dowling das erstemal in Einzelhaft. Um einen Mann ins Loch zu werfen, brauchte man keine Beweise.

Seine Mutter war der einzige Mensch, der ihn besuchen kam. Einmal im Monat fuhr sie von Rochester nach Attica, aber in den letzten Jahren waren ihre Besuche seltener geworden, weil sie krank war und jemanden brauchte, der sie fuhr. Sie hatte Krebs, an dem sie im letzten Winter seiner Haft starb. Vermutlich hätte man ihn beurlaubt, damit er zu ihrem Begräbnis hätte gehen können, aber zu dem Zeitpunkt saß er zum zweitenmal in Einzelhaft. Es war schon seltsam – im Gefängnis hatte er gelernt, sich zu beherrschen, aber als er vom Tod seiner Mutter erfuhr, drehte er völlig durch und erwürgte beinahe einen der Wärter, bevor man ihn von ihm wegzerren konnte. Natürlich wäre man gern nachsichtig gewesen mit jemandem, der gerade solch eine Nachricht erhalten hatte, aber einen derartigen Vorfall konnte man einfach nicht durchgehen lassen

Am 5. Juni war er entlassen worden. Er hatte sich so lange gut geführt, daß seine Haftverkürzung außer Frage stand. Wenn es sie bei seiner Verurteilung schon gegeben hätte, wäre er ein aussichtsreicher Kandidat für die Todesstrafe gewesen, aber auch ohne Todesstrafe hätte man meinen sollen, daß jemand, der solch eine Straftat begangen hat, lebenslänglich ohne Aussicht auf Bewährung bekommen hätte. Aber so lief es nun mal nicht.

Der Beamte, mit dem ich sprach, hatte nicht viel Vertrauen in das System, für das er arbeitete. Er hatte nicht den Eindruck, daß sie sonderlich erfolgreich waren, was das Thema Resozialisierung anging. Natürlich gab es den einen oder anderen, der noch nie etwas angestellt hatte bis zu der Nacht, in der er sich betrank und seine Frau oder seinen besten Freund umbrachte, und von denen würden die meisten nach ihrer Entlassung wohl auch keine weiteren Straftaten begehen, aber er bezweifelte, daß es sich dabei um einen Beweis für die Effizienz des Strafsystems handelte. Und dann gab es da die Sexualstraftäter, und wer glaubte, daß man diese Monster therapieren konnte, konnte genausogut an den Osterhasen glauben. Und was die hartgesottenen Gangster anging – nun, einige waren irgendwann einfach zu alt, um noch groß was anzustellen, aber konnte man das wirklich Resozialisierung nennen? Eigentlich lagerte man sie nur ein, bis ihr Verfallsdatum abgelaufen war.

Eins weiß ich ganz sicher, sagte er. Gary Allen Dowling kommt zurück. Wenn nicht nach Attica, dann eben in einen anderen Knast. Das stand für ihn völlig außer Zweifel.

Ich hoffte, daß er sich irrte.

Das hatte ich also in Attica in Erfahrung gebracht. Ich glaube kaum, daß ich Elaine das alles erzählt habe, jedenfalls nicht zu dem Zeitpunkt, nicht bei nur einer Tasse Kaffee.

Das meiste habe ich ihr allerdings erzählt, und etwas später dann Mick den Rest.

Während ich noch überlegte, ob ich mir eine zweite Tasse genehmigen sollte, klingelte das Telefon. Ich stand auf, wartete ab, wer auf den Anrufbeantworter sprach und hob ab, als ich Micks Stimme hörte. »Mein Gott«, sagte er. »Hast du den ganzen Abend telefoniert?«

»Der Abend ist doch noch jung. Ich habe überhaupt nicht telefoniert. Elaine hat das Telefon ausgestöpselt, warum, erzähle ich dir ein andermal.«

»Ich war schon kurz vorm Durchdrehen. Niemand ist zu erreichen. Hast du was von Tom oder von Andy gehört?«

»Nein, aber das Telefon war ausgestöpselt, also ...«

»... also hätten sie dich nicht erreicht, wenn sie es versucht hätten, und mich konnten sie auch nicht anrufen, weil sie die Nummer nicht haben. Zweimal habe ich bei Andy angerufen, und beide Male sagte mir seine Mutter, er sei unterwegs und sie wisse nicht, wo. Und da, wo Tom wohnt, geht überhaupt niemand ans Telefon.«

»Vielleicht sind sie irgendwo ein Bier trinken gegangen.«

»Vielleicht. Und was hast du noch vor?«

Es war Freitag. Freitagabends ging ich immer zu einem Schritte-Meeting in St. Paul's. Und danach war ich immer mit Jim Kaffee trinken gegangen. Ich hatte mir überlegt, daß ich ersteres wohl auch heute tun sollte, auch wenn ich letzteres nicht mehr tun konnte. Aber es gab eine Menge, was ich Mick erzählen mußte. Seit wir uns das letzte Mal gesehen hatten, hatte ich einiges in Erfahrung gebracht.

»Bis jetzt noch nichts«, antwortete ich.

»Ich komme dich abholen. In einer Viertelstunde?«

»Lieber in zwanzig Minuten. Und park nicht vorm Eingang. Am besten wartest du gleich vor *Ralph's Restaurant* Ecke Fifty-Sixth und Ninth auf mich.«

Ich gab Elaine einen Kuß und sagte ihr, daß ich noch nicht wüßte, wann ich zurückkäme. »Und wenn du willst, telefonier ruhig«, fügte ich hinzu.

»Ich habe mir überlegt, wenn ich von dem Nebenanschluß aus anrufe, bleibt die zuletzt gespeicherte Nummer auf diesem Apparat unverändert. Oder irre ich mich da?«

»Nein, ich glaube, du hast recht. Hätte mir auch einfallen können.«

»Dann bräuchtest du mich ja gar nicht mehr.«

»Oh doch. Aber ich glaube, ich versuche es noch ein letztes Mal, bevor ich gehe.«

Ich drückte die Wiederwahltaste, und das Display zeigte mir die Wiederwahlfunktion an, und kurz darauf läutete bei irgend jemandem das Telefon. Ich fragte mich, wie lange ich es wohl diesmal läuten lassen sollte, und dann, mitten im vierten oder fünften Klingeln, hob jemand ab. Zuerst war da nur Stille, dann sagte eine männliche Stimme leise: »Hallo?«

Die Stimme kam mir seltsam bekannt vor. Ich wollte mehr von ihr hören, aber als sie weitersprach, klang sie viel weiter entfernt, als würde der Mann mit jemand anderem reden und nicht ins Telefon. »Niemand dran«, sagte er, dann war wieder Stille, und schließlich wurde die Verbindung unterbrochen.

»Bingo«, sagte ich zu Elaine.

»Hat wohl geklappt, was?«

»Wie Zauberei. Das war brillant, daß du das Telefon ausgestöpselt hast. Du bist ein Genie.«

»Das hat mein Vater auch immer behauptet. Und meine Mutter hat immer gesagt, er wäre verrückt.«

Ich schrieb mir die Uhrzeit auf. Am nächsten Morgen mußte ich nur noch die Telefongesellschaft anrufen und jemanden auftreiben, der die Auflistung meiner Anrufe einsehen konnte, und schon würde ich wissen, wen ich da gerade angerufen hatte. Ich glaubte nämlich nicht, daß es sich um ein öffentliches Telefon gehandelt hatte. Und sobald ich rausbekommen hatte, wo sich das Telefon befand, konnte ich sie dort aufspüren, wo sie sich völlig sicher geglaubt hatten.

Meines Wissens hat ein Kunde Anspruch auf eine Auflistung der Anrufe, die er gemacht hat, man muß nur herausfinden, wer dafür zuständig ist. Ein Bulle bekommt solche Informationen in kürzester Zeit, und wenn ich keinen Bullen auftreiben konnte, der sie mir besorgen würde, konnte ich mich immer noch selbst als Bulle ausgeben. Das war zwar strafbar, aber wie es schien, war in letzter Zeit alles, was ich tat, strafbar.

Ich fuhr mit dem Fahrstuhl ins Erdgeschoß und ging durch den Lieferanteneingang nach draußen. Natürlich hätte Wister das Gebäude auch von zwei Teams beobachten lassen können, eins vorn und eins hinten, aber eigentlich konnte ich mir nicht mal vorstellen, daß er auch nur eins dort stehen hatte. Trotzdem sah ich mich vorsichtshalber um, bevor ich auf die andere Straßenseite ging und mich in einen dunklen Eingang neben *Ralph's* stellte. Mick ließ nicht lange auf sich warten.

KAPITEL 27

»Ein Sohn, der Rache für ihn übt«, sagte Mick. »Das ist einer wie Paddy Farrelly nun wirklich nicht wert.«

»Ein Sohn, der sich im Laufe seines jungen Lebens nicht gerade mit Ruhm bekleckert hat.«

»Also der wahre Sohn seines Vaters. Wie, sagtest du, heißt die Mutter?«

»Elizabeth Dowling.«

»Ich habe im Laufe der Jahre eine ganze Reihe Dowlings getroffen, aber an eine Elizabeth kann ich mich nicht erinnern.«

»Die Frau in der Bronx nannte sie Betty Ann. Sie hat dort gelebt, als das Kind geboren wurde. Vielleicht ist sie sogar irgendwo in der Gegend großgeworden.«

»Ich frage mich, wie Paddy sie wohl kennengelernt hat. Vielleicht beim Tanzen. Da lernte man damals am leichtesten irische Mädchen kennen, samstagabends beim Tanzen.« Sein Blick schien in weite Ferne zu schweifen. »Ich habe sie nie kennengelernt, und ich bezweifle, daß sie mich kennt. Aber sie muß Geschichten über mich gehört haben. Auch daß ich dafür verantwortlich bin, daß Paddy sein Leben und sie damit ihren Paddy verloren hat. Wenn die blöde Kuh auch nur einen Funken Verstand gehabt hätte, hätte sie

Gott für den Gefallen gedankt, den ich ihr getan habe. Statt dessen macht sie einen Helden aus ihm und aus mir einen Schurken und erzieht den Jungen so, daß er mich ermorden will.«

»Ich glaube, Töten hat ihm schon immer gefallen. Es gab überhaupt keinen Grund, die Leute in dem Laden umzubringen. Damit hat er nur erreicht, daß viel intensiver nach ihm gefahndet wurde. Er konnte sich ausrechnen, daß man ihn kriegen und zu einer langen Haftstrafe verurteilen würde. Er hat die Leute umgebracht, weil er es so wollte.«

»Genau wie bei Kenny und McCartney.«

»Und genauso war es mit dem Vietnamesen, mit dem er sich im Gefängnis zusammengetan hat, und auch mit seinem anderen Knastkumpel, der die Bombe geworfen hat. Moons richtiger Name ist übrigens Virgil Gafter. Er steht im Verdacht, einige Morde im Zusammenhang mit anderen Straftaten begangen zu haben, aber nach Attica kam er aufgrund einer Verurteilung wegen tätlicher Bedrohung.«

»Du hast ‘ne Menge rausgefunden in dem Knast.«

»Wie jeder. Manche finden raus, wie man sich in Zukunft gesetzestreu verhält, und andere, wie man sich in Zukunft nicht so leicht erwischen läßt.«

»Ich glaube, die Bullen wissen inzwischen, daß es Chilton Purvis war, der in dem Chinarestaurant geschossen hat«, sagte ich. »Vermutlich haben sie das auf ähnlichem Weg herausgefunden wie ich. Die Sache spricht sich rum, und irgendein Bulle erfährt es von seinem Spitzel. Ich glaube, sie sind zu ihm in die Tapscott Street gefahren, wo sie ihn tot aufgefunden haben, falls ihn nicht schon vorher jemand entdeckt hatte und sie im Leichenschauhaus auf ihn gestoßen sind.«

»Und deshalb standen sie bei dir vor der Tür?«

»Genau. Wenn sie nicht wüßten, daß Purvis der Schütze war, wäre sein Tod einfach nur ein weiterer Mord, vermutlich zwischen Schwarzen, vermutlich im Zusammenhang mit Drogen. Zwei Männer schießen aufeinander, einer überlebt. Aber so haben sie jetzt jemanden, der ein Motiv hatte, Purvis zu töten.«

»Und das bist du.«

»Außerdem haben sie eine Blutspur gefunden, also werden sie annehmen, daß Purvis und ich aufeinander geschossen haben und ich anschließend geflohen bin. Ich würde wetten, daß sie in den

Krankenhäusern nachgefragt haben, und ich wette auch, daß Wister, als er mit seinem Haftbefehl auftauchte, annahm, ich läge verwundet im Bett. Nachdem das nicht der Fall war, hätte er wenigstens gern eine .38er entdeckt, die zu den Kugeln paßt, die sie Purvis rausgeschnitten haben.«

»Was passiert, wenn sie dich finden?«

»Da kann ich mir gerade keine Gedanken drüber machen. Obwohl mich das Blut witzigerweise vermutlich aus der Schußlinie bringen würde. Ich habe bei der Schießerei nicht mal einen Kratzer abbekommen, und bei einem DNA-Test würden sie feststellen, daß das Blut nicht von mir stammt. Wenn sie allerdings mit TJs Blut einen DNA-Vergleich machen würden – tja, das wäre natürlich eine andere Sache, aber auf die Idee müßten sie erstmal kommen, und das würde mich wundern.«

»Ich nehme an, wir fahren in die Bronx.«

»Nachdem wir schon fast da sind, ist das jetzt nicht so beeindruckend wie deine sonstigen detektivischen Meisterleistungen«, antwortete Mick.

»Wohin wollen wir?«

»Perry Avenue.«

»Wo Tom wohnt.«

Er nickte. »Du erinnerst dich, daß wir ihn dort abgesetzt haben, nach dem Zwischenfall im *Grogan's*.«

»Weil du ihn telefonisch nicht erreichen kannst?« fragte ich.

»Er wohnt bei einer alten Frau zur Untermiete. Dort hat er ein Zimmer, darf die Küche mitbenutzen und am Abend im Wohnzimmer fernsehen. Er ißt auch dort, morgens und abends, jedenfalls, wenn er zu Hause ist.«

»Und?«

»Der Telefonanschluß ist ihrer, und sie ist immer zu Hause und geht immer dran. Und heute ist sie kein einziges Mal drangegangen.«

»Könnte sie nicht irgendwo unterwegs sein?«

»Sie geht nie aus dem Haus. Sie hat Arthritis, und zwar sehr schwer. Sie kann nicht mehr rausgehen.«

»Und wenn sie einkaufen muß?«

»Ruft sie im Laden an der Ecke an, und sie liefern ihr die Sachen. Oder Tom geht für sie einkaufen.«

»Vermutlich gibt es eine Erklärung.«

»Das fürchte ich auch. Und ich fürchte, ich kenne sie.«

Ich schwieg. Mick hielt an einer roten Ampel, sah nach beiden Seiten und fuhr dann durch. Ich stellte mir lieber nicht vor, was passieren würde, wenn uns ein Bulle anhielt.

»Ich habe so ein Gefühl«, sagte er.

»Das habe ich mir schon gedacht.«

»Ich habe dir sicher schon mal erzählt, was meine Mutter immer gesagt hat.«

»Daß du einen sechsten Sinn hast.«

»Sie nannte es das zweite Gesicht, aber letztlich läuft das auf dasselbe hinaus, egal ob man es sechsten Sinn oder zweites Gesicht nennt. Ich hab das von ihr geerbt. Als mein Bruder Dennis nach Vietnam ging, wußten wir beide, daß wir ihn zum letzten Mal lebend gesehen hatten.«

»Und das ist das zweite Gesicht?«

»Ich war noch nicht fertig.«

»Entschuldigung.«

»Eines Tages rief sie mich zu sich. Mickey, hat sie gesagt, ich habe letzte Nacht deinen kleinen Bruder gesehen, ganz in weiß gekleidet. Daraufhin bin ich selbst weiß wie die Wand geworden, denn ich hatte am Morgen Dennis' Stimme im Ohr gehabt. Mir geht's gut, Mickey, hatte er gesagt, um mich brauchst du dir keine Sorgen mehr zu machen. Am nächsten Tag kam dann das Telegramm.«

Mir lief es kalt den Rücken hinunter. Ich habe auch manchmal Ahnungen und Gefühle, und ich habe bei meiner Arbeit gelernt, auf sie zu hören, obwohl mich das nicht davon abhält, hinauszugehen und an Türen zu klopfen. Ich glaube an Intuition und daran, daß man manchmal Dinge weiß, die man gar nicht wissen kann. Trotzdem läuft es mir bei solchen Geschichten immer kalt den Rücken hinunter.

»Ich hatte schon so ein Gefühl, bevor ich bei ihm angerufen habe«, fuhr Mick fort. »Schon bevor es das erstemal klingelte und niemand dranging.«

»Und das Gefühl hat sich nicht abschütteln lassen.«

»Nein.«

»Aber du hast gewartet, bis du mich erreicht hast, bevor du hier rausgefahren bist.«

»Dich oder Andy. Du warst der erste, den ich erreicht habe. Aber du fragst dich wahrscheinlich, warum ich nicht allein gefahren bin.« Er schwieg einen Moment lang. »Die Antwort spricht nicht gerade für mich. Ich habe mich vor dem gefürchtet, was ich vielleicht finden würde. Was ich wußte, daß ich finden würde. Ich wollte dabei einfach nicht allein sein.«

»Hast du deine Waffe dabei?«

»Du hast mir zwei Waffen gegeben, und die habe ich beide dabei.«

»Das war clever, daß Elaine die eine irgendwo versteckt hat, wo die Bullen sie nicht finden konnten. Im Keller, nicht wahr?«

»In unserem Lagerraum unten im Keller. Selbst wenn sie von seiner Existenz gewußt hätten, hätte der Durchsuchungsbefehl vermutlich nicht auch noch für den Keller gegolten.«

»Ah, Elaine ist wirklich eine kluge Frau. Das nenne ich schnell reagiert.«

»Das Beste weißt du noch gar nicht«, antwortete ich und erzählte ihm von dem Trick mit der Rückwahltaste.

»Deshalb hatte sie also das Telefon ausgestöpselt. Und er hat wahrhaftig eine Nachricht hinterlassen? Meinst du, es war Paddys Sohn?«

»Ich glaube nicht. Die Stimme kam mir bekannt vor, und ich glaube, es war der, dem ich die Waffe abgenommen habe. Donnie Scalzo.«

»Der aus Bensonhurst, wenn ich mich nicht irre. Womit wir noch eine Nation hätten.«

»Aber es kann sein, daß ich Dowlings Stimme auch gehört habe.« Ich erzählte ihm von dem letzten Anruf, den ich gemacht hatte, bevor ich die Wohnung verließ, von der sanften Stimme, die Hallo gesagt hatte und dann, an jemand anders gewandt, daß niemand dran sei.

»Man würde eigentlich nicht erwarten, daß er eine sanfte Stimme hat.«

»Nein. Und die Stimme kam mir bekannt vor, und ich kann mir nicht vorstellen, woher ich sie kennen sollte.«

»Wann solltest du sie auch schon mal gehört haben?«

»Ich glaube nicht, daß ich ihn schon mal habe reden hören. Ich wünschte, der Mann hätte mehr gesagt, denn irgend etwas an seiner Stimme kam mir bekannt vor, ohne daß ich sagen könnte, was oder warum. Außer daß es mir einfach nur so vorkam, weil es irisch klang.«

»Irisch.«

»Er hatte einen leichten irischen Akzent.«

»Tja, Farrelly und Dowling, das bedeutet auf beiden Seiten irische Vorfahren. Also hätte er ihn sich redlich erworben. Paddy hat allerdings nie mit irischem Akzent gesprochen. Ich schon, aber das liegt an meiner Mutter. Manche behalten den Akzent, manche nicht, und mir ist er eben geblieben.« Er kniff die Augen zusammen. »Ein leichter irischer Akzent. Vertraut klingende Stimme, ein leichter irischer Akzent.«

»Morgen werde ich rausfinden, wem der Anschluß gehört. Dann sind wir wieder einen Schritt weiter.«

Das freistehende Haus auf der Perry Avenue war eine kleine, zweistöckige Schachtel auf einem winzigen Grundstück. Der Rasen im Vorgarten war stellenweise braun, aber sauber gemäht. Ich nahm an, daß eins der Kinder aus der Nachbarschaft sich für die alte Frau darum kümmerte, vielleicht warf aber auch Tom ein- oder zweimal die Woche den Rasenmäher an. Viel Zeit würde es ihn jedenfalls nicht kosten.

Wir parkten zwei Häuser weiter direkt neben einem Hydranten. Ich machte Mick darauf aufmerksam, und er antwortete, daß hier um diese Zeit niemand mehr sei, der uns einen Strafzettel schreiben, geschweige denn das Auto abschleppen lassen würde. Außerdem würden wir sowieso nur kurz reingehen.

Und so war es auch. Wir gingen die paar Schritte zur Haustür, klopften und klingelten. Die Tür war aus Holz und hatte ein Fenster, das in vier Scheiben unterteilt war. Mick wartete nur kurz, dann zog er die Waffe aus dem Gürtel und schlug mit dem Kolben eine der Scheiben ein. Er griff durch die Öffnung, drehte den Türknauf, und schon standen wir drinnen.

Ich hatte den Tod schon durch das zerbrochene Fenster gerochen, und jetzt konnte ich ihn aus nächster Nähe betrachten. Die alte Frau, die dünnes graues Haar und dick angeschwollene Beine hatte, saß im Wohnzimmer in ihrem Rollstuhl, und der Kopf hing ihr zu einer Seite herab. Man hatte ihr die Kehle durchgeschnitten. Das Blut hatte ihre ganze Vorderseite besudelt, und um sie herum schwirrten Fliegen.

Mick stöhnte bei ihrem Anblick laut auf und bekreuzigte sich – etwas, das ich noch nie zuvor bei ihm gesehen hatte.

Tom Heaney fanden wir in der Küche. Er lag mit Schußwunden in Brust und Schläfe auf dem Boden. Auf seiner Wange war der Abdruck eines Absatzes zu erkennen, als hätte man nach ihm getreten oder ihm den Fuß aufs Gesicht gestellt. Seine Augen standen weit offen.

Genau wie der Kühlschrank. Ich konnte mir vorstellen, wie Tom vor dem offenen Kühlschrank stand, um sich ein Bier oder Zutaten für ein Sandwich herauszuholen. Oder einer seiner Mörder war bei der harten Arbeit des Tötens so hungrig geworden, daß er sich auf dem Weg nach draußen noch schnell einen kleinen Imbiß genehmigt hatte.

Mick beugte sich hinunter und schloß Tom die Augen. Dann richtete er sich wieder auf und schloß für einen Moment seine eigenen. Schließlich nickte er mir kurz zu, und wir machten, daß wir rauskamen.

KAPITEL 28

»Ah, Mrs. Buckley, ich bin's. Tut mir leid, daß ich Sie schon wieder störe. Ist er inzwischen zu Hause? Ah, ist ja prima.« Mick deckte die Sprechmuschel mit der Hand ab. »Sie holt ihn«, sagte er.

Wir hatten das Auto auf der Bainbridge Avenue gegenüber vom Haus der Buckleys geparkt. Auf dem Weg hierher waren wir kreuz und quer durch das Viertel gefahren, scheinbar zufällig die eine Straße hinauf und die andere wieder hinunter, wobei sich der riesige Caprice seinen Weg durch die Bronx gebahnt hatte wie ein Elefant, der durchs hohe Gras trampelt. Wir hatten während der Fahrt nicht geredet, und das Schweigen lastete schwer in dem geräumigen alten Wagen, schwer und undurchdringlich. Es hatte zu viele Tote gegeben, und es fühlte sich an, als säßen sie mit uns im Wagen, all die hinterhältig Ermordeten, die sich auf dem Rücksitz drängten und deren Seelen einem die Luft zum Atmen nahmen.

»Andy, guter Mann«, sagte Mick gerade. »Dein Wagen steht genau gegenüber, und wir sitzen drin und warten auf dich.«

Er klappte das Telefon zusammen und steckte es in die Tasche. »Er kommt gleich. Ich bin wirklich erleichtert, daß wir ihn zu Hause angetroffen haben.«

»Ja.«

»Ich sag's dir, ich war schon erleichtert, als ich ihre Stimme gehört habe. Die seiner Mutter. Jetzt, wo die Schweine sogar alte Damen umbringen.«

Ich beobachtete die Haustür gegenüber, und ein paar Minuten später kam Andy heraus, bekleidet mit einem karierten Hemd und einer Jeans mit breitem Hosenaufschlag. In der Hand trug er seine Lederjacke. Am Straßenrand hielt er an, um sie anzuziehen, dann kam er zu uns herübergetrottet. Mick stieg aus, und Andy setzte sich ans Steuer. Ich stieg ebenfalls aus und setzte mich auf die Rückbank, während Mick um das Auto herumging und sich vorne neben Andy setzte.

»Was für ein verrückter Tag«, sagte Andy. »Ich konnte einfach niemanden erreichen. Ich hab's unter allen Nummern versucht, die ich von dir habe, Mick, und dann habe ich noch in ein paar Kneipen angerufen. Ich habe zwar nicht so recht geglaubt, daß du dort sein könntest, aber ich wußte einfach nicht, wie ich Kontakt zu dir kriegen sollte.«

»Ich habe es ein paarmal bei dir versucht, aber du warst nie da.«

»Ich weiß, meine alte Dame hat mir gesagt, daß du angerufen hast. Ich war den ganzen Tag unterwegs, mit dem Wagen meines Cousins. Ich bin einfach nur so rumgefahren, weil ich allmählich echt durchgedreht bin, verstehst du? Ich bin sogar nach Manhattan und an der Bar vorbeigefahren. Du weißt wahrscheinlich schon, wie es da aussieht, überall Sperrholz und gelbes Absperrband.«

»Ich bin neulich abends auch dran vorbeigefahren.«

»Bei dir habe ich auch angerufen, Matt, aber auf den Anrufbeantworter wollte ich nicht sprechen. Und dann habe ich ein paarmal angerufen, und es war immer besetzt. Da habe ich angenommen, daß ihr beide miteinander telefoniert und daß ich deshalb nicht durchkomme.«

Er legte den Gang ein, und sobald sich eine Lücke im Verkehr auftat, fuhr er los. Er fragte, wo er hinfahren solle. Mick antwortete, er solle fahren, wohin er wolle, ein Ort sei so gut wie der andere.

Also fuhr Andy durch die Gegend, hielt sorgfältig bei jedem Stopschild an und blieb weit unter der vorgeschriebenen Höchstgeschwindigkeit. Ein paar Blocks später fragte er, ob einer von uns mit Tom gesprochen hätte. »Bei ihm habe ich es nämlich auch versucht, aber es ist niemand drangegangen, und du weißt ja, daß die Frau, bei der er wohnt, das Haus nie verläßt. Ich konnte mir nur vorstellen, daß er sie vielleicht aus Mitleid ins Kino eingeladen hat oder daß sie einen Schlaganfall oder irgend so etwas hatte und er sie ins Krankenhaus gebracht hat. Oder daß das Telefon kaputt war, also bin ich hingefahren und habe mehrmals geklingelt.«

»Wann war das?« fragte Mick.

»Ich weiß nicht, ich hab nicht auf die Uhr geschaut. Ungefähr vor einer Stunde? Ich habe geklingelt und geklopft, und dann bin ich nach hinten gegangen und habe dort geklingelt und geklopft, und als sich nichts rührte, bin ich wieder ins Auto gestiegen. Willst du ihn anrufen? Oder sollen wir hinfahren? Ich muß nämlich zugeben, ich bin ganz schön beunruhigt.«

»Wir kommen gerade von dort«, antwortete Mick, und dann erzählte er ihm, was wir dort vorgefunden hatten.

»Mein Gott«, sagte Andy. Er bremste, aber nicht so abrupt, wie Mick das getan hatte, als ich ihm erzählte, daß man TJ angeschossen hatte. Er sah erst in den Rückspiegel, bevor er den Wagen langsam herunterbremste und an den Straßenrand fuhr. »Das muß ich erstmal verdauen«, sagte er gefaßt. »Laßt mir ein paar Minuten Zeit, okay?«

»So lange du willst, Junge.«

»Und sie sind beide tot? Tom und die alte Frau?«

»Er wurde erschossen, und ihr hat man die Kehle durchgeschnitten.«

»Allmächtiger. Ich muß gerade dran denken, daß es genausogut unser Haus hätte sein können und meine Mutter und ich. Genausogut.«

»Ich war sehr froh, als sie mir eben sagte, du seiest zu Hause, aber ich war schon froh, als ich nur ihre Stimme hörte. Das gleiche war mir nämlich auch schon durch den Kopf gegangen.«

Andy saß da und nickte vor sich hin. Schließlich sagte er: »Tja, das bestätigt es nur nochmal. Untermauert es sozusagen.«

»Wie meinst du das?«

»Weshalb ich versucht habe, dich zu erreichen. Wegen etwas, das ich mir überlegt habe.«

»Und das wäre?«

»Es geht darum, wie sie uns jagen. Wie sie einen nach dem anderen ausschalten. Ich hätte da eine Idee.«

»Laß hören.«

»Jetzt sind wir nur noch zu dritt. Ich denke, wir sollten uns nicht mehr trennen. Und ich denke, wir sollten uns einen Ort suchen, wo wir sicher sind. Ich hocke hier in der Bronx, und wenn sie mich schnappen wollen, brauchen sie nur die Tür einzutreten. Matt, du wohnst in einem Haus mit Portier, da ist das vielleicht anders, aber du kannst ja auch nicht dauernd bei verriegelten Türen drinnen sitzen. Und selbst wenn du das tust, wer sollte sie davon abhalten, den Portier zu erschießen, wie sie alle anderen auch erschossen haben, und dann raufzukommen und die Tür einzutreten?«

»Nichts«, antwortete ich.

»Und Mick, du hast dich verkrochen und sagst niemandem, wo, und das ist auch sehr klug, aber du brauchst nur durch die Gegend zu fahren, so wie jetzt, und schon kannst du jemandem auffallen. Dich braucht nur einer zu sehen und es dem Falschen weiterzuerzählen. Verstehst du, was ich meine?«

»Und was würdest du vorschlagen?«

»Die Farm.«

»Die Farm«, wiederholte Mick, und dann versank er in ein längeres nachdenkliches Schweigen. Schließlich sagte er: »Zu Matt habe ich gesagt, er soll nach Irland fliegen. Er hat geantwortet, ich soll mitkommen und ihm das Land zeigen. Wäre das jetzt nicht das gleiche?«

»Nicht ganz.«

»So oder so würde ich vor ihnen davonlaufen.«

»Du würdest nicht davonlaufen, Mick. Darum geht es ja gerade. Du würdest dich dort verschanzen und abwarten, bis sie kommen.«

»Jetzt hast du wirklich mein Interesse geweckt.«

»Wir fahren noch heute abend raus und verschanzen uns. Gleich jetzt, damit die Schweine keine Chance haben, noch einen von uns zu kriegen. Dann bereiten wir unsere Verteidigung vor. Es gibt dort doch nur den einen Zugang, stimmt's? Die lange Auffahrt, die wir letztes Mal hochgefahren sind?«

»Die mit den Roßkastanien.«

»Wenn du es sagst. Ich kenne nur Weihnachtsbäume und ähnliches. Also – sie kommen die Auffahrt hoch, und wenn wir wissen, daß sie kommen, ist das Ganze ein Kinderspiel, nicht wahr?«

»Red weiter.«

»Ich habe keine Ahnung, wer außer uns dreien von der Farm weiß.

Aber den einen oder anderen gibt's vermutlich schon. Also habe ich mir gedacht – und vergiß nicht, ich hatte den ganzen Tag nichts zu tun, außer mir Gedanken zu machen ...«

»Das machst du prima, Mann.«

»Tja, also, wir verschanzen uns da draußen. Und dann erzählen wir es irgend jemandem, der eine lose Zunge hat. Und wir wissen ja schon, daß diese Typen offensichtlich zuverlässige Informationsquellen haben. Sobald es sich rumspricht, erfahren sie es auch. Und es wird heißen, wir drei hätten uns an einem Ort verkrochen, von dem wir sicher wären, daß niemand ihn kennt, und daß wir saufen wie Löcher, laufend irgendwelche Tussis ankarren lassen und Tag und Nacht auf die Pauke hauen. Muß ich noch weiterreden? Du weißt, was dann passiert, Mick.«

»Sie würden annehmen, es wäre ein Kinderspiel. Aber wir würden sie erwarten.«

»Und sie allesamt in die Falle locken, Mick.«

»Allesamt auf die Farm. Da müßten wir dann ganz schön viel graben. Und wir bräuchten ein größeres Loch als letztes Mal.« Seine Mundwinkel zuckten nach oben. »Aber die Arbeit macht mir nichts aus. Ich würde sagen, ein bißchen Arbeit kann uns nicht schaden.«

Wir beschlossen, sofort loszufahren. Wir brauchten weiter nichts, Vorräte gab es auf der Farm zur Genüge, um den ganzen Winter durchzuhalten, ganz abgesehen von dem, was im Garten wuchs und was Mrs. O'Gara eingekocht hatte. In Ellenville gab es einen Laden, und falls wir so lange bleiben sollten, daß wir Wäsche zum Wechseln brauchten, konnten wir uns dort eindecken.

Außerdem lag Micks Ledertasche auf der Rückbank, gefüllt mit Waffen, Munition und Bargeld. Sogar die Schürze seines Vaters hatte er da drin, ebenso wie das Hackbeil des alten Herrn. Auf der Farm gab es weitere Waffen, O'Garas zwölfkalibrige Schrotflinte und ein Jagdgewehr mit Zielfernrohr.

»Eins noch«, sagte Andy. »Ich würde gern nochmal zu Hause vorbeifahren und meiner Mutter Bescheid sagen, daß ich ein paar Tage weg bin.«

»Ruf sie an«, entgegnete Mick. »Entweder von meinem Handy aus, oder du wartest, bis wir auf der Farm sind.«

»Ich würde es ihr lieber persönlich sagen. In meinem Zimmer

liegt noch eine Schachtel Munition für die Waffe, die ich dabei habe, die könnte ich bei der Gelegenheit gleich mitnehmen. Und dann kann ich auch noch eine rauchen. Bis zur Farm raus ist es ganz schön lang ohne Zigarette.«

»Es ist ja schließlich dein Wagen. Also kannst du auch rauchen, wenn dir danach ist.«

»Das ist aber ziemlich unangenehm für zwei Nichtraucher. Im Auto stinkt es ganz schön eklig, selbst wenn man die Fenster runterkurbelt. Ich rauche einfach zu Hause schnell noch eine. Und noch was: Ich werde ihr sagen, daß sie zu meinem Onkel Connie fahren soll, der nördlich von Boston lebt. Sie jammert schon die ganze Zeit, daß sie ihn so lange nicht mehr gesehen hat, und könnte es einen besseren Zeitpunkt geben als jetzt? Es könnte nämlich sein, daß sie mich suchen kommen, Mick, und vielleicht spielt es dann keine Rolle, ob ich da bin oder nicht. Jedenfalls will ich nicht, daß meiner Mutter was passiert.«

»Um Gottes willen, nein.«

»Wer weiß, ob sie wirklich fährt, aber ich werde es ihr auf jeden Fall vorschlagen. Wenn ich an Tom und die alte Dame denke ...«

»Hör bloß auf.«

Einige Zeit später waren wir wieder in der Bainbridge Avenue und parkten vor Andys Haus. Er stieg aus und trottete den Weg zum Haus hinauf, sperrte die Tür auf und verschwand im Inneren. Kurz darauf zog Mick sein Handy heraus und wählte eine Nummer, nur um das Teil gleich darauf wieder zuzuklappen. »Ich habe erst gedacht, ich rufe O'Gara an«, sagte er. »Aber ich will von diesem Ding aus lieber nicht anrufen. Nachher kriegen das noch die Falschen mit.«

»Weil sie über ihre Zahnfüllungen mithören. Wir finden sicher ein öffentliches Telefon.«

»Wir fahren einfach raus. So spät ist es ja noch nicht, man muß ihn also nicht unbedingt vorwarnen.« Er schwieg einen Moment lang, dann seufzte er tief auf. »Laß uns die Plätze tauschen. Hinten kann ich die Füße hochlegen. Vielleicht kann ich auf der Fahrt sogar ein bißchen Schlaf kriegen.«

Ich stieg aus und setzte mich nach vorne. Mick ging um den Wagen herum, stieg hinter dem Fahrersitz ein und setzte sich so, daß er die Beine auf die Rückbank legen konnte.

Ein paar Minuten später tauchte Andy wieder auf. Er blieb kurz auf dem Bürgersteig stehen und zog an seiner Zigarette. Als er neben der offenen Wagentür stand, nahm er einen letzten Zug, dann schnippste er den Stummel auf die Straße, und ein paar Funken stoben hoch.

Andy stieg ein, drehte den Schlüssel in der Zündung und startete. Grinsend schlug er zweimal auf das Lenkrad. »Nehmt euch in acht«, sagte er. »Wir kommen.«

KAPITEL 29

Andy fuhr auf dem Grand Concourse bis zum Cross Bronx und dann weiter nach Westen. Wir überquerten die George Washington Bridge und bogen in New Jersey auf den Palisades Highway. Mick hatte die ganze Zeit geschwiegen, und ich dachte schon, er sei eingeschlafen, aber plötzlich sagte er: »Ich habe nochmal darüber nachgedacht, Andy. Du hast da wirklich eine prima Idee gehabt.«

»Tja, ich hatte ziemlich viel Zeit und keine Dartscheibe in der Nähe, um mich abzulenken.«

»Du bist ein richtiger Stratege. Wie Michael Collins.«

»Jetzt mach aber mal 'nen Punkt.«

»Nein, wirklich.«

»Ich bin sein russischer Cousin. Wodka Collins.«

»Wir locken sie in die Falle, die Falle schnappt zu, und schon haben wir sie. Ah. Ich bin schon gespannt auf seinen Gesichtsausdruck, wenn er merkt, daß ich ihn ausgetrickst habe. Er stammt aus der Bronx, Andy, wußtest du das?«

»Nein.«

»Er ist der kürzlich aus der Versenkung aufgetauchte uneheliche Sohn von Paddy Farrelly, und ich werde ihn dahin schicken, wo ich auch seinen Vater hingeschickt habe. Ja, er stammt aus der Bronx, ist allerdings schon vor Jahren weggezogen. Wo ist er hingezogen, Matt? Irgendwo weiter nördlich, nicht wahr?«

»Er war zehn oder elf, als er von der Valentine Avenue weggezogen ist«, antwortete ich. »Wann genau, weiß ich nicht.«

»Er hat auf der Valentine Avenue gewohnt?« fragte Andy. »Das ist gerade mal zwei Blocks von der Bainbridge entfernt.«

»Er hat in dem 1100er-Block gewohnt, also nicht unbedingt gleich bei dir um die Ecke. Als er die Tat beging, für die er ins Gefängnis gewandert ist, hat er in Rochester gelebt, aber ich habe keine Ahnung, wohin seine Mutter zwischendurch noch mit ihm gezogen ist.«

»Die prägenden Jahre hat er jedenfalls in der Bronx verbracht«, sagte Mick und ließ sich den Begriff auf der Zunge zergehen. »Die prägenden Jahre. Also dürfen wir ihn durchaus einen Jungen aus der Bronx nennen. Tja, man braucht eben einen Jungen aus der Bronx, um einen Jungen aus der Bronx zu schnappen. Während wir vorhin so rumgefahren sind, habe ich mir gedacht, was für ein tolles Viertel die Bronx doch ist. Eine Zeitlang haben sich alle nur noch darüber lustig gemacht, aber es gibt da wirklich nette Gegenden.«

»Das habe ich auch schon gedacht.«

»Matt hat auch in der Bronx gewohnt. Oder erinnere ich mich da falsch?«

»Deine Erinnerung trügt dich nicht. Aber wir haben nur ganz kurz dort gewohnt.«

»Dann können wir dich also nicht einen Jungen aus der Bronx nennen.«

»Eher nicht.«

»Dein Vater hatte dort einen Laden. Für Kinderschuhe.«

»Das hast du dir gemerkt?«

»Keine Ahnung, wieso. Warum bleiben uns manche Dinge im Gedächtnis und andere nicht? Ob etwas wichtig ist oder nicht, ist dabei offensichtlich kein Kriterium. Es gibt so viel Wichtiges, an das ich mich nicht mal erinnern würde, wenn mein Leben davon abhinge, aber daß dein Vater einen Schuhladen hatte, habe ich nicht vergessen.«

Kurz darauf sagte er: »Geht es deiner Mutter gut, Andy?«

»Ja, Mick. Gott sei Dank.«

»Gott sei Dank«, echote Mick. »Als du eben bei ihr warst, um mit ihr zu reden, saß sie wahrscheinlich in der Küche.«

»Nein, sie hockte vorm Fernseher.«

»Und hat ferngesehen, oder?«

»Und dabei die Zeitung gelesen. Wieso fragst du, Mick?«

»Ach, nur so. Zeitung gelesen. Vermutlich das *Irish Echo*?«

»Ich habe nicht drauf geachtet. Kann schon sein, daß es das *Echo* war.«

»Liest du das auch manchmal, Andy?«

»Das ist doch mehr was für ältere Leute. Oder für die Neuankömmlinge, die gerade frisch vom Schiff kommen.«

»Heutzutage eher frisch aus dem Flieger. Tja, weißt du, deine Leute – das ist schon eine große alte Familie. Die Buckleys meine ich. Einige von ihnen waren – wie man das damals nannte – *Castle Irish*. Kennt ihr den Ausdruck? Er bedeutet, daß sie mit denen in Dublin Castle gemeinsame Sache gemacht haben, den Vertretern der Britischen Krone in Irland. Aber es gab auch andere Buckleys, die sehr republikanisch waren. Ich frage mich, welches wohl deine Vorfahren waren.«

Andy lachte. »Ich bin's ja gewöhnt, daß die Leute mich fragen, ob ich mit dem Typ vom Fernsehen verwandt bin, du weißt schon, der, der immer so großspurig daherredet. Aber du bist der erste, der mich fragt, auf welcher Seite meine Leute damals in der alten Heimat gestanden sind.«

»Ist deine Mutter mal wieder hingefahren?«

»Nein. Sie war noch ein Kind, als sie hierherkam, und nichts zieht sie dorthin zurück. Es ist schon schwierig genug, sie zu überreden, daß sie ihren Bruder in Massachusetts besucht.«

»Deinen Onkel Connie.«

»Genau.«

»Und du? Warst du jemals in der alten Heimat?«

»Machst du Witze? Ich war noch nie irgendwo, Mick.«

»Du solltest mal hinfahren. Nichts erweitert den Horizont eines Menschen so wie Reisen. Obwohl ich das selbst viel zu wenig gemacht habe. Natürlich war ich in Irland, außerdem in Frankreich. Matt war auch mal in Frankreich. Und in Italien, nicht wahr?«

»Nur ganz kurz.«

»In Italien war ich noch nie. Aber als ich das letzte Mal in Irland war, bin ich nach England rübergefahren, weil ich mal sehen wollte, ob das wirklich solche Teufel sind, wie man mir von Kindesbeinen an beigebracht hat.«

»Und, sind sie's?«

»Ganz und gar nicht. Sie hätten kaum netter sein können. Egal, wo ich war, ich wurde überall freundlich behandelt. Trotz all der Probleme, die sie immer mit den Iren hatten, habe ich mich überall willkommen gefühlt.«

»Vielleicht wußten sie nicht, daß du Ire bist«, warf Andy ein.

»Das wird's sein«, entgegnete Mick. »Vermutlich haben sie mich für einen Chinesen gehalten.«

Als wir auf die 209 abbogen, sagte Mick: »Es ist wirklich ein guter Plan, Andy. Ich habe die ganzen letzten Meilen darüber nachgedacht. Die einzige Schwierigkeit wird sein, sie mitkriegen zu lassen, wo wir sind, ohne daß sie mißtrauisch werden. Wenn wir wüßten, wer sie die ganze Zeit schon auf dem Laufenden gehalten hat, wäre das eine große Hilfe. Hast du irgendeine Vermutung?«

Andy überlegte und schüttelte dann den Kopf. »Im *Grogan's* hängen 'ne Menge Leute rum.«

»Jetzt nicht mehr.«

»Tja, aber vorher. Leute, die das eine oder andere für dich erledigen oder dir bei den größeren Jobs zur Hand gehen. Ich würde sagen, man hat einen von ihnen zur Seite genommen, ihm ein paar Drinks spendiert und ihn so zum Reden gebracht.«

»Meinst du?«

»Halte ich für das Wahrscheinlichste.«

»In Irland hat man traditionell immer schon einen Haß auf Denunzianten gehabt. Da gibt es einen Film, und jetzt kann ich mich zwar an den Schuhladen deines Vaters erinnern, Matt, aber wieso fällt mir der Name des Schauspielers nicht ein? Ich sehe sein Gesicht vor mir, aber ich komme einfach nicht auf den Namen.«

»Victor McLaglen?« schlug ich vor.

»Genau der. Oh, der am meisten verhaßte Mensch in Irland war immer der, der Informationen ausplauderte. *The Patriot's Mother.* Kennt ihr das Lied?«

Wir kannten es beide nicht. Mit überraschend sanfter Stimme begann Mick zu singen:

»Alana, alana, the shadow of shame
Has never yet fallen on one of your name
And oh, may the food from my bosom you drew
In your veins turn to poison ere you turn untrue.

Das ist die Mutter, die da singt«, erklärte er, »und sie drängt ihren Sohn, lieber am Galgen zu sterben, als seine Kameraden zu verraten.

Alana machree, alana machree
Sure, a stag and a traitor you never shall be.*

Ach ja, ein schreckliches altes Lied, aber man bekommt einen Eindruck davon, wie unsere Leute damals mit dem Thema umgegangen sind. Eine lange Tradition von Haß auf den Verräter. Und ihr wißt natürlich, was das bedeutet.«

»Was denn?«

»Eine lange Tradition von Verrat. Wie sollte es das eine ohne das andere geben?«

Der Caprice glitt nicht so sanft dahin wie der Cadillac. Er war auch nicht sehr leise, die Fahrgeräusche waren deutlicher zu hören, und irgendwo hinten schepperte etwas. Trotzdem war es gemütlich so, mit Andy und mir vorne, Mick ausgestreckt auf der Rückbank und den Scheinwerfern, die sich vor uns durch die Dunkelheit tasteten. Fast hätte ich mir gewünscht, wir könnten ewig so weiterfahren.

Inzwischen waren wir auf die nicht numerierte Straße abgebogen, und Mick sagte: »Ungefähr hier haben wir den Hirsch gesehen.«

»Ich weiß«, antwortete Andy. »Ich hätte ihn beinahe überfahren.«

»Hast du nicht. Du hast lange vorher gebremst.«

»Zum Glück. Der war ganz schön riesig. Wenn ich in dem Moment dran gedacht hätte, hätte ich die Enden gezählt.«

»Die Enden?«

»Von seinem Geweih, Mick. Danach stufen Jäger die Böcke ein, nach der Anzahl der Geweihenden. Das war ein Riesenviech, aber frag mich nicht, wieviele Geweihenden er hatte, da habe ich nämlich nicht drauf geachtet.«

»Jäger. O'Gara hat das Grundstück eingezäunt, um die Jäger draußen zu halten. Ich will nicht, daß jemand ohne Erlaubnis da rumläuft. Und ich will nicht, daß auf meinem Land Hirsche geschossen werden. Sie sind äußerst gefräßig, deshalb kann man sie nicht ganz vom Obstgarten fernhalten, aber ich will trotzdem nicht, daß man sie erschießt. Keine Ahnung, warum.«

---

*) Mein Kind, mein Kind, noch nie ist auch nur ein Hauch von Schande auf ein Mitglied unserer Familie gefallen, und eher möge die Milch, die du aus meinem Busen gesogen hast, sich in deinen Venen in Gift verwandeln, als daß du uns in den Rücken fällst. Geliebtes Kind, geliebtes Kind, mögest du niemals ein Spitzel und ein Verräter werden.

»Vermutlich Altersmilde.«

»Das muß es wohl sein. Fahr doch ein bißchen langsamer.«

»Langsamer?«

»Hier sind überall Hirsche. Das Prachtexemplar neulich stand mitten auf der Straße, aber manchmal springen sie auch ohne Vorwarnung direkt vor einem aus dem Wald.«

Ich mußte an Danny Boy und seine Liste denken und stellte mir vor, wie die Hirsche zwischen parkenden Autos heraus auf die Straße sprangen.

Andy nahm den Fuß vom Gas, und der Wagen wurde ein wenig langsamer.

»Eigentlich könntest du auch mal kurz anhalten«, sagte Mick.

»Anhalten?«

»Wieso nicht, wir haben es doch nicht eilig. Wir können uns ein bißchen die Beine vertreten, und du kannst eine rauchen.«

»Wenn ich ehrlich bin, würde ich lieber warten, bis wir da sind. Wir sind doch schon fast da.«

»Halt an.«

»Ja, in Ordnung. Ich muß nur erst eine Stelle finden, wo genügend Platz zum Halten ist. Da müßte gleich eine kommen.«

Mick sog scharf die Luft ein, dann beugte er sich nach vorn und legte Andy einen Arm um die Kehle. »Matt, nimm das Steuer«, sagte er. »So ist's gut. Andy, geh auf die Bremse, aber langsam, Junge, sonst erwürge ich dich. Lenk uns an den Straßenrand, Matt, so ist's prima, und jetzt mach den Motor aus. Und nimm ihm die Waffe ab, die im Hosenbund, und schau nach, ob er noch eine hat.«

»Das ist doch verrückt«, sagte Andy. »Mick, hör auf damit.«

Er trug zwei Waffen, eine vorne unter seinem Gürtel und eine hinten. Ich nahm beide an mich, und Mick bedeutete mir, sie aufs Armaturenbrett zu legen.

»Raus aus dem Wagen«, sagte Mick. »Los jetzt. Da haben wir unseren Spion, Matt. Unseren Verräter. Bleib ganz ruhig stehen, Andy. Und komm ja nicht auf die Idee, loszurennen. Du kämst keine zehn Meter weit. Ich würde dir die Füße unterm Arsch wegschießen. Du weißt, daß ich das tun würde.«

»Ich laufe nicht weg. Du bist völlig auf dem Holzweg. Matt, sag's ihm, bitte. Er ist total auf dem Holzweg.«

»Da bin ich mir nicht so sicher«, antwortete ich.

»Du hast es gewußt, nicht wahr?« sagte Mick zu mir gewandt.

»Nicht so früh wie du. Ich hatte eine Ahnung, worauf das hinauslaufen würde, aber zunächst dachte ich, du würdest nur mal versuchsweise deine Netze auswerfen. Aber als Andy sagte, daß seine Mutter vorm Fernseher gesessen ist, da hat's bei mir geklingelt.«

»Und daß sie Zeitung gelesen hat.«

»Seid ihr beide jetzt völlig übergeschnappt? Ich bin ein Spion, weil meine Mutter ferngesehen hat?«

»Der Anruf, den du gemacht hast, Mick«, sagte ich, »eine oder zwei Minuten, nachdem Andy im Haus verschwunden war. Du hast behauptet, du hättest O'Gara angerufen und aufgelegt, bevor er drangegangen ist. Aber du hast gar nicht auf der Farm angerufen, nicht wahr? Du hast Andys Nummer gewählt.«

»Stimmt.«

»Und es war besetzt. Also wußtest du, daß Andy telefoniert, daß er Dowling anruft und Bescheid sagt, daß wir kommen.«

»Damit ich das richtig verstehe«, sagte Andy. »Du hast bei mir angerufen, Mick? Während ich mit meiner Mutter gesprochen habe?«

»Nur, daß du nicht mit ihr gesprochen hast. Du hast mit Paddy Farrellys Sohn gesprochen. Schade, du hättest lieber mit ihr reden sollen. Vielleicht hätte sie dir ein oder zwei Strophen von *The Patriot's Mother* vorgesungen. Du erinnerst dich doch hoffentlich noch, ich bringe es nämlich nicht über mich, es dir nochmal vorzusingen.«

»Es war besetzt? Darum geht es hier gerade, daß besetzt war?«

»Genau.«

»Mein Gott, ich war auf dem Klo. Vielleicht hat sie in der Zeit telefoniert. Warum rufst du sie nicht an und fragst sie?«

Mick stieß einen Seufzer aus, dann legte er eine Hand auf Andys Schulter und sagte sanft: »Andy, warum, glaubst du, sind die Leute in all den Jahrhunderten immer zur Beichte gegangen? Weil sie sich hinterher besser gefühlt haben. Und sag mir jetzt nicht, daß du nichts zu beichten hast. Andy, sieh mich an. Ich weiß, daß du es bist.«

»Oh mein Gott, Mick.«

»Als du vorgeschlagen hast, daß wir alle zusammen zur Farm fahren und sie dort in die Falle locken – da haben bei mir die Alarmglocken geklingelt. Es wäre besser gewesen, du hättest mich selbst auf die Idee kommen lassen und mich nur mit gelegentlichen Andeutungen in die richtige Richtung gelenkt. Und du konntest natürlich nicht wissen, daß ich sofort auf der Hut bin, wenn du die Farm vorschlägst. Siehst du, deine mörderischen Freunde sind selbst in die Falle getappt. Er hat bei Matt angerufen, und Matt hat die Taste gedrückt, die man drücken muß, damit das Telefon die Nummer des letzten Anrufers wählt. Derjenige, der dranging, hat nicht viel gesagt. Aber sagtest du nicht, er hätte irisch geklungen? Und hätte eine sanfte Stimme gehabt?«

Ich nickte.

»Das muß O'Gara gewesen sein. Sie haben ihn am Leben gelassen für den Fall, daß ich anrufe, damit er ans Telefon gehen konnte. ›Es ist niemand dran‹, hat er zu ihnen gesagt, und dann haben sie die Verbindung unterbrochen. Glaubst du, daß er und seine Frau noch leben, Andy? Oder haben sie sie schon umgebracht, jetzt, nachdem du angerufen und gesagt hast, daß wir unterwegs sind?«

»Mein Gott, Mick.«

»Warst du dabei, als sie Tom umgebracht haben, Andy? Und die alte Frau im Rollstuhl?«

»Ich wußte doch nicht, daß sie das tun würden.«

»Und was hast du gedacht, daß sie mit ihr machen würden? Sie in einen Bus nach Atlantic City setzen, mit einer Tasche voller Vierteldollar für die Spielautomaten?«

»O Gott.« Andy hatte die Hände vors Gesicht geschlagen. Seine Schultern bebten.

Sanft fuhr Mick fort: »Wie ist er an dich rangekommen, Andy? Kannte er dich noch aus der Schule?«

»Er war auf der St. Ignatius ein Jahr unter mir.«

»Und du kanntest ihn gut, nicht wahr?«

»Ganz und gar nicht, aber als er plötzlich vor mir stand, habe ich ihn sofort wiedererkannt. Er sah noch genauso aus wie damals als Kind.«

»Und er hat dich auf seine Seite gebracht. Hat dich dazu gebracht, dich gegen mich zu stellen.«

Andys Arme hingen kraftlos hinunter. Sein Mund stand offen, und seine Augen waren glasig. »Ich weiß nicht, wie es passiert ist«, sagte er. »Ehrlich, ich schwör's. Ich glaube, es war so eine Mischung aus Zuckerbrot und Peitsche. Er hat gesagt, ich würde immer nur die Krümel bekommen, die von deinem Tisch abfallen, und daß ich eine Menge Geld sehen würde, wenn ich mich auf seine Seite schlage. Und wenn ich's nicht machen würde, wäre ich ein toter Mann. Und sie würde er auch umbringen.«

»Deine Mutter.«

»Ja.«

»Du hättest sofort zu mir kommen sollen, Andy.«

»Ja. Mein Gott, ja. Aber ich habe doch nie geglaubt ...«

»Was hast du nie geglaubt?«

»Ich weiß es nicht. Ich weiß nicht mehr, was ich geglaubt habe. Spielt ja auch keine Rolle mehr. Du bringst mich ja doch um. Tja – verdammt, mach schon zu. Ich kann wirklich nicht behaupten, ich hätte es nicht verdient.«

»Ach, Andy. Warum sollte ich dich umbringen?«

»Wir wissen doch beide, warum. Und du hast weiß Gott Grund genug, es zu tun.«

»Habe ich dir nicht erzählt, daß es bei uns eine lange Tradition von Verrat gibt? Nun, wie man sich bettet, so liegt man. Aber wieso solltest du dich nicht nochmal umbetten?«

»Was willst du damit sagen?«

Mick klopfte ihm auf die Schulter. »Du hast die Seiten gewechselt, und jetzt wechselst du sie eben wieder und kommst dahin zurück, wo du hingehörst. Sie wollen uns doch in eine Falle lokken, nicht wahr? Jetzt werden wir sie reinlegen, wir drei, und sie in ihre eigene Falle tappen lassen.«

»Du würdest mich wieder aufnehmen?«

»Warum denn nicht? Mein Gott, du hast jahrelang für mich gearbeitet und nur ein paar Tage gegen mich. Andy, wir brauchen uns doch gegenseitig.«

»Mick, ich bin ein Arschloch. Du bist ein guter Mensch, und ich bin ein Arschloch.«

»Vergiß das jetzt erstmal.«

»Mick, wir könnten das hinkriegen. Sie rechnen damit, daß wir völlig sorglos angebraust kommen, als wenn nichts wäre. Dann parke ich den Wagen, wo ich ihn immer parke, und bleibe zurück, um eine Zigarette zu rauchen, während du und Matt zum Haus raufgeht. In dem Moment kommen sie mit den Waffen in der Hand aus dem Haus.«

»Das war kein schlechter Plan. Meinst du, sie haben einen Wachposten aufgestellt? Jemand, der beobachtet, wann wir in die Auffahrt einbiegen?«

»Kann sein.«

»Wenn ich an ihrer Stelle wäre, würde ich es so machen. Ich

würde jemanden so postieren, daß er die Scheinwerfer sehen kann. Was ist mit O'Gara? Haben sie den schon umgebracht?«

»Ich weiß es nicht. Sie haben mir nicht viel gesagt. Das mit Tom Heaneys Vermieterin kam völlig überraschend für mich. Ich hätte nicht gedacht, daß sie das machen, wirklich nicht.«

»Und das macht dir zu schaffen, aber ist das wirklich schlimmer, als den armen alten Tom umzubringen? Ach, lassen wir das. Die beiden werden nicht wieder lebendig, wenn wir über sie reden, und die anderen auch nicht. John Kenny und Barry McCartney. Du wußtest, daß sie zu dem Lagerraum fahren würden. Du bist mit Dowling hinterhergefahren, nicht wahr?«

»Ich habe draußen gewartet, damit die beiden mich nicht sehen. Es war als einfacher Überfall geplant. Ich sollte den Lastwagen fahren. Und plötzlich höre ich die Schüsse.« Er holte tief Luft. »Ich wußte nicht, daß jemand dabei umkommen würde, Mick. Es ging doch nur darum, dich zu bestehlen. Sie wollten sich den Alkohol unter den Nagel reißen und verkaufen, und ich sollte einen Anteil vom Erlös bekommen.«

»Und niemand sollte dabei zu Schaden kommen.«

»So, wie ich es verstanden hatte, nicht. Und plötzlich waren Barry und John tot, und ich war mittendrin. Und dann wurde die Sache immer größer.«

»Und geriet außer Kontrolle. Wie ein Flächenbrand.«

»Schlimmer.«

»Schlimmer. Peter Rooney und Burke und alle, die im *Grogan's* umgekommen sind. Und Matts Freund, der zu den Buddhisten in Klausur ging. Und mich haben sie für zuletzt aufgespart. Haben sie nicht versucht, dich das erledigen zu lassen? Für dich wäre es doch einfach gewesen. Eine Kugel in den Hinterkopf, wenn ich gerade nicht aufpasse. Viel einfacher, als mich auf der Farm in die Falle zu locken.«

»Ich hätte das nie tun können, Mick.«

»Nein, das kann ich mir auch nicht vorstellen.«

»Außerdem will er das selbst erledigen. Er haßt dich.«

»Tut er das.«

»Er sagt, du hast seinen Vater umgebracht. Ich weiß nicht, ob er ihn jemals kennengelernt hat und überhaupt – was soll das Ganze? Meine Güte, das ist doch schon so verdammt lange her.«

»Genau wie die Schlacht am Boyne. Und selbst da sind einige noch nicht drüber weg. Ach, Andy. Einer von euch beiden mußte es sein, du oder Tom, und als ich Toms Leiche gesehen habe, kamst nur noch du in Frage. Es hat mir das Herz gebrochen, als mir das klar wurde.«

»Mick ...«

»Aber jetzt bist du wieder auf unserer Seite, und das ist alles, was zählt. Es ist gut, daß du wieder an Bord bist, Andy.«

»Mein Gott, Mick. Du wirst dir nie wieder wegen mir Sorgen machen müssen. Mick, ich schwör's dir bei Gott.«

»Ach, das weiß ich doch.« Mick legte eine Hand auf Andys Hinterkopf, die andere unter sein Kinn, bewegte beide Hände gleichzeitig und brach Andy Buckley das Genick.

KAPITEL 30

»Hatte ich denn eine Wahl? Was hätte ich denn sonst tun sollen?«

Ich wußte nicht, was ich darauf antworten sollte. Er zog den Schlüssel aus der Zündung, ging zum Kofferraum und sperrte ihn auf. Dann hob er sich ohne sichtbare Anstrengung Andys Leiche auf die Schulter, ließ sie sanft in den Kofferraum gleiten und schlug den Deckel zu. Auf der dunklen und ruhigen Landstraße klang das Geräusch unglaublich laut.

»Mir blieb doch keine Wahl. Und ich schwöre, ich wollte es nicht.«

»Ich hatte einfach nicht damit gerechnet. Jedenfalls nicht in dem Moment. Das hat mich wirklich überrascht.«

»Ihn auch, würde ich mal annehmen. Ich wollte ihm ein bißchen Hoffnung machen, weißt du, damit er sich entspannt. Angst ist das Schlimmste für einen Menschen, und die wollte ich ihm ersparen. An irgendeinem Punkt muß er natürlich gemerkt haben, was kam, aber da war es dann auch schon vorbei. Ach Gott, was ist das für eine beschissene Welt.«

»Da hast du recht.«

»Ein hartes Leben in einer beschissenen Welt. Er war fast so etwas wie ein Sohn für mich. Paddy Farrelly hat wirklich einen Sohn, vermutlich, weil er sich diese blöde Dowling damals mit Gewalt genommen hat, und der Junge überzieht die Stadt mit Blut, um seinen Vater zu rächen. Und mein Sohn hilft ihm auch noch dabei.« Er richtete sich auf und atmete tief ein. »Außer, daß er nicht mein Sohn ist und auch nie war. Nur ein netter Junge, der es nie zu sonderlich viel gebracht hat. Mit einer guten Hand für Dartpfeil und Lenkrad. Meinst du, ich hätte ihn am Leben lassen sollen?«

»Darauf kann ich dir keine Antwort geben.«

»Was hättest denn du gemacht? Das kannst du doch beantworten, oder?«

»Du hättest ihm nie mehr trauen können.«

»Nein.«

»Oder einfach in Ruhe weiterleben können mit dem Wissen, was er getan hat. All die Leute, all das Blut. Da du nun mal der bist, der du bist, wüßte ich nicht, wie du dich hättest anders verhalten sollen.«

»Der, der ich nun mal bin.«

»Tja, vergeben und vergessen war nie deine Stärke.«

»Nein. Nie. Und ich fürchte, ich bin schon zu alt, um mich noch zu ändern.« Er bückte sich und hob eine Schachtel Marlboro auf, die Andy hatte fallen lassen. »Ein Beweisstück«, sagte er ironisch. »Und jetzt sind meine Fingerabdrücke drauf. Und wen zum Teufel sollte das interessieren?« Er warf die Packung quer über die Straße, dann bückte er sich nochmals und kam mit Andys Feuerzeug wieder hoch. Ich dachte, er würde es hinterherwerfen, aber er sah es nur stirnrunzelnd an und steckte es schließlich in die Tasche. Dann griff er sich eine Handvoll Kies und schleuderte ihn den Zigaretten hinterher.

Schließlich lehnte er sich gegen den Wagen, und ich wartete, daß seine Wut abflauen würde. Plötzlich sagte er in völlig anderem Tonfall: »Was sie nicht wissen – da gibt es noch eine andere Zufahrt. Das Grundstück grenzt nämlich auf der Rückseite an ein paar Hektar Staatsforst. Es gibt eine kleine Straße, die da reinführt, und wenn man von da aus durch den Wald läuft, kommt man hinten bei dem alten Obstgarten raus. Sie werden nur die Auffahrt im Auge behalten, außerdem erwarten sie drei Männer im Auto, nicht zwei zu Fuß.«

»Ein kleiner Vorteil für uns.«

»Und den werden wir brauchen, schließlich sind wir nur zu zweit, und wer weiß, wieviele sie sind. Das hätte ich Andy fragen sollen, aber ob er das überhaupt gewußt hätte?«

»Da sind einmal die beiden, die mich überfallen haben. Donnie Scalzo und der andere, dessen Gesicht ich nicht gesehen habe. Der Vietnamese ist tot, aber seinen Partner, Moon Gafter, gibt es noch, und vermutlich wird er beim Finale dabeisein. Das macht schon mal drei, mit Dowling sind's dann vier. Außerdem vielleicht noch ein oder zwei, von denen wir nichts wissen.«

»Mindestens vier. Vermutlich fünf, vielleicht sogar sechs. Ein halbes Dutzend gegen uns zwei. In der Verteidigungsposition, während wir angreifen, was für sie natürlich ein Vorteil ist. Aber dafür kennen wir uns auf dem Grundstück besser aus als sie. Für uns ist es so etwas wie ein Heimspiel.«

»Und wir haben das Überraschungsmoment auf unserer Seite.«

»Das auch. Aber ich habe da jetzt gerade was vorausgesetzt, wozu ich gar kein Recht habe. Du mußt bei dem, was jetzt kommt, nicht mitmachen. Du kannst nach Hause fahren.«

Ich schüttelte den Kopf. »Dafür ist es längst zu spät. Außer, wir fahren beide nach Hause. Sie haben dir eine Falle gestellt, du hast es rechtzeitig bemerkt und den Mann umgebracht, der dich hineinlocken wollte. Du könntest nach Hause fahren und abwarten, was sie sich als nächstes überlegen.«

»Ich würde die Sache lieber hinter mich bringen, solange sie dort alle so schön beieinanderhocken.«

»Da stimme ich dir zu. Und ich bin dabei.«

Wir stiegen wieder in den Wagen, und Mick fuhr los. Ich ertappte mich bei der Überlegung, ob sich der Wagen ohne Andy leichter anfühlte, aber dann fiel mir ein, daß das Gewicht immer noch dasselbe sein mußte. Vorher war Andy am Steuer gesessen, jetzt lag er im Kofferraum.

»Weißt du, ich hatte so ein komisches Gefühl.«

»In Bezug auf Andy.«

»Ziemlich von Anfang an, vermute ich. Nach dem Überfall auf die Kneipe habe ich es so arrangiert, daß wir ihn absetzen und ich den Wagen behalte. Er sollte nicht wissen, wo ich mich aufhielt. Und ich habe ihm auch nicht die Handynummer gegeben.«

»Mit dem zweiten Gesicht kenne ich mich zwar nicht aus, aber ich würde sagen, dein Instinkt trügt dich selten.«

»Vielleicht ist es wirklich nur Instinkt. Ich weiß es nicht. Aber jetzt muß ich mich konzentrieren, unsere Abzweigung müßte jeden Moment kommen, und da fährt man leicht dran vorbei. Ah, jetzt schau dir das an!«

Vor uns sprang eine Herde von Hirschen einer nach dem anderen über die schmale Straße. Ich zählte acht Tiere, aber es konnte gut sein, daß ich einen übersehen hatte.

»Die Viecher fressen liebend gern Getreide und nagen alle Sträucher an, außerdem sind sie auf der Straße eine echte Gefahr, aber sie sind auch ein dermaßen schöner Anblick. Wie kann jemand bloß auf die Idee kommen, sie zu schießen?«

»Ich habe einen Freund in Ohio, einen Bullen namens Havlicek, der versucht mich immer zu überreden, daß ich ihn besuche und mit ihm auf die Hirschjagd gehe. Er kann überhaupt nicht verstehen, wieso ich kein Interesse daran habe, und ich kann nicht verstehen, was ihm daran so gefällt.«

»Es ist schon kräftezehrend genug, Menschen zu töten. Da kann ich meine Zeit nicht auch noch mit Hirschen verplempern.«

Er fand die kleine Straße, die er gesucht hatte, und bog hinein. Nach einer halben Meile hing eine Kette über die Straße, an der ein Schild baumelte mit dem Hinweis, die Weiterfahrt sei für Unbefugte verboten. Ich stieg aus und hängte die Kette aus. Mick fuhr durch, ich hängte die Kette ein und stieg wieder in den Wagen.

Wir folgten der einspurigen Straße durch den Wald. Wie lange wir so vor uns hinfuhren, könnte ich nicht sagen. Wir schlichen langsam dahin, nur selten schneller als zehn Meilen pro Stunde. Ich war darauf gefaßt, daß noch mehr Hirsche vor uns aus dem Wald springen würden, und es gab weiß Gott genug von ihnen in diesen Wäldern, aber wir sahen keinen einzigen mehr.

Schließlich endete die Straße an einer kleinen Lichtung, auf der eine Hütte stand und nicht weit davon entfernt ein Mehrzweckfahrzeug mit Vierrandantrieb, das mit einer Segeltuchplane abgedeckt war. Mick griff nach hinten, wühlte in der Ledertasche herum und packte diverse Dinge in eine graubraune Stofftasche um, überwiegend Waffen und Munition, während er das Geld und die Papiere aus dem Tresor im Wagen liegen ließ. Als er aus dem Handschuhfach eine rote Plastiktaschenlampe holte, kam mir die Idee, das Mehrzweckfahrzeug zu durchsuchen. Wie ich vermutet hatte, war es nicht abgesperrt, und über der Beifahrertür steckte in einem schwarzen Plastikbehälter eine Taschenlampe, die doppelt so hell leuchtete wie die aus dem Caprice.

»Guter Mann«, sagte Mick.

Für mich sah es aus, als gäbe es keinen Weg außer dem, den wir gekommen waren, aber Mick wandte sich nach links, und der Lichtstrahl seiner Taschenlampe fiel auf einen Pfad. In der einen Hand trug er die Tasche, in der anderen die Taschenlampe, und ich trug die zweite Taschenlampe und hatte die andere Hand frei. Den Revolver, den er mir gegeben hatte, trug ich im Schulterholster, die kleine .22er in der Jackentasche. Außerdem hatte ich eine der Waffen behalten, die ich Andy abgenommen hatte, ebenfalls eine Automatik, und zwar eine 9mm. Wie er trug ich sie am Rücken unterm Hosenbund.

Die Luft war kühl, und ich war froh, daß ich die Kevlarweste anhatte. Der Boden war weich, der Pfad schmal. Alles, was ich hören konnte, waren unsere eigenen Schritte, und ich hatte den Eindruck, daß wir eine Menge Krach machten, was wahrscheinlich egal war – schließlich waren wir noch weit genug vom Farmhaus entfernt.

Nachdem Mick lange vor sich hin geschwiegen hatte, sagte er: »Jetzt hat er sterben müssen, ohne nochmal mit einem Priester reden zu können. Ob das wohl irgendeine Rolle spielt? Früher hat man das ja immer geglaubt, aber im Laufe der Jahre hat sich doch einiges verändert. Ich glaube, ihm war das mit dem Priester gleichgültig. Na, egal, ob mit oder ohne Priester, jetzt wird er es jedenfalls sehen.«

»Was?«

»Das Bild seines Lebens. Falls die Geschichte stimmt. Aber wer weiß das schon genau? Obwohl ich den Verdacht habe, daß ich das ziemlich bald selbst rausfinden werde.«

»Das könnte uns beiden bevorstehen.«

»Nein. Du kommst hier heil wieder raus.«

»Was ist das denn jetzt? Ein Versprechen?«

»Nicht ganz, aber fast. Du wirst schon bald zu Hause sein, in deiner Küche sitzen und mit deiner großartigen Frau Kaffee trinken. Das habe ich ziemlich sicher im Gefühl.«

»Schon wieder so eine Vorahnung.«

»Und noch was habe ich im Gefühl. In Bezug auf mich.«

Ich schwieg.

»›Du hast das zweite Gesicht‹, hat meine Mutter gesagt, ›und im Moment denkst du, das ist ein Wunder, aber du wirst feststellen, Mickey, daß es nicht nur ein Segen, sondern auch ein Fluch ist, denn es wird dir Dinge zeigen, die du lieber nicht sehen möchtest.‹ Sie hat ja weiß Gott nicht immer recht gehabt, aber in dem Punkt schon. Mann, ich glaube, den Sonnenaufgang werde ich nicht mehr erleben.«

»Wenn du das wirklich glaubst, warum kehren wir dann nicht um und fahren nach Hause?«

»Wir ziehen das durch.«

»Warum?«

»Wir müssen. Und ich will es auch nicht anders. Wenn ich vor den Männern und ihren Waffen keine Angst habe – wieso sollte ich mich dann vor meinen eigenen Gedanken fürchten? Und eins muß ich dir sagen: Es macht mir nichts aus zu sterben.«

»Oh?«

»Wer hätte denn geglaubt, daß ich überhaupt so alt werde? Man sollte doch meinen, daß mich schon längst jemand umgebracht oder daß mich mein Leichtsinn ins Grab gebracht hätte. Ich habe das Leben schon ganz schön lange genießen dürfen. Ich habe einiges gemacht, was ich heute bereue, und es gibt einiges, da bereue ich, es nicht gemacht zu haben und auch nicht mehr machen zu können. Trotzdem würde ich im großen und ganzen nichts ändern wollen. Und das ist auch gut so, schließlich kann man ja doch nichts mehr ändern, oder?«

Des Ew'gen Finger schreibt der Menschen Schicksalsbuch …

»Nein. Ändern kann man nichts mehr.«

»Ich bin froh über das, was ich hatte, und wenn es vorbei ist, ist es eben vorbei. Und ich habe schon zu viele Menschen sterben sehen, um mich vor dem Augenblick des Todes zu fürchten. Wenn es schmerzhaft ist – nun, das Leben ist auch schmerzhaft. Ich fürchte mich nicht vor Schmerzen.«

»Während du damals in Irland warst, mußte ich ein entführtes Mädchen gegen einen Koffer voller Lösegeld austauschen, und dafür mußte ich direkt auf zwei Männer zugehen, die mich mit der Waffe bedrohten. Beide Männer waren ziemlich labil, und der eine war verrückt wie eine Scheißhausratte. Ich konnte mir ausrechnen, daß meine Chancen, an Ort und Stelle zu sterben, ziemlich groß waren. Aber ich hatte wahrhaftig keine Angst. Ich weiß, daß ich dir das schon mal erzählt habe, aber habe ich dir je erzählt, warum ich keine Angst hatte?«

»Sag's mir.«

»Es war ein Gedanke, der mir gekommen war. Mir wurde auf einmal klar, daß ich schon zu alt war, um noch jung zu sterben. Und weiß der Teufel, wieso ich das beruhigend fand, aber es war jedenfalls so. Ich hatte einfach keine Angst.«

»Und das liegt schon ein paar Jahre zurück, und außerdem bin ich ein paar Jahre älter als du.« Er räusperte sich. »Ich werde auch nicht mehr mit einem Priester reden können. Weißt du – ich muß zugeben, das macht mir zu schaffen.«

»Wirklich?«

»Nicht, daß ich irgend so einen käsigen Knaben mit steifem Kragen vermisse, der mir die Hand auf die Stirn legt und meiner Seele einen Schubs gibt, damit sie zu Jesus flattern kann. Darauf lege ich wirklich keinen Wert. Aber irgendwie hatte ich immer im Hinterkopf, daß ich vor meinem Tod noch Gelegenheit finde, eine umfassende Beichte abzulegen. Ich hatte mir vorgestellt, daß es sich leichter stirbt, wenn die Sünden nicht mehr alle auf einem lasten.«

»Verstehe.«

»Wirklich? Vermutlich verstehst du es wohl eher nicht, du bist ja nicht im wahren Glauben erzogen worden. Jemandem, der nicht katholisch ist, ist das mit der Beichte nicht so leicht zu vermitteln. Was sie bedeutet und was sie mit einem macht.«

»Bei den AA gibt es was Ähnliches.«

»Wirklich?« Er blieb abrupt stehen. »Davon habe ich noch nie gehört. Bei euch gibt es das Ritual der Beichte? Ihr geht zu Priestern und entblößt eure Seelen?«

»Nicht ganz. Aber ich denke, im wesentlichen läuft es auf dasselbe hinaus. Wir haben ein Programm, wo bestimmte Schritte vorgeschlagen werden.«

»Zwölf Schritte, nicht wahr?«

»Genau. Nicht jeder richtet sich danach, vor allem am Anfang nicht, wenn man schon genug zu kämpfen hat, daß man die Finger vom ersten Glas läßt. Aber die Leute, die sich an die zwölf Schritte halten, haben langfristig bessere Chancen, nüchtern zu bleiben, also fangen die meisten über kurz oder lang damit an.«

»Und beichten gehört auch dazu?«

»Das ist der fünfte Schritt. Der genaue Wortlaut ist – aber willst du das wirklich hören?«

»Unbedingt.«

»Du sollst vor Gott, vor dir selbst und vor einem anderen menschlichen Wesen genau auflisten, was du alles an Unrecht begangen hast.«

»Alle deine Sünden. Aber wie triffst du die Entscheidung, was Sünde war und was nicht?«

»Das mußt du für dich selbst rausfinden. Bei den AA gibt es dafür keine höhere Instanz. Dafür ist niemand zuständig.«

»Die Irren leiten die Klapsmühle.«

»So ungefähr. Und es ist deiner eigenen Interpretation überlassen, wie du an den Schritt herangehen willst. Mir hat man damals geraten, alles aufzuschreiben, was mir irgendwann im Leben auf der Seele gelastet ist.«

»Mein Gott, hast du da nicht schon einen Krampf in der Hand, bevor du fertig bist?«

»Genau das ist mir passiert. Und dann habe ich mich mit der Liste in der Hand mit jemandem zusammengesetzt und alles durchgesprochen.«

»Mit einem Priester?«

»Manche Leute suchen sich dafür einen Geistlichen. In den Anfängen der AA war das der übliche Weg. Heutzutage erarbeiten die Leute sich diesen Schritt meistens zusammen mit ihrem Sponsor.«

»Hast du das auch gemacht?«

»Ja.«

»Und das war der Buddhist? Warum kann ich mich nie an den Namen von dem armen Teufel erinnern?«

»Jim Faber.«

»Und du hast ihm alles Schlechte erzählt, das du je getan hast.«

»So ziemlich alles. Einiges ist mir erst später eingefallen, aber alles, woran ich mich zu dem Zeitpunkt erinnern konnte, habe ich ihm erzählt.«

»Und was dann? Hat er dir die Absolution erteilt?«

»Nein, er hat einfach nur zugehört.«

»Aha.«

»Und dann hat er gesagt: ›Tja, das war's also. Wie fühlst du dich jetzt?‹ Und ich habe geantwortet, daß ich mich so wie immer fühle. Daraufhin hat er vorgeschlagen, daß wir einen Kaffee trinken gehen, was wir dann auch gemacht haben, und das war's. Aber später hatte ich dann so ein Gefühl von ...«

»Erleichterung?«

»Ja, ich glaube, das trifft es ganz gut.«

Er nickte. »Ich wußte ja gar nicht, daß es so etwas bei euch gibt. Es hat durchaus Ähnlichkeit mit unserer Beichte, nur daß es bei uns ritueller und zeremonieller abläuft. Aber das dürfte keine Überraschung sein, oder? Bei uns werden Rituale und Zeremonien überall großgeschrieben. Du warst nie bei einer katholischen Beichte, nicht wahr?«

»Nein, natürlich nicht.«

»›Nein, natürlich nicht.‹ Was heißt hier natürlich? Du bist mit mir zur Messe gegangen. Du bist sogar zur Kommunion gegangen. Kannst du dich da eigentlich noch dran erinnern?«

»Wie sollte ich das vergessen?«

»Und ich erst! Das war weiß Gott ein verdammt seltsamer Tag. Wir kamen direkt aus Maspeth, das Blut klebte uns noch an den Händen, und dann sitzen wir da in St. Bernards in der Metzgermesse, bleiben wie immer hocken, als die anderen alle nach vorne gehen, um die Oblate zu empfangen, und auf einmal – auf einmal stehst du auf und gehst zur Kommunionsbank. Und ich dir nach. Ich, der ich seit Jahrzehnten nicht mehr zur Beichte war, und du, ein ungetaufter Heide, und da gehen wir doch glatt zur Kommunion!«

»Ich weiß nicht, warum ich das gemacht habe.«

»Und ich weiß bis heute nicht, warum ich mitgegangen bin! Und trotzdem habe ich mich hinterher großartig gefühlt. Ich könnte nicht sagen, warum, aber es war so.«

»Mir ging's genauso. Ich habe so etwas nie wieder gemacht.«

»Das will ich doch schwer hoffen. Ich übrigens auch nicht, das kannst du mir glauben.«

Wir gingen eine Weile schweigend vor uns hin. Dann sagte Mick: »Rituale und Zeremonien, wie ich schon sagte. ›Segne mich, Pater, denn ich habe gesündigt‹, würde ich als erstes sagen. ›Es ist mehr als vierzig Jahre her, daß ich zuletzt gebeichtet habe.‹ Vierzig Jahre, meine Güte.«

Ich schwieg.

»Und dann wüßte ich nicht mehr weiter. Es gibt, glaube ich, kein Gebot, gegen das ich nicht verstoßen habe. Nun gut, ich habe mich nicht an den Ministranten vergriffen, was mehr ist, als mancher Priester von sich behaupten kann, aber das kann ich mir wohl kaum zugute halten, schließlich hatte ich auch nie irgendwelche Neigungen in diese Richtung. Wahrscheinlich könnte ich mich einmal durch die Liste durcharbeiten, Gebot für Gebot.«

»Manche Leute arbeiten sich anhand der Todsünden durch den fünften Schritt. Du weißt schon, Stolz, Gier, Wut, Gefräßigkeit ...«

»Vielleicht ist das einfacher. Todsünden gibt es sieben, das sind drei weniger als bei den Geboten. Aber mir gefällt das, wie ihr das macht. Einfach die Sünden aufzählen, die dir auf der Seele lasten. Tja, von denen habe ich mehr als genug. Ich habe ein schlimmes Leben gelebt und schlimme Dinge getan.«

Unter mir knackte ein Zweig, und irgendein kleines Tier, das wir aufgescheucht hatten, huschte ins Unterholz. In der Ferne hörte ich etwas, das vermutlich der Schrei einer Eule war. Ich glaube, ich hatte noch nie zuvor solch einen Laut gehört. Mick blieb stehen und lehnte sich mit dem Rücken an einen Baum.

»Einmal wollte ich einen Mann zum Reden bringen. Er hatte Geld versteckt und wollte nicht damit rausrücken, wo. Schmerzen schienen ihn nur noch willensstärker zu machen. Also habe ich ihm ein Auge ausgerissen, habe es auf meine Handfläche gelegt und ihm vor die Nase gehalten. ›Dein Auge sieht dich an‹, habe ich gesagt, ›und es sieht dir tief in die Seele hinein. Soll ich dir das andere auch noch ausreißen?‹ Da hat er endlich geredet, und wir haben das Geld bekommen. Und dann habe ich ihm den Lauf meiner Waffe in die leere Augenhöhle gesteckt und ihm das Gehirn weggeblasen.«

Er schwieg, und seine Worte hingen in der Luft, bis eine leichte Brise sie davonwehte.

»Und ein andermal ...«, fuhr er fort.

Ich habe fast alles vergessen, was er mir erzählt hat.

Ich könnte nicht erklären, wie das passiert ist. Nicht, daß ich nicht richtig zugehört hätte. Wie hätte ich das auch bewerkstelligen sollen?

Dennoch schwebten seine Worte durch mich hindurch, als würde ich sie nicht bewußt wahrnehmen, und verflüchtigten sich irgendwohin. Es war, als wäre ich wie ein Kanal oder eine Leitung für seine Beichte. Vielleicht geht es Priestern und Psychiatern ähnlich, die regelmäßig solche Enthüllungen zu hören bekommen. Vielleicht auch nicht, ich weiß es nicht.

Wir setzten einen Fuß vor den anderen, und er erzählte, manchmal ausführlich, manchmal ziemlich knapp. Irgendwann kamen wir zu einer Lichtung und setzten uns hin. Er redete weiter, und ich hörte weiter zu.

Und irgendwann war er fertig.

»Die Strecke ist länger, als ich sie in Erinnerung hatte«, sagte Mick. »Nachts kommt man nicht so schnell vorwärts, und wir haben zwischendrin ein paarmal Pause gemacht. Der Bach markiert die Grenze zu meinem Grundstück. Im Hochsommer ist da nur noch ein ausgetrockneter Graben, aber nach der Schneeschmelze im Frühjahr ist das ein richtiger Sturzbach. Jetzt müssen wir nur noch eine Stelle finden, wo wir trockenen Fußes rüberkommen.«

Was uns gelang, indem wir über eine Reihe von Steinen balancierten.

»Nachdem sich dein Freund, der Buddhist, alles angehört hatte«, begann Mick, und dann fiel es ihm wieder ein. »Jim Faber, wollte ich sagen.«

»Jetzt hast du dir seinen Namen endlich merken können.«

»Vielleicht bin ich ja doch kein hoffnungsloser Fall. Nachdem er dich also bis zum Schluß angehört hatte – war das dann alles? Er hat dich nicht von deinen Sünden erlöst, aber hat er dir wenigstens irgendeine Buße auferlegt? Irgendwelche Ave Maria? Irgendwelche Vater Unser?«

»Nein.«

»Er hat es einfach dabei belassen?«

»Alles Weitere mußte ich selbst machen. So, wie das bei uns läuft, muß man sich selbst vergeben.«

»Und wie um Himmels Willen funktioniert das?«

»Tja, es gibt weitere Schritte. Man kann es nicht direkt Buße nennen, aber vielleicht bewirkt es was ähnliches. Man versucht, Wiedergutmachung zu leisten für all das Schlechte, das man getan hat ...«

»Und woher weiß man, wo man damit anfangen muß?«

»... und man muß sich akzeptieren, wie man ist. Das ist eine ganz wichtige Voraussetzung, aber frag mich jetzt nicht, wie man das schafft. Auf dem Gebiet bin ich selbst nicht gerade Experte.«

Er ließ sich das durch den Kopf gehen und nickte dann langsam. Seine Mundwinkel glitten ein klein wenig nach oben. »Dann wirst du mir also keine Absolution gewähren.«

»Wenn ich's könnte, würde ich es sofort tun.«

»Oh je, was bist du bloß für ein Priester! Völlig aus der Art geschlagen! So, wie ich dich kenne, würdest du vermutlich Wein in Wasser verwandeln.«

»Das Wunder der Transsubstantiation.«

»Wein zu Perrier. Mit all den hübschen Bläschen.«

KAPITEL 31

Nachdem wir den kleinen Bach überquert hatten, befanden wir uns bereits auf Micks Land, aber wir mußten noch weitere fünf Minuten durch den Wald gehen, bis wir auf gerodetes Gelände stießen. Ein Stück weiter oben lag der Obstgarten, in dem wir Kenny und McCartney begraben hatten. Jenseits des Obstgartens befanden sich die Gärten, der Schweinepferch und der Hühnerstall, und erst weit dahinter stand das alte Farmhaus.

»Ab jetzt sollten wir besser still sein«, murmelte Mick. »Stimmen tragen hier weit. Auf die Entfernung können sie uns zwar nie und nimmer hören, die Tiere aber vermutlich schon. Tatsache ist, daß wir schon teuflisches Glück haben müßten, wenn wir am Schweinepferch vorbeikommen, ohne daß die Tiere das mitkriegen, selbst wenn wir keinen Mucks machen. Sie werden uns riechen, obwohl es mir echt ein Rätsel ist, wie sie das machen, wo sie doch selbst so stinken.«

Außerdem befanden sich, wie Mick weiter erzählte, im Hühnerstall ein paar Perlhühner. Hübsche Viecher, die in den Bäumen schliefen und Radau machten, sobald sich jemand näherte. O'Gara hielt gern Perlhühner, er fand, das seien schöne Vögel und zudem – wie er Mick versichert hatte – eine Delikatesse, die von Gourmets sehr geschätzt wurde, wobei Mick allerdings fand, daß sie zäher als Hühner und lange nicht so schmackhaft waren. Aber sie konnten prima Alarm schlagen, sie waren wie Wachhunde mit Flügeln, und wir mußten damit rechnen, daß sie ein bißchen Radau machen würden, genau wie die Schweine ein bißchen grunzen würden, egal, wie vorsichtig wir uns an ihnen vorbeischlichen. Aber unsere Gegner waren Jungs aus der Stadt, und was würden die sich schon bei ein bißchen Gekrächze und Gegrunze denken?

Wir schalteten die Taschenlampen aus, im freien Gelände reichte uns auch der Mondschein. Wir gingen langsam, hoben vorsichtig die Füße und setzten sie behutsam wieder auf. Als wir beim Obstgarten ankamen, konnte ich im Farmhaus Licht erkennen. Hören konnte ich nur meinen eigenen Atem.

Wir gingen weiter, allerdings nicht auf dem gekiesten Pfad, sondern daneben, wo Gras und Unkraut einen weicheren Untergrund bildeten als der lockere Kies. Eines der erleuchteten Fenster im Farmhaus zog meinen Blick magisch an. Ich stellte mir vor, wie sie dort am Tisch saßen, sich aus dem großen alten Kühlschrank bedienten, aßen, tranken, Einweckgläser öffneten und Mrs. O'Garas Eingemachtes auslöffelten. Ich wollte mir das alles nicht vorstellen, wollte mich auf das konzentrieren, was ich gerade tat, aber die Bilder ließen sich nicht vertreiben.

Mick blieb stehen und griff nach meinem Arm.

»Hörst du das?« flüsterte er.

»Was denn?«

»Das ist es ja gerade. So nah, wie wir jetzt sind, müßten wir sie eigentlich hören.«

»Die im Haus?«

»Die Tiere. Sie können uns doch hören. Sie müßten unruhig werden, und das müßten wiederum wir hören.«

»Hören kann ich sie nicht, aber riechen.«

Er nickte und atmete tief ein, einmal, dann nochmal. »Nicht, daß ich großen Wert drauf lege.«

»Wer würde das schon?«

Er runzelte die Stirn. Anscheinend trug ihm die nächtliche Brise etwas zu, das ich nicht wahrnehmen konnte. Offenbar war er an den Geruch seiner Hühner und Schweine gewöhnt und wußte, wann etwas nicht so roch, wie es sollte.

Er legte einen Finger auf die Lippen und ging voran Richtung Schweinepferch. Der Geruch wurde immer intensiver. Mick ging direkt zum Zaun und legte die Unterarme auf die oberste Latte. Aus dem Pferch kam nicht das leiseste Geräusch, und jetzt konnte ich es auch riechen, einen schalen Geruch, der den üblichen Gestank der Tierexkremente überlagerte.

Mick knipste die Taschenlampe an und ließ den Lichtstrahl durch den Pferch gleiten, bis er auf ein totes Schwein fiel. Das Tier lag auf der Seite, in einer Lache aus Blut, die große weiße Flanke von Kugeln durchlöchert. Mick bewegte den Lichtstrahl nach links und nach rechts, und ich konnte weitere tote Tiere ausmachen.

Er knipste die Taschenlampe aus, nickte, als würde er sich selbst etwas bestätigen, und wandte sich dann zum Hühnerstall. Dort bot sich uns das gleiche Bild, nur sah es hier etwas wilder aus, überall waren Blut und Federn. Mick stand einfach da, starrte auf das Gemetzel und atmete tief ein und aus, ein und aus. Dann machte er die Taschenlampe aus, drehte sich um und ging den Weg zurück, den wir gekommen waren.

Zuerst dachte ich, er wolle einfach gehen, weg von allem, einfach zurück über den Bach und durch den Wald, dorthin, wo der Chevy stand. Aber ich wußte, daß das nicht stimmen konnte, und dann wurde mir klar, daß er zu dem kleinen Geräteschuppen wollte, der wie ein Plumpsklo aussah. Ich wußte, daß es dort eine Schaufel gab, und unwillkürlich drängte sich mir der dämliche Gedanke auf, daß er die toten Tiere verscharren wollte. Aber auch das konnte nicht stimmen.

»Wenn ein Nerz oder ein Wiesel in den Hühnerstall eindringt«, sagte er, »dann sieht es hinterher genauso aus. Du findest lauter tote Hühner, aber keins wurde gefressen. Man könnte meinen, das ist sinnlose Grausamkeit, aber weißt du, das Wiesel hat einen Grund, warum es sich so verhält. Das Wiesel will das Blut. Von jeder einzelnen Henne säuft es das Blut, das Fleisch rührt es nicht an. Wenn du es also blutdürstig nennen wolltest, wäre das nichts als die simple Wahrheit. Es dürstet nach Blut.«

Er drehte sich zu mir um. »Für *die* waren das Schießübungen. Eine Möglichkeit, ihre Waffen auszuprobieren und voreinander anzugeben. Und der Spaß, ein Tier anzuschießen und es herumtaumeln und das Blut herausspritzen zu sehen, und dann wieder zu schießen. Und wieder.«

Ich ließ mir seine Worte durch den Kopf gehen. Dann nickte ich.

»In gewisser Weise macht es das einfacher«, sagte er.

»Wie meinst du das?«

»Ich hatte mir schon Gedanken gemacht, wie wir die O'Garas da rausholen könnten. Auf die vage Hoffnung hin, daß sie noch leben. Aber jetzt bin ich mir sicher, daß es keine Hoffnung mehr gibt. War das O'Gara am Telefon, als du angerufen hast?«

»Beschwören könnte ich es nicht. Aber ja, vermutlich schon.«

»Zu dem Zweck hatten sie ihn am Leben gelassen. Nicht für den Fall, daß du anrufst, denn an die Möglichkeit haben sie überhaupt nicht gedacht. Für den Fall, daß ich angerufen hätte. Vielleicht hätte ich angerufen, bevor ich hier rausgefahren wäre, und dann hätte er drangehen können. Sie hätten ihm und seiner Frau eine Waffe an den Kopf gehalten, und er hätte keine andere Wahl gehabt als zu tun, was sie von ihm wollten.«

»Könnten sie nicht trotzdem noch am Leben sein?«

»Nein. Und du kannst gern mir die Schuld geben, falls du das möchtest. Andys Anruf war das Signal, sie umzubringen. Wenn ich ihn daran gehindert hätte, ins Haus zu gehen, hätte er keine Gelegenheit mehr gefunden, den Anruf zu machen. Und dann hätten sie O'Gara am Leben gelassen, ihn und seine Frau, und dann würden die beiden jetzt immer noch leben. Ich habe zwar daran gedacht, aber leider zu spät. Es fiel mir erst ein, als ich Andys Telefonnummer gewählt und das Besetztzeichen gehört habe. Jetzt wissen sie, daß wir unterwegs sind, habe ich gedacht, und dann fiel es mir plötzlich wie Schuppen von den Augen, was die unmittelbare Konsequenz daraus sein würde, und mir wurde klar, daß ich einen Fehler gemacht hatte.«

»Das kannst du dir nicht zum Vorwurf machen.«

»Könnte ich schon. Aber ich werde mich da nicht groß reinsteigern. Auch ohne den Anruf hätten sie sie inzwischen vielleicht umgebracht. Aus Langeweile oder weil es sonst nichts mehr gab, was sie hätten töten können. Und selbst wenn sie noch am Leben wären, stünden die Chancen gut, daß sie es spätestens in einer Stunde nicht mehr wären. Unsere Aufgabe ist auch so schon schwierig genug, ohne daß wir zwei Leute lebend aus dem Haus kriegen müssen.« Er seufzte. »Die beiden haben ein untadeliges Leben geführt. Sie sind einfach nur ein paar Stunden früher in den Himmel gekommen. Und jetzt sitzen sie da oben, glaubst du nicht auch? Während wir hier unten in der Hölle schmoren.«

Kapitel 32

»Wir haben noch einen weiteren riesigen Vorteil«, sagte Mick. »Sie sind dumm.«

Er stand in der Tür des Schuppens, füllte Gläser und Flaschen aus einem Zwanzig-Liter-Kanister und verschloß sie mit Lumpen. Ich hatte mich nicht weit entfernt davon hingehockt und hielt die Taschenlampe, damit er etwas sehen konnte. Der Schuppen stand ziemlich weit hinten in der Nähe des Obstgartens und der Stelle, an der wir das Zwei-Mann-Grab ausgehoben hatten. Der Boden hatte sich etwas gesenkt, seit wir die Erde darüber geschichtet hatten, aber die konvexe Form war immer noch erkennbar.

Bis zum Farmhaus waren es einige hundert Meter. Auf die Entfernung konnten sie uns unmöglich hören, aber Mick sprach dennoch leise.

»Dumm«, wiederholte er. »Es war mehr als dumm, die Schweine und Hühner zu massakrieren, aber dumm war es auf jeden Fall. Angenommen, wir wären als erstes hinten in den Garten gefahren? Angenommen, ich hätte darauf bestanden, daß Andy nach hinten fährt, weil ich mir das Grab anschauen oder nach den Tieren sehen wollte oder aus was für einem Grund auch immer? Andy hätte gehorcht, und ich hätte das Blutbad entdeckt, und schon wäre die ach so tolle Überraschung keine mehr gewesen. Das ist ein gutes Zeichen, so viel Dummheit. Wer sich einmal dumm verhält, tut es vielleicht auch wieder. Hilf mir doch mal mit den Dingern hier, aber nimm nicht mehr, als du problemlos tragen kannst. Nicht, daß dir eins runterfällt oder du sonst irgendwie Krach machst. Laß uns lieber zweimal gehen.«

Wir gingen schließlich sogar dreimal, bis wir die zugestöpselten Gläser und Flaschen, den inzwischen halbleeren Kanister und die Stofftasche mit den Waffen und der Munition im hohen Gras am Rand des Hühnerstalls verstaut hatten.

Als wir fertig waren, lehnte Mick sich schweratmend an einen Zaunpfosten. Dann griff er nach dem silbernen Flachmann, der in seiner Hüfttasche steckte, zog ihn heraus, betrachtete ihn und steckte ihn ungeöffnet wieder ein. Er drehte sich so, daß sein Mund ganz nah an meinem Ohr war, und flüsterte leise: »So dumm, wie sie sind, haben sie vielleicht keinen Wachposten aufgestellt. Aber da können wir uns nicht drauf verlassen, und ich hoffe auch eher, daß sie's gemacht haben. Wenn wir ihn umbringen, sind unsere Chancen schon wieder gestiegen.«

Die Taschenlampen ließen wir bei den Flaschen, Gläsern und der Tasche mit den Waffen liegen, aus der Mick sich einen Schalldämpfer genommen hatte. Er prüfte, ob er auf seine Pistole paßte, dann zog er ihn wieder ab, steckte ihn in die Hosentasche und die Pistole zurück in den Hosenbund.

Lautlos näherten wir uns dem Haus, hielten uns die ganze Zeit im Dunklen, machten ein paar Schritte, hielten inne und lauschten, um schließlich ein paar weitere Schritte zu machen. Als wir auf einer Höhe mit dem Haus waren, konnte ich aus einem der offenen Fenster Stimmen hören. Es klang, als würden sich zwei Leute unterhalten, und eine der Stimmen war weiblich. Einen flüchtigen Moment lang dachte ich, es sei Mrs. O'Garas Stimme, doch dann wurde mir klar, daß es sich um eine Fernsehsendung handelte. Sie hatten die

Farm in Besitz genommen, hatten Menschen und Tiere getötet, ihre Falle vorbereitet, und jetzt saßen sie vorm Fernseher.

Nachdem wir das Haus etwa zwanzig Meter hinter uns gelassen hatten, atmete ich tief aus, und erst da wurde mir bewußt, daß ich den Atem schon eine ganze Zeitlang mehr oder weniger angehalten und mir nur ganz kurze Atemzüge erlaubt hatte, als ob ich Angst hätte, die Luft aufzuwirbeln. Erst jetzt wagte ich es, tief durchzuatmen. Wir hatten das Wegstück hinter uns gebracht, in dem sie uns am ehesten hätten hören können, aber die Aufgabe, die jetzt vor uns lag, war noch schwieriger. Wir mußten einen Wachposten finden, ohne zu wissen, wo er sich befand oder ob es überhaupt einen gab.

Mick ging auf der linken Seite der gekiesten Auffahrt, und ich folgte etwa fünf Meter hinter ihm auf der rechten. Ich blieb stehen, wenn er stehenblieb, und folgte, wenn er weiterging. Die Auffahrt war lang und wand sich, dem natürlichen Gefälle folgend, leicht nach links. Zu beiden Seiten standen Bäume und Büsche, und es war so dunkel, daß ich kaum sehen konnte, wohin ich die Füße setzte. Ich bewegte mich zwar leise, aber nicht so totenstill, wie ich es mir gewünscht hätte.

Auf einmal blieb Mick abrupt stehen. Ich fragte mich, warum, aber dann hörte ich es selbst, leise, aber unverkennbar. Direkt vor uns lief leise Musik.

Mick ging vorsichtig weiter, und ich hielt mich dicht hinter ihm. Die Musik wurde lauter. Dann hob Mick die Hand, um mir zu signalisieren, daß ich stehenbleiben sollte, und legte einen Finger auf die Lippen. Mit der einen Hand griff er in die Tasche, mit der anderen zog er die Waffe aus dem Hosenbund, und ich war mir sicher, daß er den Schalldämpfer aufschraubte.

Dann schlich er weiter, noch tiefer ins Dunkel hinein, bis ich ihn nicht mehr deutlich sehen konnte. Ich zog den Revolver aus dem Schulterholster, lauschte aufmerksam, konnte aber nur das Radio hören, aus dem ein Country und Western-Song ertönte, der mir bekannt vorkam, dessen Text ich aber nicht verstehen konnte.

Ein Geruch kitzelte mich in der Nase, und ich schnupperte in die Nachtluft hinein. Es war Rauch, Zigarettenrauch.

Dann hörte ich etwas, das nur Schüsse sein konnten. Wenn ich nicht damit gerechnet hätte, hätte ich die Geräusche gar nicht wahrgenommen und schon gar nicht als Schüsse erkannt. Es hörte sich an, als würde jemand die Luftpolster einer Kunststoffolie eindrücken.

Mick tauchte aus der Dunkelheit auf und winkte mich zu sich. Ich bewegte mich lautlos vorwärts, obwohl wir weit genug vom Farmhaus entfernt waren, daß sie unsere Schritte nicht hören konnten. Trotzdem war es nicht sinnvoll, unnötig Lärm zu machen.

Neben der Auffahrt hing zusammengesackt in einem Klappstuhl ein Mann. Er trug eine Trainingsjacke der Chicago Bulls, eine Levi's Jeans, schwarze Doc Martens und weiße Sportsocken. In seinem Schoß lag eine jener 9mm-Waffen, die ein extra großes Magazin für zehn oder zwölf Kugeln haben. Er würde sie allerdings nicht mehr brauchen, denn seine Tage als Revolverheld waren vorbei. Er hatte zwei Einschußlöcher, eins mitten in der Brust und eins mitten auf der Stirn, und falls Danny Boy den Namen dieses Dreckskerls kannte, konnte er ihn auf seine Liste setzen.

Neben ihm auf dem Boden spielte ein kleines tragbares Radio, und neben dem Radio stand ein Halbliterglas mit Wein, das zu zwei Dritteln voll war. Außerdem lag dort ein Handy und ein Stück weiter die Zigarette, die er geraucht hatte. Mick trat sie aus, zögerte kurz und zertrat dann auch das Handy.

Er hatte Andys Feuerzeug in der Hand, drehte das Rädchen und hielt die Flamme vor das Gesicht des Toten. Ich sah ihn mir genau an und schüttelte dann den Kopf.

»Könnte schon sein, daß er einer von den beiden war, die mich überfallen haben«, flüsterte ich. »Nicht Scalzo, sondern der, den ich nie richtig zu Gesicht bekommen habe. An dem Abend hatte er allerdings Halbschuhe an, keine Doc Martens.«

»Vielleicht hatte er seine Lektion gelernt.«

»Die Lektion, die du ihm erteilt hast, war besser als meine. Mach doch bitte nochmal das Feuerzeug an. Eine Kugel ins Herz, die andere in den Kopf, beides große Wunden und aus beiden ist kaum Blut ausgetreten. Egal, welcher Schuß der erste war, er muß sofort tot gewesen sein.«

»Mein Gott, das ist doch kein Fall, den du untersuchen mußt. Wir wissen, wer ihn umgebracht hat.« Er machte das Feuerzeug aus, verstaute es, schraubte den Schalldämpfer ab, steckte ihn in die Tasche, holte das Magazin aus der Waffe und füllte es wieder auf. Er sammelte die ausgeworfenen Hülsen auf und wollte sie gerade einstecken, überlegte es sich dann aber anders, wischte sie mit dem Zipfel seines Hemdes ab und warf sie dem Toten in den Schoß.

So ließen wir ihn zurück, mit der Waffe und den Hülsen auf dem Schoß und dem immer noch spielenden Radio neben sich.

Kapitel 33

Ich stand auf der Rückseite des Hauses, dort, wo sich ein großer Metallkasten befand, dessen Tür jetzt offenstand. Meine Hand lag auf dem Hauptschalter, und ich lehnte mich so weit wie möglich nach links, damit ich um die Ecke des Hauses herum zu der Stelle sehen konnte, wo Mick stand. Er hatte die Metzgerschürze seines Vaters angezogen. Ich hatte versucht, es ihm auszureden, weil er damit ein zu gut sichtbares Ziel abgab, aber er hatte nicht auf mich hören wollen. Jetzt gab er mir mit der Hand ein Zeichen, und ich legte den Schalter um und unterbrach die gesamte Stromversorgung des Farmhauses.

Das Haus versank in Dunkelheit und Stille. Die Stille dauerte allerdings nur ein oder zwei Sekunden, aber Mick hatte sich bereits in Bewegung gesetzt, zündete den Docht einer seiner Flaschen an und warf sie, rannte dann ein paar Meter nach rechts, zündete einen weiteren Docht an und schleuderte die nächste Flasche. Im Haus wurde es laut. Man hörte Männer schreien und sich gegenseitig etwas zurufen, Stühle wurden zurückgestoßen, jemand krachte in der Dunkelheit gegen die Wand, andere gegen Tische. Ich lief ein paar Schritte zurück zu der Stelle, wo mein Vorrat an Gläsern und Flaschen lag, riß ein Streichholz an, entzündete den Stoffetzen, der als Docht diente, und zielt auf eins der Fenster im Erdgeschoß. Das Glas zerbrach, und die Flasche verschwand im Zimmer, dann gab es eine Explosion, und ich konnte hinter dem, was vom Fenster noch übrig war, Flammen hochschießen sehen.

Auf der Vorderseite des Hauses gab es eine weitere Explosion. Drinnen schrien sich die Männer gegenseitig an. Ich entzündete und warf die beiden letzten mir noch verbliebenen Gläser mit Benzin, das eine in ein Fenster im oberen Stockwerk, das andere gegen die hintere Tür, wo es in dem Moment zerbarst, als jemand die Tür aufriß. Sofort stand der Eingang in Flammen.

Ich warf mich zu Boden. Von der Vorderseite des Hauses waren Schüsse zu hören, und jetzt tauchte an einem der Fenster auf der Rückseite ein Schatten auf. Ich schoß, und derjenige, auf den ich geschossen hatte, jagte ein paar Schüsse in meine Richtung und verzog sich dann vom Fenster.

Ich duckte mich und rannte zu einer Stelle, von der aus ich sehen konnte, was vorm Haus vor sich ging, und gleichzeitig die Hintertür im Auge behalten konnte. Eine Kugel flog über meinen Kopf hinweg, und ich warf mich zu Boden, drehte mich um und feuerte zurück. Ich traf nichts, außer man hätte das Haus selbst zählen wollen.

Inzwischen brannte alles lichterloh, aus beiden Stockwerken schlugen Flammen. Dann gab es eine Explosion, oder eher Implosion, als eines der seitlichen Fenster im oberen Stock zersplitterte. Ein Mann stürzte auf die Veranda, und ich raste um die Hausecke und schoß auf ihn. Er schoß zurück, schwang sich über das Geländer der Veranda und rannte los. Dabei zog er einen Fuß leicht nach, und ich fragte mich, ob er und nicht der tote Wachposten einer von den beiden gewesen war, die mich überfallen hatten. Oder hatte er sich den Fuß verstaucht, als er von der Veranda gesprungen war?

Ich hielt meine Waffe mit beiden Händen und drückte ab, aber der Hammer klickte auf eine leere Patronenhülse. Ich ließ die Waffe fallen und zog Andys 9mm aus dem Hosenbund. Der Mann konnte mich jetzt deutlich sehen, schoß zweimal, und eine der Kugeln traf mich rechts unterm Schlüsselbein. Die Weste hielt sie auf, aber ich geriet trotzdem ins Wanken. Ich richtete mich wieder auf, zielte, drückte ab, aber nichts passierte, dann fand mein Daumen den Sicherungshebel, legte ihn um, und wieder zielte und schoß ich, und er griff sich an die Brust, machte einen Schritt und fiel zu Boden. Ich wartete einen Moment lang, und als er sich nicht mehr bewegte, lief ich zu ihm hin und schoß ihm in den Kopf.

Dann rannte ich zu meinem Revolver zurück, hob ihn auf, öffnete ihn, warf die leeren Hülsen aus und fummelte in meiner Jackentasche nach neuen. Ich drückte sie in die Kammern, ließ den Zylinder zurückschnappen, und in dem Moment flog die Hintertür auf, und ein Mann stürmte durch den in Flammen gehüllten Türrahmen.

Donnie Scalzo. Er hatte irgendeine Automatikwaffe in der Hand und jagte eine Salve in die Nacht, aber er hatte mich nicht gesehen, und die Kugeln schlugen nicht mal ansatzweise in meiner Nähe ein. Ich zielte, schoß und verfehlte ihn. Er stieß einen lauten Schrei aus und schwang die Waffe in meine Richtung. Er feuerte, aber die Kugeln flogen weit über mich hinweg. Ich visierte ihn an und traf ihn in die Schulter. Er schrie auf und drehte sich um, als wolle er ins Haus zurücklaufen, aber der Eingang war inzwischen wie ein Vorhang aus Feuer. Er wandte sich wieder mir zu, einer seiner Arm hing herab, mit der Linken hielt er in einem seltsamen Winkel die Waffe. Ich schoß und verfehlte ihn, schoß wieder und traf ihn zwischen Nabel und Leisten in den Bauch. Er brüllte, fiel zu Boden und preßte die Hände gegen den Körper, und mir fiel wieder ein, wie ich ihn letztes Mal am Leben gelassen hatte. Ich rannte zu ihm hin. Er starrte mich an, und ich schoß zweimal, und er starb.

Es war sinnlos, noch länger die Rückseite des Hauses im Auge zu behalten, niemand hätte mehr eine Chance gehabt, durch die Hintertür rauszukommen. Ich rannte ums Haus. Mick war in seiner weißen Metzgerschürze nicht zu übersehen. Wir standen jetzt beide auf der Vorderseite des brennenden Farmhauses, er ganz rechts, ich ganz links.

Aus einem der Fenster wurde geschossen, und Mick feuerte zurück. Vom Obergeschoß kam ein lautes Krachen – vermutlich war einer der Dachbalken oder ein Teil der Decke herabgestürzt. Dann war es einen Moment lang still, und kurz darauf tauchten im Abstand von wenigen Sekunden zwei Männer auf der Veranda auf. Einer stürmte aus der Tür, der andere schlug das noch verbliebene Glas aus einem der Fenster und schwang sich behende über das Fensterbrett.

Den einen der beiden hatte ich noch nie gesehen. Er hatte eine Haartolle wie ein altmodischer Countrysänger und einen Schnurrbart wie ein Glücksspieler auf einem Flußdampfer. In jeder Hand hielt er eine Pistole und schoß abwechselnd mit beiden. Ich habe keine Ahnung, auf was er schoß, ich bin mir nicht mal sicher, ob er überhaupt die Augen offen hatte. Er stand da wie angewurzelt und ballerte einfach drauf los. Ich schoß, verfehlte ihn aber, dann schoß Mick zweimal, traf ihn, und er fiel rückwärts durch das Fenster in das brennende Haus.

Der andere Mann war Moon Gafter.

Ich hatte ihn noch nie gesehen, aber ich wußte trotzdem sofort, daß er es war. Er war sehr groß, mindestens 190, und über seinem hageren Körper schwebte das große weiße Mondgesicht. Mit seinen langen, sehnigen Armen und dem überdimensionalen Kopf sah er aus wie ein Wesen von einem anderen Planeten oder wie eine gigantische Gottesanbeterin.

Er blickte genau in meine Richtung, aber ich glaube nicht, daß er mich sah. Dann entdeckte er Mick und richtete die Waffe auf die fleckige weiße Schürze. Ich zielte und schoß, und die Kugel traf ihn links in den Brustkorb. Er schien sie nicht einmal zu bemerken, und ich dachte schon, er müßte auch eine Weste tragen, doch dann sah ich das Blut, das ihm über den Gürtel und die Hosenbeine hinablief. Aber er stand immer noch aufrecht, ignorierte die Wunde und begann, auf Mick zu schießen.

Ich zielte auf sein Herz, traf ihn allerdings oben an der Schulter. Auch diese Wunde blutete, aber falls er davon überhaupt etwas mitbekam, ließ er es sich jedenfalls nicht anmerken. Er schoß auf Mick, und dann stürmte er die Verandastufen hinunter und auf Mick los, wobei er die ganze Zeit weiter feuerte.

Mick schoß zurück und traf ihn in die Brust, was ihn ein bißchen bremste, ihn aber auch nicht aufhalten konnte. Ich rannte auf die beiden zu, die große Automatik auf Gafter gerichtet, gab im Laufen drei Schüsse ab, von denen einer sein Ziel verfehlte und zwei trafen, einer in Höhe der Gürtellinie und einer im Kreuz, aber auch das zeigte nicht die geringste Wirkung.

Dann machte Mick einen Schritt auf ihn zu und feuerte. Gafter blieb stehen, die Waffe fiel ihm aus der Hand. Mick rannte zu ihm hin, steckte ihm die Waffe in den weit geöffneten Mund und schoß ihm den Hinterkopf weg.

»Mein Gott«, sagte er. »Der war verdammt nicht leicht totzukriegen.«

Ich stand da und rang nach Atem, als ich plötzlich hinter mir Schüsse hörte. Ich warf mich zu Boden, drehte mich auf den Rükken, richtete mich halb auf, und dort stand er, Dowling, der uneheliche Sohn von Paddy Farrelly, wie eine Silhouette vor dem brennenden Haus. Er hatte ein Automatikgewehr wie das, das Nguyen Tran Bao benutzt hatte, um im *Grogan's* um sich zu ballern, und er sah mich an, und für einen Moment trafen sich unsere Blicke wie in jener ersten Nacht in der Kneipe.

Dann schoß ich, verfehlte ihn, und warf mich wieder zu Boden, als er abdrückte. Die Kugeln flogen über mich hinweg. Er korrigierte zu stark, so daß die nächsten Kugeln nur das Gras vor mir aufpflügten.

Ich sah hoch. Mick stand da und zielte auf Dowling. Er schoß zweimal, aber beide Kugeln verfehlten ihr Ziel. Dowling ließ eine weitere Salve los, aber nur kurz, dann war sein Magazin leer. Er hatte zu viele Kugeln an Schweine und Hühner vergeudet.

Ich schoß und verfehlte ihn wieder, dann schoß Mick und verfehlte ihn ebenfalls. Dowling warf seine Waffe fort, schwang sich über das Geländer der Veranda und rannte in Richtung der Ställe und des dahinter liegenden Obstgartens.

Wieder schoß Mick, wieder daneben. Dann war nur noch ein Klikken zu hören. Mick warf die leere Waffe zu Boden und rannte Dowling hinterher. Mein Revolver war leer. Ich nahm an, daß ich in der Automatik noch eine oder zwei Kugeln hatte, aber ich konnte nicht genau zielen. Vermutlich hätte ich auf die Entfernung ein bewegliches Ziel sowieso nicht getroffen, aber da sich Mick zwischen Dowling und mir befand, wagte ich gar nicht erst zu schießen.

Ich war sicher, Dowling würde es schaffen. Er war fünfundzwanzig Jahre jünger als Mick und bestimmt ebensoviele Kilos leichter, aber Mick holte ihn trotzdem ein und warf sich auf ihn. Dann waren sie beide am Boden, und ich konnte nicht mehr erkennen, was vor sich ging. Ich sah, daß Mick den Arm weit über den Kopf gehoben hatte und daß etwas in seiner Hand im Mondlicht glitzerte. Der Arm fuhr herab, dann hörte ich einen schrillen, durchdringenden Schrei. Micks Arm hob und senkte sich, und der Schrei erstarb abrupt. Wieder hob und senkte sich der Arm, wieder und wieder.

Ich stand da, in jeder Hand eine nutzlose Waffe, und rang mühsam nach Luft. Alles war ruhig, bis auf die Geräusche des Feuers hinter mir. Schließlich erhob sich Mick und gab etwas einen Stoß, das daraufhin in meine Richtung rollte. Er folgte dem Gegenstand, was immer der sein mochte, hielt an, trat nochmals kräftig zu. Als er das Ding zum dritten Mal vor sich her kickte, hatte ich begriffen, was es war. Es rollte vor ihm her wie ein unförmiger Fußball, und als er diesmal auf einer Höhe mit ihm war, bückte er sich, hob es auf und hielt es auf Armeslänge vor sich. Er kam direkt auf mich zu, Dowlings abgetrennten Kopf mit den weit aufgerissenen Augen an den Haaren haltend.

»Jetzt schau dir dieses Arschloch an!« schrie er. »Seinem Vater wie aus dem Gesicht geschnitten! Mann, hast du eine Ledertasche? Und sollen wir mit dem jungen Paddy hier durch die Kneipen ziehen, damit ihn alle bewundern können?«

Ich schwieg. Hinter mir stürzte mit lautem Krachen ein Dachbalken herab. Ich drehte mich um und sah, wie das Dach funkensprühend einbrach.

»Herrgott nochmal«, brüllte Mick. Dann holte er aus wie ein Basketballspieler, der vom eigenen Spielfeld aus den gegnerischen Korb treffen will, und schleuderte den Kopf in hohem Bogen auf das Haus zu. Er flog durch ein weit offenes Fenster und verschwand in den Flammen.

Mick starrte ihm hinterher, dann zog er den silbernen Flachmann aus der Hüfttasche, öffnete ihn, legte den Kopf zurück und trank, bis die Flasche leer war. Seit wir die Leichen in Tom Heaneys Haus gefunden hatten, hatte er keinen Alkohol mehr angerührt.

Er schraubte den Verschluß wieder auf den leeren Flachmann, und einen Moment lang dachte ich, er würde ihn Dowlings Kopf hinterherwerfen. Aber er steckte ihn einfach zurück in die Tasche.

KAPITEL 34

Wir warfen die Waffen in das brennende Haus, außerdem den Benzinkanister und die Stofftasche mit den restlichen Waffen und der Munition. Dann gingen wir den Weg zurück, den wir gekommen waren, die lange Auffahrt hinauf, an den toten Schweinen und Hühnern und am Geräteschuppen vorbei und in den Obstgarten hinein.

»Wir gehen wieder durch den Wald«, sagte Mick. »Das geht schneller, als wenn wir die Straße nehmen, auch wenn wir nicht so gut vorwärtskommen. Außerdem wollen wir ja niemandem begegnen, nicht wahr?«

»Nein.«

»Nicht, daß auf der Straße so spät noch viel los sein wird. Ich glaube kaum, daß die Feuerwehr auftaucht. Der nächste Nachbar ist achthundert Meter entfernt, und die Chancen stehen gut, daß er das Feuer noch gar nicht bemerkt hat. Bis hier irgend jemand auftaucht, ist alles schon bis auf die Grundmauern niedergebrannt.«

»Es war ein schönes Haus.«

»Und in gutem Zustand. Es wurde vorm Bürgerkrieg erbaut, zumindest hat man mir das so gesagt. Jedenfalls der Hauptteil. Die Veranda und der einstöckige Anbau auf der linken Seite kamen später dazu.«

»War vermutlich die beste Methode, sie aus dem Haus zu kriegen. Es einfach in Brand zu stecken.«

»Mit Sicherheit. Aber selbst wenn ich nur hätte in die Hände klatschen müssen, damit sie alle der Reihe nach mit vor der Brust gefalteten Händen rausgekommen wären und sich hätten erschießen lassen – tja, dann hätte ich das Haus hinterher trotzdem anzünden müssen.«

»Du wolltest, daß es abbrennt.«

»Ja. Mir tut nur leid, daß ich kein Benzin für den Hühnerstall und den Schweinepferch aufgehoben habe. Am liebsten wäre es mir, die wären auch in Flammen aufgegangen. Findest du das seltsam?«

»Ich weiß nicht mehr, was seltsam ist und was nicht.«

»Wie sollte ich hier jemals wieder herkommen? Das alles hier wiedersehen? Ich würde ja doch immer nur die großen Schweinekadaver mit den Kugellöchern sehen, die zerfetzten Hühner und die blutigen Federn, die überall rumfliegen. Und die O'Garas sind auch tot. Gott sei Dank, daß ich ihre Leichen nicht sehen mußte. Soll das Feuer sie haben, meinst du nicht auch?« Er schüttelte den Kopf. »Weißt du, die Farm gehörte O'Gara. Im Kaufvertrag stand sein Name. Tja, soll jemand anderer entscheiden, was jetzt damit passiert. Der Staat wird schon eine Lösung finden, vielleicht reißen sie sich den Besitz nach ein paar Jahren wegen Steuerrückständen unter den Nagel. Dann ist hier eben alles Staatsbesitz. Zum Teufel damit, zum Teufel mit allem.«

Die Taschenlampe aus Andys Handschuhfach hatten wir verloren, aber die bessere hatte Mick noch, die schwarze Plastiktaschenlampe, die ich aus dem Geländefahrzeug genommen hatte. Er schaltete sie ein und leuchtete uns den Weg. Als wir den Bach erreichten, machten wir uns nicht die Mühe, Steine zum Überqueren zu suchen, wir wateten einfach hindurch.

Mick trug immer noch die Schürze seines alten Herrn. In einer der Taschen hing schwer das alte Hackmesser seines Vaters, das offensichtlich immer noch scharf genug war für die Aufgabe, die Mick damit erledigt hatte.

Auf der Schürze war eine Menge frisches Blut.

Der Wagen stand noch an derselben Stelle, auf der Lichtung gegenüber der kleinen Hütte. Auch das Geländefahrzeug stand unverändert da, und Mick sah mir amüsiert zu, als ich mir die Zeit nahm, die Taschenlampe an ihren ursprünglichen Aufbewahrungsort zurückzulegen. Wir stiegen in den Caprice, der beim ersten Startversuch ansprang.

Ohne zu reden fuhren wir bis zu der Kette mit dem Verbotsschild, die ich wie auf der Hinfahrt aus- und wieder einhängte. Als wir auf die Straße bogen, sagte Mick: »Es waren mehr, als wir gedacht hatten.«

»Sechs. Dowling, Scalzo und Gafter. Der Wachposten und der Typ, der eine Frisur wie Jerry Lee Lewis hatte. Schwer vorstellbar, wie der da reingepaßt hat.«

»Eigentlich kann man das von allen sagen.«

»Und dann noch einer. Er ist von der Veranda gesprungen und entweder hat er sich dabei den Fuß verletzt, oder er hat gehumpelt, weil ich ihn neulich auf den Fuß getreten habe. Ich weiß nicht, ob er es war oder der Wachposten, sie kamen mir beide nicht bekannt vor.«

»Und du hast ihn erschossen.«

»Wir haben uns gegenseitig erschossen. Seine Kugel ist von meiner Weste abgeprallt.«

»Mein Gott, hat die dich schon wieder gerettet? Demnächst wirst du sie noch im Bett anziehen.«

»Sie wächst mir allmählich ans Herz, muß ich zugeben. Du warst das perfekte Ziel mit dieser riesigen weißen Schürze.«

»Jetzt ist sie nicht mehr so weiß.«

»Ist mir auch schon aufgefallen. Aber die Kugeln sind alle an dir vorbeigeflogen.«

»Die waren allesamt schlechte Schützen. Trotzdem – sechs solche Dreckskerle, egal, wie schlechte Schützen, und wir haben sie alle umgebracht.«

»Und selbst keinen Kratzer abgekriegt. Trotz des zweiten Gesichts.«

»Ich habe schon darauf gewartet, daß du davon anfängst.«

»Ich habe mich so lange wie möglich zurückgehalten.«

»Meine Mutter war diejenige, die behauptet hat, ich hätte das zweite Gesicht, und das ist nicht das einzige Mal, daß sie unrecht hatte. Sie hat ihr ganzes Leben lang nicht ein gutes Wort für die Engländer übrig gehabt, und habe ich dir nicht erzählt, wie nett sie damals zu mir waren, als ich drüben war?«

»Das ist natürlich ein Argument.«

»Trotzdem, eines muß ich ehrlich zugeben. Ich habe wirklich geglaubt, ich würde sterben.«

»Das weiß ich.«

»Verdammt gut, daß ich mich geirrt habe, nachdem für meine Beichte kein besserer Priester als du zur Stelle war. Mein Gott, was für ein seltsames Sammelsurium an bösen alten Geschichten habe ich dir da um die Ohren gehauen!«

»Hat durchaus seine Zeit gedauert.«

»Eins muß ich sagen: Leid tut es mir nicht. Natürlich bereue ich eine ganze Menge von dem, was ich getan habe. Wie auch nicht. Aber es tut mir nicht leid, daß ich dir das alles erzählt habe.«

»Das freut mich zu hören.«

»Und du bist trotzdem bei mir geblieben und hast diese Nacht mit mir durchgestanden, sogar nach allem, was ich dir erzählt hatte.«

»Um die Wahrheit zu sagen – an das meiste erinnere ich mich schon gar nicht mehr.«

»Wieso, hast du mir etwa nicht zugehört?«

»Ich habe dir genau zugehört. Bei mir ist jedes einzelne Wort angekommen, aber irgendwie ist keins hängengeblieben. Das ist alles durch mich durchgerauscht, und ich habe keine Ahnung, wo es dann geblieben ist. Vermutlich da, wo solche Sachen eben bleiben.«

»Zum einen Ohr rein, zum anderen wieder raus.«

»Irgend so etwas. Eigentlich kann ich mich nur noch an die erste Geschichte so richtig erinnern. An die mit dem Auge, das du dem Mann ausgerissen und ihm dann vor die Nase gehalten hast.«

»Tja. Die vergißt man auch nicht so leicht wieder, nicht wahr?«

Später sagte er: »Ich habe mir Gedanken gemacht, was ich jetzt tun soll.«

»Das habe ich mich auch schon gefragt.«

»Weißt du, wir haben uns ja prima amüsiert über das Gefühl, das ich hatte.«

»Die Vorahnung.«

Er nickte. »Vielleicht war sie gar nicht so verkehrt. Es gibt verschiedene Arten zu sterben und wiedergeboren zu werden. Ich habe zwar nicht mal einen Kratzer abbekommen, aber ist nicht mein ganzes Leben und alles um mich herum den Bach runtergegangen? Das *Grogan's* ist nur noch eine Ruine, die Farm Schutt und Asche. Kenny und McCartney weilen nicht mehr unter uns, das gleiche gilt für Burke und Peter Rooney. Und für Tom. Und für Andy. Alle sind tot. O'Gara und seine Frau ebenfalls. Die Schweine und die Hühner – alles weg.« Er versetzte dem Lenkrad einen Schlag. »Einfach weg.«

Ich schwieg.

»Ich habe mir überlegt, daß ich nirgendwo mehr hinkann. Aber das stimmt nicht. Einen Ort gibt es noch.«

»Und wo ist der?«

»Auf Staten Island.«

»Das Kloster.«

»Die thessalonischen Brüder. Die werden mich aufnehmen. Das tun sie immer, weißt du. Du gehst einfach hin, und sie nehmen dich auf.«

»Wie lange willst du dort bleiben?«

»So lange, wie sie mich lassen.«

»Geht das? Kann man auch längere Zeit bleiben?«

»Dein Leben lang, wenn du das willst.«

»Oh. Du meinst, du willst ganz dableiben.«

»Habe ich das nicht gesagt?«

»Und was machst du dann genau? Wirst du Mönch?«

»Ich glaube nicht, daß das gehen würde. Vermutlich werde ich Laienbruder. Aber das ist deren Aufgabe, mir zu sagen, was ich tun soll und wann ich es tun soll. Erst muß ich mal hinfahren, und dann muß ich mir jemanden suchen, der bereit ist, mir die Beichte abzunehmen.« Er lächelte. »Nachdem ich jetzt bei dir geübt habe. Nachdem ich nun weiß, daß es mich nicht umbringt.«

»Bruder Mick.«

Als wir über die George Washington Bridge fuhren, sagte ich: »Wir haben da was vergessen.«

»Und das wäre?«

»Tja, ich weiß nicht recht, wie ich das vor einem zukünftigen Diener Gottes formulieren soll, aber wir haben da eine Leiche im Kofferraum.«

»Darüber mache ich mir schon Gedanken, seit wir ins Auto gestiegen sind.«

»Ich nicht. Mir war das völlig entfallen. Was zum Teufel machen wir denn jetzt mit ihm?«

»Das Beste wäre gewesen, wir hätten ihn auf der Farm gelassen. Ihn dort begraben. An Gesellschaft hätte es ihm da nicht gefehlt.

Oder wir hätten ihn zu den anderen Leichen auf den Rasen legen können. Er hat sich mit ihnen eingelassen, also hätte er auch bei ihnen liegen können, quasi in dem Grab, das er sich selbst geschaufelt hat.«

»Dafür ist es jetzt zu spät.«

»Dafür war es schon die ganze Zeit zu spät. Wie hätten wir ihn zwei oder drei Meilen durch den Wald tragen sollen? Und da, wo wir den Wagen geparkt hatten, wollte ich ihn auch nicht zurücklassen. Selbst wenn wir eine Schaufel gefunden und ihn begraben hätten, hätte jemand zufällig auf das Grab stoßen können. Eins sage ich dir, der Mann macht es einem tot auch nicht einfacher als lebendig.«

»Irgendwas müssen wir aber machen. Wir können ihn doch nicht einfach im Kofferraum lassen.«

»Wieso eigentlich nicht. Ist doch schließlich sein Wagen. Wer hätte also mehr Recht, in seinem Kofferraum zu liegen, als er?«

»Auch wieder wahr.«

»Ich habe mir schon überlegt, ob wir den Wagen nicht einfach auf der Straße stehenlassen. In seiner geliebten Bronx, mit unversperrten Türen und dem Schlüssel in der Zündung. Wie lange, glaubst du, würde es dauern, bevor jemand damit abdüst?«

»Nicht sehr lange.«

»Und vielleicht würden sie ziemlich lang damit rumdüsen, vor allem, wenn wir uns die Mühe machen, vorher vollzutanken. Falls sie natürlich einen Platten hätten und nach dem Ersatzreifen suchen würden ...«

»Mein Gott, was für eine Vorstellung.«

»Tja, das Leben ist hart, wenn du es nicht schaffst, drüber zu lachen, und selbst dann ist es noch hart. Weißt du, was ich wahrscheinlich mache? Ich wische alle Fingerabdrücke von der Rostlaube, meine sind da nämlich überall drauf, nachdem ich mit der Karre die ganze letzte Zeit unterwegs war. Dann fahre ich damit zum Pier, kurble die Fenster alle runter, damit sie sinkt und auch schön unten bleibt, und lasse sie in den Fluß rollen. Kann man in einem Wagen, den man aus dem Wasser gezogen hat, noch Fingerabdrücke finden?«

»Früher ging das nicht. Inzwischen vermutlich schon. Heutzutage nehmen sie die schon von ein paar Staubkörnern, die im Licht tanzen.«

»Ich werde ihn gründlich abwischen, bevor ich ihn über die Kante schubse. Sicher ist sicher.«

Einige Zeit später fragte ich: »Was wirst du seiner Mutter sagen?«

»Daß er weggehen mußte«, antwortete er ohne zu zögern. »Wegen einem gefährlichen Auftrag, und daß es eine Zeitlang dauern kann, bis sie wieder von ihm hört. Das sollte reichen für die paar Jahre, die ihr noch bleiben. Sie hat Krebs, weißt du.«

»Das wußte ich nicht.«

»Die Arme. Ich werde für sie beten und für ihn auch. Sobald sie mir beigebracht haben, wie das geht.«

»Du solltest für uns alle beten.«

Ich fuhr mit dem Fahrstuhl nach oben und steckte den Schlüssel ins Schlüsselloch. Kaum hatte ich die Tür geöffnet, stand Elaine schon vor mir. Sie trug den schwarzen Morgenrock, den ich ihr gekauft hatte, den mit dem Muster aus weißen und gelben Blumen und winzigen Schmetterlingen.

»Du bist noch heil und ganz«, sagte sie. »Gott sei Dank.«

»Mir geht's gut.«

»TJ schläft auf der Couch. Ich wollte ihm Abendessen bringen, aber er hat darauf bestanden rüberzukommen, und dann wollte ich ihn nicht mehr gehen lassen. Ich hatte Angst, aber ich weiß nicht, ob um ihn oder um mich.«

»Wie auch immer – euch geht es jedenfalls gut.«

»Und dir auch, Gott sei Dank. Und was ist mit Mick? Geht es ihm auch gut?«

»Er hatte eine Vorahnung. Aber das ist schon wieder eine ganz eigene Geschichte. Jedenfalls hat sich rausgestellt, daß sein drittes Auge ein bißchen unscharf sieht, ihm geht's nämlich prima. Man könnte fast sagen, es ist ihm noch nie so gut gegangen.«

»Und die anderen?«

»Die anderen? Die anderen sind alle tot.«

KAPITEL 35

»Ich möchte Sie daran erinnern«, sagte Ray Gruliow, »daß Mr. Scudder aus freien Stücken hier ist und daß er nur die Fragen beantwortet, die ich für zulässig halte.«

»Mit anderen Worten: Er sagt gar nichts«, antwortete George Wister.

Was der Wahrheit ziemlich nahekam. Im Zimmer waren ein halbes Dutzend Polizisten – Joe Durkin und George Wister, zwei Bullen vom Morddezernat Brooklyn und zwei weitere, deren Funktion mir niemand erklärt hatte. Mir war ziemlich egal, wer sie waren, sie konnten sowieso nur dabeisitzen, während ich im wesentlichen nichts sagte.

Trotzdem hörte die Fragerei nicht auf. Sie wollten wissen, was ich über Chilton Purvis wußte, den sie aufgrund eines Hinweises mit dem Mord an Jim Faber in Verbindung brachten. Das konnte nur bedeuten, daß irgend jemand von seinem Spitzel Entsprechendes gehört hatte. Sie hatten keine Beweise, um die Behauptungen des Spitzels zu untermauern, und bisher hatte noch keiner der Augenzeugen der Schießerei im *Lucky Panda* Purvis als Schütze identifizieren können.

Ich konnte ihnen da auch nicht weiterhelfen. Eigentlich, fand ich, waren sie selbst schuld. Hätten sie ihre Zeugen richtig geimpft, hätten sie auch bekommen, was sie brauchten.

Vielleicht waren einer oder auch beide der mir nicht bekannten Polizisten aus der Bronx, weil auch Fragen zu Tom Heaney und Mary Eileen Rafferty gestellt wurden, was – wie sich herausstellte – der Name von Toms Vermieterin war. Tom war mit Schüssen aus zwei verschiedenen Waffen getötet worden, und keine der Kugeln stimmte mit irgendeiner von denen überein, die bei den anderen fraglichen Morden gefunden worden waren. Allerdings stimmte eine der beiden überein mit einer Kugel, die man 1995 in SoHo aus einer Leiche herausgeschnitten hatte. Nachdem zu dem Zeitpunkt die meisten Beteiligten in Attica einsaßen, nahm ich an, daß die Waffe noch eine andere, ältere Geschichte zu erzählen hatte.

Alles in allem bekamen sie so gut wie nichts aus mir heraus, und ich hörte ihnen auch kaum zu. Ich saß einfach da, beobachtete Ray und machte den Mund nur dann auf, wenn er mir zunickte. Und das passierte nicht allzuoft.

Ich schätze, das Ganze ging ungefähr eine Stunde lang. Dann wurde Wister sauer und gab irgend etwas Unfreundliches von sich. Darauf hatte Ray nur gewartet. »Das war's«, sagte er und stand auf. »Wir gehen.«

»Das können Sie nicht machen«, widersprach Joe.

»Ach wirklich? Das werden Sie gleich sehen.«

»Von Ihrer Lizenz können Sie sich schon mal verabschieden«, knurrte Wister. »Die Papiere liegen bereits auf meinem Schreibtisch – ein offizieller Antrag an den Staat, Ihre Lizenz einzuziehen und jede Menge guter Begründungen, damit dabei auch ja nichts schiefgeht. Wenn Sie jetzt hier rausmarschieren, fülle ich den Rest aus und werfe den Antrag noch heute in die Post.«

»Und dann gibt es eine Anhörung«, konterte Ray, »bei der Sie als Zeuge vorgeladen werden, was ihr Jungs ja besonders gern mögt. Und sobald sich die Wogen geglättet haben, hat er seine Lizenz zurück, und die Zeitungen haben so viel über ihn berichtet, daß er dasteht wie ein Held.«

»Er wird nicht dastehen wie ein Held«, widersprach Joe. »Er wird dastehen wie ein verdammter Verbrecher, so sieht's aus. Und er sieht sowieso immer mehr wie einer aus.«

»Das reicht«, sagte Ray.

»Nein, das reicht nicht mal ansatzweise. Matt, was ist bloß los mit dir? Du wirst deine Lizenz verlieren.«

»Weißt du was? Das ist mir egal.«

»Du bist jetzt besser still«, versuchte Ray mich zu bremsen.

»Nein«, fuhr ich fort. »Soviel will ich jetzt noch sagen, und ich sage es genauso zu dir wie zu denen. Sie können tun und lassen, was sie wollen, und wenn der Staat mir meine Lizenz nehmen will, dann soll er das tun. Du könntest dagegen Einspruch erheben, vielleicht würden wir auch gewinnen, aber es ist die Mühe nicht wert.«

»Du weißt ja nicht, was du da redest«, sagte Joe.

»Ich weiß, daß ich mehr als zwanzig Jahre prima ohne Lizenz klargekommen bin. Ich weiß nicht mal, wieso zum Teufel ich mir jemals eingebildet habe, eine zu brauchen. Vielleicht verdiene ich mit Lizenz ein paar Dollar mehr als ohne, jedenfalls hat es immer gereicht. Ich hatte immer genug zu essen, und damals, als ich noch getrunken habe, hatte ich immer genügend Kohle für den nächsten Drink. Ihr wollt mir die Lizenz entziehen lassen? Nur zu. Das ist mir scheißegal.«

Wir verließen das Polizeirevier und gingen die Treppe hinunter. Als wir außer Hörweite waren, sagte Ray: »Sie werden deine Lizenz einkassieren, aber ich hole sie dir zurück. Kein Problem.«

»Nein. Das ist nett von dir, aber ich habe nicht nur große Töne gespuckt. Ich meine das völlig ernst. Sollen sie doch machen, was sie wollen, und zum Teufel mit der Lizenz.«

»Du hast sie sowieso nie wirklich gebraucht«, versicherte mir Elaine. »Wozu auch? Damit du für noch mehr Rechtsanwälte arbeiten kannst? Die deine Dienste dann ein bißchen teurer abrechnen können? Zum Teufel damit.«

»Ganz meine Meinung.«

»Außerdem wissen wir ja, warum du dir die Lizenz wirklich besorgt hast. Du wolltest ein ehrbarer Bürger werden. Und es ist genau wie bei all den anderen, die den Weg zur Seligkeit beschreiten: Du warst schon immer ein ehrbarer Bürger.«

»Nein. War ich nicht und bin ich nicht. Aber die Lizenz hatte damit nichts zu tun.«

An dieser Stelle könnte man die Geschichte eigentlich abschließen, nur daß sie noch ein bißchen weitergeht. Wie alles andere auch ist sie erst dann zu Ende, wenn sie zu Ende ist.

Das war im September, und Mitte Dezember bekamen wir eine Weihnachtskarte mit einer Absenderadresse auf Staten Island und dem Aufdruck *Schöne Festtage,* und nicht *Fröhliche Weihnachten,* zweifellos aus Respekt vor der jüdischen Vegetarierin, der er einst eine Schweinshaxe geschenkt hatte. Auf der Innenseite, unter einem religiös korrekten Spruch, hatte er geschrieben: *Gott segne euch beide. Mick.*

Elaine sagte, sie hätte eigentlich erwartet, er würde mit Bruder Michael F. Ballou unterschreiben. Ich entgegnete, er sei schließlich bei den Thessaloniern, nicht bei den Jesuiten, aber sie meinte nur, Gojim bleibe Gojim.

Dann, Ende April, erwähnte TJ, er sei beim *Grogan's* vorbeigekommen. An der Ecke sei ein Schuttcontainer gestanden, und eine Menge Handwerker hätten fleißig vor sich hingewerkelt. Ich antwortete, daß dort mit Sicherheit in Kürze ein koreanischer Obst- und Gemüseladen aufmachen würde.

Und dann, einige Wochen später, klingelte das Telefon. Elaine hob ab, kam zu mir und sagte, ich würde nie drauf kommen, wer da jetzt am Apparat sei.

»Ich wette, es ist Pater Mick«, antwortete ich.

»Jesus, Maria und Josef, das darf doch nicht wahr sein! Bist du jetzt auch schon mit dem zweiten Gesicht gesegnet?«

»Da möge Gott vor sein!«

Ich nahm den Hörer auf, und er lud mich ein, mir anzusehen, wie die Arbeit voranging. »Natürlich läßt es sich nicht so hinkriegen, daß es aussieht wie früher. Außerdem wollen sie die Löcher zugipsen, die die Kugeln in die Wand geschlagen haben, dabei sollten die eigentlich so bleiben, wie sie sind. Schließlich erzählen sie eine Geschichte.«

Als ich beim *Grogan's* ankam, hatte ich den Eindruck, daß die Handwerker ihre Sache ganz gut und mehr richtig als falsch machten. Ich nähme an, sagte ich, das könne nur bedeuten, er sei wieder im Geschäft.

»So ist es«, antwortete er.

»Du hast damals gesagt, du würdest dortbleiben, bis sie dich rauswerfen.«

»Ach ja. Nun – rausgeworfen haben sie mich nicht. So was würden sie nie tun.« Er nahm einen Schluck aus seinem silbernen Flachmann. »Das sind die nettesten Menschen, die ich je im Leben getroffen habe. Und sie waren so freundlich, mir all die Zeit zu lassen, die ich brauchte, bis ich von selbst kapiert habe, daß ich da nicht hingehöre. Fast wünsche ich mir ja, es wäre doch so, aber es ist nun mal nicht so, und mit ihrer Hilfe habe ich das schließlich auch eingesehen.«

»Also bist du wieder da.«

»Also bin ich wieder da. Und ich bin froh darüber. Freust du dich auch, daß ich wieder da bin?«

»Und wie. Elaine geht's genauso. Du hast uns gefehlt.«

Micks Geschichte, wie ich schon zu Anfang gesagt habe; viel eher Micks Geschichte als meine. Aber wie sollte man ihn jemals dazu bringen, sie zu erzählen?